张昌山 主编·滇云八年书系·旧刊文存

今日评论
文存 三

JINRI PINGLUN WENCUN

张昌山 ◎ 编

云南出版集团

云南人民出版社

今古奇观

目次

篠田山人 訳

目 录

第一卷第二十四期（1939年6月11日）

时评   1
    进行中的英苏谈判   1
    美国《中立法案》的进展   2
    滇缅川滇两铁路的改组   3
吏治制度化   罗文干   5
历史上的一个教训   史国纲   8
近十年来欧洲两种农业政策的试验   张德昌   13
查拉图斯特拉的文体   冯至   17
西南洞天   李霖灿   20

第一卷第二十五期（1939年6月18日）

时评   26
    上海外汇跌价   26
    日本与德意军事同盟   27
    英日冲突的尖锐化   29
    欧洲危机复迫的传说   30
    国府令缉汪兆铭   31
法西斯国家的威胁   明生   33
日本为什么不参加德意同盟   黄同仇   39

论中国农业机械化	刘君煌	42
论教师节	冯友兰	48
寻 梦		
——还乡杂记之一	林 蒲	50

第二卷第一期（1939年6月25日）

时评		55
日军封锁天津英租界		55
英王访美		56
我方空军的活跃		57
悼荷人蒲德利等		58
法币汇价问题	陈岱孙	59
抗战的目的	钱端升	66
暹罗与泰族	陈序经	70
平　原	辛 代	75
一种态度	沈从文	78

第二卷第二期（1939年7月2日）

时评		81
敌人占据汕头定海		81
中苏商约签字		82
法国信用借款成立		83
中国经济建设的目标	严中平	84
中国人民意识的推动	谷春帆	89
我国政府统计事业的商榷	戴世光	94
说永北的石刻吴装观音像	滕 固	97

| 谈吃饭和睡觉 | 陈雪屏 | 100 |

第二卷第三期（1939年7月9日）

时评		105
敌犯浙闽洋面		105
调整国际收支的新办法		106
但泽问题又趋严重		107
抗战两年之回顾	傅孟真	108
两年来日本的政治与经济	迅　中	111
抗战与选择	潘光旦	116
抗战中的经济政策	陈岱孙	120
抗战中国际形势的转变	钱端升	125
日寇弱点的暴露	史国纲	129

第二卷第四期（1939年7月16日）

时评		133
最高统帅七七的文告		133
肃清私存烟土		134
英国扩充对外信用放款的提案		134
说为政不在多言	潘光旦	136
最近外汇的变动	李卓敏	144
近代民族主义之产生	谷春帆	149
归　途	芦　焚	153
美国与中日战争（通信）		157

第二卷第五期（1939年7月23日）

时评 159
  战区省政府设行署 159
  省参议会渐次成立 160
  调平后方物价 160
  最近的国际形势 161
英法苏三国协定之我见 张忠绂 164
滇缅铁路应采北线的主张 李生庄 167
中国会成为近代民族主义国家么 谷春帆 173
论句子的主词及表句 朱自清 178

第二卷第六期（1939年7月30日）

时评 184
  外汇比率又生变化 184
  英日东京谈判 185
  东南沿海的敌寇 187
战后内地工业建设问题 杨端六 188
一个农业国的战时经济 丁佶 194
欧洲法治精神之由来 樊星南 198
谈标点格式 王了一 201
二戆子 林浦　一帆 205

第二卷第七期（1939年8月6日）

时评 210
  沦陷区贸易入超问题 210
  美国废止美倭商约 211

保甲经费增加		212
英美对日外交的新变化	钱端升	213
中国应采的民族主义	谷春帆	217
都市与自治	王赣愚	224
云南的火把节	张采人	229
湘军新志（书评）	彭泽益	232

第二卷第八期（1939年8月13日）

时评		236
"八一三"二周年		236
英日谈判展望		236
英法苏谈判快要成功		237
调平昆明物价与房租		238
法币汇价问题申论	陈岱孙	240
英日谈判中的法币问题	吴半农	245
欧洲各国的军备及战略	钱端升	250
年　夜	黄贤俊	256

第二卷第九期（1939年8月20日）

时评		263
蒋委员长的两种文告		263
但　泽		264
省区区划问题		265
日本外交的新阴谋	王迅中	266
生产与死产	罗文干	271
读二十七年度统一招生报告	潘光旦	274

日本人同宣传员	严文井	282
蜀小景	辛　代	286

第二卷第十期（1939年8月27日）

时评		289
英国的觉悟		289
敌人在沪抬高米价		290
孔诞节与教师节		291
沦陷区的农村经济	张培刚	293
上海工业之现状与将来	兼　言	299
孔子诞辰之考定兼论改为国历问题	董作宾	304
一个美国人所见的沦陷区及日本（通讯）		312

第一卷第二十四期（1939年6月11日）

时评

进行中的英苏谈判

进行已经两月，文牍数经往返的英苏谈判，迄今尚未得圆满结果。

这个谈判，发轫于德国并捷之后，英国憬悟"绥靖"的失策，看到反侵略国联合御侮的需要，于是英法苏诸国共同宣言或召开会议之说，盛传一时。同时苏联亦觉感威迫，有意与西欧诸强共力合作。不过在英国方面，主张积极与苏联合作，政府似乎没有民间热心，所以局面稍定，这个趋势，便见消沉。可是意大利的并吞阿尔巴尼亚给反侵略国一个新激刺，同时舆论的敦促，使英苏积极进行谈判。于是英法建议，苏联提对案，驻英苏联大使且回国请训。返英后，交涉进行，未得结果，照会往来，意见仍不一致。国联在日内瓦开会，英法很想趁此机会，与苏联外交当事人当面谈商，扫除一切障碍，可是未如所期，谈判进行仍若即若离。到五月廿七，英法又将拟定草案，送达苏联，在英国方面认为要点已备，协定可期成功，但苏联方面则不谓然，五月卅一日人民外交委员长莫洛托夫发表重要演说，率直的说："英法两国原来建议，并未以平等相互原则为基础，是以苏联未能认为满足，最后一次建议虽已根据相互原则，较前进步，但衡诸所附保留条款，所谓进步恐仍浮而不实"，这几句话，很引起全世界的注意，知道两国之间，未尽融洽，协定成立，尚须有待。但今日（六月五日）报纸则称伦敦对苏联澄文颇为乐观，认为协定成立，当不在远，这是谈判进行直到现时的概况。

英苏之间，障碍究竟是什么？苏联所谓"未以平等相互原则为基础"所提的是什么？协定究竟有没有成立的希望？若能成立，性质究将若何？照日来报章记载，症结所在是苏联要求反侵略的范围须包括波罗的海沿岸诸国，而英国的意思则限于波兰罗尼亚诸国。波罗的海诸国中拉特维亚的态度及芬兰与苏联的关系，使这问题，更形复杂。但是这个范围问题，似乎还不是根本困难，根本问题是这个联合的实在性质。直到现时，似乎英国只肯成立互助协定，而俄国坚持要结成同盟。同盟国，联系密，责任重。英国素不愿担负无限责任，特别对苏联担责任，他顾虑多，是意中事。在苏联方面，与强德敌对，冒很大危险，必求自己这边壁垒坚强，行动有把握。不然，一旦战事发生，他当其冲，而别国逡巡不前，这不特是傻事，而是绝危险事。莫氏演说词中所说："不愿供人利用""对于本身利益，与和平一般利益，均当予以保卫"，意盖指此。揆英苏两国以往外交关系成立同盟，确非易事，所以这个立场的不同，也许是两国联合的根本困难。这个困难是否将使协定不能成立呢？英苏两国都看到联合的需要，法国尤努力拉拢。这个谈判必不可使失败，失败则侵略者生心，所以必有一种协定成立。不过这协定的力量如何？诸国的联系实际如何？只是一个互助协定，还是一个防御同盟？要看日后发展。为防范侵略计，当然要愈坚强愈好。（鋐）

美国《中立法案》的进展

关于美国《中立法案》问题，本刊曾载过周鲠生先生与黄正铭先生的两篇专论（第十八期与第十九期）。参议院外交委员会主席毕德门原先本有意于五月一日现行中立法中关于"现款自运"的条文满期作废以前，通过一个新中立法案，以作替代。但国会中人多口杂，意见分歧，无法早日同意于某一个法案。五月一日既过，国会更无意加紧工作，于是观察者前些日子多谓本次国会开会期，将不致成立新法。

但最近的形势变了。自从赫尔国务卿于上月二十七日致函参众两院外交委员会主席，说明政府对中立法的主张后，国会议员大多数显有采纳此种主张，而使之成为新法的趋势。这种趋势在众院更为明显。众院外交委员会代理主席白鲁姆已根据这种主张，做成草案，正式提出于众院。据他的观察，这个法案当可在国会六七月闭会前通过，至于参院的行动如何则仍须看孤立派的力量。奈埃克拉克、乔治班、拉夫勒特等一班参议员本为有名的孤立主义者，而参院又有无限制的辩论自由。他们或许能阻扰新法的成立，亦未可知。

至于白鲁姆案的内容，则除了一点外，与毕德门并无多大出入。这一点就是：按毕案，国际间有武装冲突时，总统应于三十日内指明交战国，而按白案则有无战争状态须由总统判明。换言之，总统的裁量权在白案之下要比在毕案之下为大。白案与现行中立法亦有一个重要的不同，这就是：现法禁以军火售予交战国，而白案则在"现款自运"的原则下，无论军火及其他物品均可出售。

白案对于中日战争的影响殆与现行中立法相同，但对于欧战中的两边，则当然比现行法要有利于英法。因为英法可以在白案之下尽量的向美国购置军火及其他物品。孤立派向不愿美国政府对欧洲各国有所轻重，而尤怕总统握有大权。他们对毕德门案尚且不满，对白鲁姆案（亦即政府案）当然更将不满。不过政府既大胆的宣示其主张，其势力实不可厚侮。白案或者仍有在最近期内成为法律的可能。至于我们最希望的，则仍在美国之能辨别曲直。讲到这一点，只有通过参议员汤姆斯的《中立法案》（由总统指明侵略国，侵略国不得购货），或毕德门的追加案（违反华府条约者不得购货），才足以寒侵略者之胆，而助长和平集团的实力。单单通过白鲁姆案仍不足以发出美国拥护和平的力量。（兴）

滇缅川滇两铁路的改组

近报载中央不久要发表关于滇缅、川滇两铁路的改组：略谓滇缅路增派督办一员，换个新的工程局长，调现任的局长做叙昆路工程局长，现任的川滇路总经理仍旧。据报上所载的，这改组的理由是为赶筑这两条铁路和容纳前方退下的交通员工。前方退下的政府机关人员自然应该设法容纳，不但因为这是一个有关战时精神的实际问题，而且只要调整得当，在这后方建设需要大量人才的时候，有经验的人员的参加，是可以促进政治经济各方面的建设。同样要紧的是在规定容纳和调整的方式之时，必需求到机关或职位的增设与人员的调动不至于产生下列不良的影响：（一）机构的复杂化与工作的重复化；（二）事情不由最胜任的人来担任；（三）组织的过于庞大和效率的减低；（四）原定计划实行的受阻碍或延迟。换句话说，任何的调整，如能促进建国和提高效能，它是个得当的调整。反之，因组织变动而使建国工作的时间损失，效能减低，它是个失当的变动，我们记得二十七年一月初中央的主要机关改组，由之裁并了不少那工作性质重复的单位，使行政机构简单化，因此被认为一个合理的改组。

机关的改组在中国一向因为人重于法，往往连带发生整个机关人员的变动和整个计划的变动。这些现象本身不一定就是坏的。在从前政府本来不做多少事的时候，受影响只限于那不幸的被换人员。在现在政府做事范围扩大，事又需要做得好做得快的时候，机关的改组所最要避免发生的是人员才干水准的减低，前功的废弃，和原定计划实现时间上的受耽搁和经费上添多无需的开支。（佶）

吏治制度化

罗文干

数月来对吏治制度化问题，参政会有提案，《今日评论》几乎每期皆有论著：是证明吏治确有授人口实的地方，是证明吏治确有应整顿的办法。对症开药，时贤便归咎于制度，便以为能使之制度化，吏治便有起色。在我看来，治病应先要从病源处查清楚，去其病根，然后医药乃能见效。今日吏治败坏，非一朝一夕之故，就我三十年来所闻所见，姑述一二：

民国前吏途出身，不外科举，军功，捐班。此三者无论好劣，都有一定的办法，任免升降，亦有一定的规程。捐班以官为货，便受批评不少。辛亥民国成立，旧者去新者来，然当时自中央以至各省，官吏多选自东西洋留学生或大学毕业生，毫无学历者不致有野心，阔人子弟亲戚不能思染指。民二三年，文官考试，外交司法官考试，留学生县知事考试，甄拔考绩，陆续举办。沈其昌因乃兄任山东省长回避，伍朝枢因乃父任外部长请辞，即有荐函，非说品才端正则才学具优。各部署除秘书外，不随长官进退。员额有定，不得增改。故民初政治何如另是一事，然吏治尚非毫无轨道。

洪宪既倒，议会重开，此时美国式之分赃风气，已逐渐输入。迨议会二次解散，北方之研究安福交通政学各系执政，考试制度，除司法官外，已成具文，南方则议员可兼任官吏。自是而后，南北用人，内举不避亲，问乡不乡，党不党，不问才不才，品不品，自此始矣。

民十以后，议会再集于北平，议员指缺荐人，以为要令，日所常有，长官一人成佛，鸡犬莫不升仙，于是中央员额滥增，外省差缺滥派。南方因国共合作，吏治随政权而转移，加以各省割据，乡土之念，日以俱深，喜用同乡，更成定例，举国已成有吏无治之国。

民十七北伐告成，考试权独立，吏治本可澄清矣。然考试自考试，荐函自荐函，保障自保障，任免自任免。况以党魁于未上台时既要打倒人，于上台后更不得不需人拥护，同乡故旧，纷至沓来，姻血亲属，嗷嗷待哺，好在所糜者是国家之俸禄，所养者是自己之私人。是故讲什么吏治，吏治要怎么制度化，达官贵人闻之，真讨厌之极，掩耳而走了。

此三十年吏治之经过，大约就如上边所说。然何以败坏至此，是不是就因无制度呢？讲到制度，我们的法令已如牛毛，又何以有法不能行呢？若专责备监察院，监察院果有办法未有呢？美国独立后，英国革命后，法国革命后，何尝都不经过一时的纷乱呢？所以我以为除了法律的"制度化"、方法外，于政治的、经济的、社会的、道德的各种方法，都要用一番功夫，方能澄清我国的吏治。

（一）政治的　政府对于勋劳不妨妥订酬赏办法，此乃天公地道的事。能相助以得天下者是勋劳，能相助以治天下者是贤能。以能得天下的人治天下，恐亦可以乱天下失天下。能治天下的人或不能得天下，而不至于乱天下失天下，中外历史皆告诉过我们了。至于对国家有勋劳的人，亦瞧以天下为公为念，不然便近于冯玉祥将军所说"你不好，打到你，我来"了。

政党结合，本来用意，是推进其共同的政治信仰，故外国政党内阁尽管变更，而其吏治，毫不受影响。我国政党如不能照此做去，将必有结党营私之议，况今日我来你去，他日便可你去我来。吃饭方法多矣，因"吃党饭"，而损及国家及老百姓，是无味的。

（二）经济的　晚近仕途日杂，人人都想做官，考其心理，有下列两种情形：

（甲）不用本钱，不劳而获　耕田的人，既要下种的本钱，又要完纳租税，年成好或得一饱，遇到灾旱，白费一年的血汗。做工商的人，花本钱、费心思，可做的是未受政府统制的有限事业，负担的是种种捐税。教书先生既要预备功课，又要上堂讲授，终岁勤苦，幸免饥寒。如做官大行官运，便不同了，试看香港及各租界的产业，有多少是我们官儿所有的？试看每年入口的汽车，有多少是我们官儿所坐的？

（乙）谋生难，消耗大　中国的财源，俱集于地，故我之生产，是古代的。除了手工业小商小农，便无所谓生产事业。独我自海运既通以后，生活已变摩登化，则消耗都是近代的。试翻海关每年册表，奢侈品之入口，实可惊人，故以近代的消耗支出，如何能抵古代的生产的收入。在个人打算，最妙不做官，但人人都要做官，又人人可以随便做官，则吏治制度，自然败坏了。

　　补救上说的两种心理，政府唯有实行开发生产事业及认真提倡节俭，若是社会仍此贫困，仍此奢侈，此种贫困而奢侈之人，做了官而不贪污者有几何人？

　　（三）社会的　中国社会组织，最有用的是亲故，最拖累的又是亲故。我向来是讲伦常的，即是谓在亲故范围以内，我不是讲个人主义的，不是讲权利义务的，是讲互助的，是讲感情的，但旧日我公私分得很清，虑家庭则有亲故，任公事则不论亲疏，"名与器不可以假人"，"任贤使能"，如此类的古训，本不知有多少，独民国以后，此种束缚，都已经"解放"了，我们都已经"自由"了，"亲戚穷乏得我而为"，岂不扬眉吐气？

　　除了亲故，我们的社会组织，又有所谓乡党。本来此种组织，亦是最好不过，"守望相助，疾病相扶持"，就是乡党组织的好处，岂料此三十年间，乡党忽然变成部落，变成族类，闽自闽，粤自粤，大者不特影响政治，小者亦影响吏治，每一行署长官，如是闽人，则所用者，多系闽人，甚至一学校校长，如是粤人，则所用者，多系粤人。"天下为公"，真是冤枉极了。

　　以上公私不分的新恶习，若不痛除，说什么整顿吏治？

　　（四）道德的　维系中国数十年的公德，就靠"礼义廉耻"四字，所谓"四维不张，国乃灭亡"。近来年蒋先生虽极力提倡四维，而我国吏治，能奉行之者，究有几人，试看香港，闻穷奢极侈者，公务员也，昔日守土之官，莫不殉职，故"刑不上大夫"，非谓我国法律不平等，大夫不刑，庶人则刑。真正解释，是大夫曾习礼仪的，是知廉耻的，故不必用法律处以极刑。大夫自识以死殉职的，苟无耻贪生，便不客气赐死了。楚项羽无面目见江东子弟，亦是知耻的意思。抗战两年，军士战死者若干，而长官竟有闻风先逃者。人间尚有羞耻事么？

　　道德制裁，全靠舆论，国人如能严是非，辨曲直，则官史之实不肖，自难逃清议，于史治必有裨补。

　　以上各种方法，如能同时并用，则法律的制度化，自易实现。若吏治败坏的复杂病根留存，我深恐制度自制度，化仍不化，从法不能以自行罢。

历史上的一个教训

史国纲

夷狄豺狼，不可厌也——管仲封桓侯。

"抗战到底"，在惯于苟安，贪享荣华者的心目之中，也许只是一个标语，但是关怀中华民族存亡的人们看来，这却是唯一指示航路的灯塔。只有依照着这条路前进，在现状之下，中华民族才能够避免灭亡之祸，才能够生存。

历史告诉我们，自古以来黩武者的欲望是无止境的。他们并吞了一地，还要并吞别地；他们侵略了一国，还要侵略别国。除非他们战败、身死或者遇到了其他使他们不得不放弃干戈的原因，他们永久是受着战神的支配，来实现独霸的雄图。这种的例子很多，不过照现在的情形来看，许多人——甚至于自命为具有远大目光的政治家——对于这点，还缺乏真正的认识。

希腊时代的历史中，便有一个亚历山大。他继承父亲的事业，做希腊诸邦的盟主。他以残酷的手段，使希腊诸邦不敢叛变之后，便统帅大军，东征波斯。那时候的波斯国王，忍辱求和，但是雄心勃勃的亚历山大不肯应允。于是波斯就逃不了亡国的命运。同时他又进兵埃及，南侵印度。连年用兵，士卒怨嗟，才不得不暂时班师返国。这次出征所获得的土地，就比希腊本身大了许多倍，并且统治上也发生了严重的问题。然而对于一个黩武者，成功只是再进一步征伐的开始。因此直至亚历山大早年——三十三岁——逝世为止，他还在计划征服阿拉伯，以绝东顾之忧。同时积极建造舰队，来实现统制西部地中海的迷梦。只因为早死，才中断了独霸他那时候的宇宙的企图。

罗马时代也有一个这种的人物，他就是凯撒。在他得志之前，庞培已经征服了亚历山大手创的帝国。他知道自己没有军事方面的功绩，是不足以和庞培争雄的。于是在执政官任满后，便出国做高卢总督。在这个时期里，大显他的军事才能，东征西讨，无时或息。把西欧的全部，从大西洋和英吉利海峡到莱茵河，完全归入罗马的版图，并且还渡过英吉利海峡和莱茵河，进攻英吉利和日耳曼民族。这些成功，巩固了他返国的基础。因此当罗马元老会议剥夺他的兵权的时候，他便统帅精锐，直逼罗马。这个目的达到之后，他又大兴干戈，消减庞培在东地中海沿岸一带的势力。这样把地中海做成为他所手创的帝国的内海。但是他还不满足，更策划小亚细亚东部一带领土的扩大。直到他的被刺身死，才了结他穷兵黩武的事业。

中古时代的代表人物是查理曼。不过他的结局，和以上两个黩武者不同，却是善终的。在他的晚年，一则因为身体衰弱，二则忙于身后帝国的统治问题，总算没有积极从事征伐。但是在他称王称帝的四十六年中，竟出征了五十五次，他的帝国，几乎包括西欧和中欧的全部。凡是现在的西班牙、法兰西、比利时、荷兰、德意志、瑞士、奥地利、捷克斯洛伐克、匈牙利、南斯拉夫、意大利，或全部，或一部分，都在他的统治之下。尤其是关于西班牙和撒克逊的战争，充分地显示了一个黩武者的本性。查理曼对于西班牙方面的回人，总共出征了七次。而对于撒克逊的战争却断断续续地延长到三十二年之久。这可以看出一个黩武者的能力不受到阻制，他是决不肯稍稍放弃他的野心的。

亚洲的历史中，也有不少这种的人物。其中杰出的是元朝的那几个开国皇帝。太祖特穆津犯金，灭西辽，扰掠俄罗斯东南部，亡西夏，扩大大蒙古的版图之后，直到他死的时候，对于灭金入据中原的计划，还念念不忘。太宗谔格德依，不但完成了特穆津灭金的遗志，还遣派巴图、莽赉扣诸王，西征欧洲。假使元朝王位的承继问题，有了定律，蒙古人在欧洲的踪迹，绝不止于多瑙河流域的。当谔格德依逝世的消息传到欧洲之后，他们便立刻班师，回来争夺王位了。世祖忽必烈亡了宋朝，独占了中原。那时元朝的版图，已经非常之大，他还东征高丽，南克交趾、缅甸，把他的威信，一直扩展到印度。只因为没有精锐的水师，虽然一再尝试，至未能克复东瀛三岛的倭国。这样看来，元朝这几个黩武者，几乎天天在征伐中讨生活。凡是无力所及的，无论道路远近，断断不愿放弃，并且不达目的不止。

在近代史里，个人的黩武者，首推拿破仑。他是一个有天才的军人，同时利用推广革命思潮的口号，深获法国各阶级的拥护，来实现征服全欧洲的雄图。当他称帝之前，法国已经脱离了被侵犯的危险，并且意大利的北部、比利时、爱奥尼恩群岛和莱茵河的两岸，已经归入法国的统治。不过这些区域，决不能满足他的欲壑。因此在他称帝之初，他便分据意大利，使他的兄弟们即荷兰和西班牙的王位，同时为打碎欧洲诸强包围他的政策起见，首先进攻奥地利，逼她求和。更占据柏林，改组那时的德意志诸邦，来削弱普鲁士的反抗力量。也是因为没有足以制胜的海军，不能够进犯英吉利，不得不集中他的全力在欧陆之上，以实现他独霸的雄心。于是他一方面进行半岛战争想恢复他在西班牙和葡萄牙的势力，但是遇到意外的困难；另一方面则战败了乘机崛起的奥地利，还进兵征伐不听指挥和英国通商的俄罗斯，一路受到极大的损失，这才定了他失败的命运。不过一个黩武者，不到山穷水尽的时候，是决不肯放手的。拿破仑从爱尔巴岛逃回法国之后，还想再创他的帝国。滑铁卢一战，总算把这个名盖一世的英雄，送到大西洋中圣海拉荒岛上渡他的残余年月。他的名声固然创立在战场上，但是他的事业，却也是在战场宣告终结的。在一八〇七年到一九一三年之间，法国已经有了天然的和巩固的疆界，拿破仑尽可以及时停止他的军事活动，来稳定他在政治方面值得赞誉的改革，这决不是一个黩武者所愿做的。

　　拿破仑的失败，终结了个人的黩武者的历史。由于文化的猛进，各种组织的改善，军事方面也发生了很自然的演变。这就是军事的活动，已经脱离了个人的支配，而受制于人所组成的机构。换句话说，现代的黩武者，已不是个人，而是一种集合体。这个的变化，对于黩武者的消灭，产生更大的困难。在黩武者是个人的时代，至多只要等到黩武者死亡之后，各种问题便随之而解决了。现在的黩武者是一个集合体，除非把它全体铲灭，它的侵略行为是不会终止的。

　　关于这一点，大战的德国供给我们一个很好的例子。那时主持侵略的主体，决不是威廉第二，却是德国的大本营干部。否则威尔逊总统关于停战给德国的通牒里，不必特别声明德人必须变更向来统治他们的权力。因为威尔逊总统知道，仅仅使贺享索伦朝去位，不能根本铲除德国的侵略政策，要把那时事实上主持一切的军部，一网打尽之后，才会发生效力。

　　研究那时的历史，还给我们一个很有意义的启示。当一九一八年春德国在西线的进攻没有得到所期望的效果之后，一般人看来，德国军事失败的命运已经不可挽回了。威廉第二也明了这点。因此在八月中旬的斯派会议席上，他说道："我们必须准备乘适当的时机，和敌人谅解。"不过他的军部，却不承认失败，一定要继续打下去。可见现代的黩武者确然是一个集合体，却和个人的同样地盲目：不到末日，不会承认军事上的失败，而放弃或终止它的侵略行为的。

以上历史的叙述证明了本文前面的断语，就是黩武者的欲望是无止境的，除非他们战败，身死，或者遇到了其他使他们不得不放弃干戈的原因，他们是永久受着战神的支配，来实行独霸的雄图的。而在现今的制度之下，黩武者已脱离了身死的限制，因此侵略的行为决不会由于一个人的死亡，便发生根本的变化的。

这样看来，我国除了坚持"抗战到底"的决心，来铲除敌国黩武的军阀，中华民族的独立和自由的生存，是离不了受到威胁的危险的。假使有人还怀疑到这一点，不妨再回顾一下在我国最近苟安时期里的史实。"九·一八"事变以至于东三省全部沦陷之后，一般不真正认识黩武者的人们，以为日寇既然得到了这样广大和富庶的区域，一定要花费相当长的时间，来巩固她在占领区的势力和开发它的资源。但是不旋踵而进犯热河，更酿成卢沟桥事变。这显示了黩武者的欲望是无止境的，他们并吞了一地，还要并吞别地；他们侵略了一国，还要侵略别国。谁能担保现在把华北送给日寇之后，在极近时期内她不来夺取华中、华南？所以对于黩武者存着苟安的心理，简直是自取灭亡。

为了这个原因，除了"抗战到底"之外，试问中华民族还有什么别的出路？大家知道，战争越延长，人民方面所受的痛苦一定更大。不过在以往二十三个月的抗敌时期中，我国的人民哪一天不在敌军和敌机的弹火之下受苦，但是哪一个有一句怨言？结果只增强了团结抗战的精神和同仇敌忾的心理。何况现在不吃些苦，将来哪能够享受独立自由的权利。

同时我们还要警告在远东有领土或利益的各友邦。他们想也应该明了，黩武者的欲望是无止境的。日寇的目的决不限于中国。中国不幸而灭亡之后，他们在远东的领土，便要直接受到威胁了。有人或许说这是莫须有的事情，但是历史明明地告诉我们是这样的。目光远大的政治家，都应该看得到这点。至于各友邦在华的利益，就是日寇侵略还没有达到目的的今日，已经受到了很大的影响。财产的损失，市场的缩小，都不必详说。最近日寇海军在鼓浪屿的登陆，便明示了她是决不尊重第三国在华既得的权利和利益的。

在中国方面，侵略者已经使她除了抗战到底之外，没有别的路可走。即使她得不到外援，也只能够苦干下去。但是明哲的各友邦，不必说他们有维护条约尊严的义务或者为人道和正义而有援助中国的职责，就是为了它们自己在远东的领土和利益，也该积极接济中国。中国已经在国联里申请了许多次，直到现在为止，哪一个友邦做了份内该做的事情？好像中国的抗战，完全是自身的问题，和它们绝对无关的。这种的见解，未免太忽视历史给人类的教训了。

总之，在现状之下对待一个黩武者，只有连根铲除的一法，只妥协引进了以后的更进一步的侵略行为，希望国人和各友邦都明了这点。

近十年来欧洲两种农业政策的试验

张德昌

近十余年来欧洲有两种农业政策的试验，我们可以拿来比较。一是苏俄的集团经营的农业，一是一九三一年以后国社党治下的德国农业。关于俄德两国的农业状况国人已有不少文字介绍，本文之作不在为事实经过之叙述，而在比较两者之异同，并就其已有之成就略加批评。

俄德两国，在西欧民治国家看来，都是所谓"全能国家"，或极权国家（Totalitarian States）。两国的农业政策，若就其同者以观，有几方面相似：

一，农业政策在两国都是一个大的政策中之一枝一环。农业政策的最重要目的，不仅在于求农业问题本身之解决，而在藉农业问题之解决，兼以之解决农业本身以外的问题。此所谓农业以外之问题，是指两国的"主义"的实现及准备战争之目的。俄国农业政策系求实现社会主义，巩固其社会主义国家之基础。俄国全部经济政策的目标是现代化、工业化。在他们的理想中，农场当变作粮食工厂，农人当变作粮食工厂的工人。此工厂之生产工具要为国家所有，其农人之须无生产工具，与工业工厂之无产工人同。既是要把农场作为粮食工厂，故近代工业生产之应用于工厂者，亦思一一行之于农业。大规模的生产单位，生产物之单纯种植（Monoculture），皆此理想之表现。由生产合作迪于最后阶段的集团生活，使千万农民之生活，思想化而同于工人之问题，之思想。至于藉近代农业科学的知识，农业生产的机械，求农产品之增加，以代替旧式农业技术之效率尚属次要。德国国社党的农业政策其根本立足点虽异于苏俄，然其借农业政策的实行求达到主义上政治的目标，初无二致。国社党主义的目的在以中小农之稳定使社会之不化于赤。国社党农业政策的根基在用政治力量保障德国之中农小农，其具体法令的表现即世袭农场的法规。世袭农场规定的农田大小，使农民永保其中小农之地位。世袭农场除纳缴国家赋税外，不能以之借债抵押，故可不受债务抵押之累而发生动摇。农产品的价格由政府统制，农民不能藉农产品价格高涨而得扩大田产，脱越而为大地主，亦无受粮贱竞争之危迫而濒于破产。其最后目的如求以生活稳定之中小农为社会之砥石，社会秩序安全赖以维系。在国社党的理想中，德国社会既无资本主义之财富集中，酿成社会不安之源，赤化之虞自可避免。是其以农业政策之解决为政治目的之实现，与俄国之非仅为农业而农业的政策，初无不同。

俄德的农业政策还有一点相同，食粮问题的绸缪，为未来战争的准备之一端。俄国的农产最高计划管理机关，是国防机关，虽然俄国在第一次大战时，未发生严重的食粮问题，且俄国在战前还是粮食输出国家之一，但一九二八年，俄国人口的增加与农产品的增加并不能等量。一九三五年俄国人口增加了百分之十六，农产品呢，用了各种现代方式，其产量的增加，仅增加百分之六。如果人口的增加速度这样继续下去，显然的食粮问题将为国防问题中之一要项。德国食粮问题，在第一次大战时，比英法等国的食粮问题还要严重。粮食自足是国社党准备战争计划中鹄的之一。实在近数年来的和平时期，德国人已在过着战争的准备生活。以农业政策为国防经济计划中之一要端，是俄德两国所相同的。

二，就两国所采用的方法上来看，也有些相似。农产品的出口或入口不是任凭自然的经济法则支配，而是以人力来调节，一九二〇年以来俄国发生过两次谷荒：一在一九二八年，一在一九三一年。但这两年都有谷类出口，既非由于俄国农产品之有过剩，亦非国外市场农产品之高涨有以致之。即令国内农产品不足，然而国家认为非以农产品出口来交换外国的货品或吸收外币不可，也要忍痛减低国内消费量来促进农产品出口。此在俄国是如此，在德国亦然。德国的食粮若任自然经济法则去支配，则就自给一点来说，更比俄国严重。德国的麦类和高等农产品如鸡蛋，牛油，肉，脂肪，国内生产量和需要有很大的差额，而国外的农产品价格又比较低廉，德国政府一方面要限制外国贱价的粮食的入口以维持本国农人的繁荣，一方面又要节省消费量，务使本国人的食粮取给于本国。于是关税不但成对付外国的武器，亦为达到农业自足的一种手段。食粮的出入口是在国家经济政策下一种调节方法。生产者消费者都受拘束，为贯彻政府的政策计，生产者消费者两方都要付很高的代价。

农产品的出入口完全受国家支配，农产品的价格亦由国家维持一个人为的水准。俄国自一九二八年以来，所谓食粮价格是政府就工业品与农产品两者之间规定的一个相对的需求比价。第一次五年计划开始时，农产品价格相当的增高，政府乃故意提高工业品的价格，使农产品价格因之相对的低落。以后又提高后者的价格，使两者的价格水准平衡。在德国农场品价格为政府所制造，其情形亦复相同。虽然国外食粮价低，而国内则自有其较高的水准。虽然照供求情形来说，有些农产品还可增高价格，但政府限制其高涨。

此以人力的节制代自然经济法则之运行，两国办法如出一辙，所不同者程度上有差异罢了。

三、就两国农业政策的现有结果来看，有一点为两国所相同。设以西欧民治国为标准来比较俄德两国人民之一般生活，后者是贫穷的。我们拿高等农产品来看，俄国牛羊猪的产量，尚未赶上大战前的情形：牛类的数目差三分之一，羊类差一半以上，猪类亦差一半。虽然农田耕种的面积是增加了，但人民之生活程度，并未提高，而是相形地减低了。也许将来可以把这种情形改善，但现状是如此。德国情形亦同。外国粮食不能应本国之需要而入口，以补国内生产饲料之不足，于是家畜的数目受到限制。不但肉类不够，即脂肪，牛油，奶酪的消费都得有规定的消费量。水果对于一般人是奢侈品。英国的主妇做一顿午餐，可运用荷兰，比利时的蔬菜，丹麦，纽西兰的牛油，苏格兰或澳洲的牛肉，西班牙的水果，印度或中国的茶，这种情形比之德俄有霄壤之别了。

俄德两国的农业政策，其相同点已如上所述。但有一根本相异之处。俄国以大农制生产来贯彻其政策，德国则以小农政策为其骨干。俄国认定大农制有种种优点，故农场面积务求其大，以超过美国的平均田块面积为目标，二十万英亩一块的农场是很多的。有一个时期，政府拟将地块减小，国营农场大者由二十万英亩减至十四万英亩，在许多党人心目中认为是退步或暂时过渡办法，他们认为前后的阶段还是最大的农场。德国想藉小农实现食粮自足，故最大的世袭农场不能超过二百五十英亩，小的至七英亩。这两个不同的办法，牵涉到一根本问题，即政治力量干涉经济事业有一个限度。这是主义与经济学法则的相容相抵的问题。小农制，利用农民自利心，对于自己的田园倍加爱护，努力求生产之加增，是有其长处的，但小农制的长处有其限度，为了达到农业本身以外的政治目的，使此小农生产永以为制，是和经济法则相抵。得之于政治者，失之于经济。就增加农业出产而言，显有可议之处。以小农制的生产同大规模农业生产相较，后者自有种种的节省。把两种制度下所得的产品放在一个市场上销售，大农制的产品自将以成本低廉而压倒小农制的产品，但是俄国的大规模农业生产也有不少缺点。农业终是农业，不能全以经营工业的眼光，方法来用之于农业。工业上大规模生产的优点，专门分工的利益，在农业上应用起来，有其限度。固执以行，便和农业经济学（Agronomics）的法则相抵触。地理的条件，天时的变化，不但使分工专门原则的普遍应用受实际上的限制，而且有些情形常为人力所不能预计。

  这两个国家的农业政策的试验，证明了以政治干涉经济事业的发展，在一定限度之内，可收其利，过了这个限度，便利弊互见。我们决定一个建设性的农业政策，不但要考虑到政治的需要，还要顾到经济的决定因素。年来谈俄德农业的人，每失之于过于偏重成功的方面，很容易引起一种误解：其实决不是只看数目字之增减多少即可定论的。

查拉图斯特拉的文体

冯 至

近来朋友们闲谈，常常谈到查拉图斯特拉的翻译问题，这是一件不很容易的工作。意义上没有错误，并不能说是对于查拉图斯特拉译者最后的要求；把它特殊的文体，下一番文字上功夫，重新表现出来，才算是我们理想的译品。因为尼采在这部书里，看外形和内容是同样重要。换句话说，若是没有这特殊的文体，查拉图斯特拉也就不成其为查拉图斯特拉了。

尼采写完了查拉图斯特拉的第三部，从法国南岸的尼斯写信给他多年的老友罗代（Rohde）："我自负，这部查拉图斯特拉使德国语言达到完善的境地了。那是在路德和歌德之后，再迈第三步……知心的老友，你看，是否力和柔韧性，以及音调的流畅，曾经在我们的语言中这样共同存在过；读完我的书的一页后，你再读一读歌德——你将要感到，那依附于画家歌德的'波动性'，对于语言制造者歌德并不是生疏的。我比他据有更强更男性的线，可是并不随着路德沦于庸俗。我的文体是一种舞蹈；一种各样均称的游戏，又是一种对于这些均称的超脱和嘲讽，我一直运用到元音的选择，"——若是谈到查拉图斯特拉的文体，这封信非常重要。我们由此可以知道，尼采绝不是偶然，却是深深意识到：他对于德国语言的贡献，可以与路德和歌德并肩；他的文体有时均称，有时又要打破这均称，正如美妙的舞蹈一般，时而齐整，时而散乱，更由于元音的选择使这舞蹈得到和谐的伴奏。

我们且看他元音的选择：

> Oh Mensch! Gieb Acht!
> Was spricht die tiefe Mittemacht?
> Ich schlief, ichschlief——
> Aus tiefem Traum bin ich erwacht——
> Die Welt ist tief,
> Und tiefer als der Tag gedacht.

这是那位无眠的哲人从夜的深渊中所发出的叫喊，明锐的i和幽暗的a织成沉郁的夜曲。我们不必问字的意义，只就声音来听，a是无边的深夜，i是尼采醒着的心：警醒的声音贯彻深沉的夜色，正像是夜莺在寂静的山夜里鸣啭。——在题作《夜歌》的另一章里，也有这样的句子：

> Licht bin ich ; ach, dass ich Nacht Ware!

这也是利用i音使我们想象照耀着的光，a是夜的怨诉。

尼采运用元音，这样自如，确是超越过语言的界限，达到音乐的化境。我们若是只把字义翻译出来，而忽略这重要的音乐性，所能成就的，也不过是一朵没有香没有神就是外表也难得相似的纸花而已。——至于《均称的游戏》，也多半是仰仗元音的谐和，例如：

> Deine Flacht lockt mich,
> Dein Suchen stock reich."
> "Wer haste dich nicht, dich grosse Binderin, Umwinderin,
> Versucherin Sucherin, Finderin!
> Wer liebte dich nicht, dich unschuldige, ungeduldige,
> Windseilige, kindsaeugige Suenderin

这样意义相反，韵脚相谐的骈句，在查拉图斯特拉里，层出无穷。我们会想到双人的舞蹈，一个黑衣人和一个白衣人，或是一男一女，伴着和谐的音乐，踏着齐整的步奏，于相反中求得相成，矛盾中求得协和：这也许就是尼采所谓的"舞蹈文体"吧，但我们仔细寻索，尼采的内心又何尝不是这样！——尼采曾经这样说过，好的文体是真实地传达出内心的状况。

不但相反的骈句，尼采爱用元音使之相谐，就是字义相反的字，尼采也尝用相近的音并列起来：HeiligerundH~unke（圣者和瘟三），JunkerundJude（贵公子和犹太人），RichterundRaecher（裁判官和复仇人）等等。这固然是修辞学上的老调子，在每种语言中都有的现象，但尼采用起来，则独出心裁的地方很多，无形中在查拉图斯特拉里成为一种特色。

至于"玩弄文字"（Wortspiel），更是尼采的擅长，在他全集中，时常可以碰到。可是在查拉图斯特拉里，最为茂盛。例如：DasSuchennachmeinemHeimwal'meineHeimsuchung，大意是，寻找我的家是我的灾难，而偏偏Heimsuchung（灾难）这个字是Heim（家）和Suchen（寻找）凑合成的。又如：DerWeissagerspricht, waser "weiss"，先知说，他所"知"道的。——这也是尼采的一种特性：游戏，严肃的游戏。尼采常常这样说：在真正的男子身内隐藏着一个小孩，他要游戏。又说：男子的成熟，即是重新得到小孩在游戏时所有过的那种严肃。所以文字到了尼采的手里，正如一块块的积木一般，任他游戏的心肠，堆聚出多少新鲜的花样。中德文字的构造不同，这些戏法，不可强求，但是既然要翻译它，至少要能使读者感到一些"玩弄文字"的气息。

抛开这些音韵上，文字形义上的问题不讲，再从文体的一般看来，我们就必须时时刻刻顾虑到路德的《圣经》翻译。在查拉图斯特拉里我们处处见到的是路德《圣经》的文法，路德《圣经》的语气。我们若是读过旧约里的诗篇，约伯记耶利米，再读查拉图斯特拉，便不难择出许多类似的句子。尼采自己也说："把路德的语言和《圣经》里诗的形式当作一种新的德国文艺的基础——这是我的发明。"他在查拉图斯特拉里的确作到了这一步。

尼采，一个著名的反基督教者，为什么专专运用《圣经》的文体呢？若是解答这个问题，我们不要忘却，他是一个牧师的儿子，在他没有改习古典语学之先，一向在大学里研究神学。尼采之于圣经的文体，一半由于自然，一半是故意。自然的，是《圣经》的文句从他童年时已经融成他的血肉；故意的，是他要用圣经体写成一部反圣经——查拉图斯特拉。所以这部书一开端我们便读到查拉图斯特拉在寂寞中滞留十年，使我们联想起耶稣在沙漠里的四十天。

说到这里，我们中文查拉图斯特拉的译者是不是也应该参考中文的《圣经》译本呢？

西南洞天

李霖灿

牟珠洞

洞的意味本来是不大能描写的，甚至于用图画表现也都有点困难，又何况是这么玲珑剔透的牟珠洞，很像是大自然恐怕人家不相信它的神妙，便拿出手段来做一个玩意来给你看。钟乳也能有这么多的变化，一层层叠积成宝塔、宝幢、万民伞的，垂下来成四明灯一般香的，起伏滚转成狮、成象、成佛手、净水瓶的……不知道有多少！因为全洞该是由钟乳凝成，你可以想到它内部的无穷变幻，这已经够妙了，尤其是那么奇怪，经那位八十多岁高龄的老师傅指点起来，简直头头是"道"。

怎么会这样巧，洞的进口迎面就是一座九层钟乳凝成的透花宝幢？老师傅十分诚心地介绍给我们，这上面供奉的是飘海观音，入洞全得靠她菩萨的保护。我们对于这个小小的泥塑并不感到什么大趣味，只是这个老师傅的雅静风度，使我们觉得在这种地方多么好的可以作诗意的欣赏。

老师傅年纪太大了，不大能行动，平常都是由他老人家的徒弟带人进洞看，这一次听说我们都是海北天南来的，"啊，你们远路来拜菩萨，好！好！我带你们去看洞。"

站在洞口宝幢边，他老人家一只手扶着根长竹竿站稳了，向我们介绍，"这上面是飘海观音，入洞得她菩萨来保护，好，我来给你们引见引见！"一双手由那又长又大的袖子展了几展，极像是京戏里面老仙人的动作，慢慢地伸出来，指着石幢前的拜台：

"来，来，你们来拜见观音菩萨！……来！"

这一位饱历人世风霜的老师傅，是因为我们这般远客才离了他的法座亲自来指点我们，现在又这么虔诚地要我们来拜菩萨，很明显的是完全站在我们的立场，为了要菩萨保佑我们才要我们礼拜的！他自己因为年龄大，又是和菩萨相处有几十年的历史，便自居于介绍人的地位。

在这种地方，经这么一位道貌长者这样善意地指示我们，而且假如听他的话，他老人家一定更高兴会给我多讲些有趣的故事，大家相互看了看就微笑地挨次向飘海观音磕下头去。

这果然使老师傅高兴，当我们跪下去礼拜的时候，他也挨次地祝福我们。"好啊，佛爷保佑你！……一路福星……"小官跪下去磕了头，他又很巧的加上一句"升官发财"——大概小官要升大官了。

老象最不甘心愿意磕头，然而他终于是最后一个磕下去了，老师傅又加上句"好啊，多子多孙……"我们在一旁忍不住笑了出来——老师傅我们只要你祝福我们一句"一路福星"就很够了。

"老师傅，你拿这长竹竿是干什么的？"老象站了起来，大家开始等老师傅领我们看洞了。

"你们看么，这是龙头……这是象鼻……"

竹竿在老师傅手里这时候变为魔杖了。那么浓厚的魔术气味，随着这支魔杖的指点，什么童子拜观音、一团和气、四盏明灯、七级浮屠、龙头、象鼻、观音的净水瓶、竹节佛，都从岩壁上跑出来看我们。怎么都这么的像？这洞恐怕有点仙气在笼罩着呢。老师傅长袖翩翩披着大红风帽，便是一个神仙。从雪白的长髯中慢慢的吐出滚圆的声音，一个个都很舒服在空气中动荡，似乎空气一股馨香的酒味在挥发着。

随着这位老仙和魔杖的指引，一路东看西看地忙个不停，竹竿在老师傅的手中漫舞着，很显然地是差不多连洞中的一草一木都背下来了。很悠然的慢慢随处指去，便又是一个灵迹。

"这是和合二仙"，洞往上爬，在一边墙上真的是和合二仙。但是老师傅又说了："上坡我不能奉陪，你们自己上去吧。记着，一听见'阴河'水响，就要回转！……我的话你们听得懂么？……好，一听到阴河水响就要回转啊。……我在这坡下等你们。"他大概有点看出我们这般小伙子淘气，所以一再嘱咐我们听见阴河水响就要回来。这时我们所想到的是老师傅不随我们上坡，这不知道使我们失去多少的有诗意的好名字。

我们只好自己爬上去。老师傅还在后面再三地嘱咐，完全是老人家指示少年人半教训半亲切的口吻。我们猴子般的上坡转弯，还听见老师傅在说：

"你火把不是这样拿法，要照前后……"

爬上去一段路，都先是在钟乳下面低着头钻来钻去。空气热得很，地下都满是煤的颜色，后来才知道是进洞火把灰烬积堆而成的。这洞在到贵阳的大路边，上面又是写着"贵州第一洞天"，来看洞的人很多，所以石钟乳也没有水洞的那么莹洁。不过这洞全是钟乳结成，所以虽然狭小，然而变换得使人没法猜想。许多处所看看很像是一个什么东西，然而又叫不出名字，假如老师傅肯来就好多了。

隐隐的有了水声，是水在地下呜呜咽咽地流，转过一个弯，可以分明听出是水在响了。大家都不响，听水声似乎还夹风声。前面有河了吧，那应该更好玩了。

路在一个突然下转的岩石边，笔直地下去不见了。迎面一条自上垂下的钟乳柱子，立在路中间，似乎是告诉我们这里已经不好走了。

一只手拉住这条柱子探了探身往下看，水声如雷吼般的在洞中呼号，把火把也伸下去看看，下面看着一条很急的水在闪光，也看不清有多少阔，多少深。不过好像还可以看到旁边有点绿草似的东西，那大概是岸了。由上往下看，这河至少有十丈深，看看有点头晕。假如手拉的栏杆断了呢，这当然是不会有的事，然而当时心中真的这么害怕呢！

这当然是师傅所说的"阴河"了，我们挨次拉着栏杆看了一会儿，似乎也可以下去的样子。然而太危险，想想老师傅再三的嘱咐，看看又有点舍不得，可是终于颇不尽意地回来了。

老师傅并没有在"和合二仙"那里等我们，却在客厅中闭目静坐。

"老师傅，阴河下面可以下去吧？有没有人下去过？"我们有点不甘心，便先向老师傅发问。

"有人下去过，暑天好看，现在'阴风'太重！"老师傅睁开眼慢慢回答我们。

——阴河已经阴森森的了，现在又是一个"阴风"，大家不禁有点毛发悚然，想到阴曹地府那里去了。

"阴河下去什么样子，有好多远？"

"暑天有人下去，冷得很……大约来回有十五里啊！得带五支火把……最后走到龙抬头，水流到龙口内，就不见了……"

"老师傅，人怎么好下去，阴风要害人的啊！"小官抢上一句说。

老师傅转过头来，看了小官一眼，有点笑意地说："阴风不坏事的，坏事还了得它？有飘海观音管着他的……我在这里五十多年了，很知道，坏事还要得？"

老师傅的话，我们绝对相信，由他老人家的口气中把阴风比作一个顽皮的小东西看待，不过多少有点好恶作剧开开游客的玩笑，现在既然有飘海观音管着他，那当然就不会坏事了。

那我们又何妨下去阴河里看一看呢？看一看龙抬头到底是个什么样子，听说里面还有千顷田等名胜，水也很深，有时十多丈，夏天下去游泳一定不错。

但是大家商议的结果，今天我们已经很满意，还是决定赶到狗场去休息。

那里军委会后勤部的人虽然愿意替我们解决食宿问题，然而留下这么一个缺陷，当作回忆也很好，而且正如老师傅所说的——后会有期。

背上行装走了，军委会的人送我们到门口，老师傅站在台阶上拉着大风帽，亦弓着腰，慢慢地向我们告别："好吧，你们去吧，一路福星，一路福星…………"

莲花洞——龙里

夜宿狗场时，已经听到他们乡下人告诉我们这个洞名。然而那时大家的意思，这沿路上看的洞太多了，又何必一定要去看莲花洞——洞也许都是大同小异的。

到龙里的时候，天色还很早，离贵阳只有三十七公里，随便哪一天都可以"朝发夕至"。贵阳已经在我们的掌握中了，那又何妨跑两三公里去看一看莲花洞呢？

结果，由莲花山下来的时候，大家都自动地矫正了从前的观点——洞不但不是大同小异，而且应该是这么说，每一个洞有一个洞的趣味，各不相同。

莲花洞确是不错，高晓宏大，那无疑的是辰溪"水洞"，玲珑变化那要数牟珠，伟大不及水洞，细腻不及牟珠，然而兼有两者之长的，当然是莲花。

钟乳柱林是莲花洞的特色，几乎大得使人不相信。若拿牟珠洞的来一比，那真是小巫见大巫，不过彼此趣味也不同，牟珠很像是一再雕饰，把那么细腻的流苏，垒满了每一个石柱，莲花则以雄伟见长，是一个大刀阔斧艺人的手笔。

时常是一片极平的天花板——当然这也是像钟乳凝成的，延伸到几十丈见方，有许多石柱从上面一直流到地下来。这样柱子都较细，不过多极了，我们就是在这种柱林中低着头走。有的柱子，老道士告诉我们中间是空的，用石头敲敲发出响亮的警音，有一排七个，每一个声音的清浊不同，我们敲着笑着，这可以奏乐了。然而时常把小的柱子敲断，我们在地下看到不少的破片，外面还写着禁止敲石柱的牌示。

洞中石柱成七级浮屠、九重宝幢的不知道有多少。尤其是中间那一带，有六七丈高，几乎和上面崖顶接住，也有点像是观音大士，若和牟珠洞一比，牟珠洞恐怕要脸红了。不过大概牟珠洞的年代老些，所以全体发一种半透亮的酱红色，也坚质得多，莲花洞的石柱还是乳白色，而且因为开辟不久，许多看上去极妙的地方，它还没有命名。老道士告诉我们，由一边崖侧下去，有一道阴河，但是路太难走，到现在还没有人下去过。莲花洞正有许多奇奇怪怪的地方，等着游人去发现呢！

再讲下去，恐怕要更奇怪了。要知道这个洞在一个至少有二里高的山顶上，荒草蔓藤中伸出一个蛤蟆似的大扁嘴，老道士在前面修了一道围栏，简直有点像人家的墓道。由洞中爬进去，便一直往上走去了，所以那天我们都说这一次入地狱了，在一个山顶的洞还会有阴河那真可以吃一惊！

诚然没有"水洞"宽敞，然而水洞又哪里有莲花洞的层次曲折。洞是四方八方的延扩过去，不是深长，而是广大，钟乳如云形的一层又一层，而且有道路可以爬到第二层的钟乳上去玩。

老道士叫我们把手杖放在洞口，因为进洞手杖就不大有用处，等我们决定上云形的钟乳上层去时，便完全恢复爬虫时期的本能了。

爬上第二层，看看四周光怪陆离的钟乳，都像是云头。好，我们已经身入石云中了，往下看一看，老道士在一个狭长的石峡中，拿着火把仰着头看我们，我们可以看他那一点点铁赤色的面孔，配着他那乱蓬蓬的头发、胡须、眼睛，那么一转——真是拍恐怖电影的最好的地方。

大家都说莲花洞很有资格来改为一个最大的天然跳舞厅，而且建议设计跳舞厅的人，请拿这洞的神奇感受来做参考，跳舞原也带一点原始的情趣，那无疑的这两者一定是非常谐和的。

就是没有莲花洞，我也劝人去登一登莲花山，可以担保不会令你失望。那天傍晚站在山顶的悬崖上不知道呆呆地看了多少时光。

这是高山上才会有的情趣，空气有冷冽的气味，清洁而新鲜，在这种冰洁的空气中，身体也似乎轻健起来。完全是往下看，偶然平观过去便只能看一片片的暮云，一个个小山像地质模型似的平列着，真的是像站在这里一声长啸，四面八方的山都会站起来响应我们。一块一块的稻田，像棋子似的搬在我们脚下，那颜色有点像铁甲车上的彩色伪装，那么有变化，又那么谐和，一个小山坡之间看到一条弯弯曲曲的公路跑过去了——这是到贵阳的公路。

但是最令人喜欢的是老道士的那间傍崖厢房，下面是笔直的深谷，被蔓草丛竹遮掩得变成黑颜色，往下看有点头晕。但是坐在窗口平望过去，就又换了一种格外清远的情味。窗下丛生的野梅正在满树着花，交错横斜，塞满了窗口。有时吹来一点似乎是清香的味道。由花枝的疏淡处看过去，"一览众山小"诗人在泰山顶上的感觉，我安安地坐在房子里也可以尝到。

哪一个人想回去呢？然而远远的山头与野火越烧越亮只了，觉得健步如飞，但是还没有下了二里盘旋的石级，月光就赶上了我们，她恐怕我们在旷野里寂寞，每人送我们一个影子——伴我们到龙里。

本期撰者：

　　罗文干教授根据其多年从政的经历，对于我国今日的吏治制度，有所针砭，是值得读者注意的。

　　本刊常承各国立大学的教授惠寄文章。除西南联合大学及云南大学外，中央政治大学、武汉大学、中央大学、四川大学及同济大学的教授均有过文稿。本期又承中山大学史国纲教授惠稿。本刊对于各大学同仁之掖助诚是非常地感谢的。

　　李霖灿先生毕业于国立艺专后，由湘徒步至滇，作艺术考查。本文即从旅行记中摘出。李先生现在严江研究边地民族艺术。

　　张德昌及冯至两教授在本刊均有过文章发表。

第一卷第二十五期（1939年6月18日）

时评

上海外汇跌价

　　上海汇丰银行于本月七日一度停售外汇，旋乃继续供给，但加以严格限制，英汇市价遂由八便士一五跌至七便士二五。八日续跌在六便士半。沪汇市场虽因此而一度紊乱，然自八日之后汇价涨落并不甚大，且似已趋稳定。

　　八便士的汇率是所谓黑市之汇率，而不是法定的汇率（法定汇率，直到现在，还是十四便士半左右）。七日以后的跌价，是黑市汇率的跌价，而不是法定汇率的跌价。然而因为现在能以法定汇率请求得的外汇为数至微，我们对外的汇率实以黑市为主。况且自从本年三月，我们借得一千万英镑作为维持外汇基金之后，这一个基金运用便是维持黑市的汇率。所以这八便士的汇率，虽然，在法律上是暗盘市价，而在事实上，已经得到半官式的支持。这一次汇价的下跌，不仅为市场上单纯的变动，而自与这半官式的情形或政策有关。

　　外汇下跌的近因是汇丰银行一度停售外汇。汇丰实际上是代表我们外汇基金委员会运用我们外汇基金维持汇价的机关。汇丰停售外汇即等于此项基金运用之暂时停止。稽诸财政发言人十日谈话所云"最近外汇平衡委员会调整外汇市价所用之方法，既未变更政府之政策，且系政府核准之措置"，则停售外汇，放弃八便士市价的维持是已事先得到官方的认可。外汇基金平衡基金委员会何以在这一个时候采取此项策略，除非详悉委员会内部及基金的情形，不易作答。一个可能的解释便是因为过去八便士又四分之一的汇率实在太高，在现在中国对外收支平衡情况之下，恐不能无限期的加以维持。近月来沦陷区中主要口岸如上海，天津等埠进口贸易激增，尤以日货为甚，外汇需求自亦随之加多，外汇平衡基金委员会，因为种种原因，向不宣布基金的状况。我们无从知道过去三数月间中国国际收支是否有相当的差额。如果差额存在，且其趋势尚在加增，基金的前途自甚危险，而八便士汇率的勉强维持无异于剜肉补疮。沦陷区内的贸易，我们无法制裁，不过汇率的变动也许可以杀入超之势，以减少收支的差额。至少，于平衡基金在市场暂停维持，使法币自行调整其对外价格，获得新水准之后，再行确定的比率比较为易于维持。

其实，外汇本身是否必须维持，是一个大可商讨的问题。恐怕一般主张维持的理由还是顾虑外汇跌价会引起一个普遍恐慌的心理。然而这个理由也未可厚非。我们希望财政当局对于这一点特加注意。（岱）

日本与德意军事同盟

日本的暂不与德意订立军事同盟，是经过驻欧使节会议及五相会议的多次讨论才决定的，于是预定的德意日三国军事同盟一变而为德意两国的同盟，这个问题似乎已经告了一个段落，不过最近驻德大使大岛及驻意大使白岛突然向有田请求辞职，而少壮军人及右倾分子也计划压迫平沼加入同盟所以近日来五相会议再度紧张起来，军事同盟的问题又死灰复燃，不但成了日本外交上的路线之事，并将引起内部的纠纷，很有引起政变的可能。

自去年十月宇垣外相以媚英外交被军部压迫辞职后，加强德意日轴心的空气极盛一时，驻德大使大岛及驻意大使白岛非常活跃，驻欧使节曾先后会集巴黎，讨论允否将三国反共公约，改为军事同盟。少壮军人及右倾分子都认为：（一）英国是日军侵华政策上的最大障碍，中国所以能够"顽强抵抗"，完全是由于英国在经济上及军火上的赞助，它不但自己帮助中国，还极力拉拢美国法国在远东方面结成反日阵线，并且对于俄国赞助中国，也无形中给予莫大的鼓励，所以激烈军人都说对华战争实际无异于对英战争，英日没有妥协的可能。（二）德意日都是"无"的国家，应该联合起来向"有"的国家进攻，使处于领袖地位的英国东西受敌，而屈服让步，盟兄德国的作风很使少壮军人们赞叹羡慕。但元老重臣财阀官僚等稳健分子则认为

（一）日本若公然与德意缔结军事同盟，适足以促使英俄美加紧露骨地援助中国，使日本在外交上失去活动的余地，英俄远东阵线的联合更使日本不能无所顾虑。（二）德意之利益在欧洲，必要时并不能出兵至远东助日，日本反须受同盟之约束，牵入欧洲漩涡，海军方面更须负很大的义务。（三）欧战爆发的可能性，远大于英俄法美俄等国在远东和日本的冲突，日本与其被动地受德意牵制，卷入大战漩涡，冒险作孤注一掷，不如趁机压迫英俄等国让步，而使日本得遂其侵略野心。（四）英国对阿比西尼亚西班牙等事件的让步，这种现实主义的外交使日本不能无动于衷。所以稳健分子们主张三国同盟应专对付苏俄，而德意二国则坚持亦须对付英美法三国，大家打如意算盘，磋商了将近四个月，毫无结果，四月末敌国五相会议决定：（一）若非各民主国与苏联合作，危及日本在远东地位，日本避免参加反民主国阵线。（二）为折衷起见，由德意日缔结以对抗苏联为目的之军事同盟。（三）由德意日根据反共协定规定，交换报告，互供军火。这种办法当然不能使德意满意，所以它们两国便撇开了日本，订立军事同盟。因此少壮军人及右倾分子们责言繁兴，认为政府如此做法，徒然得罪德意，而并不能见好于英美，所以一面在远东方面积极压迫英国，非法检查扣留英国商船，威胁上海天津租界，一方面压迫政府，再度讨论加入德意军事同盟问题。

　　日来五相会议迭次开会讨论，结果尚未公布，惟据近日电讯所传，敌国虽愿加强反共协定，即使与德意订立防共同盟亦无不可，惟须附以某种条件，而以应付苏联态度一项尤为重要。又据中央社纽约八日合众电，《先锋论坛报》顷揭战东京电一则，谓五相会议决定正式与德意举行谈判，以缔结有限度的同盟条约，此为日本对于加强轴心关系之最大限度的贡献云。然则这次五相会议所决定的，与前次之决议仍然大同小异，日本的不愿无保留地加入德意军事同盟之主张并未变更。虽然有人认为日本的暂不加入德意军事同盟，不过是一种离间英俄见好美国的阴谋，将来加入是毫无问题的。但我认为在平沼内阁未倒至少有田外相未辞职，或英俄关系没有更进一步的接近之前，日本的政策不会有剧烈的改变，决不会无条件地加入德意军事同盟。第一，平沼这次登台后，鉴于情势的严重，内政外交方面趋向稳重，这次的决定不参加德意军事同盟，据说他的意见占主要成分，海相米内也不大赞成参加，有田外相和石渡藏相都主张审慎。鉴于平沼屡次"日本既不属于集权国家亦不属于民主国家"的声明，更可证明平沼不愿任听少壮军人及右倾分子的支配。（二）日本的不参加三国军事协定是经过四个多月的辩难讨论才决定的，若随便改变，则五相会议之威信何在？目前平沼内阁对于德意的态度，大概将提出条件，再开谈判，以见好德意，并缓和少壮派之反对，对于英国则一面以不公然与英敌对，保留交涉余地，一面又利用军人在中国的强蛮，威胁英国，梦想获得些让步。但是躁急好功的少壮军人及右倾分子是否能谅解平沼的政策，这是一个很值得注视的问题。（迅）

英日冲突的尖锐化

这一二旬来，英日间在中国曾发生无数的冲突与纠纷。大别起来，可分为四类。第一是因日人限制英船航行而起的。近来长江下游日军本曾不断地妨害英船航行，而在洋面上搜查英轮"兰浦拉"一事尤触英人之怒。继"兰浦拉"而起者，更有法邮船"阿拉米斯"（Aramis）与德邮船"召鸟兰"（Sanerland）的被拘，法德对日当然也不愿意。第二是英大使馆陆军武官司品烈及随员寇博之先后被拘。司品烈曾往视察八路军，回平时经过日军防线，遂被日军扣留于张家口。英使馆遂派随员寇博前往营救，而寇博亦被拘。第三为天津刺伪组织程锡庚的四华人，日方要求英租界当局引渡，英方似有此意。而华方则严厉抗议。日人因要求未遂，逐恫吓将封锁英租界。第四为日本煽动英商在上海浦东的纶昌纱厂工人罢工。英人派海军保护纶昌后，日人抗议。英军退后，日军又与厂中职员名丁克勒者争突，将其刺伤致死。次日又有英籍职员麦克阿里斯暴卒之事。以上四事，除"兰浦拉"事件本身已告解决外，整个英船航行问题与其他三事均未解决。最近一旬来，英国会开会之日亦几无日没有议员质问关于英日冲突之事。

日本何以这样不敷衍英国，这样喜欢刺激英国呢？我们以为这绝不是偶然的。我们以为日本的目的在试探英国的决心。如果英国表示坚决，日本只有两条路可以走：一条路是对英国改变态度，改捣乱的态度为和协的态度；另一条路是加入德意军事政事同盟，与和平国家作一总拼。如果英国游移不定，不敢强硬，则日本将继续在远东东抢西掠，不将西方各国在远东的利益抢净不止。日本可以抢掠，但他却不必加入负担太重，而利益不显的德意同盟。

英国在远东的地位高下要看英国怎样对付日本。"兰浦拉"事件英国已

软化了。对于其他各事件，如果英国再示弱，那英国在远东的势力必将与日俱减。（都）

欧洲危机复迫的传说

近日欧洲，谣言很盛，传说新危机已迫近，伦敦电讯云，外国使馆方面消息，英国当局日来迭向德提出警告，同时邀请希特勒以和平方法解决各种悬案。

希特勒果真又要发动事变吗？将发动于什么地方？发动后各国的反应将如何？这些问题，看了前面那段新闻，自然而然，涌上脑海。

是虑雄愿心未已，识者早已见到举迄，未三，月大，概希今馆氏动环境，吾人记得当他并吞捷克，占据米美尔的时候，各国的反响若何激昂，反侵略国如何纷纷修缮武备，使他侵略的野心，不得不暂受羁勒。今安静垂三阅月，颇有事过境迁的形势，反侵略阵线的组织，进行意外的迟缓，希氏趁此反侵略的锐气已过，而巩固的联合尚未成立之前，又来一番惊人举动，很是可能。大概大规模的准备已在进行，所以英国甚感不安。

要有动作，将在哪里发动呢？自然局外人无从知道，照日来报纸消息推测，焦点或在但泽。但泽本是日耳曼人占大多数的城市，因与波兰的海上出路攸关，《凡尔赛合约》强使他脱离德国，改为自由市，归国联治辖，德国人始终不甘心，不肯承认他是无可挽回的失地。国社党的活动，数年前已将但泽市的政权握到掌中，只因顾虑波兰邦交，未实践重归德国的最后一步。捷克并吞之后，德波互相利用之处已不复存，大家都猜但泽问题的危机来到，波兰亟亟动员，英国亟亟予波兰保障，就是防希氏在此下手。他还没有下手，可是德国报纸对于波兰的论调，希氏演说的暗示，及德国人民近日的表示，都使人看到这个波罗的海上名城，将成世界风云的中心。

德若悍然下手，国际反响将如何？直接有关的波兰将抵抗到若何程度？与波有约的英国是否将以全力助波兰？我们推测，波兰是将抵抗的。她曾尝过亡国的痛苦，养成强烈的民族意识，现时的疆界是以丝毫不让的态度争来的。今若坐视但泽被占，不特海上贸易受影响，并且怕"走廊"与上西里西亚都有被割还人家的危险，所以她似乎将不辞一战。当然波兰绝对敌不过虎狼的纳粹德国，他的命运，要看英国是否切实相助。英国早看到但泽的危险，曾几次露口风，希望德波之间用和平谈判解决悬案。意思是说：德国与波兰若能商妥，在若何条件下，任但泽重返入德国版图，英国并不反对；只是若再用并奥并捷的方法来夺取但泽，则将引起严重结果，但在现时德波之间，商妥机会很少，武力恫吓，或不可免，那么英国将如何？英不愿战，为但泽而起大战，尤觉不值得。不过英波之间，既有协定，波因抵抗而濒危，绝不能坐视不救。且前对捷克，未切实履行义务，纵野心者造成今日的局面，今若再放松，野心侵略将无底止，而英国的国际威信亦将荡然无存。这是英国当前的一个大难题。英将若何取径，我们不敢妄测，只希望从前用于捷克名为调解实是步步退让的方法，不再用于波兰。还希望不要因欧洲危迫，而对于远东放任。（寿）

国府令缉汪兆铭

国民政府本月八日命令："汪兆铭违背国策，罔顾大义，于全国一致抗战之际，潜离职守，妄主和议并响应敌方谬论，希冀煽惑人心，阻扰大计。经中央加以惩戒，复不自醒悟，倒行逆施，竟于上月秘密赴沪，不惜自附于汉奸之列，与敌往还，图谋不轨。似此通敌祸国之所为，显属触犯惩治汉奸条例第一条之规定。比来海内外民众，同深愤慨，先后呈请通缉严惩者不下千余起之多。政府如尚曲予宽容，其何以伸张国法，慰我军民？应即由全国军政各机关一体严缉，务获依法惩办，以肃纪纲。"

汪兆铭和议主张的本身既于国不利，而其提出的手续也是错误之极。这层我们早已有所论列，当时中央仅采取永远开除党籍的处分，本冀汪能熟权利害，默察舆情，幡然醒悟，不为过甚。中央对于国内攻汪的言论，亦不望趋于极端，过于刺眼，亦因这个缘故。如果汪兆铭稍有一点政治家的风度，对党只有接受处分，对国则应退隐林泉，默祷多数人的主张（即继续抗战）早获胜利，乃汪竟执迷不悟，继续为所谓"和平"运动，继续发表所谓"和平"言论。近来各方且屡传其至港至沪，行动日趋悖谬。夫上海为敌伪鹿集之所，而汪竟以身投之。即云欧战期中，法国政客亦有主和者（但亦为国人所弃）然通敌则古今中外皆为逆。在交战时期，只政府与政府能有交涉。汪兆铭背离国民政府而与敌往返，对国家实为逆，而对拥护国民政府的全国人民则为公敌。诚如国府命令所云"政府如尚曲予宽容，其何以伸张国法，慰我军民？"

　　除汪兆铭而外，中央及国府对汪之从者向采优容的态度，所以昔日被开除党籍者仅汪一人，而今日被通缉者亦仅汪一人。这亦无非希望随汪主和者改过知非，不复随汪倒行逆施而已。我们固然也希望这班人及早觉悟，有以自明心迹；同时我们更要求政府对另一班导汪助汪，作种种通敌勾当之人，绳之以国法。一个国家仅可容纳高度的言论自由，但对妨害作战，妨害自卫，甚至与敌相通之徒，则决不能宽纵。（端）

法西斯国家的威胁

明 生

欧战结束以来,威胁列强,时时占据各国政府的深切的注意的两个大恶魔便是布尔什维克主义与经济的凋敝。列强的资本家的统治阶级,见了苏联的崭新的政治经济制度,当然要震骇,认他为文明之玷,要设法排除它,扑灭它。但是经过了十几年,苏联这个恶魔不特没有被扑灭,反而一天比一天强盛,于是从前怕他,厌恶他,用种种方法困死他的列强,后来也不得不请他加入他们自己层面的团体,到了现在,为情势所迫,居然要亲密起来,与他缔结什么联防条约了。这个布尔什维克可怖的幽灵可以算是消灭了,虽然英国顽固的保守党人还未必如此想。战后的经济影响在每个国家里,引起了严重到不可收拾的问题,失业人数高涨,工商各业凋零,金融陷于呆滞,这些互相连系的现象,除非国际共同努力合作,并且对于传统的经济制度予以彻底的改革,是不能克服的。列强虽然举行了几次国际会议,如世界经济会议,如国际裁军会议,要设法解决它,但所得到的只是虔诚的愿望,于实际毫无影响的空言。至于革新经济制度,便要侵损治者阶级的利益,更谈何容易。所以结果只是各国对于自己国家最严重的经济问题,做些修补的工作。这种治标的方法,不过一时的对于问题的严重性减轻一些罢了。

列强的大政客们正在用尽心思准备如何对付,如何扑杀这两个大恶魔的时候,一个新的真正的妖怪已经在孕育中。感谢列强大政客们的因循,糊涂,私心与怯懦,这个妖怪得到良好的滋生机会,发育极快,到了现在已经代取两个所谓大恶魔的地位,成为目前世界上最大无比的威胁了。

这个新妖怪便是法西斯国家。现在世界上的三个法西斯国家,各有其历史，各有其国情，各有其所以成为法西斯国家的经过，关于这些方面此处不能述说，但是他们的目的与他们对外与对内的措置，有许多共同之点，我们现在就这几点，略为讨论。

每个法西斯国家的目的都是扩充领土，建设大的帝国。日本所企图的是并吞中国及南洋群岛，建设东亚大陆帝国，实现比丰臣秀吉的理想更野心的理想。意大利所梦想的是囊括地中海边的国家，建立地中海帝国，以为罗马大帝国之续。德国所标榜的是统一世界上一切德意志民族，复兴查尔大帝的伟业。三者之中以德国的理想为最可怕，前二者仅以地域为限，德国却用民族来决定他的膨胀的限度，德意志民族已散布全球，在北美、南美、非洲，都集中居住，繁衍后裔，如德国贯彻民族的理想，世界将无处不有德意志的领土了。

为达到他们的目的，法西斯国家所采用的手段，不外几种：第一便是扩充军备。在法西斯的心目中，武力可以决定一切，握有武力便可以为所欲为。每个法西斯国家将全国生产力的最大部分都消耗在军备上，每个法西斯国家的财政，是罗掘一切可以得到的财源，以整顿并扩冲军备，但是使用武力究竟是不经济的办法，所以法西斯国家最常用的手段还是恫吓，敲诈。军队永远保持着半动员的状态，准备在那里，恫吓不遂，敲诈不成，便来运用。意日两国便是如此，独有德国的运气好，几次的撒赖都没有遇见绝对不肯屈服的对手，便容易的成功，所以至今还没有动用他的强大的武力，公道地说，捷克本预备抵抗，但为委曲求全，徒然做了英国的糊涂外交政策的牺牲品。奥国则介乎两大法西斯国家之间，孤立无援，欲求"以夷制夷"，但最后还是做了实力较强的德国的俎上肉。既然以恫吓与武力为对外的工具，法西斯国家在国际关系上当然不肯，也不必守信义的。多少年来见识高远的政治家所努力维持的维持人类世界和平的制度，如国际道德，国际秩序，条约神圣，他们一概消灭，一概推翻。不特已有的国际约束可以完全无视，就是法西斯当局自己在前一点钟所说的话，在后一点钟便可以毫无羞耻的赖账。在如此情形之下，任何国家与法西斯国家办交涉，便无所谓谈判，无所谓磋商，不过是听取与服从他的命令罢了。法西斯国家的另一种手段是在世界各国广布他的势力，培植扰乱的种子，引起各处的骚乱。举例来说，日本对我国则豢养汉奸，煽动内乱，对其他国家则收容反英之印度人，菲律宾之反政府党，企图推翻苏俄现政府的白俄，以供他的驱使。德意两国公然地援助弗朗哥将军推翻西班牙合法的共和政府，意大利煽动阿拉伯人反英，对于他们的反英运动予以有效的资助。至于德国国社党的宣传现已布满全球，他在南美的特别活动已经唤起美国的戒心，即在美国自身，据最近的调查，直接或间接鼓吹国社主义的机关便已达九百所之多。

法西斯国家维持他在世界上的地位，推进他的野心的目的，要凭借他的武力，因此他在国内孜孜进行不懈的便是充实自己的武力。简单言之，每个法西斯国家是一架战争的机器，天天准备着开火进攻，所有他的设施，所有他的行政，都是在设法增进这架机器的效能，所推行的种种经济计划无非是为求得经济的自给自足，军需原料与制造得到充分的大量的供给。科学家所努力的无非是为加强战争工具与方法的破坏力。一切的教育，一切的宣传，无非是为训练人民成为法西斯国家驯良的百姓，效忠于法西斯国家所负的使命——扩充领土的战争。总之，惟有法西斯国家所进行的整饬军备是至高无上的利益，其他的无论是私人的或团体的利益，都要附属于他，以他为依归，因此法西斯的目的成了一切，而个人变为乌有，全国人民在此情形之下，好似一个庞大的军队，在其中每个人的成分便是直接的或间接的服务法西斯目的，牺牲他的一切，包括他的生命与思想，以促进那个目的的进行。如果有不肯加入这个队伍或表示反抗这个目的的便被监禁，放逐或处死。

法西斯国家的性质简单地说，不过是如此。他的目的是膨胀。他对外所用的不是挑战，便是恫吓。他对自己的人民不外乎训练，统制与压迫，性质虽然简单，法西斯国家却与现代文明国家一个极重大的威胁。现在各国惶惶不可终日，在内政外交所忙着进行的不过是如何对付几个法西斯国家。法西斯国家的威胁如何的严重，他的力量在哪里，他是否也包藏着弱点，这些问题是值得检讨的。

法西斯国家对于世界最大的威胁就是不怕战争，无时不举枪相向。人类本来是习惯于和平的生活的，人类努力的极大部分都是为求得过安静的日子，怕战争可以说是一般人的第二天性，特别是在欧洲，人们还没有忘记上次欧战痛苦的经验。现在几个法西斯国家，一反这种爱好和平的心理，将全国变成一架战争的机械，将全国一切可以得到的人力财力完全都用在精制这架机械，时时准备着扑击不向他表示服从的国家。这是多么可怕的情景。试想一个村子，在平日里虽然免不了摩擦、叫骂甚而至于挥拳，但大家都要求过安静的日子，安静的日子大体上说来，是他们生活的常态。现在村子里忽然来了三个无赖子，每人整日里耍枪舞剑，这个今天向张三寻衅，那个明天向李四敲诈，立刻全村来了一个重大的威胁。若三个人无论显然的或暗中联合起来，共同约定进行扰乱，那个威胁当然更大，全村不特不能有安静的日子可过，连各人自己的生命财产也无时不可以丧失了。

　　世界各国所以受法西斯的威胁，不单是因为法西斯国家不怕战争，而是因为他们自己怕战争，而同时又不得不准备战争。对于法西斯国家是无理可讲的，无交涉可言的，我国多少年来与日本的谈判是一个明显的教训。答复法西斯国家的唯一有效的方法也只有武力。他以武力做后盾，我也必以武力做后盾，他以武力来，我便须预备着以武力往。武力以外，别无对付法西斯国家的方法。和平主义者所提倡的不合作主义，无抵抗主义，对于法西斯国家是完全不适用的。对德意日的统治，即使有甘地其人出面抵抗，我敢说在没有能起始他的运动前，他的脆弱的性命早就送掉了。然而文明国家在效法法西斯国家，整饬军备，以抵抗他的时候，已经种下了危险的种子，这个危险又以分两层说，第一是消耗财力，降低生活程度，现代军备是非常费钱的勾当，扩充军备便是将生产力转移到不生产而无益于民生有害于和平的事业。一个国家生产的能力有他的限度，军备用品的生产加多，便是消费用品的生产减少，法西斯国家所以敢疯狂地增加军备，是因为不顾一切，牺牲一切，减少工资，增加工时，限制人民消费，征发人民的资本与劳动，凡是可以达到扩军的目的的，都可以采用。文明国家要与法西斯相抗衡，便也不得不放弃一切的顾虑，不管人民的疾苦如何，从事军备竞争，结果便是消耗人民财力，降低生活程度，但是更严重的危险，不单是物质的贫乏，而是精神上的转变。文明国家为抵抗法西斯国家，必须加强他的军备与军事组织，就是必须要效仿法西斯国家，将全国变成一个高度效能的战争机器。为达到这个目的，便不得不将人民机械化，凡是文明社会里的人民所最宝贵的精神，如自由、独立、自发力等，虽不必完全毁灭，至少也必须降伏，结果文明国家在抵抗法西斯国家的过程中，不知不觉地竟变成他的同类了。这是文明国家进退两难的路，若任使法西斯国家猖獗，不事抵抗，则在不远的将来，自己将成为法西斯的奴隶，捷克，意大利，是眼前有教训。若准备抵抗，扩张军备，则自己也有潜移默化为法西斯国家的危险。此所以彻底的和平主义者，忠实的自由主义者至今对于扩军还期期不以为可。虽然，两害相权取其轻，对于法西斯国家的抵抗与不抵抗二者之间，不抵抗是毫不容疑的要身受其祸，而抵抗尚有免除这个祸害的一线希望。因为如果文明国家觉悟自己的任务，在整军的过程中避开一切法西斯的风味，则将来在消灭了法西斯国家的时候，依然可保持文明国家的性格。文明国家唯一的前途就是虽然一时的武化，依旧保持它的文化。

现在文明国家所遭遇的法西斯的威胁的利害可以说是空前的。那么，法西斯的力量到底如何强大呢？在理论上讲，现在的法西斯国家都是先天不足的国家，资源贫乏，不能自给，而年来他们疯狂地扩充军备，特如日意两国已经进行了或在进行着军事的冒险，更斫丧了本元不充的体气。比起英美苏俄来，他们的武力可以说是不足畏的，例如英国的空军力量在几个月以前不及德国远甚，但最近的报告谓英国空军的第一线已有飞机六千架，与德国的第一线已经相等了，由此可见其生产能力，若认真调整，远大于德国的，英国已如此，美与苏俄的生产能力当然更大了。但是理论只是理论，武力不是单凭军备的，世上最可怕的人是所谓一物狂，就是对于一件事情中了魔，其他事物一概置之不理。法西斯国家是一物狂，他一心一意是膨胀，是战争。世上如果出现了一个一物狂，已经可以闹得天翻地覆，现在法西斯国家是正在制造整个的一物狂的民族，其祸害不堪设想。三个法西斯国家都在那里养成自己民族的夸大，压迫屠杀自己以外的民族，栽培民族仇恨的种子，鼓舞人民好战排外的情绪，等到这三个法西斯民族都变成一物狂集团的时候，则其武力的浩大要比他的实际的物质的力量加强不知道几千万倍。日本军阀在我国，意大利军阀在阿比西尼亚所表现的不过是小试其端倪了。法西斯国家更可怕的力量是他的不顾一切，他可以蒙一切的牺牲，等到他的情绪高涨的时候，他可以切腹，作孤注地一掷。法西斯国家至今还没有表演这一幕，但是他们的心情对于这种冒险是优为之。他们是大赌鬼，到了紧要关头的时候，可以不顾国家的安危，做最后的一拼。希望由这一拼保持自己，至少也可以毁灭他的敌人，在这种情形之下，法西斯的武力是不可测的，而也是文明国家所最畏惧的。

幸而法西斯国家本身已经蕴藏着毁灭自己的种子。法西斯国家在踏上法西斯大路的时候，便起始开掘自己的坟墓，因为法西斯主义自己是一个矛盾，他也许可以得到一时的成功，但越是发展越接近倾覆。简单言之，法西斯的经济与人民都不能长久地支持他的统治，在军备的竞争之中，法西斯人们对于军费终有不胜担负的一日。在罗掘俱穷，压低人民的生活程度之状况下，不能希望有合格的工匠与军人。而在专制的统治之下，人民丧失了自由、思想、独立，便尽变成机械里的小齿轮，缺乏自动的能力，这样的人民不能成就任何事。就是在战场上，习惯于自由的人民也比习惯于受严格纪律的人民善战。在欧战时法国人的骁勇善战虽德国人也称羡，这次我国前方将士亦证明了他们的优强。至于文化事业、政治、经济、社会、学术各方面的进步，更不是机械化的人民所能贡献的。所以法西斯国家，无论在物力人力上，都是必然的日趋于枯竭的。在这一点看来，法西斯国家，没有前途，是不足畏的。

今后的问题是法西斯国家如何倾覆。我们已经担任起文明国家的任务，正在那里以武力答复日本法西斯的武力了，其他两个法西斯国家还没有碰到武力的抵抗，还是让他们断丧自己，终至患枯血症而倾颓呢？还是要等着文明国家联合的一击然后才可以将他们消灭呢？这要看世界大局的演变，然而也要看各国政府的决心，至少有两点是现在确显明的，一样是法西斯这个妖怪早晚必须覆灭，无论是自然的或由于外力；一样是文明国家已经决然不肯再放纵法西斯国家的猖獗，而想要制伏他。

日本为什么不参加德意同盟

黄同仇

日本在《防共协定》的烟幕下，叨了德意两国不少的光。然而，这次德意同盟，为什么日本不加入呢？这里有三个答案：第一，德意不要日本参加；第二，日本自己不愿意参加；第三，来不及参加。这三个答案都有可能性，不过最大的可能性还是第二个，因为第一个答案在常理上是不会有的，德意为什么要缔结军事同盟，当然是为了英美法苏的威胁，深感自己的实力不足以维持自己争夺得来的权利，尤其是吞并了奥捷和亚尔巴尼亚以后，欧洲风云日益紧急，美总统罗斯福对希特勒强硬的警告，英国声明将以武力维持波兰的独立，英法苏的外交姿态日趋强化，使德意两国感到十分不安和前途发展的困难，因而有米兰协定的必要。这就是说，德意两国感到了自己的空虚，实力的不够，需要彼此的团结与互助，以增加其侵略的力量。日本虽自七七事变以来，大部分的国力已消耗在对华的侵略战争中，但仍不失其为侵略集团中的一个朋友。德意要推翻现状，打破英美法苏的包围，当然需要日本的合作，不会不要日本参加。至于第三个答案，也不会有，假使日本和德意有同样的企求，有同样急切的需要，则不会有"来不及参加"这一回事。日本虽然远在东亚，地理上较为遥隔，然在交通工具进步的今日，日本与德意，早已直接通话，不只是朝发夕至，简直是即发即至，有什么问题不可以马上磋商，不可以马上解决呢？所以"来不及参加"，这也是不会有的事。

现在我们研究第二个答案"日本自己不愿意参加"。这又为的是什么？在乐观方面说，这是日本侵华失败的明证，在悲观方面说，这又是日本侵华外交上极大的阴谋。前者的观点，认定日本在侵华的战争中，虽然在过去打了几个胜仗，占据了中国若干土地与资源，但是实际上日本已完全失败了。不独在战略上失败，在外交、政治、经济、财政及其他一切上都失败了，以"十二个师团在三个月内灭亡中国"，这是日本从前的豪语，"速战速决"，这是日寇侵略上的企图；"树立傀儡政权，以华制华"，这是日本政治上的毒计；"东方警犬"，"防共协定"，这是日本欺骗英美的烟幕。现在呢？所有这些自欺欺人的烟幕和诡计，在中国二十二个月的长期抗战中，已把他化成了青烟，散到了九霄云外去了，在第二期抗战以后，中国在军事上取得了主动地位，南北各战场，运动战与游击战配合反攻，虽然目前尚因某种物质条件的欠缺，还未能达到把日寇总消灭的目的，但是，日本最后必败的信念，已经普遍的树立了，不独中国人有如此的信念，连日本的士兵和全世界人士都有同样的信念。同时再加以日本国内经济财政的日日崩溃，公债发行数目已经超过一百四十亿七千三百万元，物价高涨已达到一倍。外汇日元的低落已成江河日下之势，这些都是日本侵华失败的象征，至少日本已经感到"武力征服中国"成了问题，已经自己不相信自己可以不顾国际信义，冲破和平的藩篱，满足个人的私欲了，否则为什么不爽快参加德意同盟，贯彻他"从征服中国到征服世界"的田中政策。忽然，中途变卦，犹豫徘徊，这是为什么？当然是从侵华战争中的教训，动摇了他"灭亡中国，独霸远东"的信念，准备与德意分移，附庸英美，一变其从前亲德意，排英美之外交态度，这不是日本失败的明证是什么？

以上的推论，当然具有一面的真理，但是未免失之于过分的乐观。如果我们另从一方面看，日本这一举动，实在怀有莫大的阴谋与企图，离开患难之交的德意，转向立场不同的英美，如果不是别有企图，何至于矛盾至此。他的企图是什么，就是近卫的宣言，所谓"建设东亚新秩序"，简言之，就是要求英美对日本予以谅解，承认日本在中国以武力造成的事实，同时希望中国政府和他订立城下之盟，以从早结束中日战争。一则确定他既得的权利，二则给他休养生息，立定脚跟，人肥马壮，再来作第二步的发展。日本这种企图，真是妙想天开，可惜妄想自妄想，事实自事实，不近事实的妄想，无论如何高妙，终归还是空想。日本占领了中国的土地，夺取了中国的资源，封锁了中国的门户，侵害了英美的权益，他还能谅解日本吗？他还能同日本妥协吗？我相信中国政府不会如此愚蠢，英美也不会如此糊涂。日本有什么把握来实现它这一个理想呢？假使明明知道没有实现的可能，日本政府何至于出此昏聩的举动呢？况且，此次日本不参加德意同盟，主张最力者还是一般元老重臣，少壮军人颇不为然，由此可知日本此次外交政策之转变，并非无意识的举动，实在是经过深长的考虑，对中国抱有一个更进步更毒辣的阴谋。也许这种阴谋的动机，是从张伯伦的现实外交所引起的。德国兼并奥捷，弗朗哥攻克马德里，首先承认的就是英国，这还不够日本的垂涎吗？日本帝国主义，完全是从英日同盟的甘雨成长出来的，这还不够日本臣民的追味吗？虽然，中国不是奥捷，日本又不是弗朗哥，不能够把中国的问题和奥捷西班牙等量齐观，同日而语，但是张伯伦的现实外交，的确值得弱小民族的害怕。同时，另一方面，令得日本的外交家，神魂颠倒，徘徊歧路，也未始不是张伯伦这种外交政策的妙用。

不过我们要知道，世界狡猾的政治家不止英国才有，日本也多着。据作者的观察，日本这次对于德意同盟，暂时的不参加，只是预留一个对英美讨好的地步，这并不是表示永远地离开德意，假使将来英美表示使他绝望了，他还是不免要跑回德意的队伍去。就中国地位说，日本归入德意的队伍，于我们没有什么大害，我们最要小心的，是欧洲国际形势的紧张，德意团结力量，超过英法苏美，使英法单独受到德意的威胁而感觉不能自持的顷刻，这便是日本外交家有机可乘，中国外交家和军事家应该特别警戒的时候了。

论中国农业机械化

刘君煌

近年我国朝野上下倡导促进工业化甚力,不过一般多只注意工业和铁业的发展,至于农业机械化问题的讨论尚不多见,作者鉴于这个问题的重要,特将其提出来讨论。

世界上实行农业机械化的国家,最好的例子是美国和苏俄,美国实行农业机械化比苏俄为早,农业方面大规模利用机械,耕种收获的工作都用机器来做。苏俄原是一个农业机械技术落后的国家,自一九二八年实行五年计划,改进农业以来,农业生产的机械化进度甚速。中国的农业是小农制的农业,生产规模甚小,利用人工和旧式工具,集约耕种。农场面积,中等农场不过三点三一英亩,北方小麦区稍大,为三点五六英亩,南方水稻区则只二点二七英亩。我国农场比较小农制的日本略大,后者的农场平均只有二点六七英亩,但和大农制的美国相比,美工农场平均有一五六点八五英亩,则只当他的百分之二。又我国农场平均出产三点四九二公斤的谷物,只及美国农场生产量的四分之一,斟酌我国的农业环境,是否也应该如美俄两国一样实行农业机械化呢?这能不能实行呢?

先论我国农业是否应该机械化。要解答这个问题,让我们先论农业机械化的作用。农业机械化是农业方面大规模地采用机械,引用汽方电力而为大规模的生产,它的作用可分有利的和不利的两方面讲。有利的方面在于提高生产效能,因为农业采用机械生产,可以节省人工,耕种某一面积的农地或生产某一数量的农品,在小农制下需要十个人的工作,机械化农业下也许只需五个人或是更少的人工,多出的人工可以转入他业。西欧各国自十八九世纪工业革命以后，国富激增，便是因为把机械生产代替人工生产，节省劳动，提高人工生产效率的缘故。

农业机械化的不利作用，是在农业采用机械以后，农业劳工的需要减少，如耕地不能多所扩张，则原有农村的人工很难全部容纳，一部分农民必会失去职业。此外，依据一般农业经济学者的研究，大规模机械农业和小农制农业生产的结果不同，按每单位土地面积计算，前者的出产比后者少，因此或者有农业机械化或反会减少出产的忧虑。今日国家为充实国防，莫不力求农产的自给，农产的减少对于一般仅足自给或不足自给的国家不无损害。

照我们的观察，小农制的中国农业生产效能甚低，计算生产效能的高下，可以用每个人工等数（Man-equiralent）生产谷物的多少为标准。所谓人工等数是指全年每日工作的人数而言，我国农场平均每个人工等数约可出产谷物一千四〇〇公斤，比较美国农场每个人工等数所生产的谷物二〇，〇〇〇公斤，我国的只合他们的百分之七。由此我国可以约略看出我国农业和他国机械化农业生产效能的悬殊情势，同时也可看出农民的生产效能用机械就可提高，和可以提高到什么程度。至于说机械化会减少农村职业范围，使农民失业，我们以为只要农业的机械化与农业以外各种产业的发展同时并进，农业方面职业机会的减少，由他业职业机会的增加来抵补，拿他业发展的缓速决定农业机械化推进的缓速，使农业方面所减少的职业机会不超过在他业上所增加的，农村一般过剩的人工转入工业矿业商业交通等部门，则农民职业不致发生重大困难问题。在此我们应当指出，农地有限，而农业社会人口的蕃殖无有已时，农地总有不够养活全体农民的时候。若是一个农业社会不变为一个工业社会，大多数人口长久留在农村，无从由其他产业来吸收，无从来一个职业的新分配，则无论这个社会起初有多大土地，终久会发生人口过剩和贫瘠的现象。今日我国人民的经济困苦，主要的原因即由于农民太多，土地不够耕种。

至于农业机械化后出产恐会减低，我们认定藉令大规模机械经营每单位土地的出产一般当比小农经营下的少，这方面的损失多少可有农业技术的改良和荒地的垦荒来抵补。我国农业虽采取精耕的方法，而作物种子的选择殊不十分讲求，对于作物的照料尚欠周到，施放肥料多嫌不够，作物病虫害的预防和救治都没有达到完善的地步，再则排水灌溉也还有改进的余地。实行农业机械化对于这些事情可以同时加以改善。再则我国西南西北各省荒地颇多，如从灌溉排水或改良土壤方面着手改进，则必有相当部分的荒地可化为有用，现时我国农场大体上说差可自给，农业机械化结果，藉令出产稍减，国防力量或不会因此大大减弱。因此我们对于认为农业机械化或会引起出产减少，不利国防的忧虑，以为不必十分重视。权衡利害，我们主张中国农业应该机械化。

农业机械化既有实行的必要，但究竟行不行得通，这个我们可以从两方面观察：先问我国有没有一个可以实行机械化的农业环境，再问我国是否具备实行机械化的各种必需手段。关于前者，可从地理环境、农业种类和农场状况三方面看。我国农业地理环境，北方多广大平原，耕地旱地居多，南方则以水田为主，旱地为辅，实行农业机械化，采用机械耕种收获，北方农场实行或无多大困难，南方则水田居多，水田为保持水量必须建设堤埂，同时，再有许多稻区，地面高低不平，水田因蓄水关系，不得不顺应地势，把各块地面分为多块面积狭小的田坵，我国水稻区田坵面积平均不过四分之一英亩，在这种田地上，机械用在耕种和收获工作上自受限制，但在那重要的灌溉排水方面则可引用汽力电力，用机械动力灌溉比用旧式方法要省时间和劳力，种稻的各种工作及时进行的需要很大，时间因之甚为重要，而且机械的灌溉排水能做些旧式方法所不能做的事，如离溪河稍远的农田，采用旧法引水，往往不能达到，用机械则易办理。战事发生前政府在江南一带实验电力灌溉，成绩甚好，已是证明它的效益。

其次，再从农产种类方面观察我国农业能不能够机械化。我国农产是以植物产品为主，牲畜除役畜外，所产不多。植物农产重要的有稻、麦、杂粮、豆类、薯类、花生、芝麻、棉花、蔗糖、水果、蔬菜等。据农业经济学者的研究，园艺产物需要精深耕种，并须人工妥为照料，经营以小农制为宜，不便采用大规模的机械耕种方法。不过这些农产在我国全都农业生产上所占地位究竟不甚重要，其他植物农产中，除水稻外，多数可以或多或少地采用机械耕种，又无论何种植物产品，其加工的工作大致都可集中巨量的产物用机械来做。

第三，从农场状况来看。我国地产的分布甚为零散，属于一人所有的地产常分离多处，而少有集为整块的。农场土地也很零散，平均每个农场约分为五六块，各在一处，不相连属，每块面积平均只有零点九四英亩，小麦区稍大，平均为一点一六英亩，水稻区则只有零点七九英亩。农场如此零散，如何可以实行大规模的机械耕作呢？在此我们可以先设想将来实行机械化时，究竟土地所有权采取何种形式？农业经营采用何种形式？按土地所有权形式通常有国有和民有两种，农业经营有国营和民营两种，而民营又可包括苏俄集体农场，合作和个人经营三种形式。本文旨在论我国农业应否和能否实行机械化，至实行机械化时应采用何种土地所有权形式和何种农业经营形式就暂不予讨论，这里可以指出无论在何种所有权形式何种农业经营形式之下，农场零散均并不足为机械化的巨大障碍。如在土地国有农业国营之下，土地既属国有，国家自可自由重新划定农场，从事耕种，甚为办理。如土地国有农业民营，也可由国家重划合理农场交给人民经营。至于土地属于民有，如农业经营采国营制，则国家接受民有土地，重划农场，困难也少，但在民营之下，无论采集体农场。合作或个人经营形式，农场零散，耕作自感困难。在这种环境，则可实行土地重划，即按相互交换土地的方法令个人所领零散的地产划为整块，我国现行土地法对于土地重划的程序曾有详细的规定。如此土地所有主如自行耕种，其农场自为整块。无论独立经营或和其他相毗连的农场合组集体农场或合作农场，都无不妥之处。又土地如仍允许租佃，尚当限制租户的农场应集在一处，以维持农场的完整。这样看来，目前农场的状况对于机械化的进行实在没有给大阻力的。

提到土地重划，我国可以在外国找到例子，早有英国，近有印度。英国从前农家耕地极为零散，16世纪和18世纪两度进行圈地运动，将零散耕地划为整块，日后农田实行大规模机械化经营，赖此才能顺利进行。印度农地零散，也和我国相似，近曾利用农村合作组织办理土地重划，成绩颇好。由上可见，就我国的农业环境方面来看，农业实行机械化是可能的。

但是我国是否具备实行农业机械化的各种必需手段呢？机械化推行的必要手段包括资本，人才和组织三项。农业机械化须有机械和动力等，即是需要资本，我们以为机械化下之农业经营不论采国营或民营，资本俱应由国家出，在国营之下，国家自出资本，固无待说，在民营下，因我国农民资力非常薄弱，在目前小农经营下，购买耕畜，农具，种子，肥料，已感资金的不足，购置新式机械自谈不到，势非国家补助不可。苏俄土地革命后，农民分得土地但仍缺乏丰厚的资本，国家为推进机械化，对于农民所组织的集体农场曾大力资助，设立许多农业机器站，广置机械，用以假给农民使用，酌收费用。机械化进度颇速。

国家资本的来源为何？我们以为可以利用外资，再则可由政府就国内由发行公债或征授来筹集资本。外国资本的供给，虽有充分把握，发行内国公债，结果如何也难预定。征税则甚可靠。它虽加重国民的负担，但因用以建设农业，发展富力，是值得兴办的。资本来源大约成问题。或请我国资本有限，而巩固国防为今日急务，目前应以全力发展国防工业，农业机械化宜暂不谈。我们的意见以国防工业固属重要，但不宜把所有的资本都投放在这方面。而不兴办其他发展国民经济的设施。我们只主张用大部分的力量建设国防工业，农业机械化也应同时进行，但可斟酌资力的多少决定推进的缓速。

　　实行机械化，人才的问题也很重要。生产落后的国家要推进工业化，每感技术人才的缺乏，苏俄实行五年计划，建设国民经济，便有这种经验。我国实行农业机械化时，预料也会遇到这种困难。不过农业所用的机械一般比较工业的简单，利用技术比较容易娴熟，如由政府力加教导，当可补救。

　　组织也是推进机械化的一个重要因素，我国现有可以与实行农业工业化发生关联的组织，较重要的有保甲组织，再则一部分地方尚有合作组织。农业机械化需要何种组织推动，可由政府力促其成。或谓推进机械化的组织，农民组织位居首要，但农民组织能力薄弱，虽得成立健全组织。其实这殊不尽然，一九二七、一九二八年间，浙江办理佃农二五减租，农民协会领导进行，颇著成效，农民组织一般还好。近年红军占领区域的实行土地改革，多由农民成立的各种组织来推动，颇能顺利进行。足见只要督导有方，无虑没有健全的农民组织。我们认定我国农业机械化，推行组织大致是没有问题的。

　　但农业机械化的实行，必须与农业以外的工铁贸易交通各业的发展并进。因为这些产业的发达可以容纳农业方面因机械化而剩出的劳工，一面使农民有所归依，不致失业，一面使劳力没有浪费，做到人尽其才。其次，工业，贸易和交通各业对于农业另外还各能赋予特别的利益，工业可以供给农业方面所需的物品，如机械工业供给农业器械，化学工业供给人造肥料，动力工业供给动力。器械肥料，国内自产，自较仰给国外的为方便，如生产进步，成本低廉，比由外国远道运来所费也必要少。交通改善则农场运进农业器械和种子肥料等比较便利。同时机械化结果，农村人口减少，农场就地消费者必会减少，而剩下须运往都市或工业区的必会增多。这些巨额剩余农产的运出，自须仰赖交通的发达。此外，实行工业化时，关于农村农业经营物品的供给和剩余农产的处理，如由政府担任，政府力量雄厚，或易运用裕如。惟如听任农民自营，则我们以为必须谋求贸易的发达。运销机构敏活，凡采购，贩卖，储藏，运输，金融各种役务都很完善，农场购入和售出物品，才少困难。

我国农业机械化即是应该实行而又能够实行，我们主张即行筹办。目前，战时很多省份沦为战区，似可先从西南各省入手，举办电力灌溉，而后渐谋推广。战后再就战区各省继续进行，以达到全国农业机械化。西南河川多富水力之利，可资发电，水力发电费用甚省。如扬子江、澜沧江、嘉陵江、闽江、乌江诸水，水力都很富厚，可供利用。近年四川境内已成立水力发电厂若干家，不过电气多是供给电灯，少作供给工业动力之用。西南实在有很多地方可以利用水力发电，办理电力灌溉的。

论教师节

冯友兰

现在新添了许多节,如劳工节、儿童节、青年节、妇女节、母亲节、教师节等等,究竟是不是需要有这些节,我们暂且不论,我们现在只讨论,若果需要某一节,我们应该以一年中底那一天为某一节。例如教师节,是不是需要有教师节,我们暂且不论。我们现在只论,若果需要有教师节,我们应该以一年中底那一天为教师节。

六月六日过了。据说那一天是教师节。我想过那个节的人,心中都不免有一个问题;为什么六月六日是教师节?我曾经问过许多人,但尚没有见人能说出令人满意底理由。

或者可以说,这本来是没有理由底。如果需要这一个节,我们总须定一个日子。在没有定以前,自然无论哪一天都可以。但既定以后,说是那个日子就是那个日子了。这种说法,亦未尝不可以持之有故,但我们还可以问:所谓定者,是谁定底?他有什么特别底权来定这个节的日子?

还有一点更重要,过节的意义,大概都是想叫过节的人,在情感方面,得到一种满足。一个节如有意义,他是要叫人感到一种什么东西,而不是要叫人知道一种什么东西。所以可以为某节底某日,最好是一个有历史意义的日子,叫人到那一天不觉即起一种联想,有一种情感,再加上烘托渲染,人自然而然地可得到一种情感上的满足。如果随便定一某日为某节,则人本来对于某日不感觉什么兴趣,专靠人为底烘托渲染,是不会有很大底效力底。例如下月要过抗战底周年纪念日,我们虽尚只过一次,但大家对于那一天,都有很大底兴趣。因为那一天,与卢沟桥,都是要在中国历史,以及世界历史上，大书特书，永垂不朽底，无论什么人，到那一天，都不期然而然，起许多联想，有许多情感。

教育部现规定八月二十七日孔子生日为教师节。可惜公示到晚了，还有些人过六月六日的教师节。教育部这个规定，以及政府规定五四为青年节，都是非常有意义底。不管世界上别底国家怎样，中国如有青年节，除五四外，没有更合适底日子；中国如有教师节，除孔子生日外，没有更合适底日子。

在中国的传统中，孔子是"师"的典型，而据我们现在对于历史底知识，这个传统是有事实底根据。孔子是中国头一个成功底"师"。他的精神，行为，无处不是"上继往圣，下开来学"。以他的生日作为教师节，实在是再合适没有底了。

不过照传统底说法，八月二十七日是孔子的生日，这是就阴历说。现在以阳历八月二十七日为孔子的生日，仍恐未能完全叫人于那一日有许多对于孔子底联想及情感。过五四那一天，人总可以想，若干年前底今日是青年的光荣底日子。但于过阳历八月二十七日的时候，人很难想，若干年前底今日是孔子的生日。说这一日是孔子的生日，总觉得有点勉强之感。这种"觉得"，这种"感"，是很重要底。因为所谓"节"的意义，就是在于人的"觉得"，人的"感"。

或可以说孔子的生日，未见得即准是阴历八月二十七日，记载传说，根本上未见得可靠。即令其真是八月二十七日，而春秋战国时候的历法，未见得与现在底阴历全同，所以现在底阴历八月二十七日未见得即与当时底八月二十七日相当。所以以阳历八月二十七日为孔子的生日，或以阴历八月二十七为孔子的生日，实是都没有关系底。这话虽亦可说，不过以阴历八月二十七日为孔子的生日，即令不与孔子的真生日相合，但这个"以无"已有了很久底传统。很久底传统本身即是历史，本身即有历史底意义，这是不可不注意底。

所以我们以为定孔子的生日，为教师节是很好底。但孔子的生日最好仍照传统，用阴历的八月二十七日。如必欲用阳历，最好请历法专家核算，推定一个阳历的日子。从严格底历史的观点，这或者是不可能底。但我们现在所要底是传统，不是历史。照传统的说法推算，或者非不可能。这一点要请教于专家了。

寻 梦
——还乡杂记之一

林 蒲

　　福建南部，距海一天半路程，四面高山环抱的"地之洋"，是我的家乡。
　　自我们祖先搬来这地面，放下简单的行囊，符合他前一夜在梦中仿佛听来的（往西走，到走不动，拖不起脚跟，停下来，那便是你的住家！）这句话，从那时候起，照时日经历的次秩往下推，到我们，已是一百六十几代，将近两千年了。
　　家乡"由尾"，一条和异姓隔开的溪水，缓缓地绕着高低有度的菜园、水田，溪边矮矮的一队水车房，日夜呃唱悦人的歌曲。
　　家乡"由尾"，村北通内地的"马跳坑"，有平闽十八洞杨文广留下的一个蝙蝠精洞。丈二高的"一夫关"脚下，是无底的深潭。"绞剪鼓头"流下的大瀑布，朱文公（熹）曾就人目所及，配乡景在壁下题着朱红古字："千寻瀑布如飞练，一幅人烟似画卷"。七八月水小，内由人卖完柴，常常和母亲提起："阿婶，由尾林福分大，该你家发迹没话说，红朱笔字又出现咧"。母亲便用谦逊的言辞，把这话引开。有时，天黑得早，留他们吃完晚饭，才让拿着空了的绳索，爬上一千零八级的石磴，回到翻过山他们的家。
　　我们族祖庙，"仙坐洞"，面对白鹤山，仙洞的石鼓，生门，鸟道，远近驰名的。白鹤山出人头地四山，村落，谦卑地依附足底，山半腰有成千成万的竹子树，山顶白云间，藏着一座古老的"马寺"，那是我们寻梦的处所，仙妈的住家。
　　每逢八月初，农忙过后，八仙过海的季节，我们乡间人便撒着愉快地询问了：

"喂！八哥，带我上马寺寻回好梦"，孩子们说。

"啊，六婶，去年田边忙，走不得脚，今年他参要我带小七上马寺寻梦，六婶，你也去呀？"，母亲们兴奋地说。

上马寺寻梦灵验死咧。母亲和我们讲过，山顶上的天池，因为黄探花母亲，在寺边生黄探花时，不小心下去洗过一回手，池水干了。贪心乡人，砍去半边的月桂树，更繁密地在石头上开着花，清邦文渊阁大学士李先地也来寻过梦，李先生幼年的心地很坏，从不念书，处处动手打人，和他嫂子的感情，坏到不能共容于一个屋顶下。一次，李先生忽然动兴上马寺来寻梦，问仙妈讨口风告一告自己的前程，仙妈托梦告诉他，"问你的前程，回家去问你的嫂子。"李先生觉得为了难，坦白地问起嫂子来，不会有好的答话的，不问吗，是仙妈的吩咐，照习惯违背不得。他回到家来，人们不分皂白冲着他嫂子的身旁拥过去。

"坐吧坐呀"，几乎被冲倒的嫂子怒目说。

"谢谢嫂子好金言"，先地先生乐的什么似的，赶紧翻过身子来作揖。

"杀头短命"，嫂子补着说。

后来李先生八坐坐了，头也被杀了。

另一个黄昏，母亲为我们讲另一个故事，那是关于上京复试的某举子的。某年，正当试期，三更灯火五更离，天下举子们都挖心窝儿，绞尽了脑汁，体力上过分疲劳引起的对于自己"光明"的飘渺，某举人想，还是问问仙妈吧，他虔诚地袖着香烛上山来。虔诚心中的夜梦是美满的。"状元"是仙妈的启示。带着不可告人的喜悦，他三步作两步回家了。越日，收拾行李，和家童奔上京的大路出发。路上说不尽的车劳舟苦。一日，来到某大镇，天黑了，找一家小客店宿夜。夜半，窗外不断的哀叫声，撩得他不能入睡，他叫店伙计问个由来，伙计说哭的是位老太太，他的儿子给某将军牧马，一不小心，马被水冲走了，论罪明天就该砍头。他一时动起哀怜的心，答下话来，说有法子想。老太太惶惑地进门来叩头求救，他濡濡笔在纸上写着："昔者东野发疯，夫子唯恐伤人，今日西河水涨，将军使故问马？"状子拿去了，他为着这事，在客店里多挨了一天。状子批下来，人是放了，并特为做状子的，批着："状元。"（状子做的最好）你不觉失声，"噢，原来应验在这儿！"他马上回头往家去的路上走，家童莫名其妙紧紧地尾随着……"

上马寺,我们四乡的婚嫁大事,都朝过山向仙妈讨过梦。有一次,母亲为哥哥婚事要上山,我也想跟着去。

"小贼,你去做什么?"母亲慈祥地问了。

"我去寻哥哥的梦。"我小时候这句无心的双关话,大约母亲听来认为很得体,他答应带我一道上山。我乐极了,找同伴夸耀地说,"喂,明天妈妈带我上马寺,你妈几时带你去?"同伴们都用羡慕的眼光看我,要我替他们带梦。

我年纪小,母亲缚小脚,我们母子两个人,颠簸地上那峻急的高岭,走了一整天,流了几身汗,着实难受。记得到半山腰竹林子里的时候,平常过路人知道竹子树是代表仙妈派来的山魈们看山门的,都匆忙地走过了,不和它有什么打杂,瓜葛,我们实在走不动了,停下来,我无知地指着哗啦哗啦的竹群,给妈妈说,"妈呀,竹子树说话来咧,我怕!"

"说白贼话咧(瞎说)!"母亲一向慈祥的脸孔,从来没有显出这样惊奇,庄重。她一面掏出缕花的手巾拭我的嘴唇,一面祷告着说:"小贼年纪小,仙妈莫怪啦!"

我们到山巅的马寺,天已大黑了。干涸的天池,没有看到。寺前石头上,半边树干的月桂,在暮色中散着扑鼻的芳馥……

我在外边奔走了十几年,对于故乡的景物,都有点模糊了。那晚上,除了梦着照常和同伴撅嘴,打架,什么也记不清,母亲的梦,也给忘了。但我现在的嫂子,却是那一次仙妈托给母亲的梦订下来的。十几年后的今天,我又回到故乡来,当团总的七表叔,要我上马寺看从××起到××长几十里的××××,我当然是十分高兴的。

出发的时候,母亲有意地笑说"小贼!你去做什么?"站我旁边的大侄儿,已经是我十几年前跟母亲上山的年纪了,我不好说:"我去寻哥哥的梦!"我红着脸慢应着"妈,没什么,随便去看看。"

上山的路,因国算时期,大家分条分段比赛着赶筑。锄头嘴下,红色的新土,翻开来接连起像蛇身。蛇头仰昂着向着密的竹林里伸去。平时,婶侄,姑叔,礼貌与名分一丝不苟简不得的,做起工,唱起歌,说挖苦的话来,有话便说,有歌便唱,不必分行辈、论大小。男的常常喜欢把横路中的硬球比"奶头";女的,有着她们自己的看法和答话:"真稀奇了,小贼,你小时候摸的吃的还不够？"笑声和骂声里，路加长加宽了昂昂地往竹林里伸着蛇头……

到半山腰，我钩下一棵今年出土的嫩尾竹，摇摇叶子上的露珠："七表叔！竹子树说话咧……"

七表叔裂开嘴："……你岁子一把了，还是掏鼻屎的小孩……"

寺还是十几年的寺，宿夜寻梦在寺里早被当作老迷信禁止了。当天的朝山客，当日带一包香炉灰回家，仙妈会把各人应得的梦，派到家里去。现在，蜿蜒几十里长的××××，蜂窝般的，依这座山势的高低，起伏在山腰里。干涸的天池，加深了，储藏几十万担预备海口被封锁后，乡民日日必需的食×。山顶屯粮，够四五年内万把人的吃用；卖柴的成批往山上挑，不必卖零担；木匠，土师，赶忙儿挖×盖××。当事人计划引山水入梯田，开几千亩荒地，在山上，成几十个独立自给的×××。四山村落的十户一甲，十甲一保，十保一联队；几千户的各乡联保，三月一期的壮丁练维，华侨赠送的一顶钢盔，万千支×××枪，通××三四十里的地下沟完成了，军火不缺乏的。

挑选出来的近千神枪队，天上飞鸟不让一只掠过枪尾尖，鬼子们有福分来这山顶赏月桂吗？

故乡距离海岸只一日半路程。"来罢！"多年随七表叔的小伙子说："他奶奶的！我们是吃草的？""让鬼子过'溪前乡'，就枉屈做人！"他望望海位的天边，添着说。

他的话是对的，白鹤山和祖国的一切山一样，它孕育过柔和的孩子们醒了，在警备着。若一旦有事呵，四山不同方向的孩子们，都退入同一的山顶。竹林子内外，多少蜂窝里；"铁嘴子说话了！"哗啦哗啦的叫闹中，无数无数的鬼子将默默地躺下来，替仙妈守山门！

白鹤山，出人头地的，山顶融入白云里。石头上笔直耸立的守着哨，伴着半边×干的月桂，开着高洁的香花。

（注一）我们房祖厝的风水是狮子形。大瀑布像一把大刀，红砵笔字是"红球"。后二者出现，睡着的狮子便醒了，活了。

这里乡下人所指：乃把对于地理上的传闻，用到人事上。

（注二）八坐——贵人坐的八人抬轿子。人多，路窄，故撞人。

本期撰者：

《法西斯国家的威胁》一文作者明生先生，是一位熟知国际情形者，因地位关系，不便署真姓名。

黄同仇先生是广西省党部执行委员，曾留学德国，对广西党政建树极多；今承其百忙中，撰文寄来，是本刊所应当感谢的。

刘君煌先生服务南开大学经济研究所，乃熟知中国农业经济者。

西南联大冯友兰教授前曾论过《导师制》（本刊第一期），今论《教师节》。冯先生论事，必有新颖动人之处，值得读者注意。

林浦先生厦门人，毕业北京大学英文系，作品多发表于香港《大公报》，文字清新朴实，尤长于组织故事，为西南青年作家中最有创造性之作家。

第二卷第一期（1939年6月25日）

时评

日军封锁天津英租界

日军驻津军司令部封锁天津英租界之举已于本月十四日清晨起实行。英租界一面苏白河，其他三面与法租界，旧德租界，华界相毗连。封锁英租界而不封锁法租界，即等于漏网，故事实上法租界也在封锁范围以内。此就地域而言。若以人而言，则英人，中国人及白俄人俱在受检查之例，日伪军警的检查向来是最蛮劣的，所以被检查者须感受莫大的痛苦与耻辱，且为鹄立终日，未及检查，而不能出入者。检查的目的依理应只为禁止危险品及恶意宣传品的出入，但现已及于蔬菜鱼肉等必需品。

封锁的导火线是诛程锡庚案的四嫌疑者的引渡问题，日军部要求英方引渡，而英方则以嫌疑不充分未肯引渡。但日方近日所要求者已绝不止此。日方要求英方放弃亲华政策，而与之共立"东亚新秩序"。所谓"亲华政策"包含甚广，举凡准爱国华人居住，准英租界学校用合法课本，支持中国法币等等均属之。日方示意，如英方不放弃原有正常政策，皤依日寇，则决不开放租界，甚至封锁两年，亦所不避。

日方的真正用意似在树立一个先例，且在试验英国抵抗侵略的决心。日方知道英方绝无以武力为报复之意，故对此试验必然十分认真，不肯轻易放弃。在英方则诚有进退两难之势。如抵抗则难以着手，且亦无此准备。如屈服则或非舆论之所能许。盖自中日开战以来，日方对英的打击，要以此次封锁事件最为严重。枪击许格森，扣留司品烈，害及英国体面，而未害及英国商益。封锁中国海岸，禁止外船航驰长江，害及英国商益，而与体面尚无大碍。独此次之事，则钱袋与面子两受损失，实益与情感两受刺激，故不易为英人容认。且屈服之后，不但英国一切在华利益将为日人所觊觎所攫取，即整个的反侵略局面亦将大受影响。英苏谈判之所以至今未有结果，实因苏联对英国的决心仍未祛除怀疑。如果英对日屈服，日更进一步跋扈，试问英国更如何能取信于苏联，以及其他亟应取得信用的国家？而且对抗与屈服之间，亦很少妥协的中庸办法。在理论上英国当然可以实行各种报复，如废止与日颇为有利的一九一一商约，如禁止日本商船利用英帝国的海港等等。然这种报复对日极为不利，如予实施，日本或竟因怒而狂吠，驯至两国间武装冲突，亦未可知。

如借着为英国代筹，我们以为最有利于英亦最易的解决方法，莫若一面赶快真心诚意与苏联成立协定，另一方面则实现各种经济上的援华，在津则暂且无所动作，听候变化。英方如能出此，不久以后，日方或会肯乖乖听受美方的调停，而取消封锁。

至于我国，则日本为敌，北平政权为伪，我们固对英表示莫大的同情，但我们更应根据国际公法，抗议并预防英方与日伪关于租界的一切妥协，因为一切妥协皆足以妨害我们的领土主权。（都）

英王访美

留心国际的人，正在注意英苏谈判的进行、希特勒集兵边境的行动及英日在天津的对峙，关于英王访美的酬酢行为，似乎不值得重视。但国家元首的拜访酬应，每有外交的意义。在现时国际形势中，英国国王，大不列颠帝国皇帝，亲自到美国拜访，似乎更有意义。

第一我们要记得美国从前是英国的殖民地，到十八世纪后半继独立建国。英国看他是一个叛离的暴发户，对于他的政治文化常含渺视。美国也没有忘记以往祖国那种剥削殖民地以自肥的政策，对英没有好感。十九世纪中，大批的爱尔兰人来美移殖，在政界占相当势力，这些人带了怨恨英国的心情来到新大陆。两国的感情，因而更不融洽。所以百余年来，英美的外交史上，龃龉之事不少。不过两国虽常相阋，究竟是同种同文，比较关切，到了危急关头，可期协力御侮。如前次欧战，美国舆论同情英国，到一九一七形势危迫终于拔刀相助，助英法制胜强德。战后，英国对于财力比他优裕、势力足为劲敌的美国，不免妒嫉，美国对于英国"老奸巨猾"的观念，也不易摆脱，所以虽然有许多人主张这两个英语民族应当继续合作，实际上，彼此间各有打算，时即时离。

现时的国际形势，很明显的昭示，英美切实合作的需要。在欧洲，极权国家的猖獗，单是英法联合已不能遏止，可是若美国的雄厚实力加上，那便不同。在亚洲，日本对英已露骨的表示敌视，可是对美国尚敷衍求全，诚恐美国对他翻脸，许多需要品来源生问题。津日军司令曾公然说"英倘不获美国赞助，则无经济制裁可能。"可见得若非美与一致，英在远东不能保其权益不为日人夺取。

英王的访美，美国的热烈欢迎，是英美接近的表示，协作的敦促，是对于期望英美不合作的警告。（寿）

我方空军的活跃

自本年四月我军向敌人采取总反攻起，我方空军也时出袭击敌人，且常有所获。北起察绥，南至羊城，东自京沪，西迄皋兰，皆有我空军突袭敌军或迎击敌机的战绩。本月十八日，复以二队南飞南昌，一队飞广州，对敌人加以轰炸。

建设陆军难，建设空军更不易。飞机的制造需要各种特殊的原料，尤需要有经验的机械人员及工厂。良好军官的养成也需要相当长的时期。抗战开始之时，我空军本在幼稚时期，但为振作人心，鼓励士气起见，仍不惜以牺牲的精神，与敌周旋。牺牲的巨大乃与壮烈同等。

幸而我军事当局有其特有的建军天才，所以空军的牺牲虽巨，而补充的工作亦不落后。抗战愈长久，我敌空中武力之差乃愈小，而我空军活跃的可能亦愈大。这真是可喜之事，而空军的努力也值得钦佩。我们希望自今而后，任空军建设之任者，能对飞机的补充更积极，而对飞机的耐用性与标准化更注意。若能如此，行见若干时而后，控制空中之力可自敌而归于我。（平）

悼荷人蒲德利等

国际联盟水利工程专家荷兰人蒲德利（F.j.M Bourdrez）等，此次为工作而殉职，是一件最可悼惜的事。

按蒲德利于民国二十一年三月由国联依技术合作办法，委派来华工作，已历八年。原先他隶属于全国经济委员会取消后，改隶经济及交通两部。八年来，我国比较重要的水利工程及改进水利的计划，几无一不有他的参加。最近政府以发展西南交通需要开辟内河航线，乃托其勘察金沙江，研究于炸去若干浅滩险滩之后，有否以较大民船航行之可能。不幸遇险覆舟，竟以身殉，同行者经济部技士张炯及西南运输总处职员胡运州亦同时殉难。

"临难不苟"本为中国民族所乐称的美德，亦为西方文明所提倡。蒲德利自奉派来华后，对于工作向不畏难，且对于抗战建国的工作，尤具热情。所以对此次查勘金沙江的工作，甚感兴奋。他尝谓苟金沙江得因改进水道而可大量航行，则可称尽他对于建设后方的工兴。这种勇于任事，不避艰险的精神，实在值得我们赞扬，更值得我们效法。我们深望蒲德利的殉职能使若干至今流落沪港等地的技术人员有所感动，即行献身去参加后方的建设。

（端）

法币汇价问题

陈岱孙

自从本月七日上海汇丰银行停止以八便士强的市价出卖外汇之后，法币对外的价值骤然下跌。近日外汇的行市盘旋于英汇六便士半左右。虽市价尚未稳定，而涨落并不甚大，市况已稍见缓和。一部分稍熟国内金融情形者，甚至认六便士左右的汇率为新水准，可以继续维持。

我们法币法定的汇价，自从民国廿四年改革币制以后，一直是十四便士半左右。中日战事发生之后，很有一部关心时局的人。对于这创立未久，机构未完，敏觉特强的法币制度之能否不为暴风雨所摧残，而影响及于我们全部经济一事，发生焦虑。而出乎一般人意料之外，我们外汇自由市场，从廿六年战争开始日起继续维持至去年三月，法币的汇价，在这一个时间，也继续保持其法定十四便士半的汇率。去年三月起，政府开始统制外汇。一切外汇的请求，必须先由政府核准，然后由中央银行供给。自是法币的汇价就有两个：一个是十四便士的官价，一个是市价。上者是在政府所能统制外汇范围之内的汇率，下者是政府所能统制外汇范围之外的汇率。因为市面上，外汇的需要超过于政府所核定，中央银行以官价所供给的数量，法币的市汇价便从自此十四便士半跌至八便士左右。到八便士左右的时候（去年六月），似乎法币汇率已经暂时得到一个自然的水准。在本年三月外汇平衡基金成立之前，这八便士的市价，并没有倚赖其他外界的力量，已经维持了九个多月的时间。本年三月一千万英镑借款成功，外汇平衡基金成立。八便士的市汇价便从此受这个外汇基金的维持。而汇丰银行便是运用这个基金的受托人，因为在主要市场中，依然官价由政府核准，中央银行供给的外汇已经逐渐缩减到无足重轻的地位，这八便士的市汇价，不但因有此外汇基金之支持，而带有半官的色彩，且在数量上，也是占了首要的地位。本月七日汇丰银行暂停出售外汇就是等于外汇平衡基金停止维持这八便士的市价，于是法币的市汇率又自八便士重新下跌了。

对于外汇平衡基金忽然停止维持八便士市汇价的动机，外边推测甚多。我们以为较可能的解释，根据过去三个月运用基金的经验和结果，八便士的汇率庸或太高，继续的维持恐怕要增加基金的耗损。外汇基金过去三个月出入损益的情形，基金会没有公布，我们无从知悉。然而从各方面间接的引证，这一个可能的解释，或者不失之过远。我们外汇的供求是看国际收支平衡的状况。国际收支各项目中自以进出口贸易为主。我们春季一月至四月间（五月的数字尚未得到）进出口贸易的结算，入超约七百万英镑（军火贸易不在内）。当然这个数字不即是我们国际收支的差额。然而我们也难于武断地说我们进出口贸易以外的国际收支有如许大的有利差额，刚好足以填补这七百万镑进出口的不利差额。固然我们一向对外贸易总是入超，入超的差额总是靠贸易以外的国际收入的差额来填补。可是抗战以后的国际收入的情形恐怕不如抗战以前。广州、厦门的沦陷自然会影响及于华侨的汇款（虽然这一笔收入，可以局部的，以华侨向政府捐输的汇款为抵补）。偏地兵戈，自然会断绝一切外人游历的机会；时局严重和敌人的垄断，自然停止一切外人对华的投资。这几个来源都是抗战以前我们国际收入较为大宗的项目。抗战以来，这几个项目都大量地削减了。至于其他国际收入的项目（除开历次有指定用途的国际借款）我们没有证据可以相信它的增加。当然我们抗战后国际非贸易的支出也许也减少，然而总算起来我们很怀疑我们国际非贸易的支出也缩减到国际非贸易收入的程度。换句话说，我们相信，我们过去五个月，国际非贸易收入的比较，仅可有一个有利的差额，然此差额恐怕不足以抵补进出口贸易入超的数目。如果国际收支的总比较，有一个不利的差额，这个不利的差额，在外汇基金继续维持市汇情形之下，必须由外汇基金支出，于是问题就是我们的外汇基金能够维持多久而不至完全耗损。过去三个月运用外汇基金的经验，也许已使政府及基金委员会感觉汇市的政策必须变更，以保护基金，维持此后汇率的稳定。如果过去数个月国际收支总是于我不利，而这不利的差额颇有加甚的趋势，则八便士的汇率当然是太高，而无法维持，有限的外汇基金只能维持一个近于自然的汇率水准，如果汇率超过自然的水准太远，有限的基金的运用总是有出无进，终有耗损净尽之一日。在此情形之下，放弃这个八便士较高的汇率以间接的减削国际的支出，确是一个实迫处此的政策。况且当初外汇基金决定维持八便士为当时的汇率，也并没有什么必须采用八便士的理由，不过因为八便士为当时的汇率，并且已经自力支持了好几个月颇近于所谓自然的汇率。换言之，外汇基金当初所希望维持者也是一个近于自然的汇率。如果此后情形证明八便士似较自然汇率为高，则外汇基金自然不能继续保持这高率的自杀政策。近日上海电讯，汇市状况已见缓和，汇率大概盘旋于六便士左右。也许这个市价较为近于现在的自然水准，至少从基金的观点说，这个较低的汇率易于维持，则六便士左右的汇率未尝不可以代替前此八便士的汇率，而成为暂时的官市价。

至于汇价低跌之后，我们所期待的结果就是增加我们国际收入，减少我们国际的支出。在贸易方面，这个情形特为明显。汇率较低，国货以外币计，价格低减，外货以国币计算，价格高涨，因之国货输出可以增加，外货输入可以减少。这都是一般人耳熟能详的理论。贸易入超的数量如能因此减少，国际收支的总平衡便不至于我大不利，于是新汇率也易于维持，而外汇基金也不至时受威胁。

有人以为这次外汇基金停止供给外汇与敌人以伪币换取法币，以法币套换外汇的手段有关，这一点颇有考虑的余地。我们一向很怀疑这广受宣传的以法币套取大量外汇的策略，果然严重到一般人所相信的程度。诚然，敌人有这个破坏我们信用的阴谋。华北伪准备银行，于本年年初，始者限制，继而禁止法币的行使，而于禁止行使之前，通告人民将法币向伪行换取伪币，也许就是这个阴谋的表现。然而这个策略大部分是失败了。华北人民并没有遵令将法币向伪行换取伪币，而反将法币珍藏起来。华中伪华兴银行成立时，连这个尝试都没有了。在此种情形之下，敌人能以伪币换取法币的机会实在小得很。试问敌人能够以伪币向银行存款，而支取法币吗？该问一般人民愿意凭空的，以大量自己认为较有价值的法币，掉换继续落价的伪币？此外只有向兑换店调换一途了，然而向兑换店调换的数量总不见得十分可观。所以只就以伪币套取法币以间接套取外汇言，过去的情形不至于十分严重。而同时汇率的减低，也不能绝敌人这个念头。就是现在，敌人遇有可以为币调换法币的机会，当然还是尽量调换，因为无论法币汇率跌否，以只有印刷成本的伪币相换，总是合算的。

其实敌人标窃我们的外汇另有别的途径。一个就是税收。尽管伪银行伪币为敌伪所卵育，而上海海关税收等税收还是要以法币交纳。近数月来，进出口贸易增加，税收加旺，这一批法币当然为敌人所攫取。以此项法币来换取外汇当然是个方便的事。还有一个就是日人在华经营的工商业。虽日人在华的工商业受战争的影响甚重，然而他们已经努力恢复，沪津纱厂之已有若干部分复工便是一个例。如果他们营业能够相当发达，而至少一部分的收入是法币，则以营业余利所得的法币购买外汇也是极可能的事，虽然这个漏洞并不见得十分重要。最主要的途径，我们觉得，还是大量日货的输入。我们一向对日货贸易总是入超，过去数月我们全部进口贸易增加，而以日货之输入为最。此项输入日货之一部分自是以我输往日本的货物为抵偿。然其差额必须以外汇补足。我们对日贸易入超的数目越大，我们外汇的损失也越大。如果入超的情形继续且或加强，这个漏洞确是我们外汇基金的威胁，所以所谓敌人标窃我们外汇的手段归根还是以国际贸易为主要。八便士汇率之不能维持，也是针对这个情形的对策。

我们可更进一步讨论一个较为基本的问题。就是一个像我们现在处境的国家，对外的汇率是否必须维持，或是可以听其自然。传统的习惯替汇率造成一个玄妙的地位，汇率的稳定似乎已成一个国家经济能力的晴雨表。因此我们外汇跌价的时候，关心时局前途者，都觉到焦虑与恐慌。我们承认一个国家内经济崩溃，信用破产，当然会反映及于货币对外的价值。然而反过来，一个国家货币对外汇价的跌落，不一定就是经济崩溃，信用破产的征象。简单地说，外汇率的涨落与国内经济的盛衰有可能的而存在必然的关系。即就货币价值一点而言，货币对外的价值与对内的价值也未必动止若合符节。经济学者以汇率为货币国内购买力的反映，未必能解释一时汇率之涨落。而一般的人以为汇率下跌即是整个的币价下跌，国内物价一定比较的增涨，更不一定切于实情。汇价下跌仅可源于购买力以外的因素。同时汇率下跌也许就是一个天然矫正这个新扰乱因素的力量，不会牵动及于货币对内的价值——物价。举例以说明。假定因为某种原因在某一时我们国际的收入少，国际的支出多，于是外汇的供给少过于外汇的需求，我们货币的外汇价自然下跌。这一时的下跌与货币对内的购买力没有关系，同时汇价下跌本身便是鼓励国际的收入阻碍国际的支出的力量，天然的，矫正某种原因所产生国际收支不均的现象。这一种的外汇跌价，除开因为鼓励出口削减进口，以致国内此类货物稍少因而稍贵以外，不至牵动全部货币对内的价格。从纯粹理论的立场，我们现在法币的汇率未尝不可听其自然。然而我们所应该顾虑者不是汇率与货币对内价格机械的关系，而是二者心理的关系。尽管我们相信汇率变动，未必机械的，汇率货币国内的购买力，然而汇率的迷信深入人心。汇率剧变，可以造成一个怀疑法币的心理，而这个怀疑的心理可牵动法币对内信用与购买力，因此在应付现时的立场，我们法币汇率的相当稳定，有它的好处。

关心法币汇率下跌者还焦虑汇率下跌后政府购买军事需用之外货必须多出代价。这也是一个过虑。事实上，政府因购买军事需用外货所应付之代价并不完全仰给于市场所供给之外汇。即假定政府必须局部收买市场所供给之外汇，汇率下跌于政府亦不吃亏。政府所可收买外汇之市场有两个，一个是政府所统制的市场，一个是政府力量所不达的自由市场。上者既为政府所统制，政府仍可以十便半或其他之官价收买之。市价若何可不生影响。后者，政府既不能统制汇兑，又不能统制贸易。如果国际收支有不利的差额或刚好相等，政府从自由市场中收买若干外汇，不过使外汇平衡基金因之多卖出若干外汇，事实上，就是等于政府以法币根据市价，向外汇基金换取外汇。再简单点说，就是动用基金购买外货。汇率的涨落并没有占便宜或吃亏的地方。

汇率下跌之后，政府的政策到底如何，政府没有公布，外间也无从确知。从财政部发言人所发表的谈话中，我们或许可以推测政府不至放弃维持汇率的政策，让汇率自由涨落。不过政府必俟汇率跌至一个易于维持的程度，然后再运用外汇基金加以维持。我们以为政府应该采取一个更为确定的政策，以应付后此可能的变动。下例各点未尝不是可加考虑的步骤。（一）沦陷区域与非沦陷区域的外汇应严格完全分立；（二）在沦陷区域内，外汇基金应该操纵汇率以左右沦陷区内的国际收支均衡；（三）在非沦陷区域内，政府可以统制进出口贸易以左右外汇的供求。请分论之。

在理论上，非沦陷区域的外汇是官价外汇，沦陷区域的外汇是市价外汇，二者应不相谋。在事实上，二者未必严格完全分开。沦陷区入超的情形日益严重，本区市面自由外汇之供给不足以满足本区的需求。在努力维持一个不大自然汇率政策之下，难免不无以非沦陷区的外汇注溢沦陷区的可能。从维持汇率一点说，这当然可以增加汇率的稳定，然而这个办法实是以后辛苦得来之外汇供给沦陷区的进口商作为偿付入超的代价，尤其如果入超中大部分是敌货，这个办法便是"借寇兵而资盗粮"。我们希望这个可能不是事实，至少没有达一个严重的程度。然而我们仍希望政府能确定的，把二者完全分开，使二者两不相涉。其实，现在沦陷区与非沦陷区的法币已经脱节——不能以平价汇兑。外汇更没有维持若断若续的状态。

在完全独立状况的沦陷区外汇市上，外汇基金的运用只应以减少暂时及季候等的变动为目的，而不宜拘泥于维持一个永久或长期的汇率。换句话说，外汇基金应该以主动的地位操纵汇率而不应被动的为汇率所窘胁。上文已经说过，在我们现状之下，汇率的下跌，对于国内经济，未必有机械的反应，而或恐有心理的反应。基金的存在与运用，就是防止一般人民对于法币信用心理上的败溃。如果现在所维持的汇率太高，外汇基金不但不应俟至不能维持时再行撤手，而应自动地贬抑之。外汇基金必须看清楚一个有限的力量，只应维持一个近于自然的汇率，而不能永久维持一个不自然的高率。自然的汇率是普通经济学中所谓"澄清市场"的价格，在这一个价格之下，外汇的供给刚好供应外汇的需求（当然这是指较为长期的情形，而非每日的变动）。外汇基金，在这个政策之下，是以截长补短的方法，消灭每日或短期的变动，而维持这长期"澄清市场"的价格。基金直接的自动的操纵汇率，便是间接的左右进出口贸易数量的增减。务使进出口贸易数量增减到一个程度，沦陷区域的自由外汇（以长期言）可以自给自足，无需抑赖外汇基金或其他特别来源的外汇贴补。如此然后外汇的维持，方不是填补无底巨穴的工作，外汇基金方不至永受外汇差额的窘胁。还有人主张外汇基金无须以维持自然汇率为目标，而可对于外汇需求之性质加以审核及限制。我们以为这个办法没有用。这不过于官价基金所维持的市价外再造成一个第三种的汇价。市面的自由外汇将尽量地，以这第三种价，购与性质不受基金所认可的需求。外汇基金的耗损并不因此减轻。

至于在非沦陷区域之内，政府的做法可以直接统制进出口贸易，以贸易左右外汇。目标很简单，政府应该努力在非沦陷区域内造就出超，希望以这出超得来的外汇，购买军事有关的外货。出超的造成，一方面，自是发展有国外市场的生产业，鼓励出口；另一方面是严格限制非必需外货的输入，这出超的目标如可达到，则现在直接统制外汇的办法也许可以修改。在外汇市价已跌到六便士半，内地物价亦相当增加双重情况之下，十四便士半的官价，对于出口业至少不是一个鼓励我们一方面希望出口增加，另一方面外汇官价又削夺出口业的利益，此中颇有矛盾。政府也知道并且也会设法消减这矛盾。现在是一个彻底解决此问题的机会。现在内地各种主要原料品对外贸易，已经有明显国营的倾向。若除此类出口货之外的对外贸易能有一个精细的统制，就是完全放弃官价，因之政府于吸收外汇时，所吃的亏也不见得很大，这便是两害取其轻的问题了。

外汇平衡基金的运用只有三个月的时间，此次汇市之变动，虽然根本上不害于法币的安全，然对于一般人民，总算是心理上一个打击。政府应该趁这一个机会重新估量过去的政策，规划一个全盘的办法，以应付此抗战第二期中我敌经济力斗争的局面。

抗战的目的

钱端升

本文所谓战争的目的，就是英文 WAR AIMS。

大凡一个重要的战争，无论是内战或是外战，其胜利，不单靠物质上许多条件，而也需要战争的目的是正大光明，且能得国人的同情。如果胜利须赖外国的协助，这目的更须得到外国人的同情。

我并不轻视物质的条件。如果物质上的条件太不充分，即使作战争的目的如何正大，如何能为人民所共晓，也不见得能获胜利。此种例子甚多。远一点的，如美国南北之战时，南方各邦所资为号召的邦权主义，固为其人民所共信，然卒以力不敌北方各邦而失败。近一点的，如保埃之战（Boer War）中保埃人的沦亡，与西班牙内战中政府军的消灭，并非因为缺乏道理壮气，亦非因为人民不热诚拥护，而也因力之不敌。但在物质力量不太悬殊的情况下，战争目的的正大与不正大，与夫人民的认识与不认识，尽足以左右战局；正大的目的有时且可以助长战争的力量。克迈尔在安格拉初起时，实力本不如希腊军，国民革命军在北伐开始时，实力也不如北洋军，然而克迈尔与国民革命军卒因其有正大的作战目的，与人民的热诚拥护，而获胜利。这都是有了正大的战争目的可以助取胜利的近例。

老实说，在交通工具发达，宣传技术先进、宣传的重要为世人所共识的今日，绝没有一个国家或作战者，于攻击另一个国家或另一方面时，会老老实实自认是侵略战，而不想出一个或多个动人听闻的目的，以兹宣传。以近年的许多战争为例，我们尽可斥责侵略阿比西尼亚的意大利，参加西班牙内战的德意，以及侵略我们中国的日本，我们尽可斥责他们为侵略者，称呼他们为强盗，为恶寇，但他们自己仍有他们的一套，如同"发展文明"，"铲除布尔什维克"，"建立新国际秩序"等冠冕堂皇的口号。所以我们现在所要追求者，还不只是单单几个类似上述的口号，而是我们自己可以对之真正相信，同时也可以激起外国人民的热血的某种高尚理想。有了这种理想作为我们抗战的目的，我胜利的把握一定可以增加若干成。

让我再举例以说明我的意思。二十余年以前的欧战牵动了许多的国家。这些国家大都均有参战的理由，也有他们所希望得到的结果。但德奥方面，始终没有能提出一个有意义的战争目的。什么协助同盟国家，什么打破包围政策，什么发扬大德意志民族精神，均缺乏理想，不足号召。协约国方面，有的是为自国而战，如比利时，有的是为拥护比利时中立条约而战，如英吉利，他们作战的理由要比德奥方面充分多了。但是他们在一九一七年以前也没有能提出一种伟大而可以置信的作战目的。英首相艾斯奎斯在战事开始的时候，固然也有过"我们是自由国家"，"我们等自由国家自由及完全的自发展（Self-Development），在敌人心目中，就是罪过"，及"此次不特为物质的战争，也为精神的战争"，一类的言论（参阅艾斯奎斯一九一七年九月四日在伦敦市政厅，即九月二十五日在都柏林的演说等），但此种论调并未成为一贯的，不断的，有力的论调。一直要等到一九一七年初，美德交恶，美总统威尔逊声言"苟和平不以统治者得被治者的认可才能取得政权的原则为基础，则绝无永久和平"（参阅总统一月二十二日向参议院演说）后，协约国方面始有共同的，得以获取人民信仰的，也可以增加人民自信的作战目的。随后俄国革命，专制的君主政体推翻，美国参战，于是威尔逊更根据上述"统治者得被治者的认可才能取得争权的原则"定下"为民治而战"，"为民族自决而战"，"和平须建筑于民治"，"和平须建筑于民族自伟"诸大口号。自是而后协约国政府及人民有共同的信仰，有坚决的信心，前此的犹疑惶惑一扫而空，作战日亦趋于有利。

我们此次对日作战，为自卫的抵抗，其意义本尽人皆知。但以自卫为作战的目的，尚嫌其不够积极，尚不足以激起人民宗教的热烈。我们务须使人民皆信抗战成功可以建树一种新的伟大秩序或制度或文化，人民才能感觉一种宗教式的热烈，一种坚强的自信与安慰，同时，在这整个世界快要形成侵略集团与反侵略集团、集权国家与民治国家的当儿，我们更须效法威尔逊，提出一种有中心思想的高大思想，以兹号召，以兹共信共守。我们如能为此，则我们一者可以多助，二者可以将来各集权国家总崩溃时，在国际会议席上可以取得较大的发言权。

在这里我应声明，我并不说抗战以来当政当局所发表的关于抗战的言论尽缺乏动人的论点。不，这种言论中很多是可取之点。但我们仍以为像一九一七年以后协约国所共同提出，所不断提出，一以坚协约人民的信仰信心，兼以使敌国人民翻然来归的战争目的（War Aims）则我们尚未注意及之。我所要求着即类似威尔逊所提的战争目的的抗战目的。

本文的主旨即在说明成立抗战目的的重要。至于我们究应以何者为抗战的目的，我个人并无一种成熟的主张，但也有若干建议愿于国人共同商榷。

我先提出成立此抗战目的时我们应有的考虑。

第一，这目的须合于高尚的理想。理由上面已说过，就是非高尚理想不足以激起一种宗教的热烈。

第二，上面所谓高尚理想必定要有根据，要抓得住人心，而不涉于瞎吹和空洞。即如威尔逊所言的民主政治，实在是协约国所共同关切的理想与制度，既不空洞又不瞎吹。

第三，这高尚的理想不但须能使中国人民的热血沸腾起来，而也能使外国人民发生同情并感觉着关切。

要提出一种能以上述三种考虑为根据，或能具备上述三种条件的抗战目的良非易事。譬如提出民主的口号等，大家都知道这个口号虽有攻击敌人之力，却是我们并不是最有资格提出这种口号者；再譬如提出"建立'忠孝仁爱信义和平'的世界"等，则中国人会觉得偏于迂远，而外国人更难明其妙。更譬如提出"恢复一九三一（即九·一八的那一年）以前的国际秩序"等。未免不甚动听，且事实上也不可能，或譬如提出"造成以和平方法解决国际争端的世界"等，则是美国近年屡屡声明的政策，提出有抄袭之嫌，且也不甚动听。

我以为我们也许可以"扫除武力威胁，欢迎各民族利用中国资源，造成强盛中国，共立世界和平"为抗战目的。这样一个目的实在包含着"大同"之意，而此"大同"为具体；自行及建国的观念也俱包含在。而且既云扫除武力威胁，则实有不打倒日本军阀不止之势，可以使抗战的意义比简单的自卫较为积极。至于欢迎各民族利用中国资源云云，则可以使表示同情于我的各友邦无所怀疑，且与向来的门户开放主义亦吻合。换言之，若就上面所列三种考虑而言，这目的似乎均还可以照顾得到。

不过我也不敢说上述的目的能有多大的号召力量，能发生威尔逊总统的所定的战争目的所发生的力量。好在我这篇文章的主旨在说明定义战争目的的重要，而不在提出这目的。我只希望当局及政论家思想家能共同讨论出一个正当有力的战争目的来，然后政府及全国舆论即以此目的自编，并以之昭告于全世界。

暹罗与泰族

陈序经

两年前，我在《独立评论》第二三五号发表过一篇《进步的暹罗》。我写这篇文章的动机，是因为国人对于暹罗，从来不但太少注意，而且很为蔑视。所以我说：

东亚的独立国家，除了中国与日本之外，只有暹罗。现在我们看不起我们的南邻，正与从前我们看不起我们的东邻是一样。可是我们不要忘记，我们的南邻的野心，未必减于我们的东邻。暹罗人近来常常说：唐代的南诏是他们的祖国，中国的南部是他们的故乡。他们既被迫而南迁，他们也许待机而北还。暹罗的第七世皇又对过华侨说："华暹血统关系很深，即我个人也含有华人血统，故在暹罗华侨，就是暹罗人，当忠爱暹罗。"暹罗人口约有一千万左右，而华侨已有三百万至五百万，暹罗王这些话，绝非无的之矢。四年前（民国二十一年），我到过暹罗，已经觉到暹罗的进步之快。去年又得机会在暹罗数月，使我觉得只在这四年内，暹罗已有很大的变化。暹罗华侨有一句俗话："暹人穿裤，唐人走路（意站不住）。"四年前暹罗人还穿着他们的纱笼（帕农），现在则很多穿裤了。去年政府且通令政府机关人员要穿西服。这不过一个浅明的例子，然而从此我们且也可以明白暹罗近年来的变化的厉害。

我的结论是："从前俾士麦与黄公度曾劝我们注意我们的东邻，我愿国人今后不要蔑视我们的南邻。"

据最近报章登载，暹罗要改国名为泰（Tai）。为什么暹罗要改国名为泰？从表面上看起来，理由虽很简单，可是骨子里恐怕未免别有用意。

我们知道，泰是现在握暹罗政治权的种族名。泰的意义是自由。据泰人说：他们自称为泰人，自称其国为泰国，或苏口胎京（Sukotai）。苏口胎为泰族建国元勋希他拉蒂（King SriIn-tuaatitye）的发祥地。这是十三世纪中叶（一二五八年）的事。泰人以为暹罗这个名词是出自中国，而英文Siam是来自印度。这不只是一般泰人的意见，就是暹罗很有名的历史家，如达吗銮拉查奴帕（Prince Damrong Rojanubhab）在其《暹罗古代史》里也这样相信。我以为暹罗这个名词，固是出自中国（明洪武十年始运用这两个字，虽则暹国罗斛已见于《元史》），英文Siam这个名词也是从中文的暹字而来。关于这一点，我在《东方杂志》第三十五卷二十号及二十一号所发表《暹罗华化考》一文已经详细论及，不必再述。我们在这里所要注意的，是从泰人看起来，无论中文的暹罗或英文的Siam，这些名词出自中国也好，出自印度也好，均非他们自己固有的名词。暹罗现在既在泰人统治管理之下，泰人不愿意以泰族以外的人们所称呼的国名以为国名，而要以自称的族名以为国名，这是很容易明白的。

可是为什么到了现在暹罗的泰族才把它改为泰国呢？

原来在十三世纪中叶以前，泰族虽已散居在暹罗各处，但在政治上并没有什么势力。传说蒙古人既灭大理之后，泰族始大帮的从云南迁到暹罗，与已在暹罗的泰族联合起来，始能抵抗在暹罗的异族，而建立苏口胎京。

泰族虽在这个时候建立苏口胎京，可是在暹罗，除了泰族外，还有他族与强有力的柬埔寨人（Combodians）。大概说来，自十三世纪到十六世纪，泰族与柬埔寨的争端必定很多。十六世纪后，泰族与缅甸的战争，又史不绝书。暹罗曾两次被缅甸人征服，一为一五六四年，一为一七六六年。直到郑昭恢复大城（Ayuthya），建都曼谷（Bangkok，一七六七年）以后，泰族在暹罗的政治地位始能稳固。郑昭是暹罗近代的建国元勋，他本来是中国人，可惜后来却为他的女婿暹罗人丕耶却克里（PyaChakkri）所诬杀而取其位。

据暹罗政府在一九二六年所出版的《暹罗——从古代到现代》（*Siam, From Ancient to the Present Time*）一书说，郑昭是一七八二年被迫退位，而其原因有三：第一，因为他是一位外国人；第二，因为他多用他的亲戚做政府高级官吏；第三，因为他个人的习惯不好，所以暹人（泰人）绝不欣喜他。我们以为假使这些原因就是郑昭被逐的真正原因，那么郑昭的被逐，显明的是因为种族的不同与文化的差异。所谓外国人与多用他的亲戚，都可以说是种族的问题；所谓习惯不好，却可以说是文化的问题。质言之，就是泰族民族文化与中华民族文化发生冲突。换句话，就是泰族民族主义的一种表示。

一七六七年以前，泰族在暹罗既忙于联合本族与抵抗异族，他们自然不会顾及国名这个问题。一七六七年以后，而尤其最近数十年来，泰族在暹罗的最大问题，是建立西化的国家与泰化暹罗的异族。暹罗在十七世纪丕耶纳莱（Phya Narai）的时候，已极力接受西化。自拉玛第二（Rama II，一八〇九年）以后，又不断与英、法两国发生不少的纠纷，因而愈感觉到西化的必要。同时，又深受了国家主义的影响，所以拉玛第三之放弃闭关自守的政策，拉玛第四之努力学习英文，拉玛第五之两次游欧，都可以说是企图建立西化国家的明证。暹罗民族共有二十多种之多，不但是泰族以外之各族合起来比泰族人数多得多，就专以华侨的人数来说，也比泰族的为多。又加以经济上的力量，差不多完全操于异族，而尤其是华侨之手。故泰族对于泰化异族这个问题至为重视。比方他们奖励华侨与暹女结婚，强迫华侨子弟读暹文，以至反对与中国交换使节，都可以说是泰化暹罗异族的明证。

我们明白暹罗既正向着西化的途程上走，所谓泰化暹罗异族的结果，也是趋于西化。暹罗的泰族也能看到这一点，但是他们也明白，所谓泰族的文化也是外来的东西，大致上是中国与印度的文化的混合品。简言之，他们的目的是在泰族统治之下而建立一个新国家。现在这个新国家的基础已立，说不定他们要想进一步而号召暹罗以外的泰族，这可以说，是从"国家"主义而趋于"民族"主义。

有些人类学者认为，云南的僰夷或摆夷、百夷、蒲蛮，四川的僚以及土人、沙人，在贵州的独家或水家，广西的僮与侬，都是泰族的支流。中国虽并非与暹罗直接毗连，但是在暹罗的泰族的民族主义膨胀的时候，我们不能不加以特别的注意。

不但这样，我们所知关于暹罗的史料，最为缺乏。十三世纪前固不待说，就是十三世纪到十八世纪的史料，也很不完备。连十八世纪关于郑昭的传说，以至十八世纪后的记载，也多不可靠。可是暹罗的泰族，正像我们在上面所说，近来极力宣传唐代的"南诏是他们的祖国，中国的南部是他们的故乡"。同时还有些外国学者像胡特（Wood）们，且把暹罗的历史拉长至汉代的哀牢（参看胡特著《暹罗史》（*History of Siam*）。暹罗的泰族对于其近代史，尚未好好地整理，而却急急于其古代史的研究，急急于寻找其民族的来源与故乡的所在，极力宣传，这也不能不使我们加以特别的注意。

总而言之，泰族改暹罗国名为泰，不能不说是泰族民族主义的表现，大泰民族主义的膨胀。我所以说改暹罗为泰国，是别有用意，就是这个缘故。

泰族这种民族主义，当然有了很大的错误和不少的矛盾。因为，第一，十二世纪以后，在暹罗的泰族，虽自称为泰人，可是在十三世纪以前，"泰"这个名词，是否由于泰人自称，却很可疑。照我个人的意见，"泰"字的来源，也许还是出自中国的"掸"字。关于这一点，我愿意把《暹罗华化考》里一段话抄之于下：

> 掸注作坛，本为T音，英文当作Tan，与英文的Tai相近。现在的暹罗人自称为泰（Tai），也许就是从古掸音而来。又古T音的掸变为齿音的掸而读如Shou。今日的掸（Shou）族就是《后汉书》的掸族，大概没有什么疑义。英文所谓掸（Shou），大概是从齿音的掸而来。现在暹人所谓汰或泰大概是从舌音的掸而来。

假使我这种看法是对的，那么"泰"这个名词，也许不是始于泰族，而也是外来的了。

第二，他们忘记了在暹罗境内，除了柬埔寨，老挝，马来由，缅甸各种人外，还有三百万至五百万的华侨。暹罗全国人口只有一千万左右，而泰族所占的人数还不是少数，假使泰族而要以民族主义去号召暹罗的泰族，那么不但愈要引起中国人以这种主义去号召在暹罗的华侨，就是法国人也可以借这种主义来保护或干涉在暹罗的柬埔寨人与老挝人，英国人也可以借这种主义来保护或干涉在暹罗的马来人与缅甸人了。这么一来，所谓泰族的民族主义与暹罗的国家主义岂不是互相冲突吗？

第三，假使泰族要从历史上找证据来证明中国南部是他们的故乡，而要待机而北还的话，那么泰族就不应该占据暹罗。因为暹罗并非泰族的固有土地。在泰族尚未征服暹罗之前，暹罗是柬埔寨，马来由甘莫等族的暹罗。据历史学家告诉我们，泰族之移殖暹罗，乃在六世纪以后，而中国之于暹罗的关系，乃在隋代以前。《明史·外国传》谓"暹罗即隋唐赤土国"。《隋书·南蛮列传》载，隋炀帝大业三年，遣常骏等至赤土，大受赤人欢迎，而其大方丈且告诉常骏道："今是大国中人，非赤土矣！"这样看起来，暹罗应属于中国，比之暹罗之属于泰族，岂不是更有历史上的证据吗？何况泰族征服了暹罗之后，已至十九世纪中叶，还不断来中国朝贡，还代代向中国称臣，又何况正像我们上面所说，从现在暹罗全国人口来看，华侨的人数比之泰族的还占多数呢。

  总而言之，泰族这种民族主义，虽有了很大的错误与不少的矛盾，可是从中国的立场来看，在暹罗的华侨既很多，在国内的泰族也不少。中国之于暹罗与泰族，可以说是有了双层与密切的关系。过去泰族对待暹罗的华侨，既有了很多不公平的地方，今后他们对于国外的泰族，也很难担保其必无联络的思想。我们回忆，四十年前的日本与中国，也曾远隔重洋，然而四十年来，所谓大陆政策的实施，是始而并吞台湾，高丽，继而夺取满洲，热河，今日占据华北、华中与华南的重要城市。八十年前的暹罗，虽曾进贡中国，可是现在的暹罗与八十年前的暹罗大不相同。谁敢肯定地说，所谓大泰主义的步骤，不是始而泰化暹罗的异族，继而合并其他各处的泰族，终要取回他们所谓的故乡呢？

平 原

辛 代

　　一片荒凉，不知从什么时候起这地方就是一片荒凉。大地像汪洋的海水，若有人在高爽的秋天，立在漠野里，为徐风抚摸过脸孔的时候，他就会有几分狂妄，觉得自己是一高大无比的巨人了。再将眼睛向远远的远远的地方飘过去，便会在土天接连处发现一个痕迹，会有痴人想那会天涯地角，抛家舍业，携带拐杖同包袱，去找寻世界的边缘。这行角人黄昏中歇足，第二天迎接太阳的时候，原来天边还和昨天一样远，但他并不灰心，还是走着走着，直到头上黑发换白发，天边仍在那同一遥远的地方。平原上的故事那未说。

　　这平原铺展到无边，在上面它夸耀着冰雪和风沙。用冰雪封固大地、江河，再锁住天空，使它成为阴暗低沉。日头从东南出来，转过九十度就沉落下去了，只透露了一点徐微的阳光。从遥远的北方吹过来的风，如无数胡马疯癫地奔驰，卷起高尘，并且呜呜地吼着，叫着，发出单调而悲壮的声音。雪在四野和风周旋，有时一阵风雪去，便失去了旷野里孤独的行人，等第二年春风吹化了积雪的时候，再从雪堆红色雪水里拖出雪葬者的尸身。老年人把这当神话说。冬天的夜晚，一觉醒来推不开门，外面三四尺深的积雪挤住了它。

　　照关东流行的说法：一方水土一方人。生在这荒野的泥土上的人们，全有一个粗犷的，几斧砍就的多棱多角的灵魂。冷峻如冰雪，耿直得如同整齐的田埂。生下来就是为了侍奉大地，一直到被化为泥土。十几岁的孩子骑马在野甸奔跑，把铁桶放在百步外练习打枪。倘若逢到这些事情正当用处时，他们从不放过那点机会，败别人下风，如果闲着无事的时候，用那支枪打野鸡，打山兔，也打貉狸狐狼。专讲每发必中，两枪换来一只野鸡，已算不得高手了。

可是在粗野中他们并不缺乏一分善良同温柔。他们的心肠也是直的，没有过多的回环曲折。过路的旅人或乞食者，遇一个修有垣墙的"大家"或"深窑"时，他可以大摇大摆走进"伙房"做主人一位客宾。乡村中很少旅店之类的东西，过路人也不愁吃愁睡，只要那里有人家。

小伙子用侍奉母亲的殷勤侍奉大地，也把对待恋人的爱情交给村中的得意姑娘。在"正月里是新春"的吭健的歌声中，骗去多少女孩子的心使她们发痴发疯。老人们在生命的竞争上虽已无分，却把那永远絮絮不清的"跑关东"的故事一遍又一遍地讲给儿孙，说这话的老头子多半是牙都掉尽了，眼睛已是分不清自己的孙男孙女的行辈，乳名。叙述他当年怎样为饥荒赶出家乡，挑着老婆孩子涉山渡水来"跑关东"。他又从不忘记那些遥远的途中的风霜苦楚，末后必归结到要以善良大方对出外人。他又会说起那时这里是如何一个荒凉不毛的地方，一片原野，没人影也没鸟声。他们如何"开荒占草"，用两手抚摸大地的胸膛，把土地翻起来成为肥田，然后长出高粱大豆像一片海。再在荒野上聚人家，修院落，四角修上炮台，买洋枪火炮来保护它，它才有今日这样子。于是他勉励儿孙这一代应如何坚绝活下去，方对得起这片土地与洒在这片土地上祖先的汗血。

说完后，又多半是想起不可追问的往日，止不住一切老年人迟暮的哀伤，土埋多半截的哀伤。

年轻人把这话默默地记在心里，思念着先人创业的不易，各在一分严肃认真的生活中打发日子，按季节盘垅、施肥、点种、除草。六月里，三伏天，太阳如一团火，原野上像冒了烟。偶尔吹过一两阵风，也混合着窒息的热气。人们脚挨着温暖的大地，光着为烈日熏炙成为油黑色的肩膀，头上戴一顶风吹雨打的"蓑篾头"草帽子，在山歌中以熟悉的手法用锄板疏松土地并割去多余的莠苗，汗在脸上画成小河，掉在地下插成一瓣一瓣的碎珠。渴了时到地头上搬过水罐子来就饮，多粗，多野。歇息时大家坐成一圈，谈着，笑着，从腰里取出烟袋装烟，用衣袖抹脸上的汗，温柔地看着那一片青青的海水一样闪动的禾流。于是把一个希望放在秋天。

秋天稻熟如黄金，场园里稻草秆秸堆成山。堆草垛有讲究，龙头凤尾，一溜水，草根比成刀切齐。年轻小伙子在这上卖弄手风，受村中老农夫看重，夸奖，有时且得到姑娘垂青。"打场"时节一夜连枷到天明，合着这连枷的还有年轻农夫的淫荡的野歌：

> 好比一朵茉莉花开呀……
> 好比一朵茉莉花开呀……
> 满园朵朵花开压不下她呀……
> 奴有心：
> 摘朵儿戴呀，又怕那看花的骂呀……哎……哟……哎……呀……

于是他不会忘记到这是个节奏，应该停一停，摇摇他的鞭子，做一个命令的口号，"驾"或者什么，那是对于畜类的一个亲爱的招呼。

冬天把粮食装上火车，到城里换洋钱，打年纸，多买鞭炮与红枣白糖，还有神马香烛同抱鱼胖小的年画。一家老小过个团圆年。年轻人扮秧歌，踩高脚，跑竹马，耍龙，吃元宵，看灯，放风筝，老年人找算卦瞎子，弹三弦，讲八字生辰，到老来几子得计几子送终。过了龙抬头，天意回春，又是"送×"时节，大地便又夺去人们生命的全部了，他们永远一式地生活下去，不得已度过多少春秋。一个秋天，这秋天完全如以前的秋天，只是平原上平添无数灾难了，老年人南望天师，小伙子们却拿起从前打兔打鸡的火枪，跨上战马，在冰雪里和另一种兽类斗争。望望这平原大野，他们想起了祖先创业的艰难，他们想起了"跑关东"。

一种态度

沈从文

近十多年在各种刊物上最常见的是"民族精神"字样，今年又为"精神动员"。就常理说，所要准备动员的"精神"，应当就是先前一时谈及的那个"民族精神"。可是中华民族精神，在时间上有连续性，在历史上起大作用，在当前抗战明日建国两件事上且具有种种可能发挥的伟大力量，是些什么？说到它的却似乎并不多。因此"民族精神"这个名词，转成坚实勤俭行为，表现上好像极具体，实在很空泛。固有"精神"有些什么东西，值得发扬，恢复，光大，倒不曾提及。谈什么东西文化的，也照例抛下这个名词，不作诠注。仿佛大家都已常常提起，大家就应早当知道了。凡知道了的自然不用再说，可是看看各方面论客的持论，便可知这名词意义十分暧昧。解释民族精神伟大处较好的，还让冯友兰先生最近在《新动向》上发表的一篇文章，那文章题名《赞中华》。就中说起中国伟大，实建筑在儒墨道诸家思想熏陶启迪上。中国人有儒家的严肃，墨家的朴实，道家的潇洒，表现人生态度或"有所为"，或"满不在乎"，所以民族永远不会灭亡。并以为两年来的抗战，军事上虽败不崩溃，政治上反而越打越进步，处处见出新机，就显明表现这伟大民族精神，如何值得重视，且因它的存在，值得乐观。冯先生话说得很好。从全面看，中华民族在儒墨道诸家思想涵育中有个光辉灿烂的明日，自不待言！惟部分观察，似乎就有点不同。我意思是我们倘若肯具体一点，试从二十岁到五十岁左右某一部分，留在后方的知识分子来观察，看看这些人于中国古代伟大思想，究竟受有多少影响？所得的结论，我们会在好感方面不免失望。我们会发现原来儒家的"刚勇有为"态度，墨家的"朴实热忱"态度，道家的"超脱潇洒"态度虽涵育于一般人中，影响于"读书人"却不怎么多。"读书人"是个通泛名词，我这里想借用它专指现在教书读书的一部分人。这些读书人知识虽异常丰富，常因近代教育制度或社会组织，知识仅仅变成一种"求食"的工具，并不能作为"做人"的张本。"严肃"用于门户之见，与信心坚固无关。"潇洒"近似对事马虎，与思想解放无关。真影响他们支配他们爱憎取予的，差不多总是一个小小团体，一群数目不多的朋友，三五同事，七八同学，十来本书（团结他们的有时还是一桌麻雀牌！）。若说前人受家族制度拘束，现在可说受生活团体拘束。因为生活范围小，所以个人兴趣窄，公众精神和服务情感即不大发达。儒家最美丽的认真为公精神，在读书人中且有日趋萎缩之势。好些名分上应属于"公"的，这些人作起来更容易假公济私。这类事大致随处都可耳闻目睹，也用不着多提了。至于因老庄思想而来的满不在乎好处，读书人不免受日常吃喝起居习惯限制，看不出什么超脱飞扬意趣，易发现的，倒反是容易把生活观念粘滞在人我小小琐碎得失上，施展不开。不特行为矜持拘泥，装模作样，即想象表现于文字语言时，亦无不显得非常贫薄无味。凡此种种，多属眼前事实。社会组织与生活方式，形成这部分知识分子普遍的弱点。蕴藏于内表现于外则毫无生气，则乌烟瘴气。所以我们若承认儒墨道哲学思想，刚勇、朴实、超脱，与这个民族光辉不可分，有一点值得注意，即当前读书人中正如何缺少这种优美德性。因缺这种优美德性，所产生的病态，实在相当严重。大家应当就见得到想得起的事情从小处努力，尽可能来谋改善。假若拿笔的朋友还相信文学艺术在社会上有一点力量，新的文学艺术便可从这方面下手，表现出一个综合的新的理想，新的生存态度。这种文学艺术，即或无关于当前抗战，然而大有助于明日"建国"。有心人应当承认用这种态度来写作，似迂腐，实健康。虽易触恼当前男的女的村的俏的少数读书人，对于另外多数将来读书人，或者还有点好处。

本期撰者：

陈岱孙，钱端升及沈从文诸先生，在本刊常有文章发表。

陈岱孙先生本是货币学专家，对我国币制多年来曾发表过许多重要言论；他今番论《法币汇价问题》，除说明问题的内容外，并附若干重要建议。这些建议与王元照先生关于外汇汇率的建议（第一卷第四期），均值得政府及社会的深切注意。陈先生与王先生恰好是师弟。

钱端升先生的《抗战的目的》讨论当前一个重要的问题。

沈从文先生以其丰富的创作经验与沉静的观察头脑，提出文艺家应持的一种态度，立论严正，观察深刻，应为读者所共赏。

第二卷第二期（1939年7月2日）

时评

敌人占据汕头定海

近日敌人在东南海岸又肆蠢动，先后于粤属汕头浙属定海登岸。虽经我当地驻军壮丁浴血抗御，而二地皆以迫处海滨，敌舰威胁的力量过大，于短期内陷落。

汕头为东南名邑，航路北接厦门，南通香港广州，在广州厦门相继失陷后，它是闽粤间主要的商埠。定海是杭州湾外舟山大岛上的城市，它没有汕头那样出名，在商务上，它也没有汕头的重要。然而它既是舟山群岛的重镇，而舟山群岛又是浙东闽北的屏障。它失陷之后，敌人控制闽浙洋面的势力便伸进了我们海防藩篱之内。从海防上讲，定海的失陷比汕头更为重要。

可是，在我们现在抗战的阶段，两城市的失陷都没有甚大的影响。我们既没有海军，海岸的防御又没有现代化，沿海城市不能支持敌人海陆空军的猛袭无容讳言，汕头定海的被占，只要敌人有此企图，自在意中。我们现在的战事已早离沿海一带而转入内地。胜负的关键，不在于沿海二三城市的得失，而在于内地战局的演变。汕头，定海，就其本身的地位说，固然重要，然其重要性已因战局阶段的不同而消失。

军事的影响既然不大，敌人占二地的影响还是在于加紧封锁我们对外的关系。广州、上海失陷之后粤浙闽各省内地进出货物充分利用非沦陷之埠头。于是汕头温州宁波等地都变为重要的口岸，因为种种的理由，敌人当然想破坏这对外的经济关系。月前敌机连续轰炸闽浙各海口，敌舰亦时在闽浙口外窥伺，其目的皆不外威胁各口对外的商务。汕头、定海的占据也不过这个威胁进一步的举动而已。

加紧封锁固然与沿海没有失陷区域以相当的不便，然而我们现在经济力的寄托也不在这沿海未失陷的区域。只要我们新的国际路线能够早日观成，内地的经济能够速加以培养与调整，我们国际的经济关系也可以构成一个新的基础。这就看我们这一方面的努力了。（山）

中苏商约签字

我国与苏联的外交关系多年来向处于不正常或不甚正式的状态之下。苏联是第一个以平等待我的大国，对国民革命亦曾有大助，不幸十六年"清党"以后中苏即断绝国交。既云断绝国交，则领事似亦应在停派之列，然而中苏断绝国交之后，两国依然互派着许多领事。以后"九·一八"事变发生，中苏俱视日本为恶敌，于是我方颜惠庆与苏方李维诺夫乘同在日内瓦出息军缩会议之时（一九三二年七月），举行谈判，恢复了邦交，使全世界惊奇，更使日本震动。经此而后，商约的订立应该是最逻辑的事了，然而经多年而又终无一成。我驻苏大使颜惠庆努过力，苏驻华大使鲍格莫洛夫也努过力，但是俱不成功。不成功的最大原因听说是政治的。在这些年内，订结不侵略条约的建议也提出过，也未成功，理由也是政治的。

及前年九一八事变发生，则中苏间的关系顿自疏而亲，自怀疑而互助。所以商约从未成立于前，而各种以货易货的协定则成立极多。上月十六日更由特使孙科与苏方国外贸易部部长米高杨签订商约（中央社重庆二十四日电）。商约内容，我们尚无所闻，但以目下中苏友谊之笃，我们敢断其于两国必均有利。孙科于本年三月底即到莫斯科，其随从中颇有很熟知国内经济情形及交通形势者，这商约当顾到我国交通上的需要，而予以直接的或间接的促进及援助。

同时，难产的中苏商约既已安全地降世，我们更深望自今而后，一切外交，文化，政治，经济的关系，俱能益趋圆满，益趋发达。外交关系为一切关系的媒介，如果我国今日在莫斯科并无常驻的胜任大使，我们也立须有此大使。这是要附带向政府进言的。（兴）

法国信用借款成立

　　按照国际联盟大会及行政院历次关于中日争端的决议，各会员国有许多义务，其中之一给予中国以财政上的协助。此种协助，英国于去年十二月中旬即开端了，虽则其数量至今仍极微小。法国也早盛传借给中国二万法郎信用借款，然而历久不见成功，我们望眼欲穿，频生疑惑。今据各通讯社上月二十四日所得来自香港的电讯，则一百五十万磅的信用借款已于二十二日成立。先一日伦敦路透社广播亦有此消息，料来必系事实。虽电文十分简略，未将借款性质说明，但当系与传说已久的二万万法郎借款是一件事，性质也当与去年秋底的英美信用借款相同。

　　此一百五十万磅的新借款，可说是各友邦对我信任，对我抗战前途乐观的新表示。在法币对外汇率方跌之时而有此表示，尤其是可喜。这是就我国的立场而言。

　　从法方面说起来，这次的放款可以表示法国对远东的认识有进步。法国的远东政策年来本是随着英国而变化，但法国总要比英国落后而冷淡。迩来法国一方面予我以经济上的援助，又一方面则与英国在新加坡开远东军事会议（上月二十二日至二十四日），讨论联合抵御侵略的准备。前些日子，巴黎举行殖民地年会时，法属前任越南总督乌德烈也尝发表一篇强烈的演说，略谓日本在华行动直接威胁法属越南的安全，自海南被日军占据，海防港即已受其威胁，为今之计，宜在越南金兰湾建造军港以为法国远东舰队的根据地。殖民部长芒特尔则谓对于此事已在缜密计划中云云。大会旋即通过下列议案：（一）主张采取强硬态度，以维护法国在远东所保有的权利，尤是上海法租界与公共租界；（二）日方如再引起纠纷，英法两国应禁止日本商船利用各该国在远东之港上以资报复；（三）赞成金兰湾建设海军根据地建议。这些经过，与借款事合并起来，很足以显出法国正在放弃其一向袖手旁观的态度，而采较积极的态度。法国这种转变，我们固然嫌其较迟，但对于远东的正当解决当然也不会毫无裨益的。

　　自抗战开始以来，法国一般人民对我的同情初不在英美人民之后，惟对法国政府的交涉向来是不甚易办的。在这种情形之下，法政府的态度居然能趋于积极起来，一半固然是势所速成，一半也要归功于我国驻法大使顾维钧不断的努力。所以在借款成功之际，我们于表示满意之外，也愿对顾大使表示一种谢意。（东）

中国经济建设的目标

严中平

讨论经济问题的研究程序，计划经济建设的实行步骤，不论研究起来实行起来，多么困难，理论上的中心思想，不容有丝毫的牵强！此点应首先确定不移。

一个社会的经济机构，是以生产事业为中心而运行的。因此不论战时或战后，经济的调整或建设，必须生产事业为中心目标。生产事业可以依照几种不同的分类方法，划成许多不同的部门。为当前的目的，我们可暂时把规划为生产工业原料品的农业和加工农产品或采掘自然富藏的工业两大类。农业工业云云，已是众所熟知的概念。这里我们应特加注意着，是农工业发展的平衡问题。在中国，如果这两个部门不谋得平衡的发展，全体国民经济的进步，依然渺无希望。所谓平衡的发展就是要工业能从农业部门取得充分的原料，而农业部门又能消纳工业产品的意思。这个平衡性的前半，在今日尚不成为严重的问题，但也不是全无问题的，譬如长绒棉的生产，已经不足供国内棉纺工业的需求等等。后半，却已严重得多。过去农村破产所给予中国工业界的打击，尤历历可数，前车之鉴，不可不深自警惕，全国农村，经此次战争的破坏，又已较前疲惫万倍，因此，战后工业发展中的农业问题，更不得不谋妥善的解决。

要推进或是调整一个或多个生产部门，有无数的问题需要解决。我们不当支离破碎头痛医头无主见无计划地去随时应付，我们要寻出几个中心问题来。原则上我们既已确定农工业并进为此后经济建设的中心目标，次之，便要把握推进农工业前进的枢纽，藉以决定实践的方向。

任何生产事业的推动力量，不外来自两个源泉：其一为生产技术，其二为生产关系。所谓好的生产技术，不仅包括优良的机器，亦且包括熟练的人工和严密的组织。若合理的采购方法，机敏的推销政策，精确的成本计算等等，又是影响生产效力，左右生产成本的重要因素，其于生产技术之发展，常有阻挠或推进之功。谓生产关系，不仅包括工业里劳资的雇佣关系，亦且包括农业里主佃的租佃关系。若工业资本家与金融界的信用融通，农村高利贷者与农民的货物或现金的压借，又是生产关系的外围层，其于生产关系的发展，常演有极大的作用。一般说来，推进生产事业的发展，不外改进生产技术和改善生产关系两途。技术改进和关系改善的着力处，大体有如上述。不过，此后对农工两业的推进，是要洞察这两业过去发展停滞的症结所在，而分别确立着手于生产技术之改进，或生产关系之改善两途，究应何者应偏重于何方的。因此，在实际决定施行计划步骤时，必须将农业与工业，甚至将不同地域的农业或不同部门的工业分别考察。

一般说来，中国的生产技术确不能和资本主义国家的水平相较，中国的生产关系也还保留中古封建制的实质。但在这总的落后情势之下，现时农业与工业所达到的阶段，显然是有差异的。在工业方面，我们也可看到一二轻工业的建立，只是不能前进；在农业方面，则锄头镰刀，无一非千百年前的旧式样，化学肥料的施用，可说还没有走出农事试验场的大门。造成种种落后的原因，鄙意以为在农业应从生产关系里，在工业应从生产技术里去寻找。

中国的农业经营，是在园艺式的零细耕作方式下进行的。土地所有权的分配，颇不平均。如果一个佃农只耕种一小块土地，还要将他收获物的三分之一乃至二分之一缴纳给地主；如果一个自耕农终年的劳力所得，最终不得不把大部分谷物送到高贷者的荷包里去，那么农业的生产技术，何来改进的机会？战前中国土地关系问题的严重程度，是随地而异的，惟此一问题之要求急速解决，则差不多是全国一致的。历史上，广大的水旱灾荒，长期的战事，常常加速土地关系的分化过程，而使佃农小自耕农愈加沉沦下去。但政府之改进土地关系，也常常是在这种荒乱之后，总有广泛实行的机会的。此次日寇侵我国土，作战方法之残酷，劫夺行为之普遍，对我农业生产之破坏，实在是空前的。因此我土地关系之发生急速的变化，当也是必然的结果。为恢复战后的农业生产事业，以促人民之复员；为促进农业生产之进步，以配合工业的发展，我们的措施，应以解决土地关系问题为中心的任务。

工业方面，过去，我们落伍的原因，主要的不在生产关系，而在生产技术。而我们即当力谋发展的，也正是在生产技术上。社会组织如小农业经营与手工业之结合，如以商人雇主为领导的散工制度如工厂形式的手工业机构，或则利用余暇，或则利用低率工资，对于新工业的发展，曾给以无穷的阻扰。但这关键不在手工业于新工业发展下有其永存的理由，而在新工业本身有其尚未补足的缺点。决定的因素是生产技术，胜利的一方是进步的生产技术！中国棉工业的机械化过程是先从织业开始的，到了四十余年后的今日，织业机械化的程度却远落在纺业之后：战前全国的棉纱总产量中，只有百分之十七是手纺的，其余百分之八十三都是机纺的；全国棉布总产量中，手织者却占百分之六十一，机织的只有百分之三十九。有许多人看到这种情形，便想象中国的棉工业生产会永久用手工业形式来经营，于是努力于手工业的提倡。我们的意见却正相反。机械纺工业对手工业的胜利已有事业给予证明。织业后于纺业的发展，乃是由于这两个部门技术上的差异所致。以中国的设备来估计，每人每日使用纺机的纱产量约当使用手纺车的纱产量的八十倍，每人每日使用动力机械的布产量约当使用手织机布产量的四倍，这种差异决定纺织两业机械化程度的迟速互异，换言之，生产技术的发展程度决定一个特殊生产部门里新生两种设备的竞争，决定胜负谁属，决定决胜的时期久暂。生产技术是最后的决定因素！如果我们的说法是正确的，那么我们可以确立工业建设的中心任务，那就是：改进生产技术——具体言之，动力化，机械化。

原则上，农业致力于土地关系之调整，工业致力于生产技术之改进，同时谋农工业之平衡发展，这是我们此后经济建设的中心任务。原则既立，可根据过去经济发展有何重大病症，以资设计之参考。

过去经济发展的病症，大要有三：

一曰外势力的侵入与扩大，造成外资侵略之可能的，主要的是政治上的不平等条约；造成外资势力之扩大的，可说全部由于国内经济发展的落后，结果，夜郎做大，反客为主，成为我经济发展上第一个重大病症。譬如采冶，煤矿以抚顺开业为最大，日英分占之；铁矿以大冶本溪湖为巨擘，日寇侵占之。于是无限富源，任人囊括，国人用煤反不得不求之于洋商；铁砂连日，授人与杀我之利器，而我一管一钉之微，亦须仰给于欧美。譬如交通，浩浩长江，本事天赋我优良的内河航路，而日侵，怡和，太古各商，鸠占之势已成，舳舰千里，何处不见外船外轮？铁路本是一个国家的动脉而我们控制这些动脉的权力，却有一半不在我们自己的手里；于是火车为偿付外债而行驶，哪里说得上合理的铁路政策？我国新工业以棉织，卷烟等业规模最大，纱产之中，日商占百分之四十九，英商占百分之三，而我华商尚不及半数；布产之中，日商占百分之六十四，英商占百分之六，而我华商又不及三分之一（均根据二四—二五年数字）。至于每年卷烟销量，洋商所产的约占百分之六十一，华商仅得百分之三十九，华商百零六家仅纳统税三千四百万元，英美烟草公司一家已达五千四百万元。卷烟、棉纱、麦粉、火柴，等八种统税物品共纳统税一万三千六百万元，洋商约占六千七百万元，华商仅六千三百万（均根据二十四年度数字）。统税为我主要财源，因洋商势力之强大，遂致我财政政策之实行，亦不能不有所顾忌。统税实行之初，上海日商纱厂联合会居然推派代表，晋谒我财政当局，要求减低税率，岂非咄咄怪事？外资之坐大，成于条约上的特权，已堪痛心；成于事业经营上之不善，我人尤当反躬自责。养痈致患，遗害无穷。此后利用外资，万不能再忽视过去之惨痛经验。

二曰投资方向的偏荣与偏枯。决定投资方向的经济因素，主要是利润或是利息水准。在纯粹自由竞争与自由发展的前提下，工商各部门的发展，大体是由利润率指导其荣枯的；同时工商业的发展，多少亦有平衡利润率的作用。不过在中国，经济发展的正常轨道，因受外力压迫与内部的腐蚀而歪曲，平衡作用因也不能实现。公债过高，社会乃有大量的资金被其诱引；商业都市有畸形的发展，于是乃有地产投机；自生丝成为世界商品以来，我们丝业界的努力，至多只做到烘𫄧，而没有丝织，有头无尾，世界最大产丝国的丝织物，倒要到别的国家去贩运；大的铁矿既被外人篡夺以去，新矿的勘探，又无人过问，自然连缝针都得使用洋货了；一方棉织业急急不可终日，他方漂染业无人问津，我们既没有基本的化学工业，又何来漂粉染料呢？一部汽车，从钢到橡胶，从机器制造到染漆配制，差不多关系到每一个工业部门，我们这支零破碎的工业建设，哪配自造一部汽车？农村里躺着无虑千万的饿殍，都市里建起环楼玉厦的舞所，这种种农业与工业的不平衡，消费品工业与生产工具工业的不平衡，半制品工业与制成品工业的不平衡，制成品工业与加工工业的不平衡，乃至金融资本与工商业资本间的相掣相离，遂造成整个国民经济的呆滞的状态。如果我们要建设工业，我们必须考虑工业部门间的联系性；如果我们要改进整个国民经济，我们必须考虑全部国民经济的一致性。总之，我们要控制投资方面，绝不容他有偏荣枯之象！

三曰区域分配的充血与贫血。区域的自给经济，是中古的遗物，在高度发展了的国家，绝没有一州一省能在经济上独立自在的。经济发展的地域分配，只能依地理上的特殊情况而发展特殊的部门。为了建国，绝不容发展某地，万事皆备，而其他地方，一概不管的念头存在。过去我们的工业，都集中到沿江沿海都市里去，于是需用原料，要从遥远的内地里去采办，推销产品，又不得不搬到遥远的内地去。转手愈多，成本愈高；路途愈远，负担愈重；更何况我们的交通工具如此穷败，沿途关卡，又如此众多？所以，内地的原料生产者痛心于不得合理的售价，上海的工业制造家苦于成本太重，而内地的制品消费者却又购办不起。不得已，只有赖手工业来满足需要了。区域的充血与贫血，不仅存于工业界里，亦且存于农业界里。以中国之大，农产之丰，食粮本是足以自给的，可是每年却有大量的米麦进口，甚至有此区杀贱伤农，彼区家无口粮的现象。这主要的原因，在于运输之困难和封建的社会关系之阻扰。因此，我们经济建设又不得不考虑交通问题。总之，不得不考虑区域分配上的充血与贫血问题。

社会现象，永远是相互关系的。推进经济发展，要在把握中心问题。笔者得几个原则上的看法如上，具体的计划，则有待于更进一步的探讨。

中国人民意识的推动

谷春帆

　　中华民国廿六年七月七日之夜，日军在中国古都北平城外卢沟桥起战。大时代的烽火，从此燃烧起来。在一年半以内，不单烧遍了神州万域，烧遍了黄河黑海长江南蛮，烧遍了历史上文化的积累，并且烧着了每一个中华儿女的心，烧干了每一个中华儿女的眼泪，使每一个中华儿女，无论在国内在国外，在天涯或海角，只有赤紧的愤怒与悲痛。这是中华民族第一次对外全民族战争，这是中华民族第一次对外民族意识的集体表现。中国的儿女，一向在压抑烦闷的情绪下生活。他们不单像各国青年一样，有个人的烦闷，他们主要的只是国家的烦闷与民族的烦闷。卢沟桥的烽火使一百年来烦闷沉阴的积愫得到爽快发泄的机会，得到以自己的血与泪与铁来亲手安排中国运命的机会，他们安得不庆幸？安得不骄傲？

　　谁能了解这一百年来中国儿女的烦闷，而顺应他宣泄他，谁是东亚的主人，谁敢蔑视他而与他挑战的，谁会逢着最坚决的抵抗。中华民族的民族意识，是近百年来中国史的一个主动力，亦是近百年来世界史的一个大问题。

　　中华民族政治上虽屡受外统治，但中华民族儿女，从未失自觉性，从未失却其中华民族之意识。中国人始终自认为中国人，以别于外国人。近百年来的对外交涉，对外战争，屡屡失败。每一次失败，即在中华民族自觉的民族性上，增加一条创痕。不但有志节的人与一向处在统治阶级的士大夫深深被民族的羞耻与愤痛所烦恼，即被统治阶级的劳动群众，因为帝国主义之侵略，因为受不平等条约之片面的束缚，因为历次对外战争之惨痛的失败，一样有自觉的民族意识，一样常常被民族羞耻的痛苦警惕着。一个民族，能够在一百年内，累次并深深地蒙受这种种烦恼蓬勃的民族情绪而不至于发狂，是不可思议的事情。我们只要将凡尔赛和约到希特勒德国的疯狂情形一比较，就觉得中华民族的儿女，经过四千年历史的陶冶，还是比较太老成，太耐气了。

一位战地通讯员——立波——在山西一个小山村——洪子店——住宿。屋主人是一个六十多岁白头发的老人。他保存了三十八年前——庚子——一个洋兵用小刀镂刻名字的桌子。经过三十八年的磨洗，这西文名字还可以依稀辨出起首是个C字（见立波所主禁察冀边区印象记）。八国联军之役，是中国北方农民反帝运动的第一次高潮——自然是很愚蠢而没有近代意识的举动。但是当时洋兵的暴酷，在三十八年的完全隔离与和平以后，还深深镌刻在农民们心上，反映他们的民族意识。他们还记得德国兵在城外山上用水龙喷火油到城内，使罗马的大火，在山西边缘上燃烧。野蛮的得意的哗笑，与漫天烟火下妻儿的哀哭对照。昔日校场阅师的威武，与现在荒凉的岁月，——还深深镌刻在老年人的脑中，并从他们的传述中，普遍印入后一代中华儿女的脑中。复仇的女神，时时照顾他们，三十八年的隔离与和平，不曾使他们忘却惨痛。人类不是和平的动物，根本也不曾从和平中得到生活。抱这样意识的民族，还能够容忍日本的残暴吗？还能够忘记日军的残暴吗？

从鸦片战争以来，近百年的中国史，是一部错综复杂的人类活动记录。其间有对外战争与对内战争，有君主立宪，有民主革命，有共产、独裁，有农民暴动。一个以故事历史的观察家，感于这许多矛盾复杂的活动，会得迷惑寻不出头绪来；或只能观察到每一个问题的因果关系，而把握不住整个历史的中心关键。其实任何历史，均只是群众意识的表现。中国自鸦片战争以来，以迄中日、日俄之战，八国联军之战，处处逢到对外交涉之失败，与外国之侵略。故中国近代史中所表现之种种活动，不独其对外的关系，即其对内的关系，亦处处为这种压抑愤痛的民族性寻找发泄的结果。要明了中国近代历史的整个性，只有从这一点上出发。

鸦片战争时，广东民众组织平英国，号召数万人，这是中西交涉的第一幕。其实就已经发动了民族意识。自后各地仇洋伐教之案极多。到义和团之变而造极。以义和团之荒谬怪诞，尊孔卫道的一般士大夫岂有可以相信之理。然而当时竟会得造成如此巨变者，正因为义和团"扶清灭洋"的号召，正拿群众心理，亦正拿士大夫统治阶级的心理。在数十年压抑愤痛的民族意识，得到一个似乎可能的发泄机会时，像火山一样的暴烈热情，绝不是理智考虑所能阻止的。在欧战初了时，谁会相信希特勒墨索里尼之疯狂政治，会成为今日中欧之主宰。然而历史竟依着德国意国的群众心理走了。

义和团之变，是中国民族意识，忍无可忍的发泄。他不是统治阶级自尊自大心理的表现，而是一般农民，一般劳动群众，普通的要求。义和团的挫败，给予中华儿女以更深刻的民族羞耻，使他们向外喷烈的热情，转而向内，使他们感觉要对外抗战，先要从内政改革入手。他们以热烈的情绪要谋中国之富强。从康梁变法，到辛亥革命，到国民政府北伐，到国共十年内战，这数十年苦痛流血的过程，就只是被压抑的民族意识向内发泄的结果。一切对外失败的痛恨，归咎于内政之不当，国家之不能富强，因之移对外之热情怨恨而对内。要求改革一切制度，无论政治制度或经济制度，或以为君主制度是腐败的总原因。或以为阶级统治是罪恶的总原因。有人主张改革兵制，改革教育，改革实业；亦有人主张改革思想，改革道德，有人主张公妻非孝，有人主张复古读经。我们综览近百年来中国政治道德教育思想各方面之活动，觉得其营营蠢动得厉害。屡次的对外战争，屡次的内部革命，不单无数青年肯抛掷头颅洒热血，即最保守的士绅阶级亦往往是主战最力的分子。不单是知识分子统治阶级的人焦心苦虑要谋中国之富强，即农民，大众，亦会得揭竿而起，以抵抗外国的侵略。一次失败，即来二次。此处失败，即起他处。对外碰壁，即转而对内营营蠢动，表现无限活力之盲撞。这是一个深厚的民族自觉，长时期内被愤痛羞耻压抑而发泄的共通现象。在个人交往间，一个被抑制的深切热望，会得使人疯狂。在民族国家间，人人的深切热望，抑制的民族，会将成为疯狂的民族。中华民族之所以不至于完全疯狂者，还是因为他是一个根深蒂固的农业民族，还是因为他二千余年来传统的和平的民族性。

康梁六君子戊戌变法的主张是"务农动工惠商恤穷"，是要致中国于富强，是屡次对外失败后要求内政改革的第一次呼声。孙中山先生的兴中会同盟会，其纲领是要求富国强兵，驱逐鞑虏，恢复中华，建立民国，平均地权，是中国历史上第一次政党之出现，亦是对外交涉屡次失败的结果。戊戌变法与辛亥革命虽然各不相谋，而从原因上说，竟可以说是一种运动之此方面的发展，同样是蓬勃的民族情绪之对内的暴发。这种蓬勃急切的情绪，非但是屡次变法革命发动的主要原因，并且也是屡次变法革命失败的主要原因，他成为决定中国历史的主要元素。

民族的羞耻太深，民族的情绪太紧张，所以在任何一些星火的导引下，可以发生燎原的火焰。也因为始终只是在忽遽紧张的情绪下，所以种种蠢动，往往显得没有深切考虑，甚至是浅觉没毛，没有了解一种运动的真义。机械的或割裂的模仿外国。废弃旧的政制，而模仿其民治，模仿其共产，或希望模仿其独裁制度。废弃科学与书院的教育储才制度，而盲目地模仿其学校教育，模仿其职业教育。旧的逐渐破坏，而新的却难凑起来，不成一贯的□理。一个美国式瑞士式的民治政治，一个德国式日本式的军队训练，一个没有道德哲学的教育制度，一个大多数依旧是自耕自给的农村经济社会，一个十六七世纪的封建自闭的军阀制度：这样是一个难凑的中国并不是像许多外国人所说，中国人根本不够维新。这是因为中国人太急于维新了，中国人求民族富强的情绪太热切了，所以弄成这急不暇择的怪样儿，也所以注定了屡次维新运动失败的命运。

戊戌变法只有短短几个月，而光绪变法的手论多在数百次。只是些空洞广泛的原则，究竟要从何处入手做起，恐怕主持变法的康梁诸君，也不见得会有深切的认识，这可以从康梁诸君以后的政治主张而推论得。这种情形，一方面表示改革的急切与不了解改革的需要，同时惹起了反动的势力，而有戊戌政变之失败。戊戌变法，就失败在空乏与急切的民族情绪上。

辛亥年武昌起义的革命，同样被急切求功民族情绪支配着。这次革命，在几个月内，兵不血刃，而推翻数千年的专制政权，二百余年的异族统治，这时的民族情绪多畅遂发泄。但是随中华民国的诞生，革命军马上妥协，而造成袁世凯北洋军阀的局面。改组以前的国民党，则是许多气味不同的分子，在一个目标下松散的遇合。这个目标，就是以推翻满清为当国强民的第一步。满清已推翻了，革命已成功了，国民党也散了。急于要求统一富强的民族意识，打消了辛亥革命的一切努力。

从国共分裂以后，十年来的剿共与长征，这种惨痛的经验与损失，可说是充分表示不妥协的精神。但是在"九一八"以后，外患的压迫下，共产党表示了联合的希望。二五年十二月二十五日，西安事变的结果，确定了国共一致抗日的基础。同时福建的事变，两广的事变，均在外患紧张的关头下和平解决。

这些历史的事实，说明一个共通的原则，即是累次的革命，与频年政争，只是为了一个前提，为了中华民族的团结统一。革命是血热的行动，而中国的革命特富有妥协性。辛亥革命，均以妥协失败。为什么？因为中国的革命，其目的急于要求统一，急于要在统一中建设起来。"安内攘外"，这是一贯的全民革命国家统一政策。辛亥革命虽然建立了民主政治，但中国人实在不需要，也不了解民主政治，所以辛亥革命，均迅速失败。事实上，辛亥革命的真正动机，是民族蓬勃情绪的对内发泄。革命表面上的成功，使蓬勃的情绪已经得到发泄，即是革命已达目的。革命的志士，夺到政权，希望实现其"富国强兵"的幻想。革命的不良分子，达到目的，希望实现其名利权势的梦想。同时民众对于革命，也认为已经成功，而希望其建设强有力统一的国家。在这时候，不单革命失去领导，并且失去民众的支持，革命党人既使不愿妥协，而要求继续为革命奋斗，无如革命的前提已失，民众也会得被民族意识所指示，而要求妥协，要求从团结统一下去建设新国家。这从十年来国共战争时，一般民众之渴望和平团结，可以证明。民族意识自始至终，是一切问题的发动力，他匆匆制造了革命，也匆匆收束了革命。为了民族的团结与国家的统一之故，革命只能在妥协下软化，不能在不妥洽下硬撑。

我国政府统计事业的商榷

戴世光

际目前举国上下以抗战建国为唯一目标来求最后胜利的重要关系，单以生产建设为最基本，可是建设绝非空谈，须有合理的计划，方能逐步实现，更需要根据实际的情形来决定这计划的内容。正如同一个商店的主人，如果不知道他的商店究竟存货多少，现金若干，多少债务，市场上的需要如何，而妄谈扩充，则计划之不能实现，自可想象而知，即设勉强推动，则十分之八九是要失败的。因此政府既为一个国家的主脑，负责推动各种基本建国的政策，自然应该在几种特殊之目的下，能准确地明了国内有关于该目的之基本事实，以为决定各计划内容的根据。不过我们要注意上面短短的几句话，里面有几点是值得提出来的：第一，是要有特殊目的，换言之，是"有所谓"的；第二，这种事实是基本的；第三，这种事实要能准确的明了。当计划时一定要在事实上把握住上述的三点，才能有所根据，如果用学术上的名词来说明上述的简单的原则，则基本事实当用数字来准确的描写时，即为统计资料；而"明了"的前提是这种基本统计资料的整理。因为一个国家中有多少事实在那里生长消减，实际上若把所有的事实都加以测量，是不可能的。既设可能，也毫无意义。一定要为了某种特定的目的，来决定哪些是应该收集的，哪些而是不应该收集的。等到收集进来以后，自然需要一个有系统的整理，否则一大堆原料，如何可以"明了"？不"明了"如何能作为计划的根源？那么政府既为全国首脑，他是应该负责收集这种基本事实的。唯有政府才能顾到全局，也唯有政府才能有这种力量来收集这种基本事实的。如果再用一次学术上的名词的话，这种政府所担任基本统计资料的收集和整理的工作，即政府的统计事业。

好了，我们既已说过，为了博得最后的胜利，我们首先应该增强我们生产的力量，而推动整个增加生产的计划，尤其需要准确的统计资料做参考，现在仅就统计事业上可注意的问题，分别加点说明。

我们以为我国政府的统计事业，在推进的途径上，有两方面的问题是值得注意的：一方面是外在的问题，一方面是内在的问题。我们现在光谈谈外在的问题。本来创办一种统计事业，首需学识上的灌输。是以在统计事业本身之外，尚须与统计学术谋得一种联系。我们试由统计发展的历史来看，最初只是少数的政府为了战争和征税，而搜集人口方面的数字，继而进一步作国家与国家间基本事实的数字的比较。内容方面不仅是人口，还有财政，贸易，生产等重要的事实，若以各学校中所设的课程而论，当时是由政府官吏或对这种事实有兴趣的政治经济教授分别授课。名目上虽已经叫它作统计学，而讨论的内容，重要的却是各种统计资料的意义，这种资料的来源，以及如何在简单的整理以后，可以分别下各种解释。在此以后，统计因数理之助，才由简单的整理至高深的分析。延至今世，统计学理上发展的趋势，才由分析而进到选样问题和选样的结果是否有意义的问题。这是由一般的统计发展的历史而论，是纵的，是统计在历史上发展的各阶段。这种阶段由目下横的而论，因为各别有存在的意义，于是在广义的统计范围中分别成了若干部门。是以无论由历史发展的阶段来说，或由目下统计范围的各部门来说，这些阶段或部门分别形成若干环，为了统计事业与统计学术有联系的话，这些环是应该牢牢的连锁着，然后才能互相提携，平均的发展。可是我国统计事业与学术来看，环是有的，却不连锁，尤其是统计资料的意义及该资料在各个应用范围中的解释及限度问题的一环，似乎是不大健全。因为由统计学的性质而论，它与一般的科学的性质稍有不同。以统计学术的原理而论，它是属于自然科学的，可是以它的应用范围而论，却包括社会科学与自然科学。同样的统计方法，当它应用到不同的科学范围中时，它会有不同的解释和限度，所以统计方法在应用时问题最多，也最分歧，在我国的这一环却无人顾到。完全在统计理论上发展的人们，以为这是应用上的问题，他们所以不管，而在各科学中有研究的学者，又以为统计是一种工具，没有兴趣，结果这一环就根本没人来管，没人来注意。在统计事业与学术的联系间，这是主要的一环，此环既不健全，又不连锁，欲求推进统计事业，当然是不大容易的一件事。

　　至于内在的问题，至少有两点是值得注意的：第一，是把搜集统计资料当作目的，而根本忽略我们是为了解决某问题才搜集某种资料。就我国的政府统计工作而论，除了几个学术机关及中央统计局等分别由专家主持者以外，各机关不无有以办统计为时髦的心理。很多是把搜集统计资料作目的的。此目的，当然只有多发调查表格，要填数字，勉强算一个百分比，画几个五彩图，就可以交卷，同时可以邀功。此种现象推广以后，彼此效尤，办的统计事业虽多，可用的资料却少，这是很值得注意的一件事。第二是统计人才的缺乏。即以国家政治区划的基本单位——县而论，统计室的人员多半是不懂统计的，现在硬把责任放在他们的身上，在一种不知统计资料中数目字所表示的意义的观念下，就是主办者有志趣想搜集某种数据，他也认不清应该如何供给。结果根本谈不到准确可靠，那么统计资料虽有，并经过分析，结论又有什么意义呢？我们虽很有完备的统计制度，如果缺少基本统计人员来推动，那么统计事业又如何能改进呢？

　　当然创办几种统计事业，绝非一朝一夕的事。不过我们可以在抗战建国目标之下，当需要几种特定的基本事实最迫切的时候，对我们政府的统计工作不妨加以调整。由外在的问题来说，最好多由实验上入手，多讨论各应用范围中的枝节问题。各国的客观条件不同，非由本身的经验谋规范不可，而内在问题，则应该在经济的条件下，搜集的统计资料只限于少数几种重要的，而务必先把搜集该种统计资料的目标确定，各机关宁可不办统计，要办就是重要的，可靠的，同时是有意义的。在统计人才方面，应该有一个最低的训练，去负责办各基本位的统计事业。如此上有确定的目标，下有健全的基础，然后旁与统计学术取得联系，那么我们政府的统计工作才能发扬光大，而有裨于将来建国者也非常之多。

说永北的石刻吴装观音像

滕 固

顾宪良先生看见滇人张剑纮的《榛兴遗稿》里有一首诗，歌咏圆通寺石刻吴道子观音像，他问我有没有看见过这块石刻？我迟疑了一会说，没有看见原石，也许看见过拓本。十多年前我在上海买到过一帖吴道子观音像皮纸朱拓本，据说是从云南来的，莫非就是圆通寺的，我当时这样想。圆通寺近在咫尺，每个礼拜要经过好几次，我从前所得的拓本是否是圆通寺的东西，似乎不难证实。有一次带了一位拓工到圆通寺去看见这块石刻了，我一面要拓工把它打拓下来，一面感到这石刻同我以前所得的拓本颇有不同，因为记得很清楚，我的拓本有很多地方漫涣损耗，不像这石刻这么完整。我就委托拓工，要他留意其他的地方如为吴道子的石刻，一起替我拓下来。不久，拓工送来二件东西，一件是近拓的昆明文庙的孔子像，另一件是旧拓的永北的观音像，于是我才得证实从前所得的拓本是永北的石刻。

圆通寺的观音像和文庙的孔子像，一望而知是年代很迟的，翻了又翻的东西。光绪《昆明县志》，大约因为"孔圣遗像"有"吴道子作"四个大字，就把它放在唐碑之列。要知道曲阜的吴道子圣像还是宋绍圣间的石刻，滇中祀孔的风气较迟，这石刻恐怕还够不上元刻。圆通寺的观音像，现在知道是永北石刻之不甚高明的傲刻物。

凡各地方规模较大的佛寺和文庙，我们很容易找到吴道子的画像石刻。吴道子的作品富有暗示力，自始即在宗教宣传上具有甚大的作用。黄伯思《东观余论》专说他的地狱变相图，"有一种阴气袭人而来，观者不寒而栗，足以舍恶而就善道，谁谓绘画为小技哉。"他的作品据各种记载，多属寺庙的画壁，这些画壁经过唐末会昌五年和后周显德二年的灭法，已荡然无存。所以在宋代已很难见得吴画真本。米芾画史中说："今人得佛，则命为吴，未见真者。唐人以吴集大成而为格式，故多似。"刻石之举，一方面固然是宗教上的利用，他方面殆亦宋人珍惜吴画而使其流传久远的意思。但是所刻的画像是否本着吴道子的真本，看了米芾的话，就难令人置信。以石观音而论，我在南北各地所看见的，不下十几种，除了徐州云龙山的观音像，有正统五年重刻的记载外，其余都不注明镌刻年代。所有观音像，结构大同小异，不过在我的记忆中，徐州的已比河南的东西差，京杭一带的更比徐州的东西差，大概愈是后来翻刻的，离开画本愈远。要从这些石刻中窥探吴道子的，或唐人画佛的阴影，是不容易的。

永北的石刻，照我的观察，以为比徐州的东西还旧，恐怕是明以前的刻物（永北的志书内也许有记载，可惜目前借不到这类志书）。这石刻的右面刻着一行隶书"唐吴道子作"，左面密密地刻着六行小楷，把夏文彦《图绘宝鉴》里吴道子略传从头至尾抄在上面，又在第一行小楷之上，加刻一行寸楷"唐吴道子作"四字。这样一刻再刻，无非教人重视它，并且要努力证明确实是吴道子的。就画像的本身看，头部莲花纹的发髻围饰，和所传敦煌的唐画难有共通之点，然已较近于宋人的佛画体制了。身体姿势所具有的曲线，还留有唐人的传统，大体端庄慈祥，想来原体不是没有来历的。还有这个石刻画像有二个显然的特点：一是容相还留有"拟雕刻的"迹象，另一是衣纹用"兰叶描"绘成，这是值得我们玩味的。

郭若虚《图画见闻志》里说："北齐曹仲达者，本曹国人，最推工画梵像，是为曹。谓唐吴道子曰吴。吴之笔，其势圆转而衣服飘举。曹之笔，其体稠迭而衣服紧窄，故后辈称之曰，吴带当风，曹衣出水。"六七年前我根据了这一段话，又搜集了些北朝造像的浅浮雕来观察，曾在一篇讨论绘画历史的文字里（此文发表于一九三五年某期的Sinica）说"曹衣出水"的风格是"拟雕刻的"。当时的佛像雕刻，规抚西域的体范，衣纹贴附肌体，宛如出水之状。曹仲达本系西域人，他的画脱胎于这种雕刻形式是很有可能的，不但衣纹如此，容相亦然。我们一查晚近在新疆发现的壁画，就可得到若干有力的例证。郭若虚前引书说："雕塑铸像，亦本曹吴。"我这里应该把他的话转一个身说："曹氏作画，本于雕刻。"拟雕刻的绘画，历史上不是没有的，彭拜城（Pompei）所发现的壁画中，有些描述希腊神话的，所作的人物竟是希腊雕像的复写（参考G.Rodenwaldt《彭拜壁画研究》）。唐人画佛，衣纹方面难有吴道子的一番革命，而容相方面为要保持宗教的庄严神秘，一直留有些拟雕刻的传统，所以我们如不加判别地看古画佛像的容相，总是有千篇一律之感，就是这个缘故。其实宋以后的佛画，拟雕刻的程度日渐薄弱了。永北石刻的容相，虽不敢说是唐式，但至少是宋式而留有些唐意的东西。至于衣纹之为兰叶描，系吴道子所独创，这是何良俊《书画铭心录》里所说过的。现在我们所看见的初唐画家阎立本的《帝王图》，人物衣纹是用"铁线描"的，延光室印行的吴道子《送子天王图》（恐是宋人临本），人物衣纹是用兰叶描的。但吴道子的作品不尽是兰叶描，李伯时所临的《五帝朝天图》，号为逼肖吴道子的北宋武宗元所作的《朝天仙杖图》（均有影印本），还有其他地方的石刻观音像，都作铁线描，而这永北的石刻恰巧是兰叶描。这种描法是不容易讨好的，所以圆通寺的翻刻便无生气了。永北的石刻与《送子天王图》比较，难不见得超卓，然而流风未泯，可令我们领会到何谓兰叶描。论到服饰，永北的石刻完全是写意的。敦煌的唐人佛画，笔法尽管是铁线描，而项圈、紧身被、披帛、配褛和袖衿等统统可以辨别出来，写实的成分还多；而永北的石刻除了项圈外，其余都不能分辨了。我们但能从那种博衣宽袖的形式里，可以感到些吴带当风的韵味而已。郭若虚前引书说："雕塑之像，亦有吴装。"这是我相信的，不一定雕塑学吴画，恐是雕塑脱离外来风尚而自成风格的一种说法。我们观看角直的唐氏塑像和龙门的有些唐代造像，其衣纹流利舒畅，撇捺自如，确然像绘画中的线描。

三年前在北平看见研究比较艺术的匈牙利人达加克（Zoltan de Taakacs）君，在搜集吴道子观音像拓本，资以研究吴道子，我曾想过要从石刻里求些吴道子的消息是很渺茫的。但是再一想，我们对于吴道子一向是渺茫的，从石刻里探求或者在记载里兜圈子，略胜一筹。本着这个意思，我对于永北的石刻不免起了些感情。不过，我说它是宋式而留有些唐意，说它的原本是有来的，说它是明以前的刻物，希望不完全是感情作用。

谈吃饭和睡觉

陈雪屏

吃饭和睡觉是生活的基本需要。从儿提而至老死，谁都是饿了就吃，倦了就睡。人生种种的经营和谋算一大部分受这二者所推动。从行为发展方面来观察。吃和睡的习惯养成得很早。一般人习而不察，对于食粮的多少，口味的好恶，以及睡眠时间的长短，认为由天性所决定，没有研究和讨论的必要。假使我们随意提出几个问题，普通流行的三餐是否最合于卫生？我们的食量如减少一部分，能否维持原有的健康？我们为什么要睡觉，八小时的睡眠是否是最有益的规定……恐怕很少人能够回答，反以为发问者是在存心开玩笑。

人类文化的发展原很奇特：自然科学使我们去物质享受方面获得绝大的满足，但对于生活中若干根本的问题则至今还甘愿自守愚昧，听其自然，不想而且不能加以控制。一个果子从树头坠落，可以引起物理学家的关心，我们的食量和睡眠假定都能变更，而不致损及身体的健康，将在人类生活史中产生何种影响，却尚未为专家所注意，进而做系统的研究。

笔者情愿承受开玩笑的罪名，简单举示几个浅陋的疑问，作为饭后睡前思考活动将归停顿时的一种刺激。

我们先谈吃饭问题。

胃壁肌肉的收缩有一种节奏。收缩的强度每次增剧，饥饿的感觉也因而愈趋尖锐，直到得食以后，收缩暂时停止。静止时间的长短随年龄而显示相当的差异。食量和食质同是决定因素，甚至于情绪的激动也足以间接使时间延长。有时食物在胃肠中尚未消化尽净，收缩便开始，我们照样觉得饥饿。成年人忙于工作，或者一时顾不到去吃饭，久之适顺饥饿的能力自会增加。足见"一饿就吃，不饿不吃"这一个原则是靠不住的。

食量的大小因人而别。从前父母们总是鼓励子女多吃，多吃使身体强壮。这是一种迷信。重量不重质的结果，徒然扩大了胃纳的容积。美国的时髦小姐们，因为要保持她们婀娜多姿的身态，不惜用强力去节制食量。一杯牛奶，一块小面包和一碟果子生菜，便组成她们的午餐。同她们相比较，我国的女学生，真可以说是，个个具有兼人之量。无怪在表面上看来，竟是如此壮硕！笔者回忆在中学时代有几位同学，每餐吃馒头常以半打为单位。她们自己以次为夸耀，他们的父母眼看着这样的奇迹，也在微笑中透露说不出的欢欣。这种伟大的食量，即便削减三分之二，而配以适合的菜蔬，也仅足以供给她们有机的需要，至少有一半的食料储值等于白费。我国宴席的丰盛在世界是没有匹敌的：大小冷热一二十盘碗，消耗时间三四小时。到了酒足饭饱之后，醺醺然，陶陶然，浑浑然，摩腹而坐，几乎不能动掸。暂时把全付精力用于胃肠的蠕动，再不想做正经工作。北方有一句俗话，所谓"吃饱顿"似乎便是描摹傻吃、傻坐、傻胖的神态。

每日三餐，而早餐较轻，晚餐较重，是一种极流行的分配方式。虽然我们习于惯常，安之若素，但如详细加以分析，便觉得这种制度并不十分合理。婴孩每日可以吃七八次，每次食量几乎完全相等。成年人清早起床，赶忙外出工作，不容许有细嚼慢咽的时间，于是早餐质量减少到最低限度，甚至于有些人，为省事起见，简直废止早餐，似乎也并不妨碍健康。劳工在白天消耗精力最多，理应需要大量食物来补充，但实际上他们的中餐却很简单。更以时间分配而论，普通成年人的早餐与午餐相隔约四小时，午餐与晚餐相隔约六小时，晚餐与第二天的早餐相隔约十三小时，疏密不匀到这样的地步，大家并不觉得可怪，因为要适合成年人工作的方便，这一种制度才成为普遍，此外别无理由。

饥饿又能引起心理的变化，使神情恍惚，易受激动，感觉虚弱，而且注意不能集中。饥饿的附属现象最容易与疲劳相混合。经过长时间的工作，仅凭休息还是不够，一定要等到饱餐之后，精神才能恢复。美国食物学专家哈格德和格林堡最近曾作一次大规模的试验，发现饮食分配与工作能率有密切的关系。他们极力主张采用五餐或六餐制，总量比三餐制更可减少，但须注意品质和时间的分配。其他工作条件不变，仅将工人的餐数增加二次，便足以提高出产量。所谓"餐多伤胃"以及"餐多使人发胖"，又都是迷信之谈，全不可信。

由量的着重，变而为质的着重，更进变而为分配的着重，还有待于专家的努力，使一般人能够获得较多的知识。同时也须经过长期的教育，将关于吃饭的许多迷信一概扫除，然后合理的吃饭方法才易于被接受。此外，如饭桌上礼貌的养成，有关于社会适应；口味的嗜好趋于正常，足以促进发育：都应在童年及早加以一番训练。但很少有人注意这一类琐碎而无关紧要的问题。

我们再谈睡觉。

关于睡觉的事实，我们知道得更少。人类为什么要睡觉？这是一个难解之谜。生理学家说是因为脑部血液供给不足；化学家说是自动中毒；组织学家说是神经纤维组织间的细胞肿胀，使一部神经原隔离，故不能接受外来刺激；生物学家说是反应黑暗的本能；心理学家说是工作能率减至零度便自然入于昏睡状态。这种种的学说各有偏重之点，但没有一种可以将事实完全解释得清楚。我们随意举示一个例子，便足以证明这些学说的破绽。当一位母亲在酣睡的时候，门外军声辚辚，人语嘈杂，惊不破她的好梦。身旁爱子稍一转侧，或欠伸低喊，她就会立刻醒觉。假如孩子生病，她更能接连三四夜目不交睫，以后也并不需要将所缺的时间如数补足。试问业已中毒或失去知觉的人能自动保持清醒的状态么？

初生婴孩平均要睡十九小时，到了十八岁左右减至八小时半。普通人以八小时为成年人最合卫生的睡眠时间。但据名家调查，有一件事实值得我们注意，即在同一发展阶段中，时间的差异重大得惊人。以十五岁的青年为例，日常睡眠时间有的多至十一小时，有的少至五小时，而他们身体强弱和成绩优劣的差别则不与时间多少成为密切的相关。究竟我们应该睡眠若干时间，方适合生理的需要，似乎是一个习惯的问题。一般人以为多睡眠有益无害，至少合于生活安全的政策，因为我们平日睡得多，遇有紧急事故发生，可以利用过去积余的睡眠，虽然暂时少睡，或竟一二日不睡，也还没有很大的妨碍。这一种见解，与主张平日多吃以补将来，犯着同样的谬误。

我们可用两个标准来分析睡眠：深度和性质。前者表明睡得熟不熟，后者表明睡得好不好。我们普遍先经过片刻的瞌睡，随即入于熟睡。根据实验的结果，熟睡时间仅有二小时至四小时，以后便渐渐进至半睡半醒的状态。在这个时候我们开始做梦，而且易于被外界刺激所惊扰。所谓睡得好不好，受着若干因素的支配，如消化不良，服兴奋剂等属于生理的影响，如忧愁，焦急，思虑过度，接受暗示等属于心理的影响。更有许多人骤然改易睡眠的环境，便不能安睡。深度和性质二者之间有一种密切的关系存在。假如我们在开始已曾熟睡二三小时，而在以后的时间虽然睡得不好，第二天照常可以工作；假如始终未得熟睡，即便睡到十小时，醒后必觉头晕、目眩、烦躁不安，而且注意力难于集中。

历史上有很多名人以少睡著称。美国大发明家爱迪生每日仅睡四五小时，而他的工作是这样的耗费心力，并且活到八十多岁。我们与其说他具有天赋的奇禀，不如说他善于睡觉。他睡得少，但睡得熟。普通人拿起筷子，大鱼大肉，三四满碗白饭，一扫而光；他的头才着枕，鼻息如雷，一睡便是九十小时；如此一生，碌碌无所表现。这是世俗所羡慕的庸人多福！

我们假如有决心，每日睡眠减少一二小时，在理论上是说得通，而且在事实上是做得到的。睡眠的多少既由习惯所养成，当然不容易立刻加以变更。骤然从八小时减至六小时，一定使我们觉得精神萎靡，而且影响到工作效率，正如同我们有吸纸烟和饮咖啡的嗜好，一旦戒绝，必大感苦痛。在开始的时候，仅减少一二十分钟，然后逐渐增加，经过长久的时间，我们的习惯便可以在不知不觉中建立起来。世界上每一个人将睡眠减少一小时，转而用之于有益的工作或创造的活动，将来人类社会的进步会发生怎样的变化，是不易想象的！

根据上面所谈的事实，我们似乎不免吃得太多，睡得太多。笔者曾经妄想"少吃，少睡"可以用来作抗战中绝好的宣传标语，但仔细再想，大多数人的吃饭根本发生问题，更说不上质的选择和分配，而且现在流行的生活方式如不彻底改革，少睡觉，反而使许多人多费心机作不正当的谋算，或者多吸几筒鸦片，多打几圈麻将。所以笔者只敢随意谈谈，绝不敢大声呼吁来公开提倡。

本期撰者：

  严中平先生服务于中央研究院社会科学研究所。《中国经济建设的目标》讨论我国此后整个经济建设所应注意之点，是一篇极关重要的文章。作者严先生在本文里已提出了过去经济发展的若干病症，我们更希望严先生及国内其他经济学家能提出建设的原则，供大家的切磋研求。

谷春帆先生供职邮政总局，也是一位经济学家，著作多着重于经济方面。这次谷先生有一长文，论《中国民族主义之前途》，共分四大节，即（一）被抑制的民族意识—中国史的原动；（二）近代民族主义及其在中国之发展；（三）中国成为民族国家的条件；（四）中国向哪里走？——中国式的民族主义。本期所载《中国人民族意识的推动》即为长文的首节，其余各节当在以后各期连续登载。

戴世光先生是统计专家，现在清华大学国情普查研究所担任工作，在本刊常有文章发表。

滕固先生是国立艺术专科学校校长，研究艺术与考古，此次承赐一文《论永北石刻吴装观音像》，可使读者得到一些关于滇省石刻派别的知识。

陈雪屏先生从前已有过文章，此次他用最通俗的文字，讨论人生日常最重要的两大问题——吃饭与睡觉。

第二卷第三期（1939年7月9日）

时评

敌犯浙闽洋面

日寇侵华已满两年，但上海以南的海口，沦陷者数旬前仅有广州及厦门，其余如宁波、温州、福州、汕头等，一直在我手。要到最近数旬，敌人始对各海口有新企图。除汕头已陷，定海被占外，温州福州与北海也正受着敌人的威胁。

就军事上言，我方对于沿海口岸的防御战早定有方策。敌来必抵抗，抵抗必杀敌；但敌如以大军来，则我绝不死守。敌既拥有海军，我自不得不择地而战，上述的方策当然是再相宜不过的，所以能守固我之福，即不守亦不足为大害。

就经济上言温州等处的能守与不能守也不能发生严重的影响。这些港埠在我们的手中时，我们固可用以输出土货，但自浙赣路被敌切断后，自温州等处输出土货的数量早已锐减。所以不守也不致发生重大的不良影响。

我们所应注意的倒不在军事及经济方面，而是敌人的用心。敌人之扰闽浙，其用心似乎在打击第三国（尤其是英国）的商业，并欲藉这打击以压迫第三国改变其反日的态度，或更进而作对日有利的调停。关于这点本期史国纲先生也有文论及。据我们的推断，英美等国对日早表疾恶，当不致堕入日人计中。所以日人入浙闽的最大收获充其量也不过是据有几个空城以自慰罢了。（平）

调整国际收支的新办法

财政部最近颁布《非常时期禁止进口物品办法》与《出口货物结汇领取差额办法》，七月三日，报上已登载这两个办法的条文和施行的意义。被禁止进口的货物包括非抗战建国及日用所切需和有本国产品可以代用的一切物品，外国的烟酒、海产、丝货、化妆品、玩具乐器，以及带有奢侈性的毛货棉货、木材纸张等，都在应禁之列。对这些物品不但禁止直接进口，即报运转口，或用邮包由外洋寄递，或由本国口岸寄递转口，亦均禁止。这办法施行之后，将来能否如财部发言人所推算，每年省出二万三千万元国币的外汇支出，不是一个主要的问题，要紧的是处此非常的时期，对于国际收支平衡的维持和集中外汇用途于购买抗战建国必需的物料，我们应该采取一种能做到多少就应该做到多少的方针。在未沦陷的口岸，这进口限制办法的施行不应遇到什么困难。同时，正如财部发言人所说，进口贸易不至因为此种限制而大减，军需材料和建国所需机器及原料进口的增加，很足以弥补非必需品进口的减少，这是可以告慰对华贸易的各友邦的。进口限制还有一个有利的作用，那就是它会促进后方工业的发展。至于沦陷区内的进口，数量上的确比后方的进口大得多，而限制的办法恐无法施行到如何程度。我们尚应从其他方向，继续防止我们外汇被敌人所套取。

关于出口货物结汇领取法价差额办法的施行，我们认为这是政府对于促进输出的进一步和更积极的措施。依照这个新办法，除了桐油、茶叶、猪鬃、矿产四类出口货由政府贸易机关统筹优价收购外，其他货物出口的结汇人得加领法价与挂牌价格的差额。这个办法比从前用的各种促进外销的方法彻底得多，施行后，可以使那些凡政府贸易机关因为人力所限不能尽量收购输运的出口货品，此后得由商人的活动而多收多运出去，可以免去前此商人对于经营出口贸易的疑畏和消极。虽然照理论来讲，在新办法下，为结清某一数额的外汇所需给予的法币会比从前的要多，但是整个输出贸易若能由此大增加，则其对于我国国际收支平衡的改善和战时一般经济力量的增强是有很大的帮助的。如同时对于法币的外流再加以更积极的限制，这新办法是不会对法币的对外价值增加不利的影响的。除了鼓励出口贸易之外，目前很需要改进的是运输能量的增加和运费的减低，以及外汇和对外贸易管理机构的统一与集中和区域管理的取消。有了贸易与外汇管理机构的统一和集中，才能达到战时经济动员原则上与

实际上的需要，这是全国人所应该认识清楚的。（佶）

但泽问题又趋严重

但泽问题成了目前欧洲危机的焦点。据一般揣测，德国拟在短时期内利用恐吓政策，使但泽归入第三帝国版图。该市本是德国的囊中物，事前既有充分准备，强行占取当无重大困难。

不过眼前欧洲局势，已与并奥吞捷时大不相同。不久以前，奥国不抗而降，捷克被迫屈服，半因自身缺乏抵御力量，半因英法没有援助的决心。时至今日，波兰对但泽问题的态度，却已有过显明的表示。倘一旦德国强占但泽，它便将起而应战。果尔，则英法二国以条约关系，亦不得不执行互助的义务。波兰抵抗侵略既下了莫大的决心，好像已使这个危局陷入莫可挽回的境地了。

当然，波兰的态度系随着英法互助保证以强大。综观近日英法当局的一再表示，其抵抗侵略的决心确已日益增强。最值我们注目的，就是上月二十九日英国外相哈里法克斯的演词，由此我们可以窥出英国外交的坚决立场和显明路向。此后英国虽仍期盼但泽问题能够和平解决，但在条约上却不肯轻易抛弃助波的义务。近一周来，法国外交当局对但泽的立场，亦屡加解释，予侵略者以严重的警告。英国果因但泽纠纷而作战，则法国之参加，到今更无疑义。英法即肯以相等义务约束自己，再谋苏联积极援助，建立反侵略和平阵线，就现势观察，似乎反因但泽问题再度紧张，较前容易克服种种困难。从另一方面看，此时希特勒或许知难而退，仅想借着忽松忽紧的但泽纠纷，增加波兰的焦虑，俾得乘机解决德波间的各项问题。

总之，希特勒自侵奥并捷以来，无不在波境积极增防，随局势的演变而向波不断提出要求，但究在什么时候发难，我们殊难断言。（贡）

抗战两年之回顾

傅孟真

自倭贼在两年前的七月七日，无端袭击我们的宛平县城（旧名卢沟桥），到了现在，恰满两年。这两年中，我们的同胞虽然饱受艰苦，大量死亡，但我们的民族充分表现其伟大的力量，不屈的精神。在这个表现中，看定了最后的胜利，光明的前途，以后的中国历史，要比四千年历史上任何时代都光荣伟大。所以这次的大艰难，已是缔造将来的大光荣的基石。

综合这两年中的事迹，可以看出几个重要的现象，现在分别去说。

第一，愈战愈疲的倭国，愈战愈强的我国。这虽是一句恒言但也是铁一般的事实。本来中倭两国的力量大相悬殊，这也就是倭贼敢于屡次下手来侵略我们的理由。但是倭贼却未料到我们在南京陷落后不瓦解，我们在武汉广州陷落后不颓丧。在对我们无利的地形上和他摩擦了两年，而现在战事转到于我们有地利的地形上了。我们之所以越战越强，其原因不一，今举其主要者：第一，我们有全国一致非常信赖的领袖，而倭国没有。在我国，是上下一心的，人人感觉到亡国之惨；在倭国，老成人为国枕忧，少壮军人为国惹祸，实业家不得已而听从军人，却满怀忧虑着，一般民众，能听宣传，惟能甘从，却也莫明其妙，所以没有人能决定国策，没有人能统率全局。一个驻意一个驻德的大使，竟能迫紧内阁，使其改换严重决议。如此看来，倭国真不是一个现代有组织的国家，而我国的组织，经此抗战却远比他现代化了。第二，这个战争，在我们是自己救命的战斗，在他们是侵略战。因为是救命，自然发动出所有的力量；既是侵略，虽然倭贼素受侵略主义的教育，素有侵略的经验，究竟侵略与救命在一般人心坎上是不同的。第三，倭贼的头目，每次告诉他的国民的，没有一次实现。他们总是说，某处某处可以不劳而获，某点某点可以少出代价，所以动员法不待全部实行，在目下状态中，当可兼与苏联英国起衅等等，然而这两年中的历史是何如者？他出的人力物力的代价是怎样？他现在是不是能真与苏联英国开衅？他的头目，由此知道前言不符后语了，他的国民当也感觉万分无聊了。在我们，我们的领袖说：南京陷落无关大局，陷落后抗战精神及力量应当更强。事实正是如此。我们的领袖说：武汉广州之陷落无关大局，自此以后便转为优势，便要有大胜利。事实更是如此，乃有鄂北晋西晋南之大胜利。所以可以说，倭酋的宣言，无一确切实现，我们的昭示，无一成为虚语。在这情形进展中，自然他们越弄越疲困，我们越来越自信。第四，江海的沿线，平地的地形，是与我们不利的，所以以前固守，付出的代价多。自南昌陷落之后，此一局面告终，以后都有山地战，离开铁路或且离开公路，我们发挥这个地形的便利，以后的斗争，决不需前者这样之代价了。况且我们在这两年中，一面抗战，一面练兵，目下尚有数十万的精兵未用，而且同时在更大的规模中继续训练着，所以西方半壁，固如金汤，倭贼不再来送死，则鄂北晋南已开定例了。第五，我们的经济组织及工业化，原来固远不如日本，但这却是在这个斗争入于现阶段中一个有利的形势，所以我们能穷打，能苦打，日本则差得多。工业对于国力，是一个大贡献，却也是一个大担负。在此一点上，日本的忧虑，比我们要多得多。

第二，我们的军事力量，实有惊人的伟大。日本的新军力，有数十年的历史，当然是很有他的优点的，所以若以军队之近代化而论，我们的军力自然不及他。但是，我们这几年中，在蒋委员长领导之下，军力的进展，实在神速，尤其难得的，是一面战争一面增加军力。这个进步，以速度论，超逾历史上任何时代，若舍去近代化而论，现在中国的军力，是比得上几国历史上最强的时代，这不仅是我们的敌人未曾料到，即我们自己，事前的估量也未必如是之高。这个历史的考迹，是表示我们民族的伟大力最明显不过的。我们要记着，现在我们的军事力量，比前年上海战争时，增加了几多倍了。至于在近代化上缺陷颇可以"攻守异体"，"哀兵者胜"抵偿。代以在军事上，我们绝用不着忧虑。

第三，新教育之表现其力量。这里所谓新教育，转自清季以来之新制而言，尤其着重在五四以来之开明运动。近几年中之民族主义教育。在今天，回想我们在小学时代——前清光绪末年——真正是两个世界了。现在的青年，以考上空军学校炮兵学校为荣，尤其是在好家庭中之青年，有此志愿。至于一般老百性爱国心之发动，更可以看出时代的转变。诚然，受新教育者尚有不少的人去做汉奸，可见在教育上还要努力。但是，以百分比例算去，可见目下的局面出在二十年前，或十年前，汉奸要多好些倍。一切北洋军阀，无聊政客，今日知自爱者极多，足证时代之进步——所可耻者，还出来一个汪精卫！

第四，政治上也有好的开端。战事可以作为改良政治的准备，但政治不能在战时大量改革，这本是一个不可移的原则，所以，我们如果希望一下子到了儒家梦想的"唐虞三代"便也是做梦了。不过，这两年中，政治在精神上已有了大进步，国家意志成立，共信心成立，因共信而互信，遂有真正统一。在这里新国家之基石就奠定。夫共信不立，则互信不成，互信不成，则统一不固。战前之统一运动，成就的颇偏于表面，自抗战一来，乃有心理上统一，即是真正之统一。所以抗战是建国的训练，抗战是建国的基础。

综观两年中的趋势，我们是一天一天地上升，日本是一天一天地下降。自今而后，就内事论，地利人和更好过以前，就国际形势论，慕尼黑的恶迹，已将结束，欧局将有大变动，而影响及于远东，倭贼将随其贼伙而没落，所以大光明的前途，正不在远。然而天下事总在人为，成功总在努力。现在我们要发挥我们的一切力量到最大限度，人尽其力而不偷闲，物尽其用而不必浪费，任得其才而尽厥职，政治昭明而感大众，这是在最高领袖领导之下，必能办到的！

两年来日本的政治与经济

迅 中

日本自对华作战以来。其政治重心，即由政党转移到军部，五一五事件后政党内阁的生命虽已寿终正寝，但少壮军人及右倾分子等心犹以为未足，积极攻击元老重臣政党财阀，终于一九三六年发动了更大的二二六暴动，阴谋将维持现状派的重要领袖一网打尽，以达军人组阁之目的。这种残暴行动一方面引起了民众的厌恶，同时使军部内的上级干部也军纪扫地，惴惴自危。所以二二六事件后军部在政治上的发言权虽继续增大，但少壮军人及右倾分子的气焰却大受打击，庇护少壮军人的领袖荒木，真崎，建川等都退出现役。军部主张用合法的手段，推行法西斯政治。广田与林先十郎相继组内阁失败后，近卫因西园寺的一再督促鼓励，起而组阁，人们都希望他能保守自由主义的残垒，缓和军部的胁迫。但不幸这位公子哥儿既乏魄力，又无手腕，执政仅一月而卢沟桥事变爆发，近卫虽不欲扩大，但终以军阀之凶横，战争由华北而延及上海，终于发展成中日两国的全面战争。于是急进军人及右倾分子卷土重来，在举国一致的口号下，二二六事件后暂时敛迹的急进军人领袖真崎、荒木、建川、松井等又再度出山。十月以军部之要求，设企划院及内阁参议会。企划院系合并企划厅与内阁资源局而成，直属总理大臣，计划"平时及战时综合国力之运用及扩充"。换言之，军部欲使国策的决定与运用专属于一个机关，避免各部的容喙和牵制，而便于操纵和指使。内阁参议会系网罗军政财各界领袖十人组成，表面为审议战时国策，补强内阁，所以稳健与右倾分子兼容并收，陆军方面为宇垣一成及荒木真夫，海军方面而为安保种清与末次信正，政党方面为前田米藏与町田忠治，财政方面为池田成彬与乡诚之助及松冈洋右与秋田清等十人，其中荒木，末次，池田，前田（虽属政友会，会努力新党工作），松冈，秋田等人皆系法西斯分子或与法西斯分子有相当联系者，故实含有削弱内阁职权，牵制国策决定之意义。鉴于以后末次与荒木的入阁，有谓系为彼等准备入阁之阶梯者。十一月复成立大本营，假大元帅天皇之名，冀达军权高于一切之诡谋。十二月木户幸一与末次信正先后入阁任文部大臣和内务大臣。木户为少壮官僚领袖，接近革新派。末次则为海军之急进分子，就任后大捕自由主义人物，内有大学教授、作家、记者等，共凡三百七十余人，并下令解放无产政党，防止左倾思想。去年一月，增设厚生省，促进国民体格，计划战时社会设施，亦出军部要求。五六月间内阁改组，宇垣任外务大臣兼拓务大臣，池田任大藏大臣兼商大臣，荒木任文部大臣，板垣任陆军大臣，木户任新设之厚生省大臣，皆为军人；此外司法大臣监野向有法西斯法相之称，大藏兼商工大臣池田于二二六事变后渐与军部法西斯分子接近，实际等于一法西斯内阁。对华方面军部复要求设立一中央机关，企图操纵对华一切事务，外务省虽一再反对，宇恒甚至以去就力争，但自去年十月宇垣辞职后，对华中央机关——兴亚院终于成立了。柳田中将任总务长官，下设政务，经济，文化三部，铃木少将与日高总领事任政务及经济部长，文化部长暂由柳川自兼，此外另设勒任技师组，任命宫本武之辅总其事，计划中国境内之铁路，公路，水利，土木，港湾等之修理与建设，以利军事工作之推进。近更发表驻华四联络部长官，喜多陆军中将任华北联络部长官，津田海军中将任华中联络部长官，酒井陆军少将任蒙疆联络部长官，水户海军少将任厦门联络部长官。而将对华外交，政治，经济，文化，建设等权完全集于军人之手。所以无论就人事或机构方面言，近卫内阁充满了法西斯政治的实质，无异军部的傀儡。

至于政党方面在战时议会的大帽子下早已噤若寒蝉，军部及右倾分子的新党运动虽未成功，但政党的毫无反抗能力和斗争意志，已充分暴露出来。第七十三届会议中，大部重要议案都如政府的意志通过，八十三万万的空前预算顺利成立，广田内阁时未能通过的电力国营案也加以修正而通过，而最重要的，军部想控制整个经济及社会机构，剥夺个人财产，工作及言论自由的总动员法案也因军部指使暴徒攻击政民两党总部，政党屈服而通过。虽然附有不适于中日纠纷的规定，但议会闭会未久，军部即借口对华战事扩大，要求实施总动员法。内相末次在政府内一再强硬要求，后以兴亚院问题及对英外交与稳健派之宇垣外相冲突，宇垣终于被迫而去职，池田亦因难填军部之欲而萌退意。近卫既苦战事之结束无期，复不堪军部之煎迫，终于本年一月四日辞职，而将难题诿之平沼了。

平沼就职后，阁员大率系近卫内之旧人，且设不管部以畀近卫，舆论方面虽一再要求革新，但平沼仅于议会闭幕后，实行两位阁员缺额的补充，国本社系的小矶国昭大将任拓务大臣，内阁书记长田边治通任电信大臣，余无更动，而对各项政制，亦认为无改革必要。对于政党只求与政府合作，并不过分压迫，政党也心满意足，所以七十四届议会中，九十二亿的空前巨额预算及八十九种法案都顺利地通过。政府对舆论的限制也大为松弛，平昭在议会中发表施政演说时，力说"万民辅翼"，要求举国合作，所以近来自由主义色彩的言论也渐渐抬头了。平沼手倡国本社，愿得少壮军人及法西斯分子的热烈拥护，为何登台后反趋稳健呢？原因不外三点：（一）现实的法西斯化已经超过他的理想，如再右倾，除了做军人的傀儡外，别无他路；（二）平沼鉴于于内外局的严重，不得不倾向健审慎；（三）为欲得到元老重臣财阀政党等的支持起见，不得不迁就他们的意见。不过现在日本举国人民因饱受战争苦痛，亟思"收拾事变"，但军部则以对华战事势成绮虎，为持军威计，不惜孤注一掷，对内主张积极推行动员法，对外则主张加入德意集团，不惜与英美法等民主国家为敌，平沼左右两难，究有何锦囊妙计克服难关？且军部及法西斯分子于稳健势力的抬头，是否甘于退让，又系一大疑问，岂仅影响平沼个人之进退而已！

其次就经济言：日本二年来对华作战费用，据已公布者，前昨两年共通过二十五亿六千万，去年度（自去年四月一日至本年三月底）通过战费四十八亿，本年度（自今年四月一日至明年三月底）又通过度战费四十六亿，共计达一百二十亿之巨额，比之甲午战费之二万万，日俄战费之十七万万，欧战之十五万万，东北事变费之十一万万，几达十倍。而经常预算亦随之增长，七七事变前一年之经常预算为二十二亿八千万，事变发生之年度（昭和十二年度）则增至二十九亿八千万，去年度增至三十五亿一千万，本年度则又增至三十六亿九千万，所增部分大部系海陆军经常费，事实上等于变相的战费。日本本年度之总预算（连经常费战费及追加预算在内）达九十二亿之巨，较之七七事变前昭和十一年之总预算二十二亿八千万，增加约四倍余。收入方面昭和十二年度仅十八亿，十三年度约二十二亿，收支相抵，不敷甚巨。弥补之法不出增税，公债及通货膨胀之三途。增税方面在北支事变特别税，临时所得税，增加大众消费税等苛捐杂税名义下不过数亿而已，杯水车薪，无补于事。通货方面据日方公布，战前日本银行纸币发行额恒在十万万元左右，事变发生初即增至十二亿与十四亿之间，年底增至十五亿，去年底增至二十八亿，今年据称减少。据《东洋经济新报》调查，本年四月底之发行额为二十四亿，较战前增加约一倍有半，已露通货膨胀之征兆。但大部来源则赖公债，日本战前公债数为一〇五亿，去年三月底增至一百二十八亿，本年三月底约有一百七十亿之巨额，本年度预算中尚疑计划发行五十六亿，敌国国民每年总收入约在一百二十亿至一百五十亿之间，是否每年能消纳如许巨额公债，实系一大疑问。

至于贸易方面，自开战以来，即竭力统制，一面限制输入，以防资金之流出，一面振兴输出，以冀吸收外汇。据敌方公布，去年出超一千五六百万元，系二十年来稀有之好现象。但究其实，输出之增额皆在东三省及沦陷区域，所获多半系日币与伪币，并不能取外汇，至对"日元集团"以外国家之输出，去年较前年减百分之三十四，约有日元六亿之入超。而况军需品的输入秘而不宣，每年必达数万万元之巨额。这两项的支出必赖现金的支付。据美国统计，前年八月至十二月输入美国五万万三千万日金，去年一月至八月又输入美国三万万四千万，输入其他国家者尚不在内。日本存金据前年八月公布，不过十二万万，然而殆已用罄矣。观日本当局的积极奖励采金，并强制收买民间存金，现金之枯竭可知。

因为纸币公债的滥发，现金准备的枯竭，物价亦随以飞涨，据《东洋经济新报》调查，本年五月的物价指数已较战前增高百分之二〇三点六，人民收入减低，支出增多，生计不堪闻问。所以近来敌人积极计划统制物价，期安人心，捉襟见肘之态，暴露无遗！

根据上列数字，虽然不能看作敌国经济即将崩溃，但日趋困难的情形则无可隐瞒。所以近来敌人方面积极提倡百亿储金运动，梦想以六十亿消纳公债，四十亿供建设之用。一而计划在不破坏经济机构的范围内，实行总动员法，统制全国经济，以备孤注一掷。但前者欲强国民以收入之三分之二缴纳储金，等于痴人说梦；后者能得财阀的合作与否根本系一疑问，且此种杀鸡取卵的办法，无异自掘坟墓。

综上所述，日本自对华作战以来，内政方面日趋法西斯化，事事听命军部，但迄最近，因战事结束无期，军部声威跌落，稳健势力渐趋抬头。这种转变是否能顺利进展，军部法西斯分子是否甘于退让，虽为一大疑问，但目前情形已充分暴露出人民的切望"收拾事变"，而平沼亦深感时局严重，趑趄踌躇，既不能负人民之望，复不能满足军部之要求，左右为难，动辄得咎。就对华政策言，日本的不能无所得而撤兵，虽稳健派并非例外。目前的军事的不积极向前推进，根本由于地形及军力的限制。而先整顿占领区域，加紧傀儡组织。以谋人力物力之就地征发，冀达"以华制华"的目的，急进军人亦无异议。所以日本政局的趋向稳健抑急进，对我抗战前途，并无甚大影响。但以对华问题为中心的日本对列强之态度至值重视。目前欧局又趋紧张，日本加入德意军事同盟胁迫英美民主国家乎？抑保守相当程度的中立以见好英美乎？不但敌国稳健急进两派的外交路线之争，对于我国的影响亦至深且亟。至于经济方面，敌人此后的困难日增，毫无疑问，所以军部力主推行总动员法，不惜孤注一掷，而稳健分子则不愿动摇整个经济机构，主张审慎。这个问题也将成为两派争持的焦点。目前稳健派的不主过分得罪英美，经济问题实在也是重要原因之一。

抗战与选择

潘光旦

战争的选择影响，本来是一个不容易讨论的题目。中国对日的抗战正在进行中，其选择的影响如何，自更无从悬测。下文云云，一部分得诸近代西洋各国战争的经验，一部分是两年来个人的一些浮泛的观察，观察得究属对不对，究属有多大的一部分可以和别国的经验相参较，总须等待战事结束，经过一番精密研究之后，才可以知道。不久以前，我在本刊及《云南日报》先后发表两篇短稿，《抗战的民族意义》和《移民与抗战》，都曾涉及选择的问题，不过所说的是它种选择的势力所已造成的局面对于抗战的影响，而非抗战自身的选择影响。本文是专说抗战自身的选择影响的。

战争的选择影响应当分三个时期来看，一是战前的准备时期，二是作战的时期，三是战后整理的时期；这三期中的影响是很不一样的。我们现在正当作战的时期，本文所论即以这一期的选择影响为限。

选择的途径不出死亡、婚姻、生育等三条。婚姻所以促进生育，所以事实上只有生与死两条，不过普通的习惯总是把婚姻也列作一条。选择的种类也不一。抗战所直接引起的生、死、婚姻现象，其间若有选择，便是直接的选择，大抵前方将士所经历为多。抗战也影响社会生活的各方面，此种社会生活更影响到生、死、婚姻的现象，其间若有选择，这选择便是比较间接的了，大抵后方民众所经历者为多。

在分别讨论生、死、婚姻三条途径所表示的选择影响以前，不妨先提一提战争的一般的选择性。战争是富有选择性的，即对于一个民族人口的品质，可以发生提高或削弱的影响。我们第一要看军队是怎样组织成功的。大抵，在雇佣性的常备兵制之下，士兵的品质最参差不齐，其平均的品质大约和普通人口相等，或不如普通人口；在征兵制度之下，士兵的品质，就要高得多了，大概要在普通人口之上；义勇兵，即激于义愤、自动投效的士兵，无疑的是一些人口中很优秀的分子。大抵，义勇的成分越大，而雇佣的成分越小，选择的影响就越严重。抗战以来，中国军队里，自然这三种成分都有；在抗战初期里，第一种的成分为多；壮丁的抽调，相当于第二种成分；近来报端时常看见自动投军的独子长子之类，那就是第三种成分了。官佐的品质当然要比一般士兵稍高，他们在疆场上的牺牲，为民族人格与命脉计，有时候虽属必要，为民族品质计，几觉可惜。空军的官佐，因为精选的缘故，往往属于全人口中最健全秀拔的一部分，他们的为国殉忠最富有选择的意义。我们第二要有战争延长的期限；长期的战争的选择影响无疑的要比短期的为大。最初，也许雇佣性的一些常备兵够了的，后来却非再三的选拔征调不可，而选择的意义，随了每一次的征调而益见严重。在穷兵黩武的国家，在战事结束以后，往往人口中只剩得一些妇孺与疲癃残疾的男子。据说法国在拿破仑战争终了以后男丁的身材平均矮了不少。这种现象的形成，一半固然直接由于战争所引起的死亡，一半也因为婚姻生育的人口活动，到此虽非完全停顿，至少只是那些不合兵役资格的人还在奉行故事。

两周年之中，我们军队中的伤亡总数，官方虽有统计，我们现在还无法知道，我们亟切也不求知道，但数目一定是相当的大，是可以断言的。伤亡越多，从选择的立场看，我们当然越觉可惜，因为我们相信，士兵的平均品质并不在我们普通人口的品质之下。不过有一点是可以自慰的，就是，抗战开始以来，我们和敌人的死亡比率已经渐进的递减，到现在，常有时候他们比我们伤亡得还要多。

士兵大量的伤亡，固属是民族的一个损失，但其间也还有不少的汰弱留强的作用。在开火的时候，耳目更聪明手足更灵活，心神更镇定些的士兵总要多占一些便宜。这种便宜就是一种选择的影响。在阵地战术之下，已经有这种现象，在游击战术之下，这种正面的选择影响宜乎是更见得大。"八·一三"时代那种玉石不分的牺牲，在游击战术越来越发达的今后，可望是不会再有的。

近代战争中，官佐的死亡和士兵死亡的比例，本来已经有减少的趋势。例如，普法战争中，普鲁士军队方面，将校每千人死四十六人，干部官佐，每千人死一百零五人，指挥作战的官佐，每千人死八十八人，下级官佐及士兵，每千人死五人；相对的比较起来，官佐的死亡比士兵为大。到了欧洲大战的时候，德军方面，各级官佐四十一万人的死亡率是百分之十四不足，而一百三十万士兵（最下级官佐在内）的死亡率是率是百分之十四不足，而一百三十万士兵（最下级官佐在内）的死亡率是百分之十三；至少双方是拉平了。美国军队也有同样的情形。这种进步大概是跟了战术的进步来的，战术越进步，则因暴虎凭门一类的勇象而引起的无谓的牺牲越可以改少。欧战初起的时候，英国官佐死亡率很高，美国加入之后，当官佐的哈佛大学毕业生牺牲得也特别多，都是因为勇气太大而作战经验不足之故。我们在抗战开始的几个月里，似乎也有同样的情形，官佐与精良的士兵因此而殉忠的不在少数。但抗战一经进入纯熟的段落，无疑的这种富有选择意义的损失自然会逐渐地减少。

在民众方面，两年来直接间接因抗战而牺牲的为数当然更大。但数字是不容易有的，将来战事结束以后，怕也不容易搜集。但无论数字大小，选择的影响一定是有的。炮火弹片虽没有眼睛，但在炮火下牺牲的民众与九死一生而终于不死的民众，平均说来，在品质上多少有些分别。上文所说关于耳目聪明手足灵活，心神镇定的话，适用于士兵的，也未尝不适用于一般的民众。民众中有官守的人当然另有一个责任心与气节的问题，责任心发达些的比不大发达的不免容易受牺牲，这当然又是可惜的，但假若责任心同样发达的两个人中间，甲在其它品性上要比较强，而乙比较弱，那甲的避危无谓牺牲的机会，总要比乙的为大，这又是正面的选择了。沦陷区域的妇女也属于这一类。移民的死亡，在数量上往往可以很大，尤其是战争所引起的急遽的移民。沦陷区域以及后方的生活艰苦所酿成的疾病与死亡，数量上也许不下于移民的死亡，不过，无论数量大小，两者选择的作用大概正面的多于反面的，也幸亏是如此。

其次提一提婚姻方面的选择。战争期内，婚姻率的一般的激减，和死亡率的激增一样，是许多民族共通的经验。中国在这方面虽向无数字的记载，恐怕不会是一个例外。这原因是很浅显的。大批适婚年龄的男子干役在外，或正在训练之中，不能有室家之好，是最大的一个原因。这是很有选择的作用的。假若我们承认一般将士的品质，尤其是在体格方面，要比普通民众为强，可知这选择作用大体上是反面的，即代表着民族的一个损失。在民众方面，虽因生活的不安定而也有不婚与展缓婚期的倾向，但终究成婚的较多，但这也未必完全有利,一则因为此辈的平均品质,比起前方将士来,未见得高,再则因为此种婚姻的缔结,总有几分草率,不能如平时的考虑周密。后面这一点是我们在后方随时可以观察到的。

不过民众在抗战期内的婚姻,也有一点有正面选择的价值。抗战期内,后方的女子多于男子,男子选择女子的机会既加多,其选择的标准自可以加严。姻选标准加严是于民族有利的。不过这一点似乎最适用于性比例本来比较平衡而一夫一妻制比较能严格推行的社会;否则,怕情形又就不一样了。我们人口的性比例向无统计,一二零星的研究又似乎发见男多于女;而多妻的倾向,至今还相当的流行;这一层意国奇尼教授(Corrado Gini)所坚持的战争的利益怕还是不属于我的

其次谈到生育。抗战期内,生育率的一般的激减是意料中的事;其激减的程度要在婚姻率之上,因为,婚姻方面,尚有草率从事的人,而生育方面则否,尤其在节育方法比较流行的今日。这一方面的选择的意义,大体上和婚姻的相同,可以无须多说。大抵从军将士的品质越高,反选择的意义越大,而民族的损失越不可以数计。其在民众方面,生育的现象当然不会完全停止,以偌大一个中国人口,后方实行生育的,在绝对的数目上,当然还是很大,不过,所可过虑的是,上文所说,不草率从事于生育的人,也许是后方人口中最优秀的一部分。他们眼光远些(但往往并不够远),责任心大些(往往并不够大),以为在这时候多生一个子女,即多一种累赘,对自己的行动固然不利,对子女自身的发育也是害多利少,所以总以暂停生育为宜。这种见解与行为显而易见是反选择的。

最后还有一点应当提到的,就是抗战所引起的阶级间的流动。这种流动,像移民一样,也是富有选择力量的。抗战以来,有不少有产业的人,已经从巨富变成赤贫,同时,在沦陷区域内,许多有社会地位与正直性格的人也已经破了家。反过来,一部分的莠民,奸商,却因发国难财而起了家。汉奸的起家,不管他们将来的结局如何,至少暂时也是一大事实。这都是可以发生不利的选择作用的。但同时,我们也有不少的忠勇的民族分子,因抗战出力的关系,从工农阶级里抬起头来,由士兵而官佐,由官佐而将校,成为领袖阶级里的一派新兴势力。

抗战中的经济政策

陈岱孙

除军事外，经济的力量，无疑的，是决定我们抗战成败的主要因素。抗战已整整两年了。回顾这两年中国内经济的情况，我们不免有慰忧参杂的感想。两年前，战事初起的时候，关心时局者，都焦虑我们落后的经济不能久经这暴风雨的摧击。当时谁也不敢大胆地断言一年之后我们国内经济还不至于动摇。今则战事已历两年，我们国内的经济，也像我们的军事，虽然受了相当的打击和创伤，而没有溃败的端倪，这是可引为慰的。然从另一方面看，这两年应付战争的经验，确实地，表现一个生产能力落后国家的种种困难，充分地暴露一个不健全经济机构的新旧弱点。这又是可引为忧的。长期抗战不但是早定的国策，并且是此后唯一致胜的途径。则如何继续维持，助长我们经济的力量，以做军事的后盾，确是一件重要的事。在这两年告终，二期抗战开始不久的今日，我们应该检讨过往，警惕将来。

从整个的经济力说，这次战事至少证明一个国家的经济力有很大的弹韧性。我们常估计一国的经济力，以为到了某程度，它一定不能再继续维持，而事实常给我们以相反的答案。其实一国的经济力，像一条橡皮带，拉曳太长，固然终有断折之时。然在断折点前，与紧张点后之间，大有引伸的余地。过去我们对于敌我经济力量的估计都是较低，我们也许错认紧张点为断折点，所以，一方面，焦虑着自己支持的久暂，另一方面热诚期待着对方骤然的崩溃。事实已经证明这个估计的不确。不但敌人的崩溃不如我们所希望的那样密迩！就是我们没有完全现代化经济的弹韧性，也未可厚悔。这也许是过去支持力的一个解释。然而我们所认为应该检讨警惕的地方也就在此。

因为如果我们的支持力只是靠着弹韧性，则引伸余地还有若干是一个问题。如果于紧张之后，只有伸无缩，则断折点总是萦绕左右的梦魇。如何缓冲这紧张之势，如何加强这弹韧的力，是我们经济力能否支持这长期抗战的枢纽。

国内经济最明显的特点，就是一切经济制度机构还是带有深厚的中古色彩。固然沿海各地未尝没有新式的企业，工厂，银行等等。而从全体上说，沿海的情形是例外，国内其余地带却还是没有现代化。中古式经济一个明显的征象，是全国各地的经济机能没有组织，没有联络，没有相互的关系。其结果是散漫与区域化。我们有若干畸形发展的区域经济，有若干半独立式的经济区域，而没有把全国做成一个经济的个体。换言之，我们的经济制度不是一个神经系相当发达的东西，而有神经不健全，及局部瘫痪的病况。在运用上，我们不能如身之使臂，臂之使指。在感觉上，局部的刺激也不易引起其他区域敏捷的反应。以常理讲，这散漫裂碎的经济，当然不适宜于支持一个现代的战争。然而在过去两年中，我们居然得到这落后经济制度一个意外的好处。因为散漫，因为没有联系，因为一区域不大易受另一区域的刺激的影响，我们也免掉"牵一发而动全身"的危险。一个区域沦陷了，固然我们不能说它绝无影响，但它不致牵动后方的全局。甚至现在沦陷区内，敌人后方内游击区域的活动未尝不是借助于这区域的经济。然而这是过去情形，意外的好处。我们今后还能够长此散漫下去吗？我们为形势的关系，不能不以空间换取时间，然而空间的退让是有止境的。我们总有一个绝对的后方。今日西部诸省应该是在这界线之内，而这几省物力有限，经济情形更是不如东中两部。我们不能再任其散漫下去。我们必须把这个后方的经济打成一片。交通、生产、消费、财政、贸易、金融都要一个整个的计划，努力推行。我们不能靠天相，我们要借人谋。

因为一向沿海各省是工业发达之区，同时我们已开发的资源也集中这几省，沿海各省的沦陷，几乎等于全部工业与资源的失落。现代军力是建筑在工业上面。一个纯粹农业经济的社会是没有供应支持现代化军队的能力的。固然沿海各省新兴的工业还在幼稚时代，并且所谓工业者大多数还是轻工业，而不是基本重工业。就是没有沦陷，我们在军事上，到底能得到若干的助力还是一个疑问。也许我们部队主要工业品的供应还是要仰给于国外。然而它总算是一个工业基础。沦陷之后，不但主要工业品要仰给国外，即次要工业品的供给也成为问题。战事发生前数年，政府已有见及此。当由政府投资的某种基本工业工厂,已逐渐依照计划,设立于较为内地的省份。战事的推移复使前此计划不能不有所更动,工厂的地点不能不新加布置。时历两年,一部的布置当已逐渐就绪,而过去两年的经验,当更使我们感觉无工业后盾作战之困难。则此后调整后方经济当以建筑主要而得用的工业,与开发新的资源为当务之急。此点谈者甚多,无须赘辞。我们只重提出几个简单的标准:(一)举办的工业必须与战事有密切关系,或为人民生活需要;(二)举办的工业必为我们现在人力财力所胜任。如果不是我们人力财力所胜任,就是基本工业,也只可暂时放弃;(三)新资源的开发自当先以供应前方需要,补助后方生产,维持一般人民的生活为急务;(四)于注意当前需要外,新资源的开发,也不能不顾虑及于本身与地方的适宜性,以为长久或暂时开发计划的决定;(五)农业的改进也不可忽略。除四川外,西部各省都不是粮食丰富的区域。而军粮民食都是不可或缺之物。过去高谈后方经济建设也许有过于重视工业而忽略了农业的嫌疑。

华北华东各省的沦陷并沿海各口的封锁也影响及于我们贸易,这也是过去两年我们经济力所受深巨的打击。我们应付的办法可分两方面。在过去一年多,沿海各省内除开天津,威海卫,青岛,上海,厦门,广州已为敌占外,其余口岸尚在我们政令之下,因此华东华中省内的货物会尽量地向这未沦陷口岸输出。然而近来敌人封锁的政策加紧了,汕头沿海已于三星期前登岸。而近日福州、温州等处复有军事行动的模样。窥其意似乎在完全封锁我们的海岸线以攫取我们对外的贸易。在我们的后方,政府对于几种主要物品的对外贸易(如桐油,茶叶,物种矿产等等)已加统制,由特种机关负责辅助收运推销,带有浓厚官营的色彩。然而统制的办法尚在试验,时间,机构,政策,手续等等都在可以重新考虑之列。贸易固然以生产为基础,然而本身问题的适当解决,也是推进贸易的要素。过去外间对于官营统制机构颇有不谅之处,则此后如何改善加强,都有待于精细的筹划。其他民营的贸易,政府也应予以辅助,鼓励。固然因为外汇的需要,政府统制贸易一部分之目的,在于取得外汇,然而鼓励贸易既然也是主要政策,则商民的利益也不能不稍与考量。在这几方面,我们此后可做应做的事甚多。

近来交通的困难,暴露过去国内交通畸形发展的毛病。平汉,粤汉以西,除开陇海西段外,几无任何铁路交通。而公路之修筑亦以东南各省为盛。两年的抗战,大部铁道已入战区,所余者亦已早成军事的运输线,而失其经济的用途。抗战后，湘桂路以甚短规定的时间完成，不能说不是主管人员努力的成绩。此外已经开工者尚有成渝，叙昆，滇缅，滇桂等路，在计划者尚有滇桂及经渝兰而通国外的西北铁路。这些新线，不但是后方各省相互联络要线，并且是国际的联络线，自然都是此后应该着力者。至于先后缓急则当以财力为限。如果财力不充足，则与其同时开筑计划中之各路，不如集中财力先完成已经开工之路，再依次举办其他。两年的经验也告诉我们公路运输，尤其是长途的运输，不是十分经济的办法。以之救急则可，以之为长期的计划则不可。这又是指明我们此后交通问题的解决还是要集中于铁路的一点。

至于财政，我们赋税向以关、盐、统为主干。虽然政府没有正式发表过去两年税收的数字，我们可以猜测这三种主税税收怕不过战前百分之三十。政府也曾增加旧税，计划新税（如转口税、印花税等税则的增订，遗产税、战时利得等新税则的通过），然而收入也有限得很。所以过去两年我们财政的维持是靠着内外债。自廿六年（1937年）战事开始到如今，我们统共发行了七种内债（救国公债五万万元，赈灾公债一万万元，国防公债五万万元，关金公债一万万金单位，英镑公债一千万镑，美金公债五千万美元，军需公债六万万元，建设公债六万万元）共国币廿三万万元，金单位一万万，英镑一千万，美金五千万；借了五次的外债（美桐油借款二千五百万美元，美购货借款一千二百八十万美元，英出口保证信用放款五百万镑，英币制借款五百万镑，比利时购货借款二千万镑。其余苏联，港银行联合，法国等借款因详情确数不悉，不列入），就现情观察，我们税源实在有限。固然我们不能因其有限，不努力整理这一部的正常收入，然此后财政恐怕还是要仰给于借债。国际形势近来于我颇为有利，经济援助大可源源而来，这个机会我们当然要充分利用。至于内债，过去的经验发现一个大弱点，应该尽力改正。两年来新发行的国内公债数目并不在少，而由人民认购为数并不多。有人估计人民认购之数不过四万万元，其余数目则由各银行接受。公债正当的来源是人民消费所削小的财力与人民过去储蓄的财力，二者都是财力的移转。如果公债不由人民认购而由银行接受则大有间接发生信用膨胀的危险，而引起金融与币制安全的问题。我们承认国内真正消纳公债的有相当的限制，然而我们怀疑过去人民认购的数已经到了消纳的饱和点。这一方面尚有待于我们最大的努力。

从财政厅联想到金融和币制。金融机构的发达与现代工商业的发达相联系。华东为工商业最发达之区，上海为全国金融的中心。从工业前线逐节退倚农业后方来，一时金融机构的不完备，尚未发生极大的困难。然而如果后方的资源工商各业都急待于开发发展，则用资金的机构也得随之加强。上海的金融机关也有不少移来后方者，然其业务尚只限于保藏。一个联合有整个计划的投资，与业务扩展似乎是公私两益的事。至于币制，法币对内对外的价格是一般人所特为焦虑之物。两年的经验不能不认为相当的满意。汇价自开战起，到去年三月，一直维持十四便士半的官价。三月之后，政府开始统制外汇购买。外汇如从十四便士半跌至八便士强。八便士强的汇率又维持了十一个多月。中国（本年三月）因英币制借款的成功，与外汇平衡基金的成立，外汇的基础似乎更加坚固。一月前，汇市又有一个波动。平汇基金暂时停止维持八便士的汇率。于是汇率又从八便士跌至六便士半。这次跌价明显是根据政府和基金所预定的计划。所以到六便士半的时候，基金的运用又重新恢复，而新水准亦因之继续维持。也许政府对于将来的汇率已有一高瞻远视的政策。如其没有，则现在也是一个适宜的时候。我在本刊二卷一期，有一文讨论此事，此可不赘。外汇涨落本身的利害，我们以为，并非为一般人所焦虑的那样严重，然其所引起对于国家信用的心理反应相当的危险，所以维持汇价的目标还是消减可能的心理恐慌。货币对内的价格就是物用问题。两年来各地物价趋涨是事实，虽各地涨风不一致，各物涨率也不一致，我们不能否认两年来购买力有相当的膨胀。即就上述内债发行之点便可略知端倪。然而购买力膨胀绝不是物价趋涨的唯一解释，在有的地方，它更不是主要的原因。不论原因若何，这个现象值得各地当局的深切注意。生活维持是后方社会安全一个必要的条件，这一点做不到，便是种下内溃的种子。一方面我们希望政府对于信用膨胀的可能性，特别慎重注意，另一方面，凡其他构成物价高涨，币价下跌的因素，无论阻力多大，都得尽力加以扑灭。

总之，我们国内经济，在过去两年所表现的支持力，固然超过一般意料之外。增强新经济力量，以缓和这紧张的局面，是从今起不可容缓的工作。

抗战中国际形势的转变

钱端升

我们的抗战开始于阿比西尼亚已亡，西班牙内战正成严重国际问题，美国正逢孤立高潮，苏联正在清除反侧，调动统军长官，而英法将以绥靖政策，求欢德意的当儿。这于我绝不是个有利的当儿，而敌人复有理由认为是对他有利的当儿。我们为认清当时的局面，我们绝无理由可以希冀英美法苏能予我援助，更无理可以希冀早与敌人做反共同盟的德国和已与敌人表示接近的意国能严守中立。虑这种不良的环境之下，而能毅然应战，以保我领土主权的完整，更以维持我民族的尊严，我们应服膺并感谢我们领袖蒋先生的大智。

"公道自在人心"这句话可以表示抗战开始以前各国舆论的情形。英美人当时虽多主孤立和平，但对我国的同情则绝无可以疑问之处。当一二八的时候，英美尚有不少或误信敌人宣传，或狃于利害关系，同情敌人者。但这次列除了若干极少数受敌利用者外，无不斥责敌人的妄肆侵略，而对我的抗战表示敬意与同情。此种敬意与同情在苏联的报纸上更有坚强一致的表示。法国的报纸向较少独立精神，且易为金钱所转移。在九一八甚至一二八之时，除左派各报外，大都不利于我；但此次也少肆意攻击我方者。即法国的报纸，尤其是比较独立的佛兰克福时报的，在抗战初起，中法关系尚未十万恶化之先，亦不乏对中国表示同情者。

舆论既为此同情与我，而敌人之摧残第三国利益又十分明显，故在抗战初起的一二月内，英美法苏的政府亦即表示其态度。英国在混战未起之时，本望华北事件可以局部化，其态度亦未离开中立，但不久即借许格林被炸受伤案，质问日本在华作战的权力。美政府即时态度颇不明了。赫尔七月十六及八月二十三日的两度声明，日后固人人知其用意在斥责侵略者及不守条约者，借为和平国家作声援，但该二声明既未指明日本，其用意几近暧昧。当九月的下半，华盛顿且有严守中立，不问是非的趋势。但至十月初罗斯福发表芝加哥演说，则美政府的态度也充分明朗化。此后虽因孤立派势力仍甚猖獗，政府未敢积极援华，但其助华抑日的趋势则固终始未变。

在战事初起时，英美既同情于我，而又恐我不能作长久的支持，乃有比京九国公约会议的召集，欲以九国公约为基础，劝导日人停止战争。会议的失败，充分表显出来下述一个要点，即：英美如不拟以武力为后盾，则他们的劝告对日本不能发生效力。这一点对我们的抗战有消极的贡献，因为自比京会议而后，英美再不作凭空口说白话式的调解的企图。

在这里，我们可以省略法苏两国的行动。法国的行动在大体上总是追随英国，苏联的态度始终一致，就是在不作战的范围以内，尽量援助中国。苏联的援助，在抗战开始时就开始，现仍源源而来；但苏联并不欲因援华而与日作战。异日他如果与日本作战，那一定是由日本直接引起的。

至于德意，则自始即对我冷淡奚落。但德国起先尚有劝我就范的野心。他以为敌我如能接受他的调停而停战，则敌我俱将就德国，而我国的人力物力亦可为轴心国家所借重，因之，他一再劝诱我方接受调停。这种调停的尝试，到了去年正月已遭逢最后的失败。此后的尝试则实是对于居心叵测别有企图一班乱臣贼子的勾引，而不能称为调解了。

一切调解既归失败，同情我与夫想助我的国家，在理论上，应只有增加我方的力量（军力或经济力或二者兼之）与减少敌方力量的两途。但这两者实是二而一的办法，这两者当然俱为日人作嫉视。在理论上，英美法等国本可不愿日本的嫉视，不惜日本的报复，而毅然实行；即非军事经济同时并进，只少应可以种种方法增抑敌我的经济力量。但日本既与德意日益亲近，而德意日三国的实力又极可观，则同情于我的国家，在实行助我制日前，自不能不先成立各种团结或阵线。

不幸英美法苏等国历久不能团结。英国在张伯伦政府之下，方欲推行其所谓绥靖政策。张伯伦既不信希特勒有危害英国的野心，既不信墨索里尼有不能离德就英之势，又不愿与苏联交好。于是一而再，再而三地谋与德意交谈。私人交换信函与派使接洽不算外，先则有去年四月十七日的英意协定，继则有同年九月二十九日的慕尼黑协定，而奥之被吞，捷之被胁，均置若罔闻。英苏本应联合一致，李维诺夫致力集体安全的工作应为英人所感激，而张伯伦则反借慕尼黑协定将苏联屏于欧洲之外。英美本应一致，但美国政府既受孤立的掣肘，而英国取悦德意的动作更使美人寒心。因上种种，日本与德意的团结日坚，而英美法苏则长处于散漫疑忌的境域中而不能自拔，对华的援助坐是亦无从积极。

英美法苏之不能团结连带使我们对付德意的政策亦历久难以决定。如将世界局势作一久远的看法，则英美法苏终必团结，而我对助日为虐的德意亦早应采取决绝的态度。然英美法苏既一日不能团结，则我政府之一日敷衍德意，或亦有其苦衷。然而国人多时的视听却不免因之而受影响。

现在形势不同了。自希特勒破坏慕尼黑协定，并吞捷克，墨索里尼破坏英意协定，并吞阿尔巴尼亚以来，德意的野心，即张伯伦庞莱之辈亦不能熟视无睹。于是乃有法侵略集团的试组。英苏的谈判虽历二月余未有结果，但大势所趋，英苏终究须得联合。美国孤立派的势力固然至今仍极可观，然唇亡齿寒，美人也有此感，所以自慕尼黑以来，美人主张以军火借款助英法者，其百分数盖日有增加。因之我敢言在最近的将来，英法苏必可成一集团，而美国则将为此集团的支持者。

因为反德意的集团即将组成，日本对德意不敢有进一步的接近。但日人既自居于"无有的"国家之列，而其军阀的狂暴又一如德意的统治者，则日德意终无可分。所以国际的形式决然将于数年内形成英美法苏与德意日的火并——固然何日火并，尚无人能作预言。

如果英美法苏与德意日火并，我国自必站在前者一方，这是不能发生疑问，亦不必讨论的。我们现在所欲悉力以求者有两点：第一，在火并前，我们务须或赖自力，或求人助，以支持这抗战的局面；第二，在火并时，我们必须能为英美法苏所重，庶几在实现最后胜利时，我们可以取得我们所希望取得的地位。

关于第一点抗战局面的支持，除自力的增加非本文所及外，我以为我们应首主重者，即如何以增加英美对我的经济援助。我主张主重英美，乃因法国的经济力量无英美的宏大，而苏联之尽量助我，则早成已定的国策，不易因我的活动而有所增减。独英美两国，则实力既宏大，而其所能予我的助力，亦可大可小，故我们应将加倍努力，以求多助。

欲求英美愿以更大的经济助力予我，我以为一方面我们应力向民治的途径走去，另一方应使英美人士深信我们抗战的决心之坚，并了然于我们经济实力的脆弱。在抗战的第二期，经济方面的持久战容或比武力的斗战更关根本。我方经济力的脆弱本是事实，无所用其隐讳。如或罔事宣传，使外人误以为我方有很大的潜在的经济力，而坐视不援手，则容有难以为继的危险。但如外人知我经济力量不敷，而又疑我不能坚持到底，则亦有裹足不前不敢援助的危险。所以我说对实力不必言过其实，而对决心又不可不有充分的宣传。就我所知，自汪兆铭等叛离党国以来，外人对于我民族抗战到底的决心已少怀疑，但外人亦尽有误信我方经济力量足以支持，而我方亦尽有以此宣传者。我以为即令我方诚有支持力量，为取得英美较大的助力计，我方仍应以困难情形充分告知英美人士——尤其是负责者及各界有力者。

关于第二点两大集团火并时，应如何设法使英美法苏尊重我国，我以为除力向民治的途径走去外，尚应竭力调和英苏间的利益，消灭英苏间冲突。英苏的不睦，半因主义的不同，半因利害冲突。厉害冲突，东亚方面所关甚巨波斯，阿富汗，印度，西藏与新疆数十年来向皆为冲突的场所。但中国如能成为一个独立的强国，能尊重各国通商的权益，而又能任外人对其资源作合理的开发，则英苏不但在藏疆的冲突可以根本消灭，即在印度及中亚西亚的冲突亦可无形减少，我极希望我国外交当局，能放大眼光，高瞻远瞩，以大国强国的外交家自居，一面竭力联法拉拢英苏，一面更预拟若干调和英苏在中亚的利益的方式。如能为此，则我们在英苏之间的国际地位自然可以倍增。

但是，政治力求民主化尤为首要之图，无论为取得英美经济助力，或为求获英美法苏集团的重视，均有大重要。我们万万不要忘记在帝俄被革前，美国对协约国总感觉着一种不自然。我们也要忘记一九三五年第三国际决议令各国共产党与各国民主政党合作，苏联亦决计与各民主国合作后，苏联的宪法即有民主倾向的修订。这两件事均说明一简单的公理，即：只有民主国家才能在民主集团中占地位，且能多得民主国家的援助。如果民主原不是我们所要走所应走的途径，那也许还有商量的余地。但我们既早决定要走的途径，而走此途径又合目前抗战的需要，则更不能有所迟疑了。

总说一下，根据年来国际形势的演变，以及今后抗战的需要，我们建议三事：第一，加紧民主化我们的政治；第二，外交上要有大国的风度，要努力居间调和英苏的利益与冲突；第三，向英美要注重宣传，而宣传要注重实在的经济情况与抗战情绪。我们的总目的则在取得英美两国较大的经济助力，以助我支持长期的抗战，并在取得英美法苏的重视，促使我们在两大集团日后总清算时，占得有利的地位。

日寇弱点的暴露

史国纲

日寇本来是"泥脚",而封锁天津英租界的事件更暴露了它的弱点。

表面上看来,日寇封锁天津英租界,好像是一椿耀武扬威的事。它在侵略我之外,竟有余力,敢向英国寻衅。不过细细分析起来,它的这种举动,可说是装腔作势,耍弄手段,希冀在它的泥脚还有没溶化而尚能勉强站立之前,找一个体面的下台方法而已。

在实行侵略战的时候,敌国的军阀就夸大它的宣传,说只要十二个师团的兵力和三个月的时间,便能征服中国了。但是十二个师团已经完全死了,战争也延长到两年,而中国不但没有屈服的现象,军事上却渐占主动地位。师出无名,已经是不容易得到人民的拥护;现在死亡的数目这样大,战事比预定的时期增加了八倍,前途还是渺茫,要国内不发生反响,却是不可能的。在这种无可奈何的情形之下,敌国的军阀只能把失败的一切责任,都推在第三国的暗中干涉上,来蒙蔽本国的人民。

美国强大而富有,并且是敌国军需原料大部分的来源地,因此是不可能得罪的。苏联方面,敌国在张鼓峰吃过一次亏,不愿意再轻率从事了。法国人度量小,常常会弄假成真,不是恫吓的对象。只有英人,具有妥协的本性,只要不超过某种的限制,尽可以耍弄一下。于是天津英租界便成了尝试这种蒙蔽政策的最适宜地点。

敌国的军阀在大处虽然十分笨拙,但是不能不承认他们是有小聪明。天津事件表示了他们这种的特长,他们知道天津事件的结果,不论是成功或失败,对他们都是有利的。成功的话,他们可以宣告国人,说在远东权益最大的英国，已经对他们屈服，只要国民再忍耐些时，独霸远东的目的一定可以达到的；失败的话，他们又可以对国人说，侵华战争的不能为期完满结束，完全是由于第三国的从中干涉，倘若不信，只要以英国人在天津的举动便可以知道了。因此国民更该极度牺牲，来积极准备打倒远东的非东方人的势力，然后才能够实现"东亚新秩序"。

假使敌国的人民，真的绝对拥护军阀的侵略政策，军阀们再也不必在百忙之中，耍这套把戏；仅可以依照着侵占东三省时的旧方法，先占据全部土地，然后再逐渐施行排外的政策。不过现在敌国人民的拥护，远不如那时的热烈；不满和怨愤的情绪，暗中在迅速蔓延着。因此，敌国的军阀不得不采用一种方法，来提起人民的精神，而天津事件就等于为了达到这个目的所打的强心针。

同时，在对外方面，敌国政府也可以利用天津事件来缓和德意要求增强防共协定的压力。这种虚张声势的举动，目的在表示远东的法西斯国家，已经在分散民主阵线在欧洲的力量。事实上已经做到，又何必太着重形式呢。假意推诿。希望自己的外交政策，不要和军事一样弄到不可自拔的地步。但是意国的舆论就表示不满，可说是自讨没趣。

还有，关于天津事件驻津寇军司令所发表的布告，更显露了日寇侵略战争中不可掩饰的弱点。该布告内称"英方当局（一）保护反日分子；（二）支持中国法币，妨碍'联合银行'钞券之流通；（三）促使物价之膨胀；（四）默许并未登记之租界无线电台；（五）准各学校用反日教科书。若非英方改变政策……则此项限制办法绝不撤销。"（中央社天津六月十三日路透电）又据中央社伦敦六月十七日路透电，则云："日方所求者，为英当局放弃其'亲华'政策……所谓'亲华'政策，即包括（一）保护反日分子与共产分子；（二）支持中国法币，阻碍联合银行纸币之流通；（三）囤积货物；（四）电台；（五）允许各学校教授'反日'之课本。"这两电内容相同，足见是可靠的。细细分析一下，这不是等于日寇承认侵略战争失败的自白吗？

日寇侵占华北，已经一年多了，傀儡政府，也成立了很久。假使日寇统制华北的情形，真有宣传上那样的顺利，又何必顾念到区区的天津英租界？天津英租界能有多大，保护这许多日寇所谓的"反日分子"，以致于"东亚新秩序"受到严重的威胁？这样看来，日寇在华北的统治力，除点线之外，的确是丝毫没有的。敌国的军阀当然不能够把这种种情形，向国人宣布。在不得已的情形之下，只能把一切的罪过归诸第三国势力下的租界了。蒙在鼓里的敌国国民，或者看不穿日寇军阀所弄的玄虚；不过对于冷眼的旁观者，却是昭然若揭的。

中国的法币，无论英国如何帮助，假使人民不信任，是无法维持的。反过来说，"联合银行"的纸币，无论英国为何阻碍，假使华北的人民信任，并无法破坏的。这是显而易见的。现在日寇的军阀，不问清根源，反把经济侵略的失败，加罪于区区的天津英租界身上。可见日寇对我侵略以外的经济战，绝没有它所希望的那样完满。

日寇本想在侵略的过程中，利用我国的资源，来作为在华军事行动的经费。不过在天津事件对英要求里看来，这个期望一定还没有实现。否则它又何必做出这种无耻的行为，坚决要求租界交出所储藏的五千万白银呢？它国内的资源已经为了侵略战而渐消失，同时又不能如意地利用侵略占区里的现成资源，这真是它的大危机。

至于英国的援华程度，在我们看来，真是微乎其微。不过在日寇的目光中，已经认为了不得了。它竟不惜采用酿成直接冲突的危险的手段，来威胁英国改变既行的政策。这不能不使人怀疑它的侵略能力，已经快要到枯竭之点。日寇策划侵略的人，绝不会这样笨，以为中国被侵略的时候，竟没有一个兴国。现在区区的英国援助，就足以使它焦虑，间接表示了它继续进行侵略战争的困难。

总之，驻津寇军司令对英当局的要求，不啻是自己弱点的大表白。弄巧成拙，本来是具有小聪明者所惯干的。

但是有一点我们却该加以注意，日寇诡计多端。安知道它不利用威胁第三国的方法，在泥脚溶化之前，来求得一个有体面的下台？这并不是毫无根据的猜度，因为历史给我们一个很好的证例。

当日俄战争的时候，日本经过一年多的作战之后，已经是精疲力尽的了。但是帝俄仍旧有充分的资源，充足的兵力，尽可以源源遣派大批有利的海军和陆军到远东。据当时军事专家的评论，以为战事再延长六个月，帝俄一定可以转败为胜的。本来那时的美国罗斯福总统，热心和平；德皇威廉第二怕帝俄在远东的势力，过于扩展；英国已经和日本订立同盟，防止远东帝俄势力的南下；同时在俄的国内，也有发生革命的危险。这样好的机会，才使日本求得和平，免了最后的失败。它在朴资茅斯和平会议里，不能够得到赔款，而其他方面所得的利益也比较的少，就因为它的胜利是由于别国的斡旋而得到的。

现在日寇的情形，又安知不和日俄战争快要结束时的一样？不过日本的地位，却和那时迥然不同了。那时它有别国的同情，现在却适得其反。那时帝俄是侵略者；现中国却是为自卫和正义而抗战。并且各国知道中国抗战的目的，是在维护主权和领土的完整，而他的战斗力也是与日俱增的。这样，谁愿意出来斡旋，反使日本的军阀得继续生存，再做将来世界和平的蟊贼呢？

这种情形之下，日本计无所出，只能威胁第三国在远东的权益，作为一种暗示，强迫第三国出来斡旋。天津事件的小题大做，看来是很像的。假使不幸言中，第一英国不要上钩，因为□□成毒，绝不是保障自己的权益的好方法；第二希望国人加强抗战到底的决心，不打倒敌国的军阀，绝不休止。

日寇这种的阴谋，即使能够使英国上当我们也不必过虑。从抗战两年来得到的经验，我们知道最后的胜利，只有靠自己的力量才能够求得。同时我国的外交路线，并不是只有英国一条。英国丢弃我们，或者竟能够在别条路上更顺利地迈进。在另一方面，依照现在的国际情势看来，英国绝没有丢弃我们的道理。英国这样做了以后，不但国内的舆论不许可，并且要使美国对于英国的不信任心更增强。这是英国当局积极所要避免的。不过我们却不能为了这个缘故，对于局势可能的发展，便置之不问。

从上文看来，天津事件，不但暴露了日寇侵略的种种弱点，还间接告诉了我们敌国军阀已经到日暮途穷的阶段。最近它进攻汕头，占据定海岛，扰乱闽浙沿海各地，同样的具有强心针的性质。只要我们有坚强的决心，无论在任何环境下，决不变更初衷，实行抗战到底，最后胜利的确快要降临了。在这种决心之下，即使天津事件有我们所认为不利的结局，对于抗战前途，也不会有多大的影响。

本期撰者：

  本期出版适逢抗战两周年。因由王迅中、潘光旦、陈岱孙、钱端升诸先生就抗战的各方面，分别撰文讨论，而由傅先生作一总论。

  史国纲先生论天津日寇封锁英租界事件，是一篇富有时间性的文字。

  本期各位撰者均非初次与本刊读者见面，故不另介绍。

第二卷第四期（1939年7月16日）

时评

最高统帅七七的文告

我最高统帅军事委员会蒋委员长于七七抗战二周纪念日有五篇重要文字发表：一为《告全国军民书》，二为《告各友邦书》，三为《告日本民众书》，四为《慰问阵亡将士家属电》，五为《向战地民众广播演讲》。这五个文告是互相关连的。全国军民需要指导及督促，战地民众需要鼓励及安慰，阵亡将士家属需要慰问及扶助，必三者备，而后我中国人民能尽抗战的责任。友邦应知我国抗战不仅为保国，抑且有利于世界的和平。日本民众应知日本军阀之穷兵黩武及我国人民对日本人民的同情。必五者兼备，抗战才能早日成功，而抗战的结束亦可促进全世界的和平。将五篇文告一气读毕，可以见到我最高统帅的高瞻远瞩。

对于国人最关重要的当然是《告全国军民书》。该书声说一年来抗战建国的工作效率比年前有进步，而人民的抗战意识亦比从前坚决。该文并谓对敌人只有胜利或投降，汉奸的和平也即是投降。因此最高统帅鼓励我们，略谓"在抗战第三年开始的时候，我们要立定决心，各就本位而作最紧张最确实的努力。"这努力在精神方面，应奋发有为，力守法令；在军事方面，应注重政治训练并加强组织。

我们深望全国人民，无论军民，亦无论前后方，能深体最高统帅的昭示，抱最大的抗战决心，各就其力之所及，以求增加我国的抗战实力——无论是军事上的或是经济上的。庶几我们今后可永无汪兆铭其人，而敌人的实力则日蹙月减，终至不能再事侵略，而太平洋和平可以永保。（平）

肃清私存烟土

民国二十三年蒋委员长所手定而经中央核准的六年禁烟两年禁毒计划是民国成立以来要事之一，而也是国民党党治下最大政绩之一。蒋委员长对于禁毒禁烟向主严厉，自二十一年起在武昌剿匪时代，即已着手进行，以后行营移至南昌，成绩更著。到了二十四年六月他自兼禁烟总监后成绩更著。抗战军兴后，他尝于二十七年二月解除总监职务，禁烟总会则移归内政部，但他也尝多次声明，国民政府禁烟的决心，绝不因禁政改隶而放弛。他最近且下谕，称本年秋季绝对不准再有一根私种。这更足以表示政府于二十九年底如期完成禁政的决心。禁烟计划不受抗战的影响诚可说是民族复兴的征兆之一。

如补充禁种起见，行政院认为更有从速肃清私存烟土的必要，于是该院于本月四日通过一"肃清私存烟土办法大纲"，于川康黔等省先设"督办肃清私存烟土公署"，责令该署于五个月内，将私存烟土由各该省署备价收买，交由禁烟督察分处保管。徵闻自去年以来，川康黔等省的不肖商人，鉴于禁种行将完成，以巨资将烟土囤积起来，而以高价售诸吸者。这种投机买卖实在是最无良心的勾当。我们深望行政院现颁的办法可以禁止这种勾当。同时我们更建议行政院，在不令国库亏损的范围内，将剩余的烟土悉数焚烧。明年年底是完成禁政的限期，最好于明年六月三日林文忠公焚土纪念日，将各省收存的烟土悉数焚烧，以快人心，而示决心。在此以前，则不妨将小量烟土以巨价出售，出售至补足收买之价为止。（青）

英国扩充对外信用放款的提案

日前英国商务大臣史丹莱向英国国会提出法案，拟将前为增进英国一般利益而设之商业信用放款提高总额，自一千万磅加至六千万磅，此项信用放款，仅给与向英国国内各厂订购货物的国家，缘某某国虽购置英国货物，但因国内经济困难之故，其在自由汇兑市场上所保有的购买能力，大受影响，今后自可畀以信用放款，从而促进英国对外贸易。诚以此际欧洲若干国家如波兰，罗马尼亚，希腊各国，正与英国磋商取获信用放款事件，此项谈话尚未进展最后阶段，是以贷与各国的确数，目下尚难确定，就大体言之，各关系国有予协助的必要，但不拟采取借款形式为予放款，俾用以向英国购买军械。至于放款期限，至少定为二年或四年，至多可为十年至十五年。

这法案的用意是在使有关系国家利益的放款与寻常商业放款有所区别。俟项法律案由国会通过后，凡与英国保有友好关系的各国，均可得放款，在不列颠帝国各自治领中为纽西兰，在其他各国中，则以中国，土耳其，罗马尼亚，波兰，希腊五国尤为重要。此项放款具有周转之性质，换言之，一俟部分或扫数清偿后，仍得依此限度再行运用云。

法案表面的理由是增进英国对外贸易。事实上，它的政治的作用至为明显。所拟议贷款的国家，都是英国所要拉拢为与国。以支持民治势力，以抵抗集权集团的国家。我们是极东主要民治国的代表，并且是唯一以实力抗御侵略的国家。如果这法案得以通过英国国会（这似乎可以不必怀疑，因为这是英国最低限度所应做的事），虽然此议的发端是由于波，罗，希腊诸国近来正与英国磋商借款而起，中国当然应第一个受考虑的国家。

英国近来对于国际看法的觉悟固然可以令人稍为欣慰，然而我们这个办法仍嫌不够积极。英国一向"多财善买"惯了，不免带上一付做买卖的眼镜，以为凡事有钱便成，同时他们是一个有身份的国家，又生怕像寓言中的小猫，上人家的当，替人家向炉火里抓取爆栗，所以对于出钱之外的更为积极点政策都徘徊却顾，不敢毅然决定。然而现在国际的形势方急剧变化。"七七之病""三年之艾"，徘徊却顾之后的办法，总是赶不上这急变的局面，这似是英国外交苦闷的症结。我们并非漠视这扩大贷款的提议。尤其站在我们的立场，任何友邦的帮助都是我们所欢迎我们所感谢的。不过为全部民治势力及世界和平着想，没有一个更积极的政策这绝尘而驰的国际局面，总没法赶得上。（岱）

说为政不在多言

潘光旦

这好像是一篇自己触犯题目的文稿。它对读者会有什么一种影响，连我自己也怀疑。说为政不在多言的人，当然也不赞成一般的多言，如今希望人家不多言，而在表示这希望时，自己不能不先取多言的方式，或至少不能不犯多言的嫌疑。以战争止战事，似乎有人主张过，也或许有它的效力，但以多言止多言，怕无论如何是不会有多大结果的。

先说一般的多言或少言。我们的传统思想在这方面当然也不免受中庸哲学的影响，我们主张不多不少，恰如其分。所谓恰如其分，是不容易确定的，大约用时得参考三种事物：一是当时此地的需要，二是题目的价值大小，三是说话的人到底有多少切实的话可说；不需要说而说，对小题目大放厥辞，或根本没有许多话可说，而偏欲大发议论，耸人听闻，都是不对的。还有一个参考点我们不能忘记，就是说话的人的动机与行为和他所说的话是否符合，或至少是否在精神上不相刺谬。这一点似乎是特别重要，要是不符合而冲突的话，那所说的虽只片言只语，也是多了的。

说话，以前文言叫作辞。根据上文分量的话，辞就可以有三种。分量不足可以叫作讷，恰如其分可以叫作达，所以有"辞苟足以达"和"辞达而已矣"的话。分量过当，不关紧要的我们可以说辞费，关紧要的我们可以适用一个不很好听的字，叫做佞。佞在字源上的解释是"巧调高材"，从女，从信字省，有一位文字学家说，女子之信，近于佞也。这对女子无疑的是一个侮辱，不过无论如何，巧言利口的人叫做佞人，是二三千年来已经习惯了的。孔子最深痛恶绝的是这种人与近乎这种人所说的话，认为究其极可以倾覆邦家。后代史家如司马迁、班固等，又根据这层意思，特辟佞幸一传，以昭炯戒。

民族传统的说话的标准是一个达字。孔子时然后言，人不厌其言，是做到了达字。修辞立其诚，所做到的也无非是一个达字。达是不容易做到的，达而能文，尤其是难能可贵，终春秋之世，够得上达而文的，恐怕只有一个郑国的子产，居然赚得孔子"辞之不可以已也如是夫"一句不胜其赞叹的话。不过，只是文而不达，结果就等于佞，这种人就多得不可胜言了。专掉三寸不烂之舌的游说家，利用五寸毛锥的文学家，以曲学阿世的思想家著作家，绳以修辞立诚的标准，怕十之八九是些佞人。辕固生很不客气的对公孙弘说："子务正学以言，无曲学以阿世"，正学以言是达人，曲学阿世就是佞人。惟其如此，所以一方面我们尽管认定达字的鹄的，一方面也未尝不作退一步的主张，说与其佞，无宁讷。所以说，君子欲讷于言而敏于行。又说，刚毅木讷近仁。礼与其奢也宁俭。不得中行的人，与其得乡愿，不如得狂狷，全都是这个意思。

超越分寸的辞，何以叫做佞，似乎有再加解释的必要。上文说所谓超越分寸，可以有三四个参考点：不合时地，小题大做，虚辞滥说，都还是超越分寸的小者，最可怕的是最后的一种，就是不由衷，不立诚，而行为不足以相副的辞。孔子的弟子里，至少有三位，在这一点上挨过先生的骂。季氏将伐颛臾，孔子以责冉有，冉有抬出一个很大的理由——有后主义的理由——来替季氏和自己辩护，说，"今不取，后世必为子孙忧"。孔子说："求，君子疾夫，舍曰欲之，而必为之辞"。君子疾夫一句下，我们以为应该补充一个字，意思才算完全，那字就是"佞"字，而舍曰欲之云云，就是佞字的解释。第二个挨骂的是子路。子路使子羔做费宰，孔子说他误人子弟（"贼夫人之子"），子路辩护着说："有民人焉，有社稷焉，何必读书，然后为学"。想不到二千四五百年前，子路已经会说近乎"读书不忘救国"或"学校就是社会，教育就是生活"一类的话。不过无论他如何会说，也正因为他会说，终于讨了孔子的一顿骂："是故恶夫佞者"。因佞而挨骂最多的无疑的是宰予。宰予专修的是言语科，照理是会说话的，不过会说话到佞的地步，自是他自修之功，非孔子教育之力。他和孔子辩不行三年之丧，提出礼崩乐坏的一篇大道理来，真教圣人措手不及；不过宰我的佞，终于改变了孔子的观人之法。他说："始吾于人也，听其言而信其行，今吾于人也，听其言而观其行，于予与改是。"心口不相应与言行不相符的人，可见就是一个无信之人，就是一个佞人，一个人的巧言利口，转变了圣人的对人的信仰，其影响也不为不小了。

　　冉有、子路、宰我应付孔子的话，我们现在往往叫做"设辞"，也叫做"自圆之辞"，其显而易见和动机行为不符的，我们一向也叫做"饰辞"，甚或"遁辞"。"遁辞知其所穷"，辞到了饰与遁的地步，当然本人既完全自觉，旁人也谁都认识，不至于引起什么问题来。不过近代心理学与社会心理学告诉我们饰与遁的程度往往是很难判断的，不但旁人看不出设辞的人是在饰在遁，连本人自己都感觉不到。此种学问甚至于说，我们一切的辞，是多少有饰与遁的意味的。精神分析派的心理学，说我们的意识有两界，意识本界与潜意识界，这两界的划分，因文化礼教的发达而越来越深刻。大凡情欲之事，最初可以比较自由表见的，到此便不能不深深的退居潜意识的背景之中，遇到要表见的时候，势必先经一番文饰的功夫，方才可以经过意识本界，而呈露为表面的动作。语言便是此种文饰的功夫的一大工具，于是便产生了各式各样的自圆的说法。意国社会学家柏瑞笃（Vilfredo Pareto）①也有一派性质相似的理论。他分析人的行为，认为每一桩行为可以有两个或三个成分，一是因，就是行为的动因；二是动，是动作的本身；三是辞，是伴着动作同时发生的一些话。大凡一桩行为，由因成动，大抵附带着一个说明所以要动的理由的说法，这说法有时候不说出来，即只是本人肚子里明白，有时候说出来，但不论或默或语，它总是一个辞。因、动、辞之间，因是最不变的成分，许多情欲就是因了，动的方式自然不一而足，但辞最是千变万化。根据由衷与立诚的原则，辞的变化论理也不会多，但若设词者的自觉或不自觉的目的在自圆，在文饰，在躲避谴责与批评，那就数不胜数了。这样的辞与辞的系统是会引起问题的。社会学研究的对象之一便是这种辞，辞的系统和它们所引起的问题。

　　关于上文的一番理论，我们最好举一些例子。一个人打牌，他大概不会很坦白地说他喜欢打牌，他却会说，三缺一的时候，他才加入，否则拆散人家垂成之局是说不过去的；或者，他承认喜欢打牌，他会添一句说，打牌是他唯一的弱点，在唯一两个字里，他又找到了自圆的出路，增高了自己的地

---

① 柏瑞笃为近代社会思想界最大权威之一，意国人，生于一八四八年，卒于一九二三年，曾任瑞士洛桑大学（University of Lausanne）经济学与社会学教授。他的最重要的系统的著作是《普通社会学论》，用意文发表于一九一五——一六年间，法文译本出版于一九一七——一九年，英文译本出版于一九三五年，书名改称为《心理与社会》，分订四册，其因词之辨见第三册。

位。一个人娶妾，他大概也不会坦白地承认他好色，他却会说：他的大太太没有生儿子，或他是一个兼祧两房的人，甚至于他会告诉你，据一部分人类学者说，男人是有多妻的倾向的。魔鬼也会引经据典，这话真是不错的，人人既不免受魔鬼的诱惑，也就人人可以有此种引经据典的机会。这些例子是很浅显的，无烦多举，我们要注意的是，这一类的佞词是我们生活中最普通的一件事，初不限于打牌纳妾一类的行为。

　　上文说因是常的而辞是变的，因是一个，而辞可以有多个，我们也可以举一两个例子。一个天主教徒反对信仰自由，自然也有他的一套说法；一个社会主义者反对信仰不自由，反对宗教，自然另有一套说法。论起辞来，两人之间，可以说是南辕北辙了，但他们的因却是相同的一个，就是，双方都渴望着，把自己的信仰与行为标准加在别人身上，不到全人类统一的境界不止。一个淫荡的人可以说出许多秽亵不堪的话，同时一个道学家或宗教家所不惮烦琐再三申说的当然是一大套禁欲与戒淫的话。论表面的辞，这两人又是大相径庭了，但论内在的因，却也只有一个，双方都是不胜其性欲的冲激。一个崇拜偶像的乡下佬普通不大说话，他的教育程度也不容许他说许多话，但若问起他所以崇拜的缘因来，他会有一套说法；蓦地里来一个改革家，大唱其打倒偶像的主义，表面上，这两个人的辞更是泾渭分明了，但我们所能推究到的因却也只有一个，就是双方都能热烈地信仰，而那改革家的热烈与认真的程度也许还在乡下佬之上。他信的是什么呢？他信的是进步，是科学，是社会改造的原则和若干改造的理想。他和上面所说的教徒与社会主义者一样，很希望乡下佬肯很痛快的接受他这一套，不接受时，还不惜付之警察的武力。至于他的信仰是否比乡下佬的更可靠更有利，却是另一问题。

　　根据最后这个例子，我们可以知道，十八十九世纪以来种种改革社会的学说，动不动讲自由，平等，进步，民治主义，国家主义，无非是一些辞的堆砌与辞的系统，其间究属有多少自圆，粉饰太平与躲避现实的成分，又有多少经得起事实、经验以至于逻辑的盘驳的成分，尚有待于社会学者的断定。我们要知道，这一类辞的堆砌与辞的系统，和许多宗教的未来世界论，以及乌托邦主义的理想社会论，原则上没有很大的分别，就思想与设辞的方法论，更不免是一丘之貉。用以前的眼光来看，这一类辞的系统里所包含的，大部分是一些佞辞，而发为此种佞辞的人自然是一些佞人，一些巧调高材与曲学阿世者了。我们在今日用到这"佞"字，当然不能再有以前那种浓厚的道德谴责的意味，那种深痛恶绝的态度。不过，这种辞与这种人是不健全的，这种辞不宜做我们思想与行为的准则，这种人更不是先知先觉一流，值得我们信服，今昔的看法却应当是一样的。

现在进一步的说为政不在多言。为政不在多言是跟了一般的不多言的原则来的。"为治者不在多言"，是汉代的申公对武帝说的一句话，不过它所代表的原则是很老的。据说，尧舜垂裳而治，是不大说话的。《诗经》说文王："予怀明德，不大声以色"；孔子补充着说，声色之于化民，末也。"君子过言，则民作辞"，也是一句很早的教训。中国政治学说里很注重法天的原则，天是不说话的，所以说"四时行焉，百物兴焉，天何言哉？""桃李不言，下自成蹊"是汉代初年便已流行的一句谚语。

不过不言与不多言之教是一事，实地的民族经验似乎又是一事。在二千多年的历史里，很不容易寻出几个真正能实践这不言或不多言之教的政治时期与领袖来。春秋战国而后，三寸舌头的用途也许不如从前，但是五寸毛锥的势力，却比以前不知增加了多少。这一层显而易见与儒家的发展有关。儒家的正名主义，道德观念以及一般的尚文的精神一方面既产生了胡适之先生所说的"名教"，一方面更形成了专用文字的取士制度，而文士对策时所搬弄的种种当然不外乎"名教"中仁义忠信一类的"名"或"辞"，搬弄的次数越多，就越变做一派陈言滥调。试看史籍中所留传下来的诏令和对策的笔墨，真正可以免于断烂朝报的讥谈的，恐怕没有很多的篇数。这种传统的"稽古右文"的风尚终于把中国造成了一个"名教的乐地"，"文字的国家"。敌人说我们是一个"文字国"，是不错的，不说别的，只是敬惜字纸这一点就十足表示这种名教乐地与文字国家的精神。

前不多几年，好像是萧伯纳吧，曾经说过英国是一个"议论国"；些微的小事，动不动要付议会讨论，讨论了许久，却未必有决议，有了决议，也未必真实行；替这样一个国家上一个"议论国"的徽号，他以为是再配称没有。西方有一个议论国，东方有一个文字国，也真可以说无独有偶！不过，就最近三十年的风气看来，东方的文字国，也有同时变做一个议论国的趋势。三寸不烂之舌，退隐了不少的年代，已经和五寸的毛锥同登坛坫，共同负担起救国的大业来。这趋势却真有点不了。一个议论国不大做文字，一个文字国不大发议论，在不做文字不发议论的空闲时间里，终还可以推动一些切实的政治，如今中国却兼具了两种身份，不发议论，便做文字，做罢文字，又发议论，甚或两者分工合作，双管齐下，试问还有几许余力来促进真正福国利民的政务呢？无论如何，为政不在多言的原则，到此境界，是再也无法适用的了。

上文的一番话，绝不是凭空说的，我想凡是对于已往二三十年的中国政治大体留意过的人都会有同样的观感。动不动开会讨论的方法，我们从想采取英美式的议会政治的时代起，就学得很像；越到后来，参加政治的人越多；这方法自然是越撇不开，无论集会讨论的精神如何，效果如何，反正这集会讨论的格式已经成为我们许多生活格式里的一个。西洋人曾经评论我们民族，说是重格式而轻实际，这大约又是一例了。发宣言，拍通电，以至于快邮代电，在善草檄文露布的中国人当然更容易成为拿手戏，不须多说。比较新颖的是近年来我们对于宣传，宣传的方法以及宣传的工具如同报章、杂志、小册子之类的信仰。政府要推行一种政策，以为经过一番宣传就一定可以减少民众的阻力。党派要推广一种主张，也以为一经宣传，便可以造成一派舆论。其实问题并不如此简单。西洋研究社会心理学的人，大部分认为宣传的力量是很有限的，舆论这东西究属有不有，是一个问题，要有的话，报纸一类宣传的力量也只能把它反映出来，而并不能加以左右，更谈不上创造舆论。假若舆论是风，那宣传的方法与工具只好算是屋顶上的风针，可以指点风向，而不能转移风向。至于口号标语一类的宣传方法，其效力更自□以下，不值得计较了。

这一类为政多言的方式不会有多大效果，还是小事，要紧的是它们有很大的流弊。多言的一般流弊，上文已经说过，到此我们要特别注意的是，为政而不免多言，那多言是集体化的，流弊所及，必至危害以至于摧毁集体生活。即使我们假定，集会时的讨论公布的宣言，张贴的标语，呐喊的口号以及印发的各种宣传物品，内容大都相当恳切，即至少不太背于上文再三楬櫫的修辞立诚的原则，这其间已经可以有两种很大的流弊。一是思想与吐属的刻板化。我们以前骂八股文章，为的是它的刻板性与千篇一律的现象，其实现在骂八股文章的人十之八九自己没有做过或根本不了解八股文章，否则，我相信他不会骂，因为他明白在今日"多言政治"的局面之下，许多的文章比八股要刻板得多。我们要测验这一点的机会实在是太多了。听一次演讲，读篇把社论，参加一次座谈会，翻看一本发挥一种社会理想的书，谁都会很容易地发现一大套千篇一律，陈陈相因的字眼，名词，语句，口气，其数量之大与复出的频数要远在八股文中"诗云""子曰"等等之上。"洋八股""党八股"以及最近的"抗战八股"绝不是一些随便起的名目，我们确有这些东西，而我们如今借用八股两个字，似乎还得向以前的真八股道一声歉。据心理学家告诉我们，以前的八股在字面上虽只搬弄一些旧东西，在股的拼凑与题的搭联等等方面往往可以看出作者的天分来，在现行的各式八股里我们看见的只是一些思想的版本，连初印与后印都分不大出来。

　　第二个流弊是语言替代了工作。我们跟了胡适之先生批评"名教"，为的是"名教"很早就变成了"名"教，讲孝，悌，忠，信，礼，义，廉，耻的人，讲多了，讲惯了，讲油了，应手拈来，都成妙谛。他对这一类的"名"根本不求甚解。这些"名"在他的心目中，最初原不过是几个符号，后来变做几乎含着富有象征性的图案，终于成为一些栩栩欲活，可以唤起情感，激发性灵的偶像。一个"名"到此境界，就好比一个佛号，可以供人熟念，好比一道灵符，可以受人膜拜。元亨利贞，只要喊出口去，可以辟邪赶鬼；福禄寿喜，但须贴在墙上，可以不召自来。这在西洋，早有人叫做"字的巫术"，在中国，我们可叫做"名的宗教"。在这种巫术或宗教支配下的社会，无论它有多么高妙的人生理想，多么卓越的道德标准，生活是静止的，文化是呆滞的，甚至于死板的，因为，愿望与祈求替代了努力，语言与文字替代了工作。二三十年来多言政治的一大弊病也就是这一点。名与字尽管推陈出新，改头换面，其为字的巫术与名的宗教却丝毫没有变动。开过会，有过议决案，发表过宣言，向大众宣传过，一件事就算是办了；用口号标语来传播一种愿望，传播过了，这愿望也就算是达到了。照这趋势下去，我怕非闹到一个使努力与工作的机能完全瘫痪的地步不止。

　　约言之，多言政治的两个流弊的归宿是：思想机能的僵化与工作机能的萎缩。一个集体生活，到不能思想与不能工作的境界，试问所剩还有几许。不过，读者不要忘记，我们还假定着这种多言是属于未可厚非的一种，即还不太背于立诚的原则的一种。假若我们把这假定撤去，而发现多言政治的言中间，很大一部分属于自圆与文饰的性质，其目的，消极的在躲避谴责，转移视线；或积极的是在迎合众心，于中取利。苏秦游说，表面上为六国着想，底子里却为自己博取富贵卿相；公孙弘以儒道进用，而明眼者一望而知其将以曲学阿世；安知目前多言的政治中，就没有像苏秦、公孙弘一类的人与一类的浮辞滥说？假定真有这种情形，那前途的危险就更在思想僵化与工作萎缩之上了。究其极，它可以摧毁集体生活与政治组织所凭借的最大原则，就是"民无信不立"的一个"信"字。人言为信，信是佞的相反，上文早已昭示过了。

申公对汉武帝说的，本是两句话：为治者不在多言，顾力行何如耳。救多言的流弊，端在力行，一般的做人如此，为政更不应不如此。行政的推动，在人事方面，靠两个条件，一是官司的领导，二是民众的合作。官司宅心纯正，公忠体国，个人的行为与私德上又无懈可击；同时民众的智识程度与团体意识也已经到达相当的水准；在这种情形之下，要推行一种政治，是最容易不过的。假定二条件之中只得其一，即民众的程度还不到家，那末，一件政治的能否推动全得看为政的人的宅心与行事了。无论有的是一个条件或两个条件，多言总是没有地位的，具备两个条件时，是无须多言，只有一个条件时，多言了也是不生效用。所以孔子说"下之事上也，不从其所令，从其所行。"又说"其身正，不令而行，其身不正，虽令不从。"榜样的原则是中国的教育学说与政治学说的最大重心，也是两种学说所由融会的交点。这个原则，在今日多言的政治下，已经有被断送的危险了。

近年来的多言政治不但违反了我们民族文化里很大的一个原则，并且也有悖乎孙中山先生的遗教。孙先生倡为知难行易之说，在政治方面是有很大的实验的价值的。"民可使由之，不可使知之"的两句老话，我想孙先生一定是不赞成的；任何主张民本主义的人不会赞成，不独是孙先生。不过我们处的是一个不进则退的时代，我们在扰攘的国际局面里，亟于要取得一个位置。我们要推动种种政策，势不能在短期内让大众都了解这种政策的性质，与其因何要推动的理由，与如何能推动的方法，亦即势不得不由领导政治的人当机立断的做去，只要做的人动机纯洁，手段正当，上面推动，下面自然谅解，终于可以达到我们改革的目的，而民众于协力合作之际，也自然会明白一切因何与如何的道理。如今我们似乎并没有遵守这种遗教，我们在想推动一件政事之前，领导的人中间，总要先费上许多口舌，接着对民众又费上许多口舌，无形中表示给大众看，要推行这种事，还得让大家有一个了解的机会。知就是第一步，而行是第二步，知还是容易下手，而行总得从缓。这不是等于回到了知易行难的旧说了么？表面上服膺了孙先生的新说，而实际上履行的还是旧说，更无异默认了孙先生知难行易的新说，也无逃于知易行难的旧说的支配，这未免是太不对了。所以即为实现孙先生的知难行易的学说计，我们在一般的生活上，尤其在政治生活上，有实行申公的两句话的必要：少说话，多做事。

最近外汇的变动

李卓敏

"在过去一星期中,上海外汇市场,十分平稳,即期汇率仍旧,预期汇率坚定,异常之采购并无,是以由平准资金所售出之外汇数目甚小。除上述之外,市场情形,无足布告。"这是六月七日前的一个星期上海汇兑市场的实在情形。七日是最近我国法币剧跌的一天;而七日的前一个星期,外汇市场却稳定得很。这最有力量地证明了这次外汇价格由八便士多跌到六便士左右,完全是我们政府自动采取的方策,而非市场中购买外汇者极多,以致政府不能维持八便士的一个汇率的结果。就是到了七日这一天早上,市场还料不到汇率要变更。这可从下列例子看出:香港市场,开盘的价格,仍是八便士,到晨十时后始突跌。

但是,法币汇价要更改的谣言,事实上早已出现。五月初旬,上海已有法币将跌价而购买亦将加以限制的一说。据说这谣传没有几天就过去了。预期汇率的变动,最足以代表一般投机者及商人对于法币的信心。观察七日前预期汇率的坚定,就可以知道任何人对于法币的信心,并没有摇动。

法币跌价,既非因市场剧变,又非因信心动摇,则真因何在?政府为什么自动地把法币贬值呢?这问题当然不容易回答。我们于得到许多有关系的事实后,才能有准确的分析。不过最重要的原因,或可以在报章上看出来。有人以为上海华兴银行之设立,是法币贬值的近因,我以为原因并不在此。华兴银行于五月十六日成立的。据上海金融商业报记载,华兴纸币只流通虹口一带,而数目不过数十万元。所以我以为谓华兴银行用发行伪币方法,来获取法币以购买外汇,遂使法币不能不贬值以应付之一说,是把华兴银行看得太重要了,敌人在华北和华中用种种方法换得法币去买外汇是事实。他们于最近数月来究拥有多少法币，无可估计。假如数目很大，所以我方预将汇率降低，以防套取外汇，当然是可能的。不过这与华兴银行的原因就不同了。

我以为外汇跌落的真因，是在上海的入超，自今年三月十日外汇平准基金成立后，上海外汇之供给，几乎全靠平准资金的售出。资金售出之外汇，都应商业的需要，据海关布告，本年三月上海入超，三千二百万元；四月入超，两千四百万元；五月入超，三千九百万元。海关入口统计，是以中央银行挂牌汇率（十四又半便士）计算。如以实际之汇价（八便士）计算，则三月份入超为七千五百万元，四月份为七千万元，五月份为九千八百万元。以英镑计算，三月份入超为两百五十万磅，四月份入超为二百三十万磅，五月份入超为三百万磅，则自平准基金成立以来，支付上海入超数目，当在七百八十万英镑左右。上海近月来最大宗的进口是棉花。华北棉花来源几乎完全停止，而上海纱厂复业待开工者很多，是以棉花进口，突然大增，约占进口贸易的三分之一。就今年一月二月三月全国国外贸易总值而论，则比去年同期增百分之七；如在总值中减去上海的数字，则结果比去年同期减百分之二十三。上海入超的重要，于此可见。平准基金在成立时，数目有一千万英镑；而这三个月来上海的入超已达七百万英镑左右。虽然入超的外汇需要，不一定完全靠平准基金，然而入超对平准基金的压力，是很清楚的了。

从下面的讨论，更可知道入超与外汇政策的关系。

我们这次汇价改变，起先颇有人以为有国际政治的背景。在外汇变动后几天，许多人疑惑这是英国改变远东政策的影响。现在过了两个多星期，事实已很明显地表示，英国还丝毫没有改变态度。其实这不应有怀疑的余地。本月十三日英国议会开会时，有议员向财相西门询问中国法币跌价及外汇平准基金会暂停止运用之原因，财相亲自答复；答复句语，均引用六月八日在香港所发表之公报——此公报乃香港中英合租之平准基金委员会发出者，西门财相谓之为"最完善之情报"。六月八日的公报是怎样的呢？"如一般人之所知。在过去数周间，中国法币平准基金并未感受压迫，中国法币信用，丝毫并未摇动。但在昨星期三日，暂行停止维持，俾大洋兑汇的价值，自行寻求一更适应之经济水准，使出入口贸易，臻于平衡。回忆一九三八年六月时，亦曾采取同一措施也。其实水准价为八便士，而此价格维持成功至十二个月之久，现新水水准已经发现，并能稳定的支持，此可为深信者也。中国以前由外输入之若干种货物，现国内皆能制造。据各地情报，今年丰收可期，此又可以减少输入。中国政府购买军火及其他供应品物所需要之外汇，业已安排就绪，而不需经由汇兑市场。最后，平准基金之实力，业已加强，而此项基金基础，又更增广，均已成功，故当局维持对外汇价之能力，绝不成问题。现更作进一步声明，此次中国法币对外汇价，虽一再更易"唯仍极得人民之拥护与信任，固仍随时可以换得外币也"。根据这"最完善之情报"我们可以知道英国积极帮助我国维持汇价，平准基金业已加强，而此次汇价之改变，完全因欲使出入口平衡所致。

　　平常货币跌价，在汇兑市场找它的自然经济水准，需时最少数星期，甚至半年以上。但此次法币跌价，于一天里就达到一个新的水准。七日在上海汇兑市场开盘的时候，现货售出率是七又四分之一便士，一小时后已跌至六又半便士，下午行市虽仍不稳定，不过都在六又半便士之数目上下。自八日起，汇丰银行每卖挂牌，都是六又半便士，和以前都在八便士一样。这令我们深信，不但法币改值的政策的变更，而法币的新水准早已决定。

　　法币跌价，虽然是政府的政策而非束手无措的结果，不过改变迅速，市场信心的摇动，是不可避免的。所以七日后资本逃亡的加厉，在上海市场看得很清楚。于是财政部有电令上海各银行在二十二日起停假三天的计划。总以此非彻底办法，遂于廿一日电令上海中央，中国，交通，农民四银行，银钱业公会及市商会，自二十二日起，上海银钱业提取存款，除政府需要及发放工资外，每周支取数目，在五百元以内者，照付法币，超过五百元者以汇据支付，专供同业转账之用。如有将存款移存内地者，不变此项限制。这个办法，完全是为减少法币在上海市面的流动，以免对外汇市场加大压力——汇据票是不能换取外汇的。结果，上海市场头寸立即短少，间接就把国币在外汇市场的价值提高。二十二日午，法币的汇价，竟涨至七便士。

　　法币贬值的根本原因，是出入口贸易不平衡。只限制银行提款，并非治本的方法。本来稳定外汇汇率，离不了国外贸易统制。仅求汇率的钉住，而让出入口贸易自由，是一成本极重的方法。英国于欧战时把英镑钉住在美金的一个汇率下，刚两年多的光景，共费了三十万万美元！我国自去年三月实行统制外汇办法后，对于对外贸易的统制，并没有一贯的政策，出口贸易的促进，由贸易委员会负责。出口商人需向中交两行结汇，而汇价之给与，是依照官定汇价（十四又半便士）。如出口商人能将出口所得外汇在暗币市场出售，价格是在八便士多，能换得法币，当比结汇下多百分四十三以上。故官定汇价之维持，反令出口贸易发生阻碍。至于入口贸易，从来没有直接管理。进口商购买外汇，按法须向财政部请求，所以理论上财政部门能够从核准外汇上使不需要的进口减少。但事实上，商人仍可在暗币市场购买外汇，继续进口。这种情形，在沦陷区的上海，尤为明显。政府维持八便士的自由市场汇率，就是等于对进口贸易完全不加统制！结果，平准资金受大压力，是个自然的情形。现在把汇率减低至六又半便士，而不限制进口，鼓励出口，恐怕这汇率也不能维持很久。

财政部七月二日公布的平衡国际收支两项办法，目的既是要解决上述困难，办法的全文，在报章上都已详细披露。最重要的，关于出口结汇，是将官定汇价与自由市场汇价的差数，补足出口商，银行只收百分之三为手续费。却是法币的支付，只能在内地地点，以免法币外流对外汇市场增加压力，出口商人年来之结汇困苦，于此得一解决。桐油，茶叶，猪鬃及矿产四类，因与易货偿债储料有关，完全由政府收购运销。

进口贸易，亦加以统制，以海关为统制的机构，统制的办法，是禁止一部分进口商品输入——这种商品，都是（一）非抗战建国及人生日用所切需者，或（二）本国内有代替品者，或（三）多由敌国产制输入时容易冒牌倾销一切物品者。关于这些商品的名目，报章还未登载，所知道的是海关进口物品十八组二百三十四税则号列，均一律禁止入口。海关进口物品，共有三十二类，所以以后能继续进口者仅十四组。据财部公布，照去年进口额推算，约可省出一万三千余万元。去年全年进口价值八万八千六百万元。如这推算能够实现，则以后进口贸易，可大约减少四分之一。照六又半便士之汇率计算，可省约五万万元。去年全年出口总值为七万六千三百万元。如以后禁止输入商品能不入国境，而出口贸易可以维持，则我国可变成一出超的国家。照去年数目计预，除去禁止入口之价值，我国可得七百万元之出超。

不过以后能否借海关而求进口统制，是一问题，沦陷区里的海关行政，已受地方牵制不少。我们要统制进口，敌人会不会借口而对沦陷区海关行政作进一步之侵犯，这在最近的将来就可以知道。财部所公布办法中，有禁止输入商品，不许转口及邮递两项，想是为应付这个困难而设。然而转口入我们后方的商品，为数非巨，沦陷区里的进口，大部分谅是消费在沦陷区里。如此，则统制入口，能否对维持法价有大帮助是个问题。维持法价于六又半便士，就是等于无限制地在上海及其他市场售出外汇。假如沦陷区的贸易，不受统制，则维持法价的困难，能不能解决。这一种是希望当局加以考虑的。

最后，还有一个重要的问题，当局尤须考虑的，是物价问题。法币再贬值，自然人心摇动，恐怕通货膨胀。加以进口货物的价格因汇价跌落而高涨，就很自然的令国内各种物价高涨太快。有时很可以使物价高涨的速率比汇价跌落的速率更大。到了那个程度，情形就不能好转，整个货币制度要感受威胁。所以在一自由经济制度下，要统制一方面经济的活动，结果不能不统制整个的经济活动。政府对物价统制，有相当的措施，不过还嫌不普遍，还嫌不着力。我以为物价的积极统制，不应再延搁了；藉现在物价尚未飞腾，统制进口刚开始的时候，就应实行积极统制物价，对于统制物价的问题，则不在此讨论了。

近代民族主义之产生

谷春帆

何谓民族,何谓民族主义,俱不易下一个定义。但凡说来,一个人群的杂拌,因为历史,血统或其他种种关系,自认为一个集团,自觉地认识全体团员的集合是一个个体,这个体即成为民族。在古代及野蛮民族中,集团的范围甚小,团员靠着共通生活。彼此之间,确有实质的利害一致关系。现代民族,早已超越了这个界限。但现代民族间各员,虽无实质的利害一致关系,而确有哲学的与抽象的齐一;论在政治上,经济上,社会上,使民族团员,感觉着一种深厚的一致;因而能够自觉地,有计划地,广大地域上,主张这个体抽象利益,高于别个个体的利益,并且高于全体人类的利益;为了这个体的利益,要求其各团员之服从,拥护与牺牲;使这个体神化,宗教化,意识化;使感情的,行动的,民族意识得到哲理的根据与宗教的信仰;这就是近代新兴民族主义之本质。

在这种新兴的民族主义下,这一群杂拌的人口,所谓民族者也,其利益高于一切,其荣誉重于一切,无论是抽象的,或实际的,不许受人伤害。一切利益归之民族,一切荣誉归之民族。民族是最高的,超理智的不可解释,并且是不容根究的。

近代狂热的军阀式的民族主义,本来均是战争的产物。战争本是一种疯狂心理之表现,具有诗人艺术家狂醉沉湎的心境与宗教家牺牲忍耐的精神。在这种狂醉心理下,人不是自主自由的动物,而是一种手段,一种佐料,一种作为民族光荣与民族利益的佐料与手段。非但少数人的利益,要为民族而牺牲,即全体民众的利益,也要为了民族而牺牲。民族本为全体民众之集合体，到得全体民众之利益，要为民族而牺牲，民族即已超出全体民众之上，而自成为抽象的神灵。

从本能的冲动的民族意识，转变到宗教的神化的近代民族主义，是中国抗战的大成就。中国在梁任公的新民业报时代，本已介绍过西洋十九世纪的爱国思想，但当时是十九世纪崇尚自由，理性与民权的爱国思想，与近代民族主义之反自由及理性反民权的思想，完全不同。而且这种爱国思想也未十分生根。五四运动时中国民族复兴意识，已经进步得多。然而当时的民族意识，连孙中山先生的民族主义在内，显然痛切感觉到民族复兴之急需，却还没有将民族及国家利益提高到一切以上。这从孙中山先生之以民族与民权民生并讲，而谆谆致意于心理建设及平均地权，节制资本等社会政策上，可以看出。孙先生的态度，是每个合理的冷静的中国人的态度。承认民族复兴的重要，同时也承认国民生活道德政治等等问题的重要。而且每个问题是互相牵连的。如其没有特殊的环境逼迫，使某一点特别显到重要，则各个问题，从一般人来看，几可以说是无所轩轾的。然而抗战改变了一切，改变了环境，使民族及国家的利益，高于一切了。

抗日战争是中华民族存亡绝续争死生于呼吸的一战。经过几年的苦战，国都沦陷，敌骑深入到西陲半壁，全民族覆亡的危机，迫在眉睫。人人心中感觉到覆巢之下，焉有完卵。因之民族及国家的利益，自然要受到最高的重视，而一切经济政治道德思想等等问题，只有在民族自主，国家完整之时，方能有解决的希望与解决的办法。

在中日关系极度紧张的时候，民国二十四年十一月第五次国民党全国代表大会，犹郑重声明"和平未至完全绝望，决不放弃和平，牺牲未至最后关头，绝不轻言牺牲"。当战争初起时，我们自称为"应仗"，表示不得已而战的意思。当时虽然也提到民族意识，如蒋委员长民国二十六年十二月告国民书，即说"凭借不在武器与军备，而在强毅不屈之革命精神与坚强不拔之民族意识"。民国二十七年国民党临时全国代表大会宣言，在民族主义里，也提到"发扬民族之固有道德，恢复民族之自信力"等语。但宣言中更明白说"中国与日本国民无所仇恨"，并且更说"政府对于人民之自由，必加以尊重"。民族国家的利益，除却下意识外，还不曾公开受到最高的重视。随着战争的深入，而民族主义的旗帜，亦日益鲜明。"抗日高于一切，一切服从抗日"。中国本是为了自卫生存而抗战。如照事实说，抗日原是为了一切。抗日是手段，而一切才是目的。现在反过来说，抗日高于一切，一切反要服从抗日，则抗日本身成为神话。不独在字义上，即在心理上，抗日亦超越一切而居于主宰地位。这样具有诗意与醉态的狂热的心理转变，是战争造出来的，也是这应战争所必需的。抗日虽是为了一切，而在抗战的过程中，一切有赖于抗战。抗战失败，一切消灭。所以随着抗战时期之进展，我们不但更深切认识了民族主义的本质，并且能够比以前用更清楚更彻底字语表示出来。民国二十八年三月十二日公布的《国民精神总动员纲领》，就是最清楚的中国式的民族主义教科书。我说它是中国式的民族主义，因为其中含有很浓厚的中国理性在内，与德意式的现代狂疯的民族主义不同。国民精神动员的第一个共同目标为"国家至上，民族至上"，"巩固民族生存应先于一切"，"国家民族之利益应高于一切，在国家民族之前，应牺牲一切私见私心私利私益，乃至牺牲个人之自由生命，亦非所恤"。这比二十七年国民党临时代表大会宣言，是何等彰明较著，并且"在此解决国族存亡之军事期中，国家民族之最大利益为军事利益，所以国民一切之思想行动，均应绝对受国家民族军事利益之支配，为达到军事之利益，为增进军事之利益，国家民族得要求国民为一切之牺牲……达成最后胜利之目的"，故当然的成为"军事第一，胜利第一"，"意志集中，力量集中"。救国的道德为"对国家尽其至忠，对民族行其大孝"。此种强有力的中国式民族主义色彩之表现，非但以前中国史上所未有，亦为抗战以来所未有。他不独表示了中国之民族主义，并且表示了中国自卫求生的民族主义与近代疯狂侵略的民族主义之不同。他指示了中国式民族主义之中道正行。中国共产党对于中国民族主义的表示，也一样深切注明。中共六中全会指出中华民族当前紧急任务十五条，其第一条即为"高度发扬民族自尊心与自信心"，中共中央复称中国"是中国人历史上生息修养创造奋斗的地方，是神圣不可侵犯的"（见《中共中央为开展国民精神总动员运动告全党同志书》）。本来中国共产党，随着苏联作风的转变，早已倾向于民族主义，早就主张联合抗日，就提出"动员一切力量，争取抗战胜利，一切为着抗战，一切服从抗战"的号召，也早以为"只有为着保卫祖国而战，才能救出全民族于水火，只有全民族的解放，才能有无产阶级与劳动人民的解放"。而尤可可注意的，是其中国式民族主义作风之倾向。在理论上毛泽东氏首先指出要"把马克思主义应用到中国具体环境的具体斗争中去……便要使马克思主义中国化，使之在其每一表现中带着中国的特性",按照中国的特点去应用它,作成"为老百姓所喜闻乐见的中国作风与中国气派"(见毛泽东《论新阶段》)。共产党机关报《解放》也大谈其忠孝仁爱信义和平礼节廉耻,认为是中国共产党的道德(见《解放》第十一期,二十八年五月十五日)。

  吾并不是过于乐观,以为政府的告论,就可以作为中国已有民族主义的凭据。中国民族意识之纪律化主义化,甚至中国民族意识之复醒,如其没有抗日战争作催生剂,而单靠教育的力量来普及,需要相当时间。谢谢日寇的侵略将中国人梦寐求之的民族主义,打到穷乡僻壤乐天安命的老百姓脑中去了。在平时他们可以不知道中国是被皇帝或总统所统治,而现在在抗战下他们不能不觉得自己与异族的寇盗,死活不能两立。他们认识了国家的重要,他们与国家有利害一致之点,是生死与共的利害。残酷的事实,用不可思议的代价,做了任何广告推销员所不能做的奇迹。主义经过战争传布到大众中间,战争是锻炼民族主义的洪炉。战争愈深入,愈长久,愈残酷,民众对日寇所受的痛苦愈深,羞耻愈大,仇恨愈重,民族主义愈发展。只有对于已往,对于现在,还有顾恋的没出息人才,会苟全动摇而想投降。大群民众,已经失掉一切。在抗日奋斗中,除了日寇残暴的铁镣和洗不清的羞耻以外,他们更没有可失的东西。

归 途

芦 焚

我们循了公路到了H镇。两个月前两个二分之一的皮丘林（Pechorin）从海上来，一个降着细雨的早晨他们在这里登岸。我在这里请求我的朋友B原谅，他其实是一个不大到家的生活趣味主义者，正同我一样和上面所说的英华没有四分之一关系。我们原先的计划是不再到这里来了，也像许多旅行家。但是上天的计划比我们有力，他使我们重来这个滨海的小镇，使我们第二次看看这里的海湾和江水。

现在像是在"镜花缘"里，我们将乘着如同玩具的小船从一些绿色的只有鸟类生活的小岛中间穿过。我们自然并不希望这样，不过我们有一颗决心，一个主要目的：利用一切办法回到上海。你也许以为可笑，如果不回上海，我们便觉得似乎已经和世界隔离。于是我们又打了一次败战，一个礼拜的暴风雨把我们的时间吹走了。我们和行李一同到了码头，在一家烟纸店的水牌上看明了船期。

"五点钟"这意思是我们来得这等凑巧。

我们尽管为我们的幸运高兴，轮船上却接到一个电报，从上海拍来的，他们不开了，他们也许永远不开了。

"上海又怎样了呢？"

没有人明白。港口好像一个心脏，它仍旧活动着：水手，妓女，脚夫，造船厂。也许是心理作用，这些动作在我们看来似乎含着一种不安。我们是既不能退去，也不能前进，自然谁也不喜欢一个礼拜，两个礼拜的，没有希望的站在岸上远远地望着浑浊的海湾，在这个充满了海味腥臭的小镇上住下去。

我现在还有一条路：我们溯江而上。虽然没有人担保这条路能否走通，我们已经怀疑到一种变化。

"我们又走到原定的路线上去了。"

我们可以看一看闻名于世的绍兴的酒瓮和粪缸和我们两个月前在杭州的故居。当晚八点钟有一艘小船上航，在我们坐到"大餐间"里听一些做生意的意见之前，我们要逛一逛这个小镇。它大约有五百家住户，一个海关，一个警察局，三家转运公司和轮船公司，一个钟表店，一个造船厂，四家或五家箱子作坊，两家也许是三家旅馆……附近有几座小山岗。自然是正和许多只有在商业上才存在的地方一样，它给人的印象是混杂丑陋，几座高墙——几个银行和船公司的办事处使人联想到前代的豪商和地主，只有放着许多预备做龙骨用的木料的造船厂上，只有从粗劣的，没有个性的，或是说还没有长成一种个性的市屋中间走到这里的时候，你才可以喘一口气；你可以想象到一百年或是五十年前，第一艘用火行驶的洋船还没有开进这里的海口，像小说上所描写过的，所谓帆樯林立，人们驾了鹅儿似的帆船到海上冒险的情形。

我们应该回到码头上去，天色已经完全黑下来了。这里的灯火很少，而且没有精神，假如打一个比喻，譬如我们都睡过午觉，忽然间极轻微的有一点震动，我们醒过来了，我们睁开眼，我们的眼——这里的灯火就像我们那时候的眼一样昏暗涩酸。你自然以为这情形不大合理，对于那些脚夫尤其不便，但是你应该知道这里没有什么漂亮人物，假如有人因为职务上的必要被派遣到这里，他会以为等于充军，其余的人们，一些苦力，一些脚夫，几个小贩和娼妇，不管怎样的路在他们走起来不都是一样的吗？

现在请小心你的脚吧，这里的路是这样不平，这样泥泞，又有这样多水潭。从海上来的风送来了晚凉，我们总算到了码头上了。没有船开进港口，也没有船驶往海上，脚夫们衔了烟袋，因为没有货物等待搬运，坐在码头上悠然望着海阔。走私者在暗影中踟蹰。两个穿黑衣的做道女——两个娼妇互相依着，好像两姊妹，她们和烟纸店的女店主谈着话，又互相戏谑，不时的发出笑声。从那面，从江上又忽然响起口哨。在昏暗中，人共江水在星空下轻语。没有纷扰。没有在这种地方我们常常听到的不安的声音。空中有发光的鳞片状的薄云，初五六的月亮快落下去了。假如你有机缘身临其境，你将也不免神思恍惚，永恒或偶然之感。

"你看船桅上的灯火，"

"和它映照的，你看还有那边的远港和正面的近山；"

"不过这些都离不开江水；"

"我倒以为最重要的还是景物朦胧。"

昏暗的灯火，发光的薄云，西沉的月，远山近水，于是两个说话的人心里浮起半句旧诗，一幅图画：月落乌啼。正当叹息自己不通绘事的当儿，船离开市镇，在前面是万山丛起。

当夜——大约是两点钟左右——我们无意间在旅馆的桌子上看到一张地方报纸。

"上海也打起来了！"

"上海也打起来了？"

我们翻着报纸，但是除了从无线电收得的这一条简略消息之后，找不到任何有关系的其他记载。蚊子飞翔着。我们都很疲倦。

然而人事有这样的意外。第二天上午——其实应该说当天十二点钟——我们在某城换车，正和大半在内地旅行过的人所经验过的一样，这在中国似乎是当然的，我们遇到一件麻烦事情。在这里我很想恭维一下那地方的民团老总们的认真精神，但是我不能够，我相信他们的本领不够捉住一个最小的，即使是每天仅仅卖五角到两块钱的汉奸或间谍，他们是仅仅为了一百元的奖赏发了疯了。假如你懂得中国人的心理，你便会相信这种猜测不错，你会感到一种羞辱。

我完全没有怨恨之意；况且三十年来我们中国有一句口头禅：我们的文化太落后。这口号可以任意用到任何地方，因而原谅了一切错误和愚昧。现在我们又要改变我们的计划了。我们不再看绍兴的酒瓮和粪缸了，然而这牺牲也并非毫无代价，我们无意间在一个地理书上从来没有注意过的，一个我们没有梦想到的地方生活了将近一天。我们一喜，你知道一个旅行者应该有这一喜，早晨我们还在一个地方——地球的某一点上吃粥，到了下午，我们却踩了地球的另一点上的街道。在一个奔波了一天的人看来，他曾经过各种意外，因之各种事物似乎都走了原样，都有些神奇，我们吃了它的饭馆，睡了它的客店，虽然它本身在世界上没有一样出名。当我们惊异到生命的不可思解，我们已经睡到一家客店的床上了。

客店完全是旧式的，在这小城里——凡到诸如此类的小城来的人他们大半都有自己的家或亲友，它平时不会有什么客人。它坐落在一个小巷里，它有一个正在厅堂里的楼梯，在昏暗中你摸索着爬到楼上，你看不出这是送晚迎来的客店，因为你正站在供着家神的一个大房子中间。然后茶房——也许他今天上午还在茶馆里吃茶或在城外锄地的——他引导你穿过你来时没有注意到的一个小门，还像用了一种魔术，你忽然站在走廊上了。这时候你才发现这里有几间小屋。茶房为你打开其中的一间，一股古老气息，一个挂着土布幔子的床，一个朱漆方桌，一把旧式的椅子。这些家具都是五十年以至一百年前的式样。你掀起鼻尖闻了闻，接着又皱了皱眉，你不大满意，你觉得太醒醒了。茶房也知道你不太满意，他装着不知道，问你开不开饭。这里的旅店是带饭的。你不要开饭，你可不得不住下来。

我们也跟你一样住下来了。这里的泥土墙壁使我想起我乡下的老屋。我喜欢它的泥土颜色及泥土气息；后面有一个小小的泥窗，木板做成的窗门是开着的，从这里可以望见后面的草园，一株正从下面长上来的桐子树，外面正在下雨。雨中的草色以及树木又使我想起小的时候，每逢这样天气我总感到哀愁。"人道山长山又断"，生活趣味派先生，喜欢泥土的乡下先生，现在你们怎么办呢？

有自北面逃来的人家在我们未来之先已经占据了楼下，我们唯一的希望是我们不再碰到意外。

美国与中日战争（通信）

先生所述贵国现处的地位令我非常感觉兴趣，而且也十分能令人置信。在过去二十余个月内，我从不信日人已获得胜利，我甚且从不信日人能获胜利。他们如不能利用占领区域内的富力，他们绝不能获取胜利；要能利用富力，他们又先得绥靖地方，收拾人心；但他们的残酷行为及中国人民对他们的怨恨以使他们无法绥靖，无法收拾。以我所知，日人已准备长期派五十万大军驻守中国。他们自以为将有力维持如许大军。但我深信其无此力量。

在敝国方面，我们对于战争的态度紊乱而又缺乏一定的政策。没有一个人对于美国在战争中能处的地位是痛快的；但除了不痛快外，也没有一个人知道如何应付。你可以了解，我们朝野现正以全力注意欧洲大战的序幕。大家都明白，西方各国迫近战争已一年余，如果战争一旦降临，无论美国加入与否，他定必不利于美。一般人总想如可以不加入，便不加入，所以许多人都想避免一切可以促成大战爆发的事件。因为大战的迫近，有一班人的孤立主义反而加强。凡是相信美国无法减轻或是消减大战的苦痛的人们，多主张美国应赖大洋为保护。而牢守孤立主义。你可以从此知道，为何欧战的可能足以使民众减低对于远东的注意，而增加对于远东采取任何行动的踌躇。

我个人早已得到一个结论（也许你在去年此时尝读到我在《新共和周刊》及《美亚杂志》的文章）。这即是：一个完全消极的政策，不但看起来不对劲，而且最后将益增我们的困难。如任日人像过去那样的行动自由，他们此后将更肆无忌惮地胡来。他们对于租界的放肆仅其一例。要免除这种危险，我们最好用威吓及报复，最好叫他们知道他们不能越过某种限度。我们有两种方法，一个是惩罚日本，另一是援助中国。有一派人以为除了作战外并无其他有效的惩罚方法存在，禁运货物亦未必能收多大实效。另一派人则谓如我们能以信用借款助中国，则收效或可较宏。我以为后一派人的理由充分，所以我也主张予中国人以信用借款。但在过去，我们所能尽力者仅在如何鼓动舆论，使企业家不致受日人利诱，而向占领区域投资而已。这种投资的倾向根本未尝太大；如果有过的话，现在可以说是斩断得几乎无存了。

目下的最大困难还是舆论。政府领袖与其他熟悉远东情形的人深信较前积极的行动是必要的，但多数人民反对这种行动。越过某种限度，即罗斯福及赫尔亦不敢轻进。从大体上言，欧洲的危机已将这个限度缩小。大家对于世界大局都感觉无能为力，同时一九一九年的失望与消极的情态则又宛然如在目前。

我们此时就是如此。大家对于日本的痛恶固然在增加，对于日本的真意亦比前了解得多，但在目前则任何积极的行动俱无甚大望。你如犹读我们的报纸并留心国会对于中立法的辩论，你可以知道政府即使欲国会稍微放松中立法的限制而有所不能，虽则大家都明白中立法是一件大错误。

但我也并不绝望，我不信我国将永对太平洋事袖手旁观。好多事须看欧洲局面如何变化。假设中国是将永远抵抗下去——这却有绝对的必要——我仍信美国终有一天会采取一种可以扶华抑日的举动，我衷心深望我今番能说一些较具体而积极的话，但我深恨不能。我知道你希望我说实话。你可以想象我内心如何烦闷；你也可以想象我如何钦敬你们抗战的英雄沉毅，与夫迁移增置工厂的敏捷有力。我更以为你们二年来之不借外力，单独应战，日后看来，定是一件对你们有利之事，虽则我也深深知道你们二年来所受的灾厄。你们是绝不会失败的。我为此言，不是由于我的希望（无论我的希望若何的大），而是由于我的判断。

本刊启事：

本刊最近数期误字甚多，如本卷第一期《平原》的作者辛代先生在封面上误为幸代，第三期钱端升先生论《抗战中国际形势的转变》一文首段之末脱落"大勇"二字，史国纲先生之名字中脱落"纲"字，皆其显著者。本刊除向作者及读者谨致歉意外，更当自本期起改善校勘，力求减少讹字。

第二卷第五期（1939年7月23日）

时评

战区省政府设行署

行政院本月十八日议决《战区各省省政府设置行署通则》，许战区各省于必要时设省政府行署，以省政府委员为主任，下设秘书、政务及警务三处，或其中之一或二，以代行省政府职权。这是一个很重要的设施，而与抗战前途颇有关系。

战区各省省政府设置行署，在原则上讲，是有其必要的，因为敌人侵入的各省，往往以交通线被占的缘故，广大的面积被切成数块，移驻外县的省政府有鞭长莫及之势。山东省胶东与鲁南的分离是一个例子，广东省东江一带与其他部分的呼应不灵又是一个例子。遇到有这种情形，设立一个行署，俾以便宜行事之权自是一个再好没有的办法。去年广州失陷，省府迁连县后，该省财政厅曾派出若干税务督察专员，到各地就近管理税收，以防当地官吏之扣税，即是一个根据于同样原则的办法。

不过，我们希望行政院要注意，希望他不因有了设置行署的通则，而随便设立行署，或随便准各省之请而设立。通则中所谓"于必要时"一辞务须作最严格的解释。行署即使确有必要而设立了，行署的体制不必求铺张，而职员数目亦应以敷用为度。好官本不嫌其多，但好官不多见时，则书卯及办"等因奉此"的官却应求其少。中华本是官国，而近来行政院又倾向于添设衙门，如最近肃清存烟督办公署的加设，黄河水利委员会的恢复旧制等等，所以我们愿先有所言。

同时，我们也希望日后设置的行署能对于管辖区域以内的治安及民生特别设法保护。现在有许多偏僻穷困的地方，如苏鲁沿海交界各县，其人民常因驻军（正规及游击）过多，而感觉困难。这种地方敌人大概不会分兵来侵，其治安似乎仍可赖保安警察（或旧有或新练）来维持。这一类的问题行署应负切实建议并力求解决的责任。（平）

省参议会渐次成立

各省市应设参议会系本于国民参政会第一次会议的议决；国民政府曾于去年九月颁布参议会组织条例，并令于今年元旦成立，以后一再展期，至五月底两粤的参议会始首先成立，为全国倡。随两广而起者，有宁青等省的参议会。近来则川黔滇的省参议会亦先后开会。滇省参议会于本月十日成立，本期付印时盖正在开会之中。

当去夏国民参政会讨论设置省县参议会议案时，不特参政员方面提案甚多，即政府亦有重要议案交议。虽设置的目的，或偏重于促成县自治，或为实现民意，或注重于全国思虑与识见的集中，要为倾向民主，则当时并无异议。夫民主政治本不能一蹴而就，而有待于长期的培养。我们不能因省参议的设立或国民参政会的设立，而视为民主已有若何成就。然要省参议会的设立能对于民主政治有贡献，则省参议会及省行政当局具有应尽的责任。省参议会务须接照设置该会的用意及该会的组织条例，尽量以人民公意表示出来，尽量请政府苏民困，尤其重要的，尽量领导民众为抗战努力。省行政当局亦务须以省政据实报告于省参议会，并采纳该会的建议。

从上述的意义，各省参议会的渐次成立是一件可喜的事。省参议会的工作，在现行的条例之下，绝不会惊人的，但如能依照上节所述的原则去努力，则久而久之，其功绩也自必很有可观。（青）

调平后方物价

重庆来电，称经济部近据各地报告，物价有继续增高之势，认为平价工作有妥筹推进之必要，已成立农矿之工商管理问题研究委员会，拟由该部选定重要物品进行派员管理，或就一般日用货品，规定原则，交各地官署或平价委会办理，以期主要物品价格得有轨道可循，以免奸商操纵居奇之弊。云南省参议会亦于第四次大会通过《调平物价以安定后方民生保持抗战力量》一案。关心民瘼，固为人民所感佩，而后方民生问题之严重，亦实为滇省参议会提案所称"未有如今日之甚"者。

我们以为处今日而言调平物价，应特别注意二事。查后方诸省自抗战以来，物价增涨，原因当然很复杂。有的原因是自然的，例如汇价，运费的关系，人口的增加。对于这一类的原因，政府只能于可能范围之内，减轻它的压力，如改良交通，提倡工业，增加土货的生产等等，有的原因完全是人为的，例如商人囤积，垄断居奇。此辈直接吮吸平民膏血，间接破坏抗战，不但毫无心肝，而且罪在不赦。我们以为政府应对于此类原因，严刑峻法，痛加芟除，此其一。

民生要项为衣食住，而尤以食为最。奢侈品的涨价，与一般人民生计的关系少，而日用必需品，尤其是米粮的涨价，与一般人民生计的关系大。在一个经济比较落后的国家，米粮常是一般日用必需品价格的量衡。米粮价格高涨，一般日用品的价格也常常随之高升。云南一年来物价的变动，便是一个绝好例子。米粮是土产，虽然它也受各种自然原因的影响，而不应该涨得太高。我们以为政府在调平物价的时候，应该以平抑土产的生活必需品的价格为要图，此其二。

抗战已经入了一个新阶段。后方人民生活的安定，实是维持抗战力量一个主要的因素。我们希望中央地方各机关不但"坐言"，且能"力行"。以应付此严重的问题。（山）

最近的国际形势

最近数周来，国际间下列各事件最握住我们的注意：一为英苏谈判；二为但泽问题；三为蒙伪边境苏日的冲突；四为英日东京谈判；五为美国中立法问题。

英苏谈判的前途本期张忠绂先生有专文论及。我们赞同张先生的论断，我们也以为谈判容或尚须有若干顿挫，但其最后成功绝无问题。

英苏谈判既然不会决裂，且终可成功，则希特勒对于但泽尽可盘马弯弓，却绝不敢轻于一试。他现在所能做者，只是鼓励但泽国社党人呐喊一阵。他容许仍在希冀英苏谈判决裂，或英国暴露助波决心的缺乏，但这又如何可能呢？

蒙伪接近贝尔湖一带的边界向无清楚的划分，自一九三五以来向多冲突纠纷，有时厉害一些，有时温和一些。自本年五月下旬以来，这种边境冲突似乎加剧了很多。当日方起先宣传他们如何如何打击苏联侵入伪国的陆空军时，苏联异常缄默。自六月下旬以来，则两方各有许多公报发表。如依日方所宣传，苏方损失，单就飞机而言，当不下三百架。这当然是胡诌。如果苏联这样不中用，日本岂有不乘虚长入，一举而占西伯利亚之理？然而事实是：日本不敢攻苏，苏联不愿放弃和平，而边界又无法安靖，故其结果必将常演张鼓峰事件，不过近所演出者是张鼓峰的缩本而已。

英日东京谈判由于日军封锁天津英租界而起。日军于上月十四日开始封锁。约两周后，两方同意东京作外交谈判。英方此时不愿有事于远东，本早想和平解决；日外部则惧军阀胡为，自然也愿将事件移至东京处理。但日军阀要求谈判须及根本问题，而英方又早已讽示拒绝之意，故谈判迟至本月十五日才得开始，且亦仅限于日外相与英使间对于谈判范围有所讨论。日方之未敢要求将谈判范围扩大，可于英相十七日答下院质问时见之。十九日英使与外相继续谈判，亦未有若何结果。今后的变化如何，我们固无从悬推，但我们相信英方绝不会扩大范围，作不利中国的承诺，而日外部亦决不敢任此谈判破裂，一无所成。日方得了些小面子后，当会借题下台，适可而止。

关于美国中立法案本刊已有好几篇专文及时评加以讨论。起初国会两院对许多不同的提案颇有无所适从之感。到了五月二十九日赫尔向两院外交委员会发表意见后，政府派议员即以全力谋通过按政府之意而提出的法案。但六月三十日众院所通过的中立法案已不是政府案（即白鲁姆案）的原文，而是经过修正之案，即所谓伏理斯修正者。政府欲解除售军火之禁，欲使英法两国能在"现款自运"的条件下向美购买军火，但伏理斯修正案则绝对禁止在战时出售军火，盖与现行中立法相同。伏理斯修正案以二〇〇对一八〇通过众院，由此可见众院的多数对欧事仍倾向袖手旁观。众院通过之案本须经过参院讨论。于是政府的希望转移至参院。不幸参院外交委员会于本月十一日又以十二对十一的多数议决本届会议不复讨论中立法案。总统于十四日虽致文两院，请于本届会期内完成新中立法，但看来是不会有结果的。

本月十二日参院外交委员会长毕德门更提出一案：授权总统，禁止九国公约的破坏者（指日本）在美购买军火军需。这案是毕德门顺应一部分同情中国的人们的要求而提出的，参院共和党领袖范登堡对之亦已有共鸣的表示。姑不论在本次会中能否通过，毕德门之能提出该案已是一件值得我们欣慰之事，他于前年冬天即认这样一个法案有其必须，但以情格势禁而不能提。今既被提出，我们如能对抗战更努力更坚决，即此次不能成立，今冬成立的希望却是很大的。（端）

英法苏三国协定之我见

张忠绂

英法苏三国协定的谈判，自开始以来，已拖延数月，迄未成立。国内一般人士对此问题的看法，多表悲观。当苏方首先公开发表谈判经过的时候，一般政论家认为英苏谈判已绝无成功的希望，因为国际间的重要交涉，若两方均有诚意，绝不肯在谈判过程中予以公开宣布。公开宣布的办法，迹近推诿责任，此非失败而何？嗣后因担保波罗的海诸国，英苏两国军部间之磋商，侵略之定义，荷兰与瑞士之保证等问题，英苏谈判虽仍在继续进行，但问题似日趋复杂，交涉成功之可能似日益渺茫。国内一般观察家甚至认为英苏两方对此交涉，自始即均无诚意。不曰英政府之目的只在敷衍英国之舆论，即曰英政府之真正目的，在借对苏谈判，以促进英德二国间之妥协。甚亦有谓苏联之目的在戏辱英国，苏联本不愿与英合作，但又不愿负拒绝加入和平阵线之责任，故不得不与英国以交涉之方式敷衍应酬。

上述之各种看法，虽不能谓为毫无理由，但作者个人对英苏谈判之看法，则始终一致，与上述各种看法均不相同。作者始终认为英苏谈判必可成功，英法苏三国协定必可成立。苏联公开发表谈判经过的原因，用意不在推诿谈判失败的责任，而在使英国与爱好和平国家的舆论压迫英国政府，俾英政府不得不迁就苏方的条件。

英苏两国间的感情，在过去不能谓为良好，这是事实。英政府非至不得已或必要时，不愿与苏联过于接近，这也是实情。在过去数年中，英政府对于国际问题所持的政策，往往与苏联的政策相左，甚或相反。对西班牙，对捷克，在国联会议中，英苏两方的政策常有不同。即在中国，英苏两国虽均为中国的友邦，乐意援助中国，但两政府的做法亦未见能一致。

然而国际间只有利害问题，绝无恩怨可言。任何国家在决定外交政策时，绝不能只顾恩怨，而不计利害。在今日，苏联之外交政策与立场已极为明显，即放弃世界革命政策（至少暂时是如此），而与各爱好和平国家合作，以抑制侵略者。希特勒统治下德国之政策在独霸欧洲。在其自传中，希特勒曾明言，德国必须东进，并须强占苏联之乌克兰。史达林及其他苏俄之当局均为眼光远大而重视实际之政治家，绝不至中德国方面离间英苏之诡计，而妄冀与德国妥协，梦想德国于屈服英法之后，不再东进。

英政府之政策原在对德容忍，维持欧洲之和平。英政府既不同情于希特勒之独裁政治，尤不满意于苏俄之共产主义。若英国之生存与重要权益不受威胁，英政府自不愿与苏俄合作，以促成英德间之战争。过去英政府之所以未能与苏俄合作者，其故即在于此。慕尼黑协定为英政府此种政策之最高表现，然亦即此种政策之最后表现。英国在慕尼黑之屈服竟仍未能满足德国之欲望。今年三月之捷克事件充分证明德国之大欲永无止境。其东进之口号，虽能保证非德国欲独霸欧洲之一种掩饰。任何国家独霸欧洲均不利于英国，且将危及英国之生存。于是英政府乃幡然变计，一面予波兰，罗马利亚，希腊，土耳其等国以保证，一面加紧扩充军备，并实行英国有史以来未有之征兵制。

英政府政策之此种转变，初非证明英政府已有意与德国为敌，决以兵戎相见。英政府现时之目的仍在促德国觉悟，以共维欧洲之和平。然德国之欲望，既极庞大，苟英政府之政策无绝对强力之后盾，则希特勒必仍将尝试其冒险政策，置英方之警告于不顾。以今日之欧洲形势论之，英法若无苏俄之合作，则英法之实力较之德意之实力，并无绝对强大之把握。故为达到英政府现时政策（以坚决求和平）之目的，并维持欧洲和平，英法必须与苏俄合作。此英政府于数月前（英政府政策转变之后）突然向苏俄建议开始谈判之原因。吾人若谓英政府对苏交涉之目的只在敷衍英国舆论或促进英德间之妥协，殊非确论。盖英政府对苏之交涉若一旦失败，则英舆论对政府之措施必更将不满，而德方既见英苏既绝对不能合作，亦更不必与英国谋妥协。

是以在现时，英苏协定实符合于英苏两方之基本利益与政策，两方均必不愿见其失败，而尤以英方为然。且英国现既已对波，罗，希，土等国提供保证，若不与苏俄合作，则因地理上之关系，英国之此种保证将失去其效力之大部。在事实上，苏俄与土耳其及罗马利亚之关系，原属密切。法国居于英苏之间，必极力为英苏调和。英苏两方舆论现均认为英苏绝对有合作之必要。基于以上种种，故作者始终认为英苏谈判绝不至完全决裂。

在环境与需要上，英苏两国现时必须合作。时机业已到达，形式业已造成，此固毫无疑义者；惟在心理上，则两方彼此间之猜忌尚未完全泯除，此亦毋庸讳言。过去交涉之迂缓迁延者，其故在此。苏方前此公开发表谈判经过的原因，已如前述。其用意不在推诿谈判失败之责任，而在使英国与爱好和平国家的舆论压迫英国政府，使英政府不得不迁就苏俄的条件。因英政府过去对苏俄之漠视，苏俄现时明知英政府不能听任谈判失败，自顾故抬身价，且英方所提之原案，既有失公允（例如不保证波罗的海诸国），且似对苏俄尚不能无疑（例如要求于参战前有磋商时间，以免发动战争之权操诸苏方），故苏方不得不提出对案，以求取到对于苏俄最为有利之条件。李维洛夫之去职，非证明苏方之无意与英妥协，只证明苏方有意对英施以压力。李维洛夫为著名亲英之人物。李维洛夫之去职，可使英政府感觉苏俄坚持其立场之决心。然李维洛夫去职后，若易以一亲德反英之人物，固属不当，若易以一其他人物，亦必易引起各方之猜疑，故以莫洛托夫自兼。国联会议时，英法方面极盼柏丹金能代表苏俄出席，藉便商谈。但苏政府故意不派遣柏丹金，而派遣驻英大使迈斯基。此不啻警告英国，苏俄对英不能让步，无意迁就，但苏俄却亦不愿谈判终止，其后苏方复非正式发表官方对于英苏谈判之意见，并谓英苏谈判若不能成立，苏俄亦不至于与德国妥协，苏俄将采取中立政策。凡此均证明苏政府之作风，在迫使英国让步，而同时不令英政府对于谈判完全失望。

目前英苏间之谈判似已进入最后阶段，两方政府均已严守缄默，德国海通社离间英苏之消息，屡有所闻，此均反证英苏谈判之将近成功。吾人估俟事实之证明可也。

滇缅铁路应采北线的主张

李生庄

滇缅铁道的兴修，是为适应抗战的需要，所以，一切的决定全应以军事立场做根据，这与平时修筑铁道之以经济立场为出发完全不同，因而原则上，首要的条件，是"速成"，其他都是次要的。为求速成，便需注意两个目标：一选择较捷近的路线，二节省金钱。在这些条件下，所筑铁道对于将来经济交通有无价值，严格地说，是无需计及的，就是所筑铁道本身的坚固性，耐久性，载重性能否与普通修筑铁道的原则相适合亦不是个需要特别注意的问题。事情是：军事上眼前需要这样一条铁道，能够供应军火的运输，于是应该迅速地不怕草率地将此铁道修成，目的只是在军事上的暂时应急，应了急后，则让他继续存在也好，或甚至于将其拆坏了也好，总之，能"速成"就好，其他，什么理论，什么事实，都是不重要。我们知道，滇缅铁道西段路线所以决定用南线，军事需要就是它的理由。

本文即以"速成"为立论的根据，就施工或其他方面比较滇缅铁道西段南北线的优劣：

第一，从工程方面说：南北两线的里程，南线自清华洞起至南大为四百余公里，北线自清华洞起至高良公山滇缅交界为六百余公里，南线里程较北线为短。又南线所经大山有大雪山，邦马山，无量山，老别山，北线所经有怒山及高黎贡山，两线所经皆有高山，但是北线所经的高山比南线各山的海拔为高。又南北两线所经大水，除澜沧江为两线都须经过外，怒江在南线已在界外，在北线则为界内必经之江，又怒江外，尚须经过龙江，是北线较南线多须经过大江两条。以上三点，都是事实。但就工程方面来说，这种地理上的限制是不足以定两条的优劣的。里程多，多越山，多涉水，则多费工，多费钱，这从经济上说当然不合算；不过工程之事，不可一概而论，在地图的指书上谈地理觉得没有问题的，在实地的履勘上则处处都是问题。因此吾人在讨论滇缅铁道西段南北两线之优劣，仅从里程方面立论是不够的，亦是不妥当的，需切就工作速成的需要。我们觉得工作效率的速迟与工人数量的多寡（即工力大小）成正比例；因之，我们若要工作速成，主要条件是加多工人。假定有待修之路两条，其里程之长甲为乙的二倍，以同样工力修筑两路，则乙路先成，若以二倍的工力修甲路，则两路同时筑成，再若以三倍之力修甲路，则甲路虽长，则先成者仍为甲路。故课验路工成就之速迟，不在里程之短长，而在所修路段能否雇佣和容纳大量之工人。石切过大及过多之沿河路。既欲增工，亦无可用其力；至若山幅甚大之土切路，则增工至数十倍殊不成问题，以十里之沿河石切路与一百里之出行土切路相较，其里程相差为十倍，但前者只能以两班工人从两端工作，轰炸锤斩，滇缅而进，后者可将工程分作若干段，以若干班之工人同时赴之，则一百里土切路完工之日，十里之石切路犹未及工程之半也。南线自孟赖以下，即沿南丁河行，河两岸多石削，故石切工作约占工程之半数。北线里程虽较长，然依此铁路局所踏勘之线——自清华洞至云州经顺宁昌宁至保山官市而言，即少石切工作，大约实际工作之后，北线尽量增加工人，分段赶工，可无问题，南线则赶无可赶，盖以沿河两岸之石削，无路可通，无法加多分段，纵有数十百万工人，亦无可用其力也。故就工程上说，欲求速成，则南线不及北线速甚。

第二，从雇工方面说：据滇缅铁路局公布已经测定南线所经各地，除自清华洞起至云州一段尚不失为人烟稠密的区域外，云州以下，沿南丁河下行以至南大，沿途所经，百余里内无人烟，且瘴疠盛行，气候之恶，疾病之多，为全省各瘴区之冠。招雇工人，大成问题。北线所经路线，虽尚无具体之决定，然就云南道路研究委员会所拟之四线——第一线自清华洞起沿滇缅公路至保山再至腾冲；第二线自清华洞起经蒙化出龙马乡至永平转保山再至腾冲；第三线自清华洞起至云州转顺宁经昌宁出保山绕龙陵至腾冲；第四线自清华洞起至云州出三江口经镇康至象连再经龙陵县城至腾冲——而言，各线所经，皆为人烟稠密之区，村落棋布，两村之间，其距离点，近则二三里，远则三四十里，居民多农户壮丁，能耐劳苦，且沿途并无烟瘴，招雇工人绝对不成问题。若果决定与修北线，则担任工役者，当为路线所经各县及其各地之壮丁，一纸公交，近者半日程，远者三四日程，数百万壮丁，不离应雇而来，分在沿途工作，于是数百公里间，分作若干段，各段同时动工，蚂蚁搬山，可刻期而完成。至若与修南线，则不能如此便利，南线所经，人烟甚少，瘴地所居，皆为摆夷，摆夷性懒，不能耐劳，即使应雇，其工作能力亦极有限，且人数不多，不足以任艰巨。若招雇汉人，必来自七八里外。这道应工，跋涉为苦，应雇之人，当为少数，且瘴疠之地，汉人视作畏途，有此弱点，或竟至无一应工之人。以此比较，则北线虽长，雇工甚易，工作人多，成功必速；南线虽短，雇工甚难，工作人少，欲速反迟，观铁路局布告招标，自昆明至祥云一段，投标者极其踊跃，自祥云至云州一段，投标者即较昆祥段稍稀，自云州以下，则绝无投标之人，此一事例，可得大概；并非云州以下之工程较昆明两段特难，乃雇工困难而已。故就雇工方面言，南线不如北线之便。

第三，就疾病方面而言：主症系热带流行诸虐症，其次则为因气候饮食不调而起之杂症，凡此病症，世俗皆称之为夷方病，或曰瘴毒。查铁道南线所经，沿南丁河全河流以至南大，皆为瘴区，所占里程，约为二百公里。北线所经瘴区，仅潞江坝及枯柯坝两处，若采用云南道路研究委员会所拟之第一、二、四、三线，则枯柯坝亦无须经过，通过潞江坝不过十五公里，通过枯柯坝亦不过二十公里。故即使采用第三线，所经瘴区，最多不多三十余多公里，尚不及南线之七分之一。况南丁河流域之耿马，孟定坝，瘴毒之重，为云南全省各瘴区之冠，较之枯柯坝及潞江坝，其严重性加倍。孟定气候（耿马亦然），在清明节前后，日间自中午至下午三时约为华氏一百度左右，夜间自十二点以后则渐渐降低，至天明前则降至四十五六度；夏秋之间，节居暑季，其气候日间恒为一百十度左右，夜间依然降至四十余度。一昼夜间暑寒相差四五十度或至六十度，气候不调，如此其甚，苟失摄养，焉得不病？断绝疟疾可以从断灭蚊虫之发源上着手，欲克服剧寒剧热之气候则可谓绝无办法。至枯柯坝及潞江坝，其昼夜气候之剧变则不如耿马，孟定之甚，故疾病之多与疾病之奇，枯柯，潞江实不如耿马，孟定之烈。或曰，疾病之多，在于卫生事业办理不善，倘卫生设备周全，自可断绝病源，使疾病不生。巴拿马运河之开辟，初亦因"瘴毒"之流行而受阻碍，后以良善之卫生设备克服之。瘴毒并非全无办法应付，惟巴拿马运河时可行之除病办法。未必即能转移来用之于南丁河沿岸修筑铁路而有效；此非言巴拿马运河时之除病办法无效，乃谓目前修筑滇缅铁道与当年修筑巴拿马运河时两者客观条件不同。吾人固知减少疟疾在于消灭蚊虫，而消灭蚊虫在于断绝发生之来源，欲断绝蚊虫发生之来源则在排泻污池，办理完善之卫生设备，此为积极之办法。而消极办法，则为多多缝制蚊帐，防备疟疾之传染，并多服金鸡纳霜丸。此固为有效办法，但此处不能无问题者：若干万工人每人缝制帐子一套是否可能？药耳能否充分普及于每一个工人？工人能否完全听从卫生专员之卫生调度？即使医药有效，短时期内，医药设备，能否充分及周全？科学的卫生理论及实施能否转移历年悠久顽固不化之一般庸俗的习惯观念？即使每一个工人有帐子一套，但其身体的抵抗力能否克制昼夜间剧变之盛暑酷寒？欲完全排泄污池能否圆满做到？即使污池能圆满排泄，但所费金钱，能否与实际上之效果相抵偿？巴拿马运河之开斫无时间限制，可从容作完善之卫生设备，滇缅铁道既求速成，焉有充分时间作完善之卫生设备？吾人固不必一言瘴气，则谈虎色变，红线瘴、黑马瘴、哑巴瘴、声叉瘴，以为一履瘴地，嗅到火烟气味或者糯米饭气味，则病亡即不可免；但瘴区疾病，多而且杂，是一不能否认之事，亦为短时间内所不可克服之困难。南线之经瘴区里程长，北线所经瘴区里程短，南北瘴区同为不可绕越及不可避免者。然就其里程长短及病症重轻上互相比较，则采用南线不如采用北线之为宜。

第四，就工作时间方面言：今滇缅铁道西段采用南线，计划以三年之工作时间，将全线筑成，此系就中途毫无滞碍变例计划言之也；但实际上此线若实行动工，则必滞碍重重，恐今之计划以三年完工者，六年尚不得完工。其理由有四：（一）石切工作困难；（二）雇工不易，前均已论过；（三）因瘴毒，每年仅秋冬二季有五个月之时间可以工作，是工作时间，每年不足半年之数，原定三年可以完工者，六年尚不得完工；（四）因气候，在冬季，上午十时以前，浓雾未散，露水未干，不能工作，每日工作时间，最多不过七小时，工作效力，当可想见。若采用北线，即无以上各缺点。土切工作多，可以增加工人。雇工甚易，可以增加工力，减短时间。不受瘴区限制，四季可以工作，气候平和，每日于日出后即可工作，若须赶工，每日可得工作时间可以长至十小时以上。根据以上分析，吾人以为欲求滇缅铁道于三年内完成者，唯有采用北线。

第五，就给养方面说：南线所经，多人到罕迹之地，平时旅行，已感受到裹粮之苦，今若实行筑路，陡增若干万工人，则粮食必成极大问题。一般以为设当地无多量之粮食，可由他处运往。惟对此应注意者，运输须有充分能力之工具，南线交通不便，运输极感困难。北线临近滇缅公路，运输便利，所经多物产丰富之地，就地给养，不虞不足。此就给养便利言，南线亦不如北线之便。

第六，就经费方面言：自表面观之，路段长，桥梁多，则所耗必大；反之，经费必节省。此主张南线者所持理由之根据也。但工程之事，未可一概言之。盖每有原计划内以为可省之开支而结果不能省者，又原计划内或以为必需之开支而结果又能省者。此则因工程进行中发生出不可避免之意外，或为当初计划时所未曾虑及之事变，此类事变之糜费，常超出预算数倍以上。两年前滇缅公路的兴修，初意亦在速成及省费。保山以下之路线，最初决定经由腾冲，再由腾冲，一转龙陵往接腊戍，一沿大盈江南往下八募，一经古永往接密支那，自保山过惠人桥至腾冲一段已测量完竣，并兴工矣；忽奉电改道自保山过惠通桥经赴龙陵。改道之原因有二：一，有惠通桥之新式吊桥可以利用；二，自芒市至黑山门之汽车路间已由土司自行修通。前者可以省费，后者可以省时。此议发于二十六年冬季，当时计划，限定二十七年三月底即须通车。乃兴工之后，始发见重重困难：第一，原有惠通桥之新式吊桥载重力不足，于是全桥另行改造，所希望节省之费并未能省；第二，土司所修之汽车路完全不合规定，亦完全不能利用，必须全部改修，于是费用既不能省，时亦不能省，直至今日，始得畅行通车，而中途犹多困难问题。苟当日维持原议，经由腾冲先入达募，则路成通车，早已不待今日，畅行无阻矣。夫自表面观之，保龙公路，可省时也，而终不能省，可省费也，亦终不能省。今安知滇缅铁道西段南线，困难重重者，不覆蹈保龙公路之覆辙耶？

以上从施工方面，比较南北两线之优劣，南线实不如北线，故吾人极力主张采用北线，在主张采用南线者之意见，总以为北线里程较长，山河险阻，不易通过，但此非不可克服之困难，以吾人之分析，南线所过之难关将胜于北线里程较长及山河险阻者若干倍。北线已经踏勘者：计自清华洞起，沿滇缅公路至保山转龙陵达腾冲，为铁路局祝子扬君所踏勘；又自清华洞起，至云州，转顺宁，经昌宁，至保山官市，为铁路局职员周良钦冉超两君偕同云南道路研究委员会代表周禾书君等所踏勘。前一路据祝君表示，可以通行，惟须另订斜度标准；后一路据周冉诸君报告，自云州至官市，不惟无硕大工程，且全线之倾斜度，最大者不过百分之二，尚不足铁道最高限度百分之二点五之倾斜标准，是采用北线，最为合宜。至此线自官市至腾冲一段，较捷近者，系取道由旺渡怒江经龙陵至腾冲；惟由旺一段多烂泥地，不能通过，唯有绕越打板箐，经里布夏，等槁坝，平子坝，渡江，经窝子寨，蚂蝗箐，回欢，再渡龙安桥，以达腾城，此线现由腾冲组织踏勘队，正踏勘中，可望通行。总之，北线虽须经高山大川，尽有办法可以通过。况南线以病疫盛行及交通不便等关系，在施工上，即使路局内部之工作人员，不愿前往工作者，亦大有人在，遑论一般包工及雇工。吾人希望当局能切就事实，以客观态度，虚心研究，多从实际调查，衡量优劣，决定去取，岂铁道之本身有益，抗战前途，尤为幸甚！

中国会成为近代民族主义国家么

谷春帆

中国会不会成为一个近代军国式的民族主义的国家么？不会。中国固需要民族主义，但只是中国式理性的民族主义，而不是军国式疯狂的民族主义。这个从近代德意军国式民族主义国家成立的条件，与中华民族向来的道德哲学文化背景比较而可得。

军国式的民族主义必是全能主义的。全能主义的民族主义，只是最近一二十年的产物，还不能说是一种坚定不拔的政治制度。我们只能从近代几个民族主义国家中研究，而觉得要发展成为一个全能主义的民族主义国家，积极的固然要有几种必备的条件，消极的也要有几种必不可备的条件。

全能主义的民族主义国家，最主要的条件，自然是要有群众自觉的民族意识与民族愤怒。民族主义根本建筑在热情上，而人类唯有在羞愤时其情绪最为激越，最不受理智的控制，最容易□决。要使人们肯为民族、为国旗、为英雄，甘愿牺牲自己的身家性命，一定先要使人们麻醉发狂，失去其个性，失去其理性。要使其如此，唯有使其不断的感觉羞愧，感觉愤怒，感觉无地自容，感觉热血沸腾，这一种羞愤抑闷的民族情绪，正是近百年来中国上上下下人人感觉到的情绪，而特别在抗战的过程中，在敌人摧残同胞的生命财产的过程中。在这个过程中，民族的情绪，显然日趋紧张，因此，中国也很有成为近代民族国家的趋势。

近代民族主义成长之又一主要条件，为独裁的领袖。近代民族主义国家，几乎无一不有独裁领袖者。独裁专制，并不一定产生民族主义。但民族主义，则必须在独裁领袖下进行。民族是高于一切的神圣，不容许讨论争辩。民族主义是热情，是直觉，是信仰；他要求每个民族族员之绝对的无条件的服从，因之不得不有一个人执行民族的最高利益，代表民族的无上意志。但要产生具有大权力的独裁领袖，亦需要几种条件。一是一般人民均愿意被统治，愿意服从权力，而受民族英雄的制裁。这一条件，在习于专制的中国，不生问题。第二是民众要具有备史旦格博士（Dr.Wilhelm Wtekel）所说的"权力意识"（Authority Complex）此种学说的大意是说人自孩提以至长成，种种教育道德法律社会宗教之制裁，使其压抑天性以就范。人为报偿此种压抑天性之痛苦而求权力。自己不能得权力，则寄其权力之梦想于领袖以求安慰。甚至一转手间，仍然以自己为民族之主人——以为自己非为领袖服役，领袖乃实为自己服役。以服从领袖来满足向来反抗之心理，以对领袖之爱，移释向来被压迫之恨。在这种地方，中国民众，因为中国人太驯服，太麻木了，对于权力政治，向不关心。独裁领袖，固不可虑其反抗，却不能得其热烈的拥护，不若具有"权力意识"的民众，只要能博得其信仰，即能买得其热血。中国人对于领袖及政治之冷淡，使狂热的民族主义不能在中国得到一种传布的良导体。

近代民族主义之传导，要一个能传导的领袖，一个受传导的民众，一个作为传导工具的题目，而又需要传导的技术与组织。这末一个条件亦是非常重要的。中华民族近百年来所受外族压迫侵凌之羞耻与愤毒，在近代任何民族之上，而民族主义在中国，还未到狂热沉醉的地步，多数民众，即在抗战的过程中，亦只是受了民族间天然仇恨的冲动，而不曾深切体会到民族自觉的意识。这并非中国人真是冷血，而是因为中国对于民族主义的传导，尚没有技术与组织。尤其因为交通不便，地域广阔之故，民族热情传布不远，多数人也感觉不到。即在通商大埠感觉到的地方，亦因为没有组织，而不能持久。在宣传的技术与组织上，德国与苏联，均有很好成绩。他们将苏联将德国变成一个文化的大监狱，使全国人民成为狱囚，譬如德国每家有一广播收音机，国社党人天天在收音机上发出反复的口号。中国所忍受所抱憾的外族羞耻与怨恨只愁没处诉说。如能在广播电台上，当评话一样天天布送，在四万万五千万心灵中，一定有四万万从未惊动的心弦，要为之震起，为之流泪，为之拍案，为之愤怒，为之立誓雪耻报仇，然而中国就没有这许多收音机，也没有这许多广播电台，而且即使有了，事实也未必容许你如此布送。

但近代民族主义之传布，不独需要上面所说种种人的条件，与技术的条件，还需要有物的条件。那就是工业生产，及伴随工业生产而来之社会组织及交通制度。工业落后的国家，遭逢时会诚然也可以掀起民族的狂潮，而建立近代式的民族主义国家，如基玛尔之土耳其，华苏斯基之波兰。然而一个农业社会，要推广民族主义，尤其在广大地域如中国者，却有种种困难，第一农人散漫无组织无团结，其职业散布乡村，又不适于组织团结，而近代民族主义则要在组织团结下才能滋长繁荣。第二农业社会交通不便，消息隔膜，农人对于外界的事物，往往不甚关心，亦很少接触，因而民族主义之宣传不容易推行，不容易发生效力。第三农业社会往往教育不普及，农人固守宗法社会的旧道德观念，和平柔顺而不容易振奋激越。第四近代民族主义之进展，在国际间必然引起摩擦，即使极狡猾敏灵的政治家，尽纵横开辟之能事。尽管在国际纠纷中利用时机，以恐吓与欺诈，来获取利益，而终结仍不能不靠武力。近代民族主义归根结底脱不了军国主义。全民动员，全民族战争的意义，无非以全国为大营垒，以全民为战士，使一切适应民族战争之需要。而在现代战备下，工业生产是必不可缺的条件。要工业生产能够增加，战备力量才能够增加，对外交涉才敢于抬头，民族主义的信心才能够坚定，才能够因为交涉胜利而增强。照现代中国的工业生产力量说，诚然谈不到军备自给。但民族主义之强化，不待工业生产与军备扩张完全成功之后，而却在其进展过程之中。工业生产与军备增一分，民族主义即能强一分。此次卢沟桥事变，中国会得奋起抵抗，未尝不是近年来国内力量比前充足之故。中国工业化前途，必有发展之望。故中国近代民族主义之物的条件，却不愁其无。

近代民族主义需要种种条件，他更有许多必不可备的条件。这些必不可备的消极条件，有时比之不可不备的积极条件，更是重要。

近代全能的民族主义是热情的冲动，宗教的信仰与牺牲。他蔑视理性，而理性则是全能的民族主义的死对头。希腊人最崇拜理性，希腊人不是民族主义者。在文艺复兴的欧洲，视理性为最高无上，而文艺复兴时代的欧洲，亦完全不是现在的欧洲。中国人是一向尊重理性的，中国人一向也不是民族主义者。理性是文明之花，而全能的民族主义是一种新的野蛮主义。在文明人中以理性取决是非，而在新野蛮时代中，则以民族利害取决是非。因之理性与全能的民族主义，绝不能并立。人类如讲理性，绝不能盲目迷信疯狂的民族主义。人类如信从疯狂的民族主义，决不能再讲理性。理性是疯狂的民族主义的叛徒。

全能的民族主义与理性既然是取决人类行为两极端的标准。所以要使民族主义定于以尊，就非得完全抑制理性不可。民族主义以为民族是神圣至高无上的集团。民族利益，民族光荣，高于一切。要使一切人们作为民族发展的原料。要使大众成为民族而生存的盲目动物。但是理性却偏要追问民族究竟是些什么。当他发现民族只是一个人群的杂拌，主观的存在，无论在血缘，在体型，在生理，在历史，在风俗，习惯，言语，宗教，国家，社会，种种方面，俱不能得到民族的确切界限，更不能得到一民族与他民族必须冲突不能和谐的理由，亦不能到民族利益何以会高于个人及人类利益之理由，则理性对于民族主义的申诉，自然只有否决。

全能的民族主义又从国家的立场申诉，要求人们爱护祖国，为祖国而牺牲。但理性偏要追问什么是国家。当他（假如是个马克思主义者）发现历史上，事实上，国家是一阶级统治他阶级的工具，是一种政治掠夺的组织，则理性非但不能爱护祖织，还会得叛反祖织了。或者理性以为国家虽不是阶级统治组织，而却是人类自由意志自由契约之集合，人民要直接执行治权而不假手于代表，则至少国家有事的时候，或决定大政方针的时候，要容许人民尽量自由意志的争辩，而不能要求其盲从了。

民族主义之推行，对于适合其目的之理论，自然不用禁止，而且更要制造。但这样办法，绝不是理性。因为理性注重在论辩，而民族主义则要用权力来压迫论辩。没有论辩，不许疑问，即是杀死了理性。中国人向来很讲理性，很不喜欢禁止论辩。但历史上也有很多例子，证明中国人有时也很不讲理性，很不许论辩批评。但中国人心底里却是自有理性的，尽管口里不讲。中国人向来绵羊一般的柔顺在权力的威胁下，在民族主义的旗帜下，不许论辩，是极容易的事情。更无须德国一样大规模的拘留营。不许论辩这一个消极条件，表面上在中国不难办到，所难的乃是如何使消极的理性的退让，成为活跃的民族主义的信仰。如何使他不独不讲，并且心悦诚服。

全能的民族主义是主张战争的权力的主义，以民族为最高无上的对象。所以和平主义是他的对头。大同思想与国际主义，亦是他的对头。中国人向来最是注重和平，最不崇尚武力。不独民间的风俗是好男不当兵好铁不打钉。即秉衡谋国的政治家，亦无不抱佳兵不详，先王之道和为贵的哲学。而且一切在历史上地理上过惯了隔绝闭关的生活。以中国为一天下。大道之行也，天下为公。和平主义，与大同思想，在中国人意识中，下意识中，根深蒂固。对于民族主义军国主义之传布，非但是一种不良导体，并且起着反动的作用。

上面已经说过近代全能民族主义成功条件之一为独裁领袖，所以反过来，割据，不统一，均为民族主义传布之障碍。不幸中国政制，直到抗战以前，还免不了这种割据分封的变相。而且因为交通之不便，工业生产之落后，和农业社会散漫无组织的特性，均使中国不能迅速有效转变成为军国主义的典型。从中国人的民族特性，文化习惯，哲学思想，经济组织，政治制度上看，均觉得近代疯狂的民族主义，与中国的根本社会，不太适合，不会得生根结果。然从一百年来蓬勃愤抑的民族情绪，及其历次横崩溃决对内对外发展的情形看，则日本人的炮火，正在天天将民族意识与民族主义，打击到每个中国人的心坎中去。

从感情的民族愤怒转变到信仰民族主义。中国在转变中，在不完全的转变中。一面表示习惯的和平与理性，文化上的优游与怠惰。一面却被愤怒羞耻的火焰燃着。中国的前途，系于这转变。自政府以至公众团体的努力趋向，亦指示这一转变——其目的是建设中国式的理性的民族主义。

论句子的主词及表句

朱自清

本刊第一期拙作《新语言》文中说到:"句子都有主词,'……是……的'句式的多量采用,更是普遍的现代化的现象。"本刊第十二期有吕叔湘先生《中国话里的主词及其他》一文,对于这句话有所指正。"句子都有主词"这一部分确是错的。当时心里是在记起像下面这类的例子:

我夜夜如此,听琴已成我的最重要工作。我曾一次想见你,在你那尾声过去之后,我蹑足走到你所在的大厅门口。但我忽而怕你正有着你的伴,我又怕你不愿你以外的人曾听你的琴声;这样,我又在冷空气中空虚的跑回我房。

这是我教过的高级作文班一个学生的习作。除了第二个分句之外,每个分句都有主词"我"字。这里并不想用这个例子来辩护,只想表示现代文句似乎有多用主词的倾向。这一点我现在还是相信着。

这个趋势与标点符号的应用关系很大。因为用了标点符号,我们有了新的"句"的观念。我们有了现代化的"句"的观念。这叫我们看重主词,多用主词。这可以从反面说明。我们用标点符号去标点旧文言,甚至旧白话,往往感到有些地方没法标点下去,怎么也不贴切似的。这就是因为那些写作者,那些语言里,没有我们现代人的文法观念的缘故。日本谷崎润一郎的《文章读本》里指出日本的现代文与古典文有三个不同之处;其中第二句读显明,第三多用主词(一五六面),也正是我国现代文与旧文言,旧白话的不同之处。吕先生文中举过《世说新语》的一个例,说"这一段译成白话,至少有好几处得把所缺主词或受词补出来"。照吕先生在所引文中所留的主词的空格看，他这句里所谓"白话"，似乎不是旧白话而是现代化的白话文；那么，这也是现代文多用主词的一个好证明了。

现在还有些人不大会用标点符号，先写好了文字，再去标点起来。这真是所谓"加"标点了。后"加"标点的文字里，往往留着旧白话的影子，我在近来所教的作文班的习作里常遇到这种例。且随便举一例：

> 后来（我们母子）又到蒙馆去请求再度展期五天（交费）。（我们）不独未蒙（塾师）许可，（塾师）且大骂我们没有良心，叫同学将我的东西抛出馆外。

这儿两句中不见一个主词，正是旧白话的结构。但第一句和第二句的第一第三分句，各与前句（第一句的前句未引）或前一分句共一主词，不写出主词，还是清楚的；第二句的第二分句与前一分句并不共一主词，不将主词写出，就大不清楚了。这是旧结构的短处。随便翻开手边的《水浒传》，看见这样的句子：

> （我们）如此犯下大罪，闹了两座州城，（他们）必然申奏去了。
> 晁盖叫众多小喽啰参拜了新头领李俊等，（小喽啰）都参见了。（均见百二十回本第四十一回）

也许有人觉得这也够清楚的；但我们的要求是更清楚些。

旧结构也有因为主词不清楚而弄错了意义的。日知录《文章繁简》节有云：

> 《黄氏日钞》言苏子由《古史》改《史记》，多有不当。如《樗里子传》，史记曰，"母，干女也。樗里子滑稽多智。"古史曰，"母，干女也，滑稽多智。"然则"樗里子"三字，其可省乎。《甘茂传》，史记曰，"甘茂者，下蔡人也。事下蔡史举，学百家之说"古史曰，"下蔡史举，学百家之说。"似史举自学百家矣。然则"事"之一字，其可省乎。以是知文不可以省字为工。字

而可省，太史公省之久矣。

用现代的术语说，这里第一例是省略主词的错误，第二例是省略动词的错误。而第二例的省略动词，也就不看重主词。苏辙当然不会有"主词"、"动词"这一套文法观念，顾炎武也还是没有，所以只笼统地说是"省字"。但由这两个例可以看出，就是在旧结构里，主词也还是重要的。

能用标点符号的人，将标点符号当做文字的一部分，不当作文字外的东西。他们写作时，随着句读标点下去；这是"用"进去，不是"加"上去。这些人的文字，现代化的成分大概要多些。标点符号和从前的圈点或句读符号不一样。后者只是加在文字上，帮助读者了解；对于文字的关系是机械的。前者却是用在文字里，帮助写作者表述情思；对于文字的关系是有机的。标点符号无疑的比句读符号复杂得多，精密得多；现代化的语言是比旧文言旧白话复杂得多，精密得多。可是话说回来，现代化是点点滴滴的改变，不是突然的，全盘的改变。文法的现代化，尤其如此。用了标点符号的现代文化，文法上是不会全盘改成新样式的。这里有些是因为国语的容受量或消化力的缘故，有些是因为习惯——也就是吕先生说的"风趣或力量"的缘故。国语对于种种新样式的消化力或容受量，还待详密研究，暂时不能具体说明。吕先生所举的不要主词的例子，有些似乎该从这个角度看。至于习惯，就是旧样式的沿用，却是一眼就看出的。即以主词而论，现代化的语言里，还夹杂着一些不写出主词的句子，便是习惯的影响，也是"风趣或力量"的影响。吕先生说到避免"自我主义"，便是这种影响之一。

吕先生指出拙作"新语言"中一些不写出主词的句子。这确可以证明"句子都有主词"那句话是错的；那句话的错，我已经说过了，我所以不在这一些句子里写出主词，当时是不觉得的，现在想来，正是习惯的影响。"风趣或力量"的影响，这可以叫作"熟语化"。现代写作的人，大约不止我一个，似乎都多多少少徘徊于所谓"欧化"与"熟语化"两条路中间。他们求清楚，不得不"欧化"；他们求亲切，又不得不"熟语化"。亲切也便是"风趣或力量"。怎样才能教"欧化"与"熟语化"调和得恰到好处，还待研究和练习。这是留心语言现代化的人所应当努力的。不过就主词而论，我总相信多用主词是现代化的语言的一个主要的倾向。

吕先生又指出拙作里没有尽量采用"……是……的"句式。他所举的例子中间，"却很大方"和"都很新鲜"两句，原稿本来用"是……的"句式，是后来改了的。改的原因是怕同一句式太多，显得单调。这种求变化，也是"风趣或力量"的影响。我所谓"尽量"的"量"，是将这种影响除外的，和吕先生的解释不同。关于"……是……的"这一句式的本身，我也还是相信它"是表现分析的精神的"。但得声明，这是参用一个日本人的意见，他说"花儿是美丽这句子比说'花美'时显然更加分析的判断化了"。（长湘诚《中国文学与用语》，拙释见《大公报·文艺》，二十五年一月十二日）但我觉得"花儿是美丽"，只是加重的语气；"花儿是美丽的"似乎才是"分析的判断化"。"花美"的"美"若看作形容词，这句子自然是表句；可是若照黎锦熙先生"国语文法"的看法，将"美"当作"同动词"，这句子便不是表句而是述句了。所以在"新语言"里，我表示过这种句子的性质是不分明的。"花儿是美丽的"这句子比起"花美"来，就不一样，这里述词改了带"的"尾的形容词，又在主词述词中间加进一个系词作媒介，表句的性质便确定了。现代语言学者虽不很恭维"一句三分"的办法，如吕先生所说，但要解释这两种句式的不同之处，似乎还用得着它。

吕先生说"……是……的"句式原是加重的语气。可是因为"是"和"的"常常连用，（"这间屋子是我的"，"这间屋子是我住的"，"这间屋子是烧砖砌的"）因此产生一种类推作用，"是"会把"的"牵出来，"的"也会把"是"拉出来。这样多量采用"……是……的"句式的结果，我们语言里早已备有"消灭它的语气作用的趋势"，不是在现代化的语言里才如此，他又说：

> 现在我们已经制造了并且正在制造着，许多从名词或动词转成的形容词，是不得不加"的"的，而这个"的"字又非把"是"字拉出不可。我们不能说："这个计划……空想的"，我们说："这个计划是空想的"。这一类新的形容词天天在增加……应用这些新形容词（即有"的"尾的）作表句所产生"A是B的"，方式也许会有一天把旧形容词（即原无"的"尾的）全卷进去。可是倘若有这一天，那也是中国语循着某种语言演变原理（加语尾以变词性：类推作用）所产生的结果，和分析精神是没有什么关涉的。

吕先生指出带"的"尾的新形容词的增加和对于旧形容词的影响，是很精辟的见解。但对于上面所引的话，我还有两点不同的意见：一是"……是……的"句式原来并非全是加重的语气；二是"类推作用"的解释有时候还不充足。

　　"……是……的"句式本有两类。一类是加重的语气。如吕先生文中所举"银子是'白'的，人的眼珠是'黑'的"，又"无论心中怎着急，他的动作是'慢'的"（老舍《黑白李》）。这里述词是形容词。又如同文所举"我是'今天才见着'的"，及"做了女人总是'要出嫁'的"（《红楼梦》）。这里是述句的表句化，可以还原到述句。另一类不是加的重语气。如同文所举的"这间屋子是我的"，"我的"是带"的"尾的领格；这种句子也像吕先生所说，"的"和"是"是牵拉着的，就是有机的。又如同文所举"这间屋子是我住的"，"这间屋子是烧砖砌"。这些不是述句的表句化，虽然也可化成特殊的述句；（如前例可化成"这间屋子，我住"，已经是倒装的加重语气；后例可化成"这间屋子烧砖砌"，像通俗韵文里的……子）这是用带"的"尾分句为述词的表句。这一类本不是加重的语气，无所谓"消减语气作用"与否。

　　现代化的语言里多量采用的似乎只是前一类本是加重语气的"……是……的"句式。这又有两个方向。第一是多用"天天在增加"的新形容词作表句，因而也就多用旧形容词作表句。这都是现代文中才有的现象，吕先生似乎已经承认了。他的"类推作用"从形态上说明这现象。对于新形容词的表句，这个说明是充足的。那些新形容词"天天在增加"虽然似乎也是分析的精神的表现，但在新形容词的表句中，"的"和"是"是有机的联系，是形态的必然，从形态上说明，自然是充足的。那些旧形容词的表句就不然。这种句子里的"是"和"的"并不是有机的。像"花美"，不用"是……的"也还能成一个完整的句子。这种句子确是新形容词的表句的影响因此确已消灭了原来的加重语气。既不是形态的必然，也不是语气的加重，这种句子存在的理由，除"类推作用"外，似乎还该有些别的。上文说过，这种句子将原来表句述句性质不分明的句子确定为表句；我还相信它们"是表现分析的精神的"。现代文里又多量采用述句的表句化，却保存着那种句子原来的加重语气。这种多量采用，也可拿"类推作用"作充足的说明，和分析精神确是没有什么关涉的。

本期撰者：

　　本期各位撰者，除李生庄先生外，俱不是生人。李先生是滇西人，熟知滇西地势，他主张滇缅铁路西段应采北线。究竟该段铁路应采北线或南线，关系国防甚巨，同时更牵涉到滇省将来贸易路线问题。我们希望主张南线者亦借本刊发表意见。

第二卷第六期（1939年7月30日）

时评

外汇比率又生变化

关于外汇问题，本刊向多论述，而首卷四期王元照先生，二卷一期陈岱孙先生，与同卷四期李卓敏先生的文章，尤值当局及社会人士的考虑。本月十八日外汇比率，随去年三月十四日及今年六月七日的跌落，而有第三次的剧变，弄得市面发生极大的波动，人心引起更大的惶惑，是则政府当局与社会人士应予以更严重的考虑，并图谋更有效的应付。

外汇比率的升降，本不一定与国内的物价，与国外对于币制财政的信用，有何等直接的关系。但因外汇比率的降落往往直接会引起人民心理上的恐慌，间接乃亦可影响及于国内的物价及国外的信用，所以我们建议，我们应使外汇比率与国内物价，并与国外信用隔离，使外汇比率的降落不发生提高物价与减低信用的影响，隔离是治本的方法。治标方面，我们建议我们应急速取得一个新汇率，将这汇率暂予维持，不任他受外界的压迫而随便狂落，有如本月十八日所起的变化。

如何可以使物价不受汇率的影响呢？端在采用苏联德国的成例，使法币在国外与在国内的价值，截然成为两事，使法币在国外的降值后，不一定也须在国内降值。同时，为防止投机者及其他中外奸商降落法币在国内的价值起见，物价也须统制。统制物价在经济组织未健全的中国诚然不是一件易事，但只消为政者一面出之以诚，秉之以公，一面严惩少数恶迹昭彰的奸商，在上行下效的中国，也不是不可发生敏捷的效果的。

至于如何维持并增加外人对我货币金融及财政的信用，则更不必有赖于法币对外汇率的维持。一个国家的货币对外汇率高固然是以增加外人的信用，但汇率低也不一定妨害信用。如果经济秩序良好，出口货物不断，则汇率的高下可与国外信用无关。我们应一方增加出口，以坚外人的信用，一方高下汇率以管制进口贸易，我们却不必坚持某一个固定的汇率。政府管理对外贸易以来快要一年有半，不幸管理者似乎向注重于外汇的取得，而不注重于出口贸易的奖励，颇有杀金鸡而取得金蛋之势。同时国际运输的管理亦不甚得法，以致后方的出口贸易商人更裹足不前。本月三日财部尝更改办法，实际上准出口商人依银行挂牌的外汇比率结外汇。我们望当局益本此精神奖励出口。必定要出口的数量多，然后政府所能取得的外汇亦可增加。同时为使中央的出口管理易于收效起见，我们并望各地方的特殊办法一律取消。

由上所说，我们仅可任法币对外汇率依照需要而升降。但升降须受政府控制，而不应离开政府控制。离开政府控制则人心便易发生恐慌。目前我们急需使现有的汇率稳定下来。在稳定以后的若干月内则实行许多治本的办法，以隔离汇率与国内物价，汇率与国外信用的牵连，要能稳定汇率，我们以为我们需要一笔一千万镑乃至二千万镑的巨额外币。此款的取得或借外债，或借国人存在国内银行所存的外币均可；如二者兼采，更佳。

为实现上述各种办法起见，执行者自须取得出口贸易商，国内银行界，可借款于我的友邦的财政金融当局，及全国国人的信任，而且也须具有缜密的脑筋与可靠的助理者。这一方面的条件我们切望早日可以满足，俾我国的金融财政早上轨道。（端）

英日东京谈判

在远东，除了英国而外，美俄法亦有利害权益，也同样地赞助中国抗战，但因英国年来所采取的现实主义外交政策太富于妥协性，遂给了日本一个很大的鼓励，所以日军自六月十四日开始封锁后，对于英国尽量施以种种忍无可忍的侮辱。英国政府内虽也有人主张经济报复，但终于隐忍和日本在东京举行谈判。七月十五日谈判开始时，日本洞悉英国弱点，即要求先交换意见，决定对华事件的基本原则。因英国主张以天津问题为限，双方甚难妥协。但据二十二日电讯，双方已获得谅解，同意于二十七日正式谈判。谅解的内容虽未即宣布，但日方报纸早即宣传英国让步。本月二十四日，英首相张伯伦始在下院作如下的声明："英国政府完全承认已在大规模战争状态下之中国之实际局势。在此种局势继续存在之时，英国知悉在华日军为保障其自身之安全与维持其占领区内公安之目的计，应有特殊之需求，同时知悉在有阻止日军或有利于日军敌人之行为与因素，日军均不得不予制止或消灭之，凡有妨害日军达到上述目的之行动，英政府均无意加以赞助。英国政府将趁此时机，对在华之英当局及英侨说明此点，令其勿采取此项行动与措置，以证实英国在此方面所取之政策云云。"

上述的声明骤看起来，对于中国很是不利，但是仔细分析起来，其对于英国权益的打击更大，我们对于抗战抱有最大的决心，决不因任何一国态度有转移而有所变更。这层蒋委员长在二十四日的纪念周上已有剀切的声明。英国对日即使妥协也不过使敌寇总崩溃的日子稍为延长罢了。但英国今日所处的环境是最危险的。如果大家因英日妥协，而根本怀疑英国的政策，不与英以助力，则英国终须向希特勒屈服。

我们深望英国为其本国利益起见，能勒马悬崖，停止与暴日为进一步的妥协，依照张伯伦同日在下院的发言，英方认为英日所同意者尚只限于关于天津谈判之基本原则，英方并未接受日方关于交出华人嫌疑犯及现款之要求。张伯伦于答复质问时，也否认英国对华政策有变，否认承认日本在沦陷区内有主权。或者英国虽愿对天津事件作局部的让步，但就整个的对华政策言，尚不甘于放弃在华利益，而让日本逐渐实现其东亚新秩序的独占阴谋。而且在远东有权益及条约关系的国家，并不止于英国，英国如果不得其他列强，尤其美国的谅解，绝不能贸然答允日本的重大要求，而自破坏其年来苦心拉拢美国的联合阵线。所以这次谈判虽然打破了第一道难关而得于二十七日正式谈判，但以后的问题更多，夜长梦多，绝不易顺利进行。日本的稳健分子即使愿意略有所得而让步，军人是否允许，很是疑问。鉴于华北日军代表的参加此次谈判以及右倾分子的指使暴徒谋刺稳健派重臣牧野、汤浅、松平等，由此知道问题的复杂。而政府首脑部的预定于二十七日与众议院代表举行联席会议，讨论此事，也可反映出政府的苦衷，所以这次谈判很有踏去岁宇垣外相时英日谈判的覆辙的可能，因外交而引起内部纠纷，也是很可能的事。如果欧局平稳，国际环境对日不利，日本军人或可愿意含糊了结。但等到一有机会，日军又必卷土重来，再和英国捣乱。日本军人的不顾国际信义，是英国所深知的，妥协让步适足以长日阀之骄纵，英国应该知所警惕罢！（迅）

东南沿海的敌寇

自从我军四月在各阵线向敌人反攻，五月在鄂北大胜以来，敌人在军事上可说毫无进展。中条山方面的敌军始终不能越雷池一步，闽浙一带敌军的行为则等于明末清初的海寇，滋扰则有余，而胜败则无足道，取了几个空虚港口如汕头定海之类，焉能影响战局？最近数日又传敌人将封锁珠江下游，将加紧浙闽粤海岸的封锁，更云将进窥北海，窥其用意似乎只在作经济的封锁，而不在进占任何据点。北海福州等在军事上早已成了无足轻重之地，而且进攻也须有代价。若敌再向前挺进，譬如沿西江向梧州或由北海窥桂林，则不特敌未必有此勇气，即敢于一试，亦必得不偿失，至就经济而言，敌人固可借加紧封锁以增加东南人心的恐慌，更借这恐慌以紊乱我金融，提高我物价。然而稳定外汇汇率，加速经济建设，既为政府已定国策，且为最近政府中心工作，则敌人又焉能因为在海岸猖獗几下，而遂其恐吓的阴谋呢？同时，我方为斩除敌人经济的阴谋计，对控制外汇汇率及促进出口贸易二事也实在需要格外努力才是。（平）

战后内地工业建设问题

杨端六

　　战后内地各省工业的建设是一重大问题。
　　此问题发生的原因无非是：假如战事一旦结束，我们得到最后的胜利，现在内迁的许多工厂或许要纷纷"外迁"，于是这两年来辛辛苦苦的西南工业建设的小基础难免不发生动摇。为要巩固这点小基础，并且发扬光大，究竟有甚么方法可以使他不至发生这种不好的现象呢？在讨论方法以前，我们应该把本问题的前提简单地考虑一下。第一，西南经济发展是不是需要人为的力量呢？在自由经济学说之下，如果西南值得开发，那自然是会开发的。这种说法现在已经是不合时宜。为争取时间起见，我们不能让他自然的进展。理由甚明，不必多说。第二，战事结束以后，内迁工厂是不是一定会外迁呢？这恐怕不一定吧。有许多工厂因为受过政府的补助，总不好意思马上就迁回去。还有许多工业家已经看清楚下游地方随时可以发生危险，决心把工厂留在内地。譬如范旭东先生就是其中一人。还有许多工业家或许认定内迁的机器并不十分完全，或许不是十分崭新，犯不着再迁回去。他们尽可以重新自外国购进一批最近世的机器在下游地方建设起来。不过，经济建设不光只需要资本，更是需要劳力与企业人才。如果熟练的工人与有经验的企业家纷纷返里，只留了一个外形的物质设备在内地，内地工业建设是不会成功的。我们知道西南各省的人民并不比下游各省的人民笨，但是他们是□时的人民，没有工业建设的经验，如果不得东南各省熟练工人和企业家的领导，是不会十分进步的。所以在战事结束以后如何可以留住这一批人的"资本"，是一个应该考虑的问题。第三，就是已经内迁的工厂将来不会外迁，在开发西南是不是够了呢？据经济部报告，内迁工厂共有两百多家，内迁机器共有几万吨，在战时确是一个烦难工作，不过以西南各省面积之大，人口之多，这一点点实在是不够。要开发西南，必定要继续补充。在川滇铁路滇缅铁路未通以前，机器的内迁不是容易的事。幸而两年以后，铁路通了，而长江敌人也撤退了，西南经济建设如果不想别的人为的保护方法，就会成为纯粹的自由竞争的世界。到那时，西南各省恐仍旧免不了一个落后的地方。一切经济条件总赶不上东南沿海各埠，出品总会被压倒，工厂总会被关门。

还有一点，应当考虑的，战事结束以后，就让东南各埠的工业先重新建设起来，至于西南各省，让他慢慢地发展吧。东南西南都是中华民国的领土，本来不必分彼此。但是我们要知道，此次战事就是幸而得到最后的胜利，我们的海军总不会在最近的将来能够复兴；沿海一带总免不了第二次战争的危险。西南（将来连西北也应包括在内）是中国复兴的根据地，不能不急速的开发，至少也要在最近十年以内赶上沿海各埠的百分之五六十。谈到将来的安全问题，我想政府当局早已经详加考虑，用不着我们越俎代庖。不过政府所注意的，或许只能在国防工业或一部分的基本工业，对于一般工业或许照顾不到。究竟所谓国防工业基本工业与一般工业并不能有十分严密的界限。要想发展前两种工业，必定要同时发展一般工业。譬如植树，只保护树根而不培养枝叶，纵令树不至死，也不会有蓬勃发育的希望。根据这次作战经验，量也可以对抗质。现在要提倡"蚂蚁式工业"以为国防基本工业之补助。抗战以前，政府对于工业已经有种种条例，想加以提倡。例如《特种工业保息及补助条例》，凡动力、机器、金属材料、液体燃料、运输器材以及其他重要工业实收资本在国币一百万元以上者均可给予保息或补助。此即对于国防工业与基本工业的奖助方法。此外尚有"工业奖助法"，就是对于一般工业而设。该法第二条，规定奖助方法：（一）减低或免除出口税，（二）减低或免除原料税，（三）减低国营交通事业之运输费，（四）给予奖励金，（五）准在一定区域内享有五年以下之专制权。最近并且颁布机器进口免税办法。各种方法逐渐实施，在抗战继续期间，西南工业当必日有起色。但是这种法规，是普遍实行的，不是专对西南各省的。以中外工业竞争而论，是一种保护。若是就内地与沿海各埠而言，并不足以特别保护内地工业。现在要讨论的是区间（Interregional）问题而不是国际（International）问题。在这里，我希望读者不至误会。我是假定全国工业在政府保护之下，还要使内地工业得到特别的保护。

照上所述,我们应该承认内地工业有特别保护与奖进的必要,其目的在(一)奖勉企业家与熟练工人之居留,(二)引导国内外的资本来到内地,(三)使内地工厂出品至少可与外面出品在内地各省能立于竞争不败之地位。此处所讨论的是民营工业。至于国营工业,只要政府自己立定方针,不计成本,工厂地点的选择本来不成问题。比方钨锑锡铝等矿,政府虽不能用人力移到黔新甘等省,但国营钢铁机械等厂,政府尽可不顾原料和出品运输上之便利而硬把它们放在交通不便而地点较为安全之地方。政府为国防计,尽可从全国岁入支出一笔巨款来维持这一批工业。但是民营事业就不能希望人民尽量赔本,专门为全国安全打算。因此,政府应该极力设法,从财政上与政策上奖诱内地工业。内地工业所以不如沿海各埠工业之容易成功,是一个比较问题。想打破这种环境,只有规定各种差别的待遇才行。这种差别的待遇,政府在给予内迁工厂的奖励和便利上,已经有了一部分的表现,但是法律上并无明文。如果战事结束以后,政府忘记了内迁工厂将来处境的艰难,未能切实加以保护,则内迁之事恐不过是昙花一现而已。

差别的保护与奖诱方法虽然很多,但有许多问题还不是容易解决的。譬如最重要的问题——企业家与熟练工人的居留——如何可以达到目的呢?下江的人的生活,与内地人很多不同。他们如果不把家室与财产移到内地来,则偶然到内地经营事业仍然是做客一样。一有机会,还是来得迟,去得快。其难一也。内地气候水土和下江不同,下江的人在国难期间勉强忍受,不啻受苦。战事结束,就不能再忍了。其难二也。西南西北各省,除广西省以外,地方治安常要发生问题,若地方政府不予保护,下江人到此每每感觉生命财产的危险。其难三也。内地工业幼稚,技术低弱,下江人一来,难免不感觉一种压迫,甚或引起反抗之举动。下江人舍本乡本土顺利之环境而来与内地人争不可必得之利益,非有坚忍之毅力与和婉之手段不成功。其难四也。有此数难,故即令政府多方奖诱,还不易得到结果。在抗战继续时期,有许多人,一则因占领区域之不易经营,一则因爱国心理之易于激发,倒不难冒万难而从事内地工业之建设。一旦战事停止,自由经济的心理恐不免要战胜统制经济的心理,使正在萌芽的内地工业趋于崩溃。

虽然,我们并不是绝对无法克服那许多困难。人是经济的动物,"利之所在,人争趋之"。管子治齐,"下令如流水之源"。我们只要从经济上给予人民以优待，我以为内地工业总有发展的一日。经济的差别待遇是些什么呢？现在我举出几件，加以说明：

第一，差别的关税。机器运到内地，政府业已明令免税。这就是差别关税的一种方式。如果推行到原料方面，当然更可以收效。如果仿照外国保护贸易政策，使沿海一带的工业制成品输到内地时也加以相当的关税或转口税，效力当然更大。不过对下江国货课税而若是不能对外国货课以更重的税，则内地工业虽然不被下江国货压倒，而会被外国货压倒。其结果反不如令下江国货倾销内地之为愈。如果使内地制成品输往沿海一带口岸免收转口税，则可以使内地工业处于竞争有利之地位。但保护内地工业之目的，似乎只在使内地人民自给自足，并不一定使它垄断全国市场。如果内地人民没有使用新式工业制成品的习惯，而多靠沿海口岸为其尾闾，则似乎期望太奢，不如实际。从现状说来，沿海口岸虽然比内地要富足得多，然经此次敌军之毁灭，元气大伤，政府也不应该过于重视内地而轻视下江。为复兴全国工业，究竟下江工业的复兴也是一种捷径。所以要谋内地工业之自给自足，除减免机器的进口税外，至多不过再减免原料的进口税。

第二，差别的运费。运费为工厂地点选择之中心问题，各国学者近来已有许多理论和实际上的讨论。运费的支出，可分为机械，原料，燃料和制成品四大类，内地工业最吃亏的是前二项的运费。盖燃料若是不就地取材，内地工业就根本不能存在。制成品若不倾销下游，运费也不会比下游国货运到内地的费用还多。原料有一部分出自内地，在竞争上还可立足。只有机器，在最近的将来，不独内地完全要依赖舶来品，就是下游各埠也必需向欧美购进。一部机器从美国运到上海，比运到重庆，不知道要省多少钱，省多少时间；要是从缅甸安南用火车或汽车运到重庆或成都，更不必说了。我们知道，内地自外国运来机器的费用可分为两部分，到沿海口岸的一部分是外国船舶的，不能减免，只有由沿岸到内地一部分，如果是由国营事业经办，或可减免。这一部分是完全多出来的内地工业的负担。如果要与沿海工业平等，则非由国营运输机关完全免费运输不可。这在事实上是绝对不可能的。不过，要是能够酌减，内地工业也可以得到比较的优待。究其结果，国家不啻取之于全国人民，以补助内地工业，在国家政策上，原不是创例。

第三，差别的利率。政府奖励工业，已有保息办法。惟此项保息，仅能施行于大规模的工业，面不能及于一般工业。这也有不得已的苦衷。若是任何内地工业都给予保息,不独开支很大,而且手续极繁,在事实上不可能。但是减低放款利率,并非不可能之事。不过,不幸得很,内地存款与放款利率,常比沿海口岸的为高。汉口比上海高;重庆比汉口又高。这与我们要发展内地工业的目的恰恰相反。平常银行放款利率是根据存款利率来的。银行也是营业机关,不能赔本。要压低放款利率,必定先要压低存款利率。现在我们要问,银行要吸收内地游资,是否可以用较低利率呢?照现在情形论,内地的法币价值较上海天津为低,每一千元约值不到九百元。上海一千元汇到重庆可得一千一百余元。照资本与利息的比例看,本来无甚差别。不过照法币数目看,如果上海重庆两地的利率都是一样的话,则上海资本汇到重庆以后所得之利息法币数要多一成以上。假使重庆利率减低一成,结果,法币利息仍不会相差。假使法币的购买力(就劳力或土产言)两地相等,则重庆显占优势。此在平时,似亦如此。然何以上海资本不流到重庆呢?这其中当然有别的问题。我想贸易差不利于内地是其中最重要的一个原因。要打破这种环境,除非把内地贸易差变成顺调不可。此与中国国际贸易和城乡贸易仿佛相似。在普通自由经济原则之下,此种希望似莫须有。然而政府苟能决定方针,命令四家国立银行施行差别的内地低利政策,也不见得绝对办不到。

第四,差别的工资。工资为工业制造品的成本一大因素,与原料差不多占同等地位。工资低廉,在商业竞争上得占优势。日本货所以能侵占英美货的市场,大原因即在乎此。惟工资低廉并不是绝对条件,工作时间,工作效能,货币购买力都有相对的关系。内地工资照例比下游工资要低,然而工作时间不见得较长;即令一样长,而效能必定远不及下游工人。至于货币购买力倒不会高于下游。通扯计算,恐怕还是不值得。但据我个人的经验,至少四川人的聪明才智不比下游工人差得很多。所可惜的,工人习惯不好,加以未受优良的训练,所以工作效能赶不上沿海口岸的先进工人。今若使下游的熟练工人来内地领导,我想一定可以得到相当成绩。下江工人的待遇当然要比较的高。此种差别的工资,在内地工人看来,似尚无不可忍受之趋势。一则他们现在所得的货币工资已经比从前高得多。他们自己也知道本领不如人,不能争取平等待遇。不过近一二年来,尤其是近一年来,内地工人的待遇已经提高很多,而工作效能并未比例地提高,此为内地工业复兴的一大危机。现在若是再压低工资,在事实上已不可能。唯一的希望是不要再提高,而须加紧训练,使工作效率加大。在战时,各国政府都有规定工资之权。最近报载，日本且有减低全国工资一成至二成的拟议。我国薪俸所得者也有减成发薪之规定。政府对于工资，也应有停止增加的必要。

　　以上所述，不过就积极方面举出几点，仅供讨论。此外还有消极方面之事应该注意者。近来政府有所谓工业合作协会之说，用意无非是救济战区逃来的失业工人，也是一种好的办法。不过在实施的时候，据说反引起小小纠纷。合作协会的目的，既在救济战区逃来的失业工人，则并不是救济所有一切的工人可知。据说办理指导合作事业之人到处征求失业工人的登记，以致内地有业工人因慕工作自主的虚名，有离开现有职业而向合作协会请求登记者。其实内地工人已有一部分被征兵役，人数并不见得加多，而抗战事业延及后方，失业工人更应减少。合作协会似应严加选择，不要使内地仅有工业之工人更加减少，以致影响于工资。此外苛细税捐应当切实废除，地方治安应当极力维持，鸦片恶习应当从速禁止，都是必要之举，但因事涉政治问题，不能多赘。

一个农业国的战时经济

丁 佶

把抗战开始以来我国经济方面所受的影响,所发生的变动,和所遇到的困难归纳起来看,我们可以找出:这些影响,变动和困难主要的是那些一个生产技术落后的农业国所会特别感受和遇到的。工业国所能施用的武器强于农业国的,是没有疑义的。至于一个军备较强的国家是否必能消减一个军备薄弱的国家,或是反过来说,一个先天薄弱的工业国是不是比较脆弱,久战之下,它的经费会早崩溃,而地大人多的农业国经济,因为其散漫和不紧结,反能持得住久战——这两个相反的见解可以接受的是哪一个,怕不是纯由理论所可以断定的。就好像"七七"的时候,有多少人能料到在二年后的今日,我们能愈打愈兴奋,愈战愈有把握?况且,决定一个战争的胜负,除了经济因素外,其他的因素既多而又有它们轻重不同的重要性,其最重要也许是最不测的。即是经济因素本身亦随时会受到非经济因素的影响。我们此地所注意的不在推测最后将来的如何,而在找出过去和目前经验所能给我们的教训。

关于经济方面的准备,战前我们不是没有眼光的。公路铁路的建筑,重要资源的统制,重工业的兴办,军需工业的扩充,货币金融方面的改革——这些虽然当时不是每件都为着在那时候还算未来的"七七"而设施,而国防经济的重要自"九一八"之后我们已经切实地觉悟到了。这些设施在战时物质和精神两方面的收效两年来已显著地充分地证明。所嫌的只是这种真干和好干开始得晚,时间已经损失不少了和机构方面有它不够严密之处。想把一个广大的中国——有它的古老文化所留下万般的障碍,生产力贫乏下的穷苦经济生活和四万万勤劳诚实而从来没得到过他们应享的机会的老百姓——想把这样的中国在五六年内变成一个打仗不会失地的国家怕是不可能的。在那时候的前三十年若是我们真维新而不去信神怪闹义和团，或是在那时候的前二十年我们开始真干而不去打内战，"九一八"和"七七"也许不会发生，也许会发生得更早，这是给历史家去辩论的一个问题。

"七七"时候的中国经济组织比"九一八"时候的是较有战争准备的。但是能看到"铁鸟"的地方还少得很；在大多数的市镇还看不出冒浓烟的烟囱；国家大事发生，能够在第二天就晓得消息的人只不过能占全国人民的百分之五；不专靠筋肉而用机械动力来干活的人平均全国人口四百个之中还不到一二——简单一句话，我们还在"以农立国"。同时更不幸的是那相信我们应该继续"以农立国"的人还多得可怜，晓得"工业日本，农业中国"这一句话的意义的人少得可怕。许多都还在人云亦云地说固有的生产方法如何应该保留，新旧技术如何可以并存，而不敏锐坚决地去找出经济发展的基本方针。

缺乏铁路，缺乏工厂，缺乏矿场，缺乏动力——这是中国之所以还是一个农业国的原因，亦是我们在战时经济方面所受的影响和所感困难的根源。制造品价格的飞涨，输出品价格的跌落，进出口货品的堆积而无法畅通，运输费用的高昂，机器搬运的困难，建筑和工业原料以及机器零件的缺乏，技能工人的难找，当地工人效能的较低和鼓励他们工作的不易，厂屋建筑的费时费事成本高——这些情形是两年来我们所感受和经历的。同样的影响和困难一个工业国在战时亦会多少受到的，但是工业国战时经济最大的需要是统制和分配各种现有的资源和生产工具，而农业国战时经济最大的需要是增加生产，加紧建设，和开始制造从前所未做的军用民用的必需物品和设备。换言之，在一个经济已有基础的国家，其战时的经济动员是真正的动员，是怎样把供给经常需要的生产转移到军事上的需要。虽然有许多力量是用在增加生产，而它们大部分的问题是在制定需要的先后，分配资源用途，调整生产消费以适应非常时期的需要。农业国战时经济措施固然也可以叫它作经济动员，而因为可动员的资源和设备缺乏，所以实际上较为重要的不是"动员"，而是生产技术的现代化，旧法的改进，和新产业从无生有的和用最高速度推进的兴办。因为根底的不同，所以发生中心问题和中心需要的不同。在一个工业国里，经济动员的计划可以老早决定，可以详密规划，命令一下，就可按照预定计划实行，各种必需的基本便利不愁太缺乏，动员成效的高低首看计划规订的好坏而定，实施上不会发生多大的困难。农业国里生产组织散漫，空间成为动员推进的大障碍；实行与计划往往成为不相符合的两回事。统制的原则和办法在纸上看来，条条是道；然而因为单位的分散，和由距离而发生的隔膜之不易消除，实行统制上所需要的精力和组织比工业国里的要大数倍而不能达到它们一半的效能。因此，若组织稍不严密，往往弄成负责办理事情的机关规模庞大，人员众多，而实际的成就（如能用金钱测算出来）反低于所花的经费，这些机关成为养人的机关，其实其任务并不是动听，主管人并不一定不努力，奈因其工作的对象，单位小而不相联系，数量多而能量小速度低，结果心有余而成就有限。

有一位对于沪汉工厂迁移工作富有经验的曾举过一个有意义的例子，那就是关于由汉口到重庆的川江运输统制（见卢郁文：《建树经济统制的施行机构》，《新经济》，第四卷第九期）。需要统制的运输工具有轮船和木船两种。一个是代表现代的工具，其经营是集中于一个有严密组织的公司。一个是代表原始的工具，单位小而数目多，分散各处，工具本身的构造能量参差不齐。统制的结果，对于现代工具的收到最大的效能，一切货运的先后和时间和地点上分配，都能按照原定计划实行出来。这次抗战，那轮船公司对国家有巨大的贡献。至于对于那原始工具的统制，二千多只的木船不是不能征用，但必须派人留船监视，以免其脱逃或私运他货兜揽其他货运，延误行程。所以，我们可以看出，对于现代工具的统制，问题简单困难少，而对于原始工具的统制，必需花加倍的力量，有庞大的组织，而效力如何还不容易担保。

再举一个现代工具与原始工具比较的例子，这是关于能量方面的。在抗战的头一年中，铁路运输对于南北战场军事的进行有莫大的贡献。只就京沪，平汉，津浦，粤汉，浙赣，陇海六条铁路可做的事情来说，有的只算他们四五个月内的工作，有的是在较长时间内的工作，这六条铁路一共开了一万四千六百多次军运列车，运送了一千二百多万的部队人员，三百多万吨的辎重，三十多万吨的国际器材（见张嘉璈：《抗战以来的交通设施》，《新经济》，第一卷第八期）。有的铁路每天开行军运列车的次数高到三十列，以每列车可载重一百吨计算，每天可运三千吨，这还只是个单轨的铁路。三千吨的货物若拿民船来运，假设每天民船载重五吨，需要六百只的民船。若拿骡马来运或人来运，需要四万八千匹骡马，或九万以上的人。如距离有几百公里，要天天来往能运三千吨，所需要的木船或骡马或人还得三四十倍于上述数字。

　　经济发展落后的国家自然还只得就他困难的环境中，在他的有限的能力下想办法，同时在有些事情和有些方面，只靠人多和筋肉力量充足和便宜，能收到惊人的成效的。如公路的建筑，铁路的建筑，飞机场的建筑，在中国的那个地方那个时候有用过多少机器来做的？而因为这些工作可以由集合几万几十万人的纯粹筋肉劳力来做，千多公里工程艰难的公路在一年之内可以筑成，一个不论大小的飞机场在一两个月之内能够修好。同样的只靠数量而能得到数量上的成绩的一个例子是中国鸡蛋品的出口。一向我们每年有几十万万个鸡蛋所含的蛋料由全国的各省运集体往国外去，而全国找不到一个大的养鸡场。猪鬃桐油亦是如此。在中国没有人专为猪鬃桐油的生产而大规模地养猪植桐，而这几种物品都是全球闻名的中国输出品。

　　只靠劳力供给的充足而能有它的成就的地方，是无可否认的。但是我们千万不要因此以为我们不需要一切的其他了。看见制造品价格的飞涨，棉纱每包卖到八九百元，新闻纸每令卖到五六十元，我们应该立即觉悟到工业落后吃亏的地方。看见桐油堆在四川没法运出去，军需和工业器材堆在海防，昆明到重庆的运费高到一千多元一吨，我们应该立即想到最新式的、最经济的、最有能量的运输工具的重要。听见前方将士冬季衣服的缺乏和枪弹之如此昂贵，我们应该立即觉悟到生产落后和工业不发达的痛苦。我想我们从这次抗战关于经济方面如能得到任何的教训，其开宗明义"天字第一号"的教训该是生产落后后情况和农业国地位之不可任其继续。"以农立国"这四个字我们应该禁止大家在十年内再提起，应该给它一个十年的长假。十年过去之后，我们也许不需要它回来了。

欧洲法治精神之由来

樊星南

接连读到了好几篇讨论"制度化"的文章,如名词用的不太严格的话,我们可以这样说:写这些文章的先生们,对于中国传统的"人治",表示不信任,因此鼓吹法治,对于此点,作者完全表示同意。在这篇文章中,就想说明欧洲法治精神之由来,连带论及中国法治精神不发达的缘故,并推料中国法治在最近的将来是否行得通?

我想法治精神最大特点,便是客观。无论治人治事,一秉于法,不以各个人主观私意为转移,姑不论其意为善或为恶,为私抑为公。法治的国家,在法律前面,上自元首,下至庶民,一律平等。法律是一个绝对客观的存在,有普遍性、统一性和比较的永久性。说起这一个绝对客观存在的观念,在欧洲真是源远而流长。欧洲文化,导源于希腊罗马。希腊文化之最初形态是一种多神教。多神教时代的希腊人民,在精神生活上,受多元之支配,因此希腊最初的客观存在虽是有了,但不是绝对性的。这种多神教进化之结果,遂产生一种类似哲学的思想。这种思想的代表人物,便是智者或诡辩家。他们思想的中心,便是"人为万物之权衡"这一句话。这句话所表现的,便是否认有绝对客观存在,人类生活一以当下之感觉为归依。他们不但否认绝对,甚至否认客观,因此较诸多神教思想,多元性更浓厚。这种思想,与现世欧洲法治精神,可说南辕北辙。苏格拉底出世,他修正了智者的思想,他说"人类为万物之权衡",这一个修正,影响欧洲整个文化是大极了,他为万物立了一个绝对客观存在作为权衡。虽然这个客观,仍旧得通过人类的主观而存在,但所通过的,不是一个个个人的主观,是全人类的主观。当这个存在一经确立,人类中每个分子,便当然服从遵守。因此形成虽由主观,内容却是客观。这种思想,有利于欧洲法治精神甚大。苏格拉底的门徒,大体都承继了这个中心思想,未多大的改变。

　　希腊衰颓,罗马兴起,罗马是一个以政法驰名的帝国。欧洲今日法律,都当从罗马法中寻其根源,罗马为欧洲法治精神奠定了坚实的基础。我们要追溯其原因,当然很多。但基督教之输入是一大助力。我们至少可以这样说:罗马原有的法治精神,因基督教之输入,加强甚多。基督教是一神教。创始者耶稣,以先知自居。以上帝为绝对客观的存在。耶稣告诉人们说:现世一切,均由上帝而生,为上帝所有,故现世之人应绝对无条件地服从上帝。他自己做榜样,唧上帝之命,下凡救世;唧上帝之命,牺牲于十字架,为世人赎罪。耶稣自己是一个服从绝对客观存在的典型。因他,欧洲人培养了信仰和服从绝对客观存在的习惯。此后欧洲思想上"存在"的面目,调换了几次,但欧洲人这种习惯,牢牢保持着。基督教这个信仰,虽然是耶稣个人主观的产物,但由于耶稣最初托名上帝,自居先知的地位,经教徒们努力宣传,一时欧洲人心如痴如狂,以上帝为真有,天国为真有,绝对地信仰,无条件地服从,于是基督教昌盛地罗马教社,因地理历史关系,慢慢成为欧洲最高的威权。人们目之为上帝人世间之代表,因信仰上帝,服从上帝,转而信仰罗马教社,服从罗马教社。罗马教皇的地位,也就此确立了。欧洲人这样信仰绝对客观的精神,由于知识进步及教社腐败,开始发生动摇。乃有唯名唯实之争。唯名论者以为罗马教社不过是上帝在人世间名义上的代表,故上帝的启示,圣经内容的解释,当由各教社自由。唯实论者,则以为罗马教社不但是上帝名义上的代表,且为实际的代表,故圣经解释之权,当操于罗马教社之手,各教社不得自由。这一个争议,到马丁·路德宗教改革成功,唯名论者宣告胜利。但这个胜利,于欧洲人信仰绝对客观存在的习惯,是不合的。客观的存在,虽存在着,但已非绝对了。上帝从天上降到每个人的心中,而每个人心中的上帝,可以各各不同,因此宗教革命,基督教新旧教固然分了家,新教中又分了再分。但无论如何,欧洲人信仰的习惯,始终不曾动摇。对象虽有不同,其为信仰则一。宗教改革,虽然破坏了客观存在的绝对性,但科学代之而兴,科学与宗教,一般人目为绝不相关甚至相反的两个东西,其实两者不同是方法,至其最后仍是相同。此最后在宗教为上帝,在科学为真理。我们读欧洲史,看到不少宗教家为信仰上帝宣传宗教而慷慨赴死；同样地我们也看到科学真理初发现时，科学家以同样精神慷慨赴死。这种慷慨赴死的精神，便是信仰绝对客观的存在，因而无条件地服从绝对的存在，这种信仰，这种服从，使欧洲人赴汤蹈火，均所不辞，亦就构成今日欧洲法治精神之一源。

历史推演至十九世纪，民族国家纷纷完成其全貌，民族至上、国家至上的呼声，代替了上帝至上的呼声。换句话说，欧洲人心目中绝对的客观存在，从天上搬到地下，由上帝移向民族，移向国家。宗教的狂热，宗教的信仰，宗教的服从，一变而为爱国的狂热，国家至上的信仰，国家命令绝对服从。至此欧洲法治精神，乃得确立。因为法律者，国家之命令也。服从国家命令，便是服从国家法律，又因国家是超乎一切之上，故上自元首，下至庶民，无不服从法律，法治精神的全貌，也于此完成。

因此言欧美法治精神之来由，欧洲人信仰绝对客观存在其一源也；民族至上国家至上思想之弥漫，其二源也。二源合流，法治精神全貌乃毕见。

反观过去中国，绝对客观存在的观念，在任何家哲学思想中找不出具体例子来。儒家在根本上是罕言怪力乱神性与命的，而个人的修养，又以内发为贵，以外□为下。"天心即吾心"，但有无数的"吾"，必然有无数的"天"。因此一致的信仰，不会有的。所以中国宗教思想不发达是一个事实，主观性极强也是一个事实，人治之颂赞，也是必然的了。别家思想较有宗教气的，是墨家。但墨家始终不曾盛行。讲到民族至上国家至上这种观念，从未有过的。九一八事变之后，一个很有名的文学家，还向中学生这样说："我们要爱国，终要国家有使人可爱的地方才去爱她。"其他人更不必论了，法治精神不发达岂偶然哉。

七七全面抗战发动后，局面一变，民族至上国家至上的呼声，居然也听到了。而三民主义居然也被全国共认为建国最高原则了。为实行三民主义而死的呼声，令人意味到欧洲人为上帝死，为科学死，为国家民族死的种种历史事实。法治口号，在此情形下提出来，或许不至使提出者失望吧？但信仰必基于真诚，信仰多少要带些狂热，对于这两点，现在似乎还有些人未能具体地表现出来。因此我要说"或许"了。但是这是一个历史的潮流，任何人不能挽住的，我又要说法治"必然"能行得通了。

谈标点格式

王了一

　　文章的标点和格式的问题，在一般人的心目中显得那样小，所以始终没有人在杂志上认真讨论过。据我所知，只有孙福熙先生在《书人月刊》上略略谈了几句，大意是指摘句号用圈不用点，及书报上的句号逗号等常常排在一行的首格。当时这一篇短短的杂感很能引起我的兴趣，总希望有机会仔细讨论这一个被一般人所忽略的问题。

　　关于句号应该用点，孙先生以为西洋的句点和分号，疑问号，感叹号是一套的，分号是句点和逗点的结合，疑问号和感叹号所带的一点也就是句点，所以句点不该用圈。这话是很对的。中国句号用圈是古法的残留，它的好处是和逗点的分别很大，排印时不容易排错；它的坏处却是使我们的标点不能全盘西化。听说有些学生写起英文来，在句子的完结处打圈，这就是受了中式标点的坏影响。其实，在中国书报上，句号用点也并不难看，曾经有人试行过（如商务出版的《复兴说话教本》），我们希望将来大家能改圈为点。付排的稿子，为了避免排错，不妨用圈，只须关照排字工人，凡遇圆圈都排圆点就是了。将来的铅字里如果废了圆圈，排字工人自然会把圈排为点的。

　　关于顶格标点的避免，已经有些印刷所能够做到了，例如商务印书馆的印刷所。这只是排字工人的训练问题：凡遇标点顶格的时候，只要把前一行的字匀疏些，移末一个字到这一行的第一格就行了。

　　以上是孙先生的话所引起的一些感想。下面是我自己要提出的一些意见。

就一般书报而论，句号实在用得太少了。原因在于句子的界限认不清。这也难怪。在英文里，如果不用连词，普通每一个句子里只能有一个定式动词，句子的界限是很容易辨认的；在中文里，我们既然没有定式动词，就难认了。普通以意思完整为一句，但这"意思完整"四个字就够使人误会的。句与句之间，意义上总不免有若干关连，于是一般人总误认一小段为一句。据说某国学家写起文章来，只在每段之末用一个句号，其余都是逗号。现在报纸上的新闻就是这样标点着的，而且这还算是进步的了。两年前有些报纸的新闻栏还是专用逗号，完全不用句号的呢。我们以为句号应该尽量多用，越多用则意思表示得越清楚。"因为""而且""所以"等词，在某一些情形之下，都可居于一句之首；"又""也""却""还"等字更不必认为和上句牵连不断了。

当一个懂中文的西洋人阅读中国书报的时候，一定觉得中国人太感情化了，因为几乎每一段文章总有几个感叹号；至于诗歌，竟有每句多用感叹号的。我们知道，英文感叹号往往只用于感叹词之后，或用于How、What等词居首的感叹句里。此外，就很少用感叹号的。譬如感叹词后面虽紧接着用感叹号，但后面真正表示感慨的句子却不必再用感叹号了。试拿同性质的中西两部书相比较，则见中文里的感叹号实在多得惊人。最可怪的是纯理论的文章还滥用感叹号。某日报的社论里说："这是我们推测！"，另一篇论文里说，"施行预防注射，庶几无虑！"。依我们看来，这种感叹号都是多余的。感叹号如果真能表示一种强烈的情感，适足以见著者不能平心静气；感叹号如果只是一种形式，则文法上并没有这种要求。至于文学作品，滥用感叹号也是无益有害的。文学家如果不能在语句里表示丰富热烈的情绪，只乞灵于区区的一直一点，有何用处？小孩天天哭喊，比不上大人的一滴眼泪来得动人。这只在乎真诚不真诚，并不在乎形式上的夸饰。

公文及书信里作感叹号也往往是不妥的。"为何"下面用感叹号，已经令人觉得未免多情；至于"敬请台安"下面再来一个感叹号，更是奇中之奇，令人想象到颤声问候的怪现象。中国书信里的请安，颇像法国书信里的"敬礼"之类，然而我们并不会看见法文书信在"敬礼"后面加上一个感叹号。

我们并不想在这一篇短文里把一切标点的通病都谈到，但是其中最值得注意的不妨大略说两句。如一个句子终结处若附有夹注，句号应在夹注括弧的后面。又如一切反诘句都该用疑问号,不必用感叹号,更不必两种符号并用。因为反诘句在形式上和疑问句没有分别,就不必在标点上求其分别,读者自会辨认的。

这两年来又出了一种新毛病,就是引号的误用。自从东三省伪组织成立后,我们因为不承认"满洲国",所以把这三个字加上一个引号,意思是说,这是我们援引他人的话,我们自己并不承认。这道理是很浅显的,然而竟有人误会了。近来报纸上,甚至杂志上,往往把伪满两个字加上引号,变成"伪满"。伪满是我们的话,不是敌人的话,为什么也加引号呢?加了引号,就等于说:"别人以为是伪的,我却以为是真的。"岂不是和本意大相违背了吗?这是误用标点的严重影响,必须矫正才好。

以上讨论的是标点符号,下面再谈一谈格式。

不知是谁起的例,中文句子里所引的英文第一字母要用大写法。推寻倡始者的原意,大约以为英文每句的第一字母是大写的,现在虽中文里引用一二个字,不成句子,也该把第一字母大写才是。其实这种见解是错误的,英文插入中文里,无论作为文义,或作为夹注,除非用于句首,否则一律该用小写。因为英文既和中文融为一体,它就该认为中文句子里的一个"异族分子",虽属异族,实际上已经是句子的一个成素了。试看英文书里引用法文,或法文书引用英文,除居句首者外,何尝大写?这虽是小事,然而在道理上是说不通的。

中文直行横行办法的混乱,可说是中西文化杂用的缩影。在引用西文甚多的书报里,横行确是好看些;若就中文本身而论,我们看不出必须横行的理由。中文也有横行的时候,例如招牌匾额等。但这种横行是由右而左的,与西文的由左而右不同。近年来有些人写招牌,匾额,标语,指路牌之类,却是依照西文的办法,由左而右了。这样,我国文字共有三种排列法:当我们看一个标语的时候,由右而左看不懂,须得由左而右再看一遍;如果横看成两行,你还要当心它是直行的,因为也有人喜欢两个字作一行。假定看一个标语需时两秒钟,偶然不对劲,得倒过来看,又需两秒钟。将来欧化势力更大些,我们会连店子的字号也叫不上来。例如由右而左念去是"祥和",由左而右念去是"和祥",只好去请教店中的老板或伙计了。这是中西冲突所引出来的麻烦。类似这种的麻烦多着呢,我们似乎也不必为此叹气,然而它的坏影响可真不小。

现在宣传抗战的标语,大多数似乎是给欧化的摩登青年看的,又有一小部分是给老秀才看的,至于农人们看得懂的,实在是太少了。写标语的人竟像嫌不够违背他们的习惯似的,于是再来一套佶卢书法,叫他们照数千年的老规矩看去(由右而左),摸不着头脑,这大约不会是宣传的初衷罢?

二戆子

林浦　一帆

我们的队伍，一行十一个，十一个中有：大学生、庄稼人、公务员、小学教员。大家一天到黑，爬爬山，讲讲故事，唱唱歌，说说笑笑，怪好玩的。

但今天怪啦！大队长集合我们训话，叫我们查巡阁子岭（穆夫关），偏偏派二戆子做队长。大队长说："阁子岭是我们北面的屏障。去巡缉敌人，任务很重要……二戆子领你们去，你们要好好听他指挥。他这一带地面人头熟，满有经验的……"

有重要的任务，才交给二戆子当队长。我站在排尾，听这些话，差点没笑掉牙齿来。

二戆子，他是什么东西，他懂什么呢？四方形大块头的脸蛋，毛茸茸乌黑的胸膛，说起话来叽哩哥啰地上气不接下气。他彻头彻尾是个乡曲佬。做队长，队长是头儿，大伙儿的生命交关着呢！他配吗？他会什么呢？他会的是：死直！笨伯！

他配做队长。简直是侮辱"队长"！

我记得清清楚楚。他，二戆子的脸盆，就是我们部里常说的"一天三部曲"：早晨洗面，吃饭时盛菜，是属他自己的。在沟南的一个夜晚。外边雪冷风大，老吴不高兴出门上茅厕，拿二戆子的脸盆，窝回屎小回便。二戆子知道了，大家围着取笑他。你说，他怎样了？好家伙！不慌不忙地："同志，怕什的，水一洗就干干积积（净净）的啰嘛！"好罢。大雪天，风怪冷的，大伙儿也就乐得有脸盆当尿具，让他去水一洗，就干干积积得咧！……

后来，他自己也常常往里首拉屎了。

平时，他吃饭吃得最快最多。小米粥，豆米，十碗八碗的不算一回事。残汤剩菜，都是他承的尾。地上樟顶掉了一颗饭粒，他都得捡起来往嘴巴里放，一边喃喃地像是埋怨人："表（不要）你瞎给糟五谷粮食啰！老天爷不答你！"油渍渍的长嘴唇，袖口那么一揩，就站起来搬锅拿盆上厨房，帮伙夫洗碗洗箸。

他的衣裳，袖口上东一块油巴，西一块油巴，一年到头老是已变黑了的浅灰色的那一套。上床睡觉，六月天冒大汗，从不说换下来。

有时，太阳上山，我们翻转短裤内衣，比赛抓虫子。他含着翡翠头——据他说是祖传下来的长烟杆，眯眼儿着急的说："大围女看见，还成什么样子呢！老天爷……"又是"老天爷"，他还没说完话，老吴早爬过去，在他面前，晃晃拳头了。

他的老婆，听说跟衙门跑公差的跑了。留给他个娃娃，一个丫头，常到我们队部里来跟二戆分吃余饭。

我们开心地问二戆子："你老婆怎了？"

"跑他妈屄啥！"他涨红脸颊，老老实实答复我们。

"你娃娃们啥？"

"在老娘家（外祖母）喝（里），鹤（放）牛得！"

"他们长得不像你？"

"唔……"

"你老婆好好的家，咋跟人跑啥？"

"就贱个就跑啥！"

"你咋喜（瞪）得和你老婆扎磴娃娃？"

他叭叭烟杆头："就矇个（这样）嘛！"

到底是怎"矇个"，是怎"矇个嘛"，他没有说明白，大家早已笑得仰脚翘脚咧！

苏子坡的那回打仗，大家清理斩获的东西，他探手鼓涨涨的干粮袋里，摇得响叮当的，大伙儿揪着他的耳扇："这家伙得到什么啥，咱得合理合理（平分）呀！"

他扭捏着翻开口袋："铜炮（子弹壳），明亮儿家，叽啫（丢了）怪心疼啥！"

"哈！哈！二百五！二戆子！"

他任凭人家取笑。忙着去拍拍大队长新得的马儿腿："大队长，这马不坏呀！一日能耕几亩地的吧？"

大队长也笑了："是，这马儿不坏。赶明儿，赶走了鬼子，送给你下田！"

二戆子乐得合不拢嘴。

二戆子，他就是这样到城里看到人多便说是赶集的货色。他怎配做我们的队长呢？

队长就队长啰！队长就得走部队的排头是不是？走排头，你慢来了，我们大伙儿催着你走快。你走快，我们偏偏落个后。看你二戆子怎么办？二戆子是队长啰喝！

"快些走啊，悄悄儿家。这地方可不保险来咧！"他尖着嘴小声说。

"这狗儿的，尽是瞎掰（胡说）！"二戆子拿面镜子照照你自己吧，真是。

"表家唱咧！"瞧！这神气儿。自己唱不出调子来，就勒住别的喉咙？二戆子，你作威作福吓些什么来呢？

大伙儿慢慢越过峭壁的山岭。嘴里哼着；"我们的队伍是吊儿郎当……"阁子岭到了，还不是四周静静地围着枯枝的密林。"任务重要"？有什么"敌人"呢？有个屁。

我们大伙儿停息一面大石上。谁也不理二戆子。谁也不理会他的唠叨。

他诉苦兼讨好的："同志！你表家灰说喏，我又不想当这个队长，是大队长要给我嘛！"

他看没有人理睬，半自言自语地说："你看这关呀，两面都是山，就是打点儿道中（正当中）这样一条路。往时候穆桂英拿了降龙棍，穆瓜就在后边跟她牵的马……就在这地方把关，把杨六郎在马上夹了四十里地。老汉们说这面就是杨忠保，"他指着左边的山"这面是穆桂英家。"停一会儿，接着说："可是这会呢，这地方就是有姓杨的啰，没啥姓穆的啰，就是穆桂英嫁给姓杨的啰……穆瓜没啥取老婆，所以穆家绝了后啰！"他啰啰唆唆讲了一大套，我们微微入睡了。

"嘿！"他又发现什么似的，"你不要看这个关呀，可有景致的：快嘎（下）刚打点儿，云彩跟在洞门里头，穿过来穿过去，五台的'阁路穿云'，可数是它喏……"他还没有个完，"不知道是哪一个县官，跟这地方走，架窝（两只驴子抬的一种爬山轿——作者），都过不去，便捎人来砍这石头，所以砍得不灵应了！云彩就不正常过了；你瞧……"

"你瞧？睡也没啥睡好。村庄里'啦啦……'乌鸦起飞啦！"

二戆子驴子样刨槽呱搭耳朵满身毛病的，支起半只身子。你猜怎么着？"同志！预备好，敌人来了！"顺他手尖的路向，三十个黄色制服的鬼子兵，黄狼似的穿上大皮鞋，一扭一摆沿着山角的小路爬上来了。十里地外，村子里一圈上下的鬼子，架起大炮，在休息。

我们仅仅十一个人，又没有负攻击的任务："溜吧！别惹他们！"老吴说。

"同志！不！预备好手榴弹，咱们套回黄狼！"

二戆子也能打吗？预备就预备。大伙儿没有好的隐蔽处，可得尽先找些树根让躲呢。

不是初次交手吗？心里却也怪别扭的涨木木。

鬼子皮鞋滑上爬下的。面部轮廓看得清楚了。偷偷闭着气说话来咧！老吴几回想掷的手榴弹，都给二戆子打手势阻止住。一分钟一分钟过去，二戆子像死一般睡着……

二戆子扭开火线了："同志们，炸呀！"

十二颗手榴弹在人肉上开花，可不是闹得玩咧。二十几个鬼子兵睡下了，剩下三个活的滚落山底。村子里的鬼子，大炮也不要了，四面八方慌乱的各自逃命。

没有一次像这样不遇回手的咧。

二戆子跳了出去，在一个还没有断气的身子上，解下手枪，收拾枪杆，钢盔，棉大衣，手榴弹……

"我们就赶狗儿们的吧"！老吴说了，大伙儿预备上枪刺打冲锋。

"快些回！"二戆子听到老吴的话，不分皂白的发命令了！是些什么派头呢？真是"

"真个异奇的！为是着炸不赶？"

"没啥则'为是着'，快回！"

蛮神气的。回就回算什么呢！

爬上来时的山岭。嘿！敌人炮火可集中在刚发生过事的战场咧。遮蔽我们树根，大石炸得粉碎了。炮弹成排地落着。炮弹翻着新土。

我们在岭上停下来了。二戆子送他那祖传下来的翡翠头长烟杆；"同志,吹一口烟!"过后又想想:"今天表家伤人毁马来,穆桂英投胎咧!"他说了,他笑了。

他要我们大伙儿挨着岭顶听炮声,看敌人动静。他自己要去找第×游击司令,要来二回的"套黄狼"!

"你不要看这二戆子,他还有两手的!"二戆子去远了,老吴叭着点红了的烟杆头说。

本期撰者:

杨端六、樊星南与一帆三先生均初次与本刊读者相见。杨先生为武汉大学教授,对中国经济情形是非常通晓的。樊先生服务于中央政治学校。一帆先生是一位青年作家的笔名。今番与林浦先生合作了一篇短篇小说。

第二卷第七期（1939年8月6日）

时评

沦陷区贸易入超问题

最近海关发表本年上半年全国对外贸易统计，计进口净值730680998元，出口净值11460223元，入超之数达319225775元之巨。这个数字还是根据法定汇率计算的。如依暗市汇价计算，则入超之数更巨。上海英商《金融商业周报》曾将今年头五个月的贸易数字合成英镑，再由英镑依照暗市汇率折合法币，所得的结果如下：今年一月至五月，全国贸易入超计达22893637英镑，约合法币686809134元。平均起来，每月约入超四百六十万磅，或一万四千万元。这个数字还没有包括敌商在各沦陷口岸走私进口的货物。此外，敌人在华北各埠统制出口贸易，约达总值百分之六十；华中的重要农矿产物被其统制运走的，为数亦巨。这些出口货物所产生的外汇都不能由我支配。如此一加一减，我国每月对外支付的贸易差额实在太重大了。最近法币对外汇价一再狂跌，虽与英日谈判不无关系，但其最根本的原因实在外汇市场的压力过大，这是无可讳言的。

我们应当指出，这半年来，后方各关，如蒙自，腾越，温州，雷州，诏州等，均属出超。造成目前入超的严重形势的，第一是上海，第二是天津，其次是青岛、烟台、厦门等沦陷口岸。进口的货物均以日货占第一位。这些地方的海关，政府已失却统制之权。要想利用贸易管理以减轻入超，已是一件不可能的事。在这种形势下，阻止入超的最直接，最有效力的办法莫过于停止供给沦陷区的进口外汇，只有这样，才能彻底打击敌人的经济侵略，粉碎敌人破坏我国战时金融的阴谋。希望政府断然行之。（农）

美国废止美倭商约

美国废约之议，月前即有所闻，而适实现于此时，最少在道义上予倭寇以莫大的打击。近些日来，欧局密云不雨，忽驰忽张，倭寇鉴于英国彷徨失措，极力要挟，迫使容忍屈膝，因而在东京谈判开始的前夕，成立了所谓"初步协议"，暴日遂大逞其计。讵料暴日心满意得之际，美国突然宣告废止商约，乃粉碎其"东亚新秩序"的迷梦。当然，废约仅是对日报复的开端，而不是对日报复的终点，报复手段不一而足，实施首须下最大的决心。美国主张实施报复者早有人在，参议员毕德门氏即其主要代表。这部分人士屡次提议对日禁运军需及原料，均受孤立主义派所反对；而政府方面亦始终以此举与美倭商约抵触为虑。上月十八日参议员范登堡向参议院提出建议，主张政府应废止美倭商约，其意即在予毕德门禁运提案以通过之机会。这次政府以迅雷不及掩耳之手段，宣告废止该约，此事实出于一般美人意料之外。但今番废约在法律上不无根据，因为该约规定签定国一方得在六个月前宣告废止。在六个月的过渡时期中，美国虽仍受该约拘束，不过由于国内商人在道义上之受制裁，在舆论上之受指摘，对日输出军火原料，势必有所顾忌，而不敢公然接济暴日。果尔则暴日在持续战事的过程中，将受极重大的阻碍，这是毫无疑义的，

美国是维护九国公约最力者。中日战事开展以来，虽其商人不断供给倭寇以大宗军火及原料，然国内普遍的呼吁，仍是反侵略，主正义。此时由废约而开始经济报复，足证其对远东的态度更趋积极，更趋具体。今后英国倘肯幡然改图，与美国共负制裁强暴的责任，到了相当时期，定能使侵略者屈服就范，重建东亚与世界的和平。这并非妄想，却是显明的道理。

国际的变化，于我们抗战，有利亦有不利。英国对倭退让，我们不可因其不利，而沮丧失望；同时美国对倭废约，我们又不可因其有利，而侥幸苟安。在困苦艰难的环境中，只要我们能自信，能自立，能自助，以抗战到底的决心，取得民族的生存。（贡）

保甲经费增加

近日军政部为便利役政推行计,通令各省切实整顿保甲,这事颇值我们注目。

在地方制下,保甲与役政关系,至为密切;前者不健全,而后者弊端遂生。值兹抗战期间,推行保甲应侧重实际效用,自卫为先,自治次之。依此原则,而整顿保甲,其应注意之点,为户口编查务求正确,保甲长人选务求适当,保甲规约务求切合实际。凡此诸端,无疑的是十分重要,但依我们看来,保甲经费充足,实为一切改革之先决条件。

保甲经费支出或不确定,实为数年来推行保甲的最大困难。以往各地保甲经费,大致趋重摊派,以无薪给之保甲长,而予以摊派之权,勒索敲诈,溢额浮收,势所难免。本年二月间行政院会议有鉴于此,曾通过《非常时期保甲长待遇及奖励办法》,明定"保甲长办公费,因各县政府斟酌地方财力,及社会生活状况,规定标准,列入预算,统筹发给,不得由保甲长自行摊派。"从此保甲经费遂由摊派而改为统筹,不啻为改善保甲的最主要步骤。目前不少省县,初办统筹,纵有许多困难,但时势所趋,也不得不切按个别实况,多方研讨筹措路径,不但要使经费有着,还且要使经费充裕。其办法虽未必应求一致,然其标准却应求增高。财力是一切事业之母;经费来源确定,各地保甲定可顺利进行,役政亦赖以臻于完善。这是抗战中应注意的一项要政。(予)

英美对日外交的新变化

钱端升

英美人民对于中日战争的态度,自战争开始以来,一向是渐渐地亲中国,袒中国,敬服中国,远日本,抑日本,憎恶日本。这种左右袒的趋势是一贯的,虽则十分缓进,却是久而久之,其进步也很可观。若就英美两国的人民比较,英国因为在远东利益要大些,被日本糟蹋也要大些,所以其人民助华抑日的趋势也大些。

英美为民治国家,就理论上讲,其政府的政策也因反映人民的态度。大体上,这种反映也确是事实。不过,因为政制的不同与当局者目光的不同,这反映不一定是完全准确。美国总统与国会对立,所以其中如有一个机关被孤立派人所把持,则另一个也无单独反应舆论的可能。英国当局者狃于妥协的成见,所以人民仅可厌弃妥协政策,而政府仍可恋恋于这个政策而不舍。因此,我们在估计英美两政府对中日战争的政策的可能的变化时,除了两国的舆论外,尚须同时顾到两国的政制及领袖人物的目光。

这次英日东京谈判中,英国的屈服,可以代表英政府目光之短,而并非由于英国人民对中日态度有所变更。此所以不特反对党人反对,而政府党报纸亦一再抱歉,并希望已公布的议定书须做狭义的解释。此所以不特在英的英人反对,而在华的英商也表示惋惜与失望与反对。

英政府的行为,骤看起来,固应使我们失望,并且因为有卖友的嫌疑,使得我们愤慨。但仔细研究一下,则到现在为止,英日双方七月二十四日所发表的英日议定书,其对于英国的损害,实无止十倍百倍于对于我的损害。英国近年在国际上地位之所以陷落,全因其畏缩不前,不尊重条约义务,任令侵略国撕毁条约，其结果则害及英国本国的利益，自九一八日本破坏国联盟约侵略中国以致今岁希特勒撕毁张伯伦卖友而制成的《慕尼黑协定》，英国一直是如此讲究所谓现实主义，而不问条约义务。自今岁五月以来，他方欲痛改前非，方欲纠止国际视听。熟知痛改纠正未尽全功，国际诚信未孚，而突又有此卖友的东京妥协，将多年来英国赞同美国不承认主义的表示，国联屡次责难日本侵略的议决，以及九国公约，国联盟约，非战公约等等，一概抹杀，认日贼作友人，与中国等量齐观，不分青红皂白。这样一来，试问谁复能相信英国有反侵略的决心？谁复愿帮助英国御德。英政府固可以"反侵略集团尚未组成，美苏尚在袖手旁观之时，英国不能更开罪于日本"自辩，然而如果英国可与侵略者日本妥协，则他纵真想抵抗另一侵略者希特勒，又乌能具有任何意义，所以这种妥协如果不毅然终止，则张伯伦领导下的英国最后非向希特勒整个屈服不可。

反过来，英日妥协对我的损害，除了一时精神上的打击外，是不能太大的。我们是决心抗战，不至日寇退出中国不止的国家。我们的决心已博得英国全国人民的钦佩，他们也愿予我以翊助。我们一日不变更抗战的决心，则英人好我恶日的趋势仍会日增月累，即使张伯伦能安于其位，最终亦不能不顺从民意而对日取坚决的态度。

而且因为英人的反对与美国对日政策及行动的硬化，英日间的初步协定也绝不能有任何具体的重要结果。如果东京谈判能依妥协的精神顺利进行，当然更会有许多具体的让步及不利于我的实际牺牲。但是这绝非情势所能许。日寇尽可提出许多苛刻条件，但英政府为维持其本国的人心及美国的联络起见，大体上绝难承认。故其势必至于决裂。七月二十七日及二十八日两日的正式谈判已因日方要求的蛮横，而发生种种困难。英方已有一部分人要求放弃谈判，而日方则又在煽动所谓反英运动。

关于应付目下东京谈判的方法，我们以为除应加紧抗战以增英人同情外，我们更可凭借这个同情，而对英政府提明确的要求：第一，英政府在有田克莱琪议定书之下谈判天津（或整个中日）问题是对我不友谊的行动，我们应使英政府知悉（Note）此点。第二，七月二十四日以来，张伯伦与哈里法克斯既声言不变对华政策，我们应要求英政府即速有一具体的表示，如借款之类，以证实此不变。第三，日本报纸既登载日方将有撤换卡尔大使的要求，则我方报纸不妨向我政府作同样讽示，如果日方真有此种要求，而英政府观然受之，不加痛驳，则我方亦可正式提出请撤克莱琪的要求。我们有权利分别先后提出这数点。张伯伦政府既可违反英国民意而陷我于不利，则我们尽可适应英国民意，而对张伯伦政府提出一些严重的要求。我们应认清英政府此次的行动是违反民意的，不能有任何结果的，所以我们不但消极方面不应悲观，而且积极方面，应有所动作，以增加英国人民对于张伯伦的压迫，并以增加英国民意贯彻政治的机会。

如果英政府的行动因为无民意为基础而不会有若何结果，也不会有若何长期的影响，则美政府此次通知废除美日商约之举，正因其能适应民意，而将发生重大效果，且将为美国对日政府较大变化的开路者。

美国民意本日趋憎恶日本，美国政府领袖更有意助华抑日，徒以美政府行动处处受国会牵制，而国会的孤立派又动辄能利用人民厌战的心理，对于政府各种有积极性的建议，横施阻扰。美国人民咸知日本军火及作战原料大都取自美国，但为免除露骨的左右袒计，苦无限止之方。国会领袖毕德门等人早欲在立法上有所改正，庶几政府得限制对日贸易，以减小日本的经济支持力。但如限制对日贸易，则孤立派认为违反中立，认为将有引起美日冲突的危险。如不加限制，则日本长可利用美货以作侵略行动。毕德门等历久未敢提出抑制日本的法案者即以此故。七月十二日毕德门放大胆子，提出一案，授权总统禁止破坏九国公约的国家在美购军火军需。但这个议案又与现行美日商约中的最惠国待遇条款若有冲突。盖依照一九一一年二月的美日商约，两国应各以最惠国待遇予对方。如果毕德门案通过，则日方将不能如其他国家同样在美购买军火军需。虽云法律与条约有同一效力，新法律可以改变旧条约，但美国既以尊重条约责他国，则自己自然需站于绝对遵守条约的立场上。因此美参院尝请国务部研究毕德门案是否与美日商约冲突的问题。在国务部未置复前，共和党参院领袖范登堡已提出请总统通知废约的议案。一九一一年条约本规定有效期十年，如不作废继续有效，但十年以后，两方可随时通知废约，通知后六个月后，则停止有效，如条约一废，则毕德门案或其他贸易上歧视日本的办法，当然美国政府可以自由运用。七月二十六日，总统鉴于英国有继续软化的可能，乃不待范登堡案的通过，即毅然根据宪法赋予的权限，突然通知日方，拟将商约废止。

这次的废约，为的完全是欲使禁售军火军需的办法不抵冲条约，而不是条约的本身有若何破绽。商约于明年一月二十六日作废后，美政府应有以经济制裁日本的可能。所以废约的举动,不但在道义上大壮我们之胆,在实质上,半年而后,美国也确可加速日本的经济崩溃。不过美国孤立派的势仍不可厚侮,废约虽可视为美政府采取制日行动的开端,但制日行动,是否即可一帆风顺,当然仍有问题。我们所希望者,即全美人民能知日本是泥脚,因而不怕日本敢有所报复。

  至于于英美两国的平行政策是否因此次东京谈判的初步妥协与美之通知废约,而可以加紧或放弛,则也须看张伯伦之是否可教。如果可教,他自然应当步武罗斯福的后尘,向日本进逼,逼至他不能继续侵略至止。如果不可教,则英国固不敢进逼,连美国也将有不断的顾虑,而不敢迈步前进。因此我们更需要向张伯伦提出些明显而合理的要求,以促其猛省。

中国应采的民族主义

谷春帆

如其人类只有两种生活标准,两种道德观念,不是和平,即是战争,不是理性的论辩,即是军国的独裁,不是优游放浪的雅典式生活,即是马肆营垒的斯巴达生活,不是文明,即是野蛮,不是疯狂的民族主义,即是无耻的顺民主义,不入于杨,即入于墨,则诚难其选。

但中国要向哪里走,不是任何一个两个中国人所能选,亦无待其选。历史所昭示的趋势,无非即是全民族所选的趋势。

一百年来,中国受抑塞愤怒羞怨的民族情绪所支配,这是中国近代史上一股最大的力量,任何人不能忽视。中国人已经受了一百年的羞辱,谁要再在中华民族头上增加羞辱者,不论他是中国人外国人,是亲是仇,亦不论他抱有何种见解,何种作用,亦不论其所言所行是何种道德观念,何种论理哲学,亦不论其主张在长时期内对中华民族有利与无利,他决不为中华民族大众所容忍。

中国人素向是和平主义者。孙中山先生以和平奋斗救中国昭示后人,廿七年国民党临时代表大会宣言,亦以为抗日战争是为东亚和平,为世界和平的抗战。并"郑重声明吾人之本愿在和平吾人之最终希望仍在和平"这种说法,以战争为达到和平之手段,并不是宣传,并不是曲解,而是中国人心眼中实:如此感觉的说法。中国人渴爱和平,只在炮火稍远一些的地方,人民即刻会恢复和平秩序的生活。中国人的抗战是"应战"。只为向来和平秩序的生活,被日寇所威胁所破坏之故,才不得不起而自卫。自卫什么?自卫其和平秩序之生活。因此在中国人说来,民族羞耻的报复,与和平生活的维持，同样可贵。一是内心的和平，一为物质的和平。是整个和平生活的两面。为维持物质关系的和平而屈服降顺，增加民族羞耻与怨毒，在普通中国人心中不是和平完满的生活，而是不和平的生活。同样，为了□洗中国民族羞耻怨毒，而永久维持敌忾战备的民族主义，使日常和平雍容的生活方式，变为仇敌怨恨的人生关系，亦必是普通中国人所不乐意的生活。中国人向来主张中庸。现代中国即是要在两极端中找个中道。要在极端的民族主义新野蛮主义，与极端的文化生活和平退让生活中间，寻个中道。要使民族的光荣，与生活的和平，得个调和，得个平衡。

　　这个调和与平衡，当然不是轻易所能安排妥帖的。而安排调和的责任，不能不望之于先知先觉的知识分子与为国家支持为民意先驱的中层阶级。任何国家中，上层贵族阶级占极少数，而且往往是堕落的或私立的。下层劳动阶级虽占最多数，而不识不知，无政治势力，往往不能左右政治。中层知识阶级是时代潮流群众趋势的□候。因此我对于中国的知识阶级与中层阶级不得不致春秋责备贤者之意。

　　中国知识分子中层阶级民族意识之发生最早，民族情绪亦最热。自九一八以来，知识分子与社会舆论，时时刻刻以屈服妥协责备政府，以抵抗作战督勘政府。因此之故，燃着了抗战的火焰，推动了抗战的轮轴。但事劳兴机会，均不会容许我们将抗日战争的民族主义，预先深刻传布到民众中间去，预先有充分的组织。使抗战不得不以早熟的形态出现，使初期的抗战备尝许多不必要的损失与痛苦。使许多中华儿女会得心理上毫无准备而去做顺民做汉奸。中层知识阶级非但没有将民众宣传好组织好，并且自己也没有准备好。知识阶级本身，即是意见最分歧最无团结的杂凑。我们有了民族主义空头的热情与勇气，而没有得到民族主义的技术与方式，更没有得到民族主义的纪律与服从。在民族国家生死存亡的关头，最需要知识分子中层阶级，深谋远虑，从民族国家千年万年的立场，作后起后觉百万群众的指针。在这最需要理智考虑的时候，而我们知识分子，竟抛弃理智，听凭民族羞耻愤怒的指示，在五六年前，即要发动早熟的抗战，不能不说其幼稚与不负责。

　　与热情幼稚相对的，我们更不得不致痛于知识分子中层阶级败北主义之多。大小汉奸，十之八九属于知识分子中层阶级，国家平日属望之中坚分子。中华民族虽愿和平，却不甘于百年羞辱之上，轻轻再加降服的羞辱。抗战虽为政府决定之大计，而实有多数人的民族情绪民族耻辱为其后盾。何以许多一向具有革命政治经验之人，亦会得盲目于群众的民族情绪，违反着百年来推进中国史的原动力民族怨恨而主张败北，诚不可解。

介于败北与幼稚之间，则为彷徨迷惑的知识分子。许多人责备中国知识阶级，在抗战期间最不紧张，最不够节气，只是放任于游闲消极颓丧岁月的生活。这是事实。这种责备也是对的。但知识阶级，何以最不紧张，最不够民族主义，就因为知识阶级是文化的结晶，是理智的总汇。换句话说，就是抗拒民族主义狂流的最后壁垒。在他们，理智的涵养，生活的优裕，成为习惯的惰性。在他们，非但民族怨恨，成为问题；民族国家的本身，成为问题；民治自由，与独裁政制，成为问题；抗战的终极目的，与民生的和平建设，成为问题；人类对于横暴侵凌的抗拒是正义道德观念，而在他们，则非但正义道德，成为问题；甚至知识观察的本身，均成为问题。抗战是热情的冲动，是道德的驱策，在道德标准本身成为疑问的知识分子中，在热情冲动要以理智考虑辨难的知识分子中，抗战之不能紧张，不是知识分子之不尽职，而倒是知识分子之过于尽职。因为他们是生来作为"非战"的资料的。此辈知识分子既不能发动勇气，参加抗战，而同时又不能感到民族耻辱的刺激，与伟大时代的潮流。因之他们理智文化的最后壁垒，处处有摇动之虞。他们为了素养，不能慷慨参加抗战。他们为了时代不能积极主张非战。他们放弃了民族的责任，同时放弃了知识阶级的责任，他们不能了解自卫抗战的民族主义与疯狂侵略的民族主义之不同，而在惶惑徘徊中生活，在惨痛无聊中生活，在因循苟且中生活，这辈可怜的中国知识分子，他们是大时代的死人，激流中的微物。

中国人之民族怨毒，已积百年，难以一泄而尽。无论胜败如何，民族耻辱之怨毒，必因抗战之惨酷而增长。民族光荣之观念，亦必因抗战之成就而增长，世界军备之竞争，敌人眈视之戒备，均不可忽。故民族主义之在中国，将更加增长，不无疑义。以后百年之中国历史，将更受民族主义之支配，但中国人因向来和平散漫雍容之故，其民族主义，定另有新的变化，而不能为德意式之疯狂侵略的民族主义。如何使新兴民族主义与向来和平主义，谋一妥帖调和处置之方，而成为中国式的民族主义合理的民族主义，尤为以后百年来中国史上之大问题。中国的知识阶级，如不能有意识地提倡一个，中国的民众必然会被历史所指示而做出一个来。

和平主义之植根在于农业社会。将来之中国工业化为必不可免之趋势。

故和平散漫之生活方式多少必改变消削。农业社会的和平文化，养成优游雍容的堕落生活。如六朝人之清淡，明末人之风流，使整个文化靡嫭晏弱，绝不能与将来工业文化及世界大势适应。和平文化的生活，中国人所优为，亦必须维持。但只能以不妨碍合理的民族精神的发展与团结为条件。反过来，疯狂式的民族主义，中国人向来领受不下，而为了抵抗强暴，维持生存，却又必须要有相当程度的民族主义，或其代替物。如其疯狂的民族主义与文化生活，有可以调和并存之处，则以中国人之好中庸，仅可以在半民族主义与半文化生活中间，觅一平衡。但现代式的疯狂民族主义与和平文化，绝不容并存。实行民族主义，则增其反理智尚武力的政策，必然要破坏社会上优游娴雅的生活，而且必然要扰乱此种文化生活背后平和安闲的心境。要维持此种心境与生活，则必不能使其□旗伞串跑龙套，为不可知不可信不可捉摸之民族至上主义，而打架，而捧场，而呐喊，而拼命。两者根本不兼容，敌中道折半之主义不能行。

如民族主义可以不用素养，可于一日一夜间造成，则中国可继续其优游文物之生活，在外患临头时，一号召而得十足之民族主义信徒。如人类之信仰行为习惯如此善变，毫无挂碍，则中国之前途，自无问题。无如浸润于文化生活之人，虽敌兵临城，尚不忘临寺讲经。虽战书星急，尚不忘后庭低唱。民族主义之敌忾民气，要平时不断地刺激与训练，绝不能临时凑数。如此则中国前途之民族主义，又如何而可与其向来之和平文化相并存？

近代疯狂的民族主义建筑于民族间之仇恨与怨毒。此仇恨怨毒之心，绝不能与和平文化之心理并存。但抗强暴，御侵凌，求生存，必不定须存此怨毒之心。现代国家是阶级国家，是一阶级统治他阶级之国家，故强敌侵略时，不能以国家之利益号召群众作殊死之奋斗，而不得不在民族主义之招牌下，以同族同文化同种同血统同历史同生活等种种情感之刺激，作为号召之资料。但同文同种等等说法，实本无同利益可言。民族主义下之敌忾斗志，不得不靠情感的，主观的，直觉的刺激，而不任理智的冷酷的分析。因而民族至上主义不能与文化生活的理智至上主义相调和。但代表人类实质利益分野的最高机构，不是民族，而是国家。在阶级社会以内，国家利害与阶级利害不相符合，故不能激起人与国家间利害相关的一致点。因而只有统治阶级能将自身与国家同化，多数被统治人不能与国家同化。但在无阶级或阶级分化不甚著名（如中国）而真民治的国家，国家与人民，必然成为一体，彼此之间，休戚相关，如一家一样。在这种国家中，我想如有抵抗强暴发动战争的必要，尽可以不诉之于怨恨仇毒的野蛮民族主义，而诉之于利益互助的自卫生存观念。而且可不用国家的申诉，人民自然会得为保卫生存而发动敌忾。这一理想，在抗日战争中，非但已经实行，并且已奠具了中国式民族主义之根基。

中国民族主义，尚无深切根基，不容讳言。但在自卫抗战之过程中，最勇敢牺牲的，不是统治分子与民族主义之呼号者，而是不识不知劳动群众的士兵。他们不是为了民族光荣，不是为了国家利益，（他们未必知道这些）而是为了自己家庭乡里生存之威胁，自己同胞亲爱友好之人之生命之丧失，为了自己直感的愤怒，为了复仇。这种直接利益的申诉，其发动民众，还胜于民族主义的宣传。要使人民为了直接利益而战，平时不需要对敌人怨毒愤怒的刺激，而只需要对同胞仁爱互助的陶养。平时越有亲爱互助的观念，事急愈能共赴国难而发生国家观念。他们是为了自助助他而抗战，不是为了民族光荣而抗战。理性自由与民治，非但不与这种新的民族主义相反，而且新的民族主义，更需要自由理性与民治。因为只有完全讨论明白一个问题的利害，使理性得到完善的主宰，方才能够明白自助助他的利益，方才明白个人利益与人群利益的分野，方才不受敌人的分化而能够精神团结。

何以中国劳动群众在抗战中最勇敢？其理由很明显。马克思主义者，虽以国家为阶级统治的工具，但同族内，因为历史语言习俗文化之相同，统治者与被统治者，往往互忘而认为一致，且同样受道德舆论的制裁，一切均成为道德律与法制的规律活动。统治与被统治，不以两个相对的阶级出现，而以在道德天理下，一群和谐的人群出现，其利害成为一致。即在统治阶级无道，被统治阶级困穷的时候，对异族的天然嫌隙，亦往往使被统治阶级，因为惰性及恐惧的关系，宁愿奋力保存自己民族的统治。同民族的热爱，如禽兽同类之爱，是天然的本能冲动。在异民族侵略时，可以不用理智考虑，而做本能的抵抗。即使本族的统治十分无道，而侵略的异族，在战争的仇恨与威胁下进来统治，可以预料其必然更为无道。这种常识的预料，屡屡为历史所证明。

在阶级国家遭逢暴力侵略时，尚能发动民族间自然利益之一致。则无阶级分野真正民治的国家，如其遭逢强力侵略其必能更加发动深切的民众益利之共鸣，使民众不独为了国家集团的利益而奋斗，而实实为了自己生存享乐而奋斗可以无疑。这样的奋斗，不用近代疯狂的民族主义之感情的冲动，也不用近代独裁政制之反民主反理性反自由的愚民政策。民众对于自己的集团，如其真正感觉到厉害一致生死与共之处，则在平时愈是庆□相通休戚相关，在战时愈是同仇敌忾。自认生存是人类天然的本能。不是近代民族主义所包办的新发明。法兰西人最崇拜自由，亦最能爱国且为国家而牺牲，同时亦是最浸润于文化生活的人民。可知爱国情绪不必与疯狂的民族主义发生联系，亦不必与文化生活相□□。如国家的利益与民众的利益一致则人民为自卫生存计，必然爱□其集团之国家。在平时人民之与国家，和平相处，如鱼之忘于水。在战时人民之乐卫国家乐就国家亦必如鱼之就于水。因为国家是人民所共有的，亦为人民所共爱。爱国家即是爱自己。在这种国家里，和与战是尽可以公开讨无，用理智办难的问题，而不是用感情直觉处置的问题。政府的力量，是建筑在人民的力量上。建筑在人民真正自身的利益上，而不在笼统抽象的民族观念上。民族自卫的精神与理性可以并存不悖，而且愈是经得起理性的讨论，民族精神亦愈为发奋。中国以自卫抗战，发动民族精神，其民族精神与自卫生存，相互维系。此为中国式民族主义之特点，与德意疯狂的军国式民族主义不同。中国式的民族主义是忠孝仁爱信义和平的民族主义，是合理的民族主义。"对国家尽至忠，对民族行大孝，因仁爱而有同仇敌忾之气，因信义而有一致赴难之团结，因和平而抵抗暴力"。自卫抗战，已奠定中国式民族主义之基础。随抗战之进展，而此种民族主义必日旺。

中国的农业社会，必然要改革。因为农业社会的阶级性与其社会关系的惰性，不适于这种无阶级的民主国家。西洋十九世纪式的工业社会与民主政治，亦不能无条件适用。因为他同样的不适于一个无阶级的民主国家。我坚决相信工业化是中国唯一的出路。因为要使民众团结组织，要使教育普及，要使平时有富裕的生活，战时有丰裕的资源均有赖于工业化。但我并不相信十九世纪的资本主义式的民治制度，一定是工业化的条件。其详细理由，当在别处说。十九世纪的资本主义，是近代疯狂民族主义与帝国主义的导源。现代所谓民主国家虽然对于独裁国家，表面上似乎处在敌对地位，而根本上只是一丘之貉。是"有"与"无"的争执，而不是民主与独裁的争执。资本主义之必然超于世界分割，必然超于帝国主义，必然超于战争，因之必然发生近代疯狂民族主义，是事实与理论两面证实的东西，虽然所谓民治国家的民众，多数趋向非战，如美国人之主张孤立，英国工党之反对征兵。然而近代国家，即在所谓民治国内，亦免不了成为政治家与其代表利益的孤注，而不是真正全体民众的集团。政治家所代表的利益与光荣的冲突，趋于不可收拾而战争时，民众无论其利害关系如何，不得不做战争的牺牲品。只有在真正无阶级的民治国家内，民众方能为了自己的利益而有主张。也只有工业化而出以社会性的建设，才能趋向于无阶级的真正民治的国家。也只有这种国家，才能平时建设和平灿烂的文化，战时号召慷慨效命的民众，才能平时谋民众生活程度之提高，而战时有可以动员的物质基础——军备与资源。而且不以平时的和平，消磨紧急时的自卫力量。亦不以紧急时的自卫措置，妨碍平时和平文化的生活与心境。这是中国文明与民族主义的中庸大道。在最近的将来，中国矫枉过正，不得不向民族主义方面走，以矫正其因循敷衍之暮气。而在最后的终局，则中国与世界，均不得不在民族主义与文化生活间谋一中道。否则民族主义之狂热，固将率兽食人，文化生活之堕落，亦将使人类消灭。此不独为中国问题，亦为世界问题。

都市与自治

王赣愚

民治应从地方自治出发,已为国人所共认,但促进地方自治应从乡村入手,或应从城市开始,在论坛上迄仍争辩不休。本刊近来有过几篇这类的文字,我个人对此问题曾加思虑,现在也来参加讨论。

许多人以为我们本是农业国家,工业尚在萌芽时代,社会的核心是乡村,而不是都市,所以地方自治应从乡村开始。这种议论似是而实非,我个人不敢赞同。我不是说从乡村推行自治,绝对不可能;却是说从都市推行自治,比较容易有效果,我也未尝否认在中国境内几乎到处是乡村,说得上都市的实在甚少。即就这一点上说,我们似应该主张地方自治从都市开其端倪,逐渐再求推广,须知任何社会试验,在开始的时期,不妨由小处狭处做起,虽然最要紧的是着眼要大。促进地方自治也是一样。我们不要把自治看太容易,太简单了,却要首先认识自治本身的要求是什么,然后向最高的目标,做累积的努力,一步一步扩充自治的范围。

过去八九年来,我国倡办地方自治者,上自政府当局,下至民间舆论,好像都误解了地方自治的本质,把它当做一蹴可成的政治事业。欲使自治"克期完成",不知政府当局颁布了多少法规;不知地方民众增加了多少负担;又不知筹办人员白费了多少工夫。无疑地,以往我们政府对地方自治的规划,大致偏重于县自治,尤其是乡村自治,只求形式上的普及,莫管实施上的扞格。从乡村开始自治,在制度上自然不应侧重理想,或过事铺张;但事实上,我们竟将欧西各国所不敢实行的自治制度,决然要在文化经济停滞不进的中国乡村里实行。明知无效果,偏要装门面,可为迂腐已极!

返观十八九年以来，中央原定训政时期为六年，拟在六年以内限期完成自治，府院督促于上，省县赶办于下，但其结果实不过对自治组织加以筹划，而根本忽略了自治实际工作的推进。自治制度树立，未必即是真正自治实现，因为前者固可用法规命令而施行，而后者绝不依法规命令而产生。就法规命令上说，在我国确已灿然大备；以自治组织论，他国较之似亦有逊色。向来文化经济俱为落后的中国，要在整整几年之内，成了一个自治最发达的现代国家，谁都知道其为不可能。

我们对地方自治闹了这些年，结果未见其利，只见其弊。农民负担因而倍增了，土劣操权因而加厉了，地方要政因而忽略了，下级党政纠纷因而频繁了，于是人民厌恶自治，视为迂腐；而负责人员亦因循敷衍，奉行故事。至今检讨已往成绩，不值识者一笑。概括地说，在全国一千九百余县中，始终没有一县做到县长民选；自各省以及县市，参议会的正式成立，亦始终未成事实。虽然许多县市中"区分所"均曾先后产生，但没有一地达到区长民选的程度。直到二十三年《改进地方自治原则》颁布以后，各地"区分所"改组，"坊公所"撤销，而乡镇村公所成为仅存的硕果。在这种组织以内，半因财力薄弱，半因人才欠缺，地方自治不能有所表现。总之，从此以后，中央当局指导各地自治，简直漫无方针，进退失据；而各地方又因遵令提前举办保甲，势虽兼顾自治了。要不因为去年《抗战建国纲领》上提醒了几句，地方自治恐早就告结束了。

在今后建国的过程中，地方自治仍悬为一大目标。考其过去失败之由，我们倘不该易途径，再度尝试又是难逃惨败。人们常不了解欧洲人民不惜流血以争自治，而中国人在政府倡导之下，为何反不愿积极筹办自治？推究其故，便知自治生活不能与中国社会经济的实际相适应，又与其传统的"无为"哲学相脱节。我国本是一大农业社会，在它境内大半是乡村，生产手段向来是分散的，各人各家自营生活，互不依赖。这类社会实际上不需要团体自治活动，人民虽时常往来，然始终不能结合而成互助社会。硬要划乡分区，集会选举，使其生活自散漫进于组织，由消极趋于积极，终久必无成功之理。以往民间虽偶有自治团体产生，但其性质大抵系官治的变态，其组织亦往往以伦理情义相维系，究与现代地方自治制度相异其趣。反之，在欧西先进国家，地方自治的发荣滋长，是在工业革命以后。工商业发达，人口逐渐集中，都市因而蓬勃而起。都市人民相需相求的政治结合，其中居民虽似各不相关，但其日常生活，自始含有互助的精神。因为人口骤增，五方杂处，社会关系更形复杂，许多切身的需要，非市民各依己力所能供给，势非借助政府不可。由此以观，市民对政府举措的关怀，较诸乡民必为殷切，故其政治的兴趣较浓厚，团体的能力亦较强大。在欧西，地方自治是"都市文明"的产物，各国都市因生产方法的进步，把人联合起来；市民寻常生活互相联系，而团体自治的需要，乃自然发生了。

从经验上说，地方自治不单需要精神条件，还且需要物质条件。要使人民出其余力以营公务，必须经济富足，生活安定；要使人民运用民权，参与政事，又必须教育普及，交通便利。在一般都市里，自治乃是真要求，也有好结果，不外因为许多物质条件，具备无缺，社会公共精神和连带意识，遂因之容易发达。

自治从乡村开始，障碍不一而足。其中经济问题，要算是最严重。姑就中国而言，大多数农民均在死亡线上辗转，衣食时虞无着，何堪重税苛捐。竭力以筹经费而不可得，自治遂成具文。纵能于穷乡僻壤，搜集些许金钱，也往往无济于事。担负愈重，农民愈困，自治生机亦愈微。经济困难以外，乡民教育程度，也成大问题。乡民愚昧懦弱，强使其过着自治生活，强使其养成参政能力，实在难乎又难。人民有养，然后有教，两者具备，自能明是非，识大体，对于政治才有了准备，才有了兴趣。虽然有些人到乡村去，想从民众教育做起，用意未尝不好，但倘依然漠视地方的经济条件，结果也无补于自治之推行。其次，现代自治事务，日趋繁复，其借助技术人才的需要，亦日益急切；即从人才上讲，乡村较诸都市，也难免瞠乎其后。乡村无人才，强要行自治，时势所演，只有替土劣造机会，助淫威，虐苦人民，贻害地方，是意中事。

要促成地方自治，而不选择适宜环境，是鲁莽灭裂；以往我们从乡村试行自治，即患了如此大弊病。我个人认为地方自治在中国并不是无法推行；不过为避免失败计，必须以都市为实施的起点。近年来，中央当局所筹划的自治制度，如果劈头专就都市试行，多半没有重大困难，但偏要由乡村开始，强使乡下人开其端倪，则往往窒滞难行。地方自治是政治上的一大试验，其成败靠人者半，靠环境者亦半。都市以人口的稠密，交通的便利，工商业一天天发达，教育一天天普及，所以人力财力以及团体观念，必定必乡村为优。在这些条件上，两相计较，我们不能不承认在都市中开始自治为最易行，并且最有效的。

证诸各国经验，都市中之政治生活，无不为乡村之模范。目工业革命后，都市相继崛起，形成各国经济重心，由其把握金融的脉络，由其控制交易的枢纽。置重心于都市，以都市统驭乡村，姑不问其是否健全的发展，早成了莫可抑遏之趋势。都市在经济上是如此，其在政治上也何尝不是如此？在欧美历史上，民主政治即由都市发端，随着工业化的进展，都市蓬勃而生，民治范围渐已扩充。人们常说民治是以工业社会为基础，这话在大体上是有根据的。工商业发达之后，都市中资产阶级，欲发展其企业，保持其财权，毅然决然出来过问政治，乃有所谓都市自治运动。但同时又因想为国家保持统一，让许多都市在国家法令支配之下，享有特殊权利，得以自由处理其范围内之地方事务。欧西各国促进自治，虽从都市入手，然始终没有忽略了乡村，不过实际上乡村仅占着次要的被动的地位而已。

说起地方自治，往往漫无边际。中国幅员为世界最辽阔，促进自治自应先划单位。省市之过大，区市之过小，故自十七年后，中央定"县"为自治单位，立法原意未尝不善。殊不知县区大致是乡村，几占了全国面积之极大部分。在这样广大的范围内试行自治，加以物质条件缺乏，其失败乃意料所及。"市"是较自然的自治单位，在我国境内仍是寥寥无几，共计仅有五六个的"院辖市"（直辖于行政院的市）和十几个的"省辖市"（直辖于省府的市）。以人口论，这些市只占全国百分之三，远不及欧美各国。如果我们的自治，不从那些"县"起始，只从这些"市"出发；不强求极多数的乡民练习自治，只鼓励较少数的市民参与政事，将自治放在狭小范围内尝试，然后再求向外准广，我们敢相信经过一个短时期准备，全国民治规模，由此得以树立。从县或乡村开始自治，显然是民治的错误发端。今后我们倘不另辟蹊径，地方自治再办几年，结果必又遭失败。

中国今日，正在工业革命的初期，乡村太多，而都市太少，乃是实情。虽然都市在我国古代便已有了，但为数极为有限。我国旧日都市，恒随政治变迁而盛衰，且历代传习，重农轻商，而交易中心又为国人所不重视。都市不从早建设，交通致迟滞不进，工商业亦莫由发达。直至海通以后，沿海商埠，因中外人士惨淡经营，而形成新式的都市，其予我国政治经济的进展，实予以莫大的刺激。十七年国府定都南京后，更感建设都市的重要，而于沿江一带先后设立许多都市。在六年训政时期，"市自治"照理应该提先推进，从早完成，但截至现在为止，国内几无一市完成其政治的使命。说起来也很可惜！

现在我们只有《市组织法》的颁布，还没有《市自治法》的成立，自治权限未加确定，实为都市发展的巨梗。自二十三年《改进地方自治原则》公布以后，在市方面，区公所改组，坊公所撤销，已根本看不到什么自治组织了。依照原定程序，市参议会的设立，应与区长民选同时举行。九一八国难发生以后，中央顺应民意，通令各市先期设立参议会，讵料或因环境不许，或因筹办不及，直至抗战的前夕，始终未见产生。至在"院辖市"方面，北平市虽最先设立参议会，但不久因为内部纠纷叠起，终至陷于停顿。上海市曾有所谓"临时参议会"成立，惟其性质却与民意机关迥然不同。策动全国政治的各大都市，既已如此，何能更奢望于各县和乡村呢？

中国的工业化，仍在萌芽时期，都市建设的条件，尚未具备。我们以后的数十年，倘肯向工业化大陆上奔驰，终久会达到更深刻的都市化。须知现代都市是工业化的产物，又是日渐扩大的有机体，与往昔的都市相异。在各国历史上，以宗教，政治及教育为推动力，虽能使都市兴起，但不能使都市发达，因为三者吸收人口的能力，必然有其限度。所以现代大都市的产生，大致要推因于工商业的发达。十九世纪以前的都市，人口尚属不多，其骤急的增加要算在于工业革命之后。都市以人口的无限增加，势必一日千里。

在促进工业化的过程中，我们建设都市，一面固应注意经济鹄的，一面又须重视政治目标。向民治大路上走去，从都市推行自治，乃其最稳当的起点。本此原则，以建立中国的新政治秩序，此外我们似乎没有其他途径了。

云南的火把节

张采人

我们最近在昆明曾屡次看到盛大的火炬游行，万千民众排成长蛇阵，拿着明亮的火炬，呼喊着各种有关抗建的口号，很兴奋地结队前进，这当然是一种很有意义的群众运动。

其实在云南，这种火炬的集会，已有很悠久的历史。每逢旧历六月廿五日的晚上（一说廿四日），各地农民，都燃起火把，大家集会起来，显着非常热闹的情景，这一天叫作"火把节"又叫作"星回节"。这种节日似乎是云南特有的，有地方性和历史性的。

关于这个"火把节"的盛况，清初滇中名儒陆天麟，有一首诗记载过，题目作《六月廿四夜观点火炬》。下面抄的是那首诗：

悬灯市市元宵节，爆竹家家除夕风。
唯有南人松作炬，每于是夜火齐红。
咸阳三月光差胜，赤壁千艘焰颇同。
我独燃藜供□坐，懒将故事□邻翁。

在这首诗里，陆天麟把火炬节的情景，比作咸阳三月赤壁千艘，可想见其热烈。现在阴历六月廿五日，就要到来，陆天麟当时虽懒说这故事，我们却不妨将关于这个故事的传说，就记忆涉及的，列举几件，以供关心云南风土历史者的参考。

第一种是政治方面的传说，杨慎说的相当具体。杨慎《滇载记》云：

皮罗阁之立，当玄宗开元十六年，受唐册封为云南王赐名归义。于是南诏浸强大，而五诏微弱，皮罗阁应仲夏二十五日祭先之期，建松明为楼，以会五诏。宴醉后，罗阁佯下楼，击鼓举火焚楼，五诏遂灭。罗阁赂剑南节度使，求合五诏为一，朝廷许之，于是尽有云南之地。

这是云南历史很重要的一页，因为南诏将其他五诏，并吞为一，在当时政治上当然是一个很大的变动，关于南诏怎样谋杀五诏酋长的情形，诸葛元声所著的《滇史》，曾有极详明的记载，而且指出了这是火把节的起源。兹再将《滇史》所述南诏如何谋杀五诏的一节，录之如下：

乃于国中，预设一楼，极其华丽；楼上盛设锦绣，其中之户牖板楯，悉用松明，每举宴会，即与臣下登此楼饮酒尽欢。至是年六月二十五日，正值祭先之期，令人招聚五诏遗酋，同来助奠，诸国闻命，不敢不来。至期祭毕，举宴，延众登楼，饮皆尽欢。须臾皮罗阁佯醉下楼，击鼓，发火焚楼，各诏之首领，尽成煨烬，南诏不复有遗患矣。国人始悟楼木用松明之意。滇俗于是夕点火满街巷，名曰星回节，当亦纪胜相沿成俗云。

由上面所记看来，火把节好像是庆贺六诏统一的纪念日。诸葛亮征南有关系的，清初师荔扉所著《滇系》云：

火把节，即星回节。六月廿二五日，农民持炬照耀田间以祈年，通省皆燃。其说有三：一，武侯征南，于是日擒孟获，侵夜入城，城中父老设庭燎以迎之。

照此说来，火把节的起源，好像又是当时民众为诸葛亮所特开的欢迎大会。这是关于军事方面的传说了。

另外还有两说都是关于社会方面，而且事涉爱情，极为哀绝，同见于《滇系》。

一曼阿奴之妻阿南，时阿奴为汉将郭某所杀，欲妻之，阿南恐逼己，绐之曰，妾欲从君，君能从我三事乎？曰从，曰，一须作幕次，焚故夫；二须焚故衣；三须令国人遍知礼嫁。明日如其言，聚国人张松幕，置火其下。阿南抽刀出，令火炽盛，乃焚夫衣以告曰，妾忍以身事仇乎，身跃火中以刀自断。时六月二十五日也，国人哀之，岁以是日焚炬聚会以吊之。

一，邓焰诏慈善。开元中，南诏于星回节，召开诏燕会。慈善逆知其谋，止夫无往。夫不可，乃做铁钏约其臂而去。既而南诏果焚五诏，佯以醉失火，焚死各诏，骸骨无从辨认，独慈善与尸而去。南诏闻其晢，欲娶之，慈善闭城自固，发兵围之，三月食尽，乃盛衣装，西向自缚于座，竟以饿死。临卒曰，吾往诉夫冤于上帝。南诏闻之悔曰，悔逼此贞节妇，乃旌其城曰德源城。

以上两说，都是表彰贞烈，可认为社会方面的关系。阿南故事，《滇系》中另有一条，说她的男人是酋长忧阿奴，为汉将郭世忠所杀。慈善的事，《滇史》中亦有记载，而且很详，这件事，就是南诏以计焚杀其余五诏一件事里所附带发生的。

火把节故事的传说，就个人记忆所看到的材料，大致是上面所举的四种，究竟哪一种传说可靠，还有待于详细的考证。就常理推测，当以六诏统一的关系，比较近理。因为这是当时云南政治上的一个大变动。至于诸葛亮擒孟获，当然也是那时一件惊人的大事，然而似乎是局部性质，不像六诏统一，是那时云南全省都受影响的一个"苛迭打"。至于表彰贞烈，只是社会上的事件，比起六诏统一，与武侯征南，自是渺小了。这种事据常理推测，是不会产生如此壮伟纪念场面的节日的。

此外昆明倪蜕翁所著的《滇小记》，述各地摆夷人风俗，谓在镇南者，"六月二十四日，聚众燃炬，哗而赛神"。是此种民众运动，在摆夷人里面，也是有的，当前虽说近于宗教仪式，原起或为一种历史节日，亦未可知。如此看来，其在云南流传之广更可以想见了。

火把节这种盛会，至今云南各地，每逢旧历六月廿五日的晚上，还在热烈地举行着。究竟怎样一个来源，我们所知道的，略如上述。深望本省耆宿，以及研究本省风土历史的先生们，能给我们一个详明的考证。

我们看到了昆明市最近的火炬游行，伟大的场面实在令人感动，想起了云南省向来早有的火把节，性质虽不尽同，给人刺激却差不多是一样的。所以把它提出来，供大家讨论。同时并希望吾国抗战，不久得到最后胜利，那时再举行一个最伟大最热烈的火把节，来庆祝中华民族的新生。

湘军新志（书评）

彭泽益

在抗战期间，罗尔纲先生写成了这本《湘军新志》（国立中央研究院社会科学研究所丛刊，民国二十八年五月商务初版），对湘军重新作了一番评价，这是很值得我们欣慰和注意的。

全书分十三章。第一章叙述湘军没有创立前绿营及其制度的种种积弊与崩溃原因；第二章叙述湘军怎样应运而生和成立的经过，以及战绩等等；第三章叙述湘军的领袖和将士的思想与故乡，这对于湘军全部的了解，是最关紧要的一点；第四章叙述湘军制度的渊源，并有两点辩正：（一）关于曾国藩谓团练拟采"近人传鼐成法"一点；（二）王定安湘军记谓"湘军规制，多采之王鑫《练勇刍言》"之说；第五章叙述湘军营制，并就制度本身有所评论；第六章叙述湘军饷章和饷源；第七章叙述湘军是怎样招募和遣散的，及其间相互的影响；第八章叙述湘军的纪律；第九章叙述湘军的训练，怎样使之收杀敌致果之效（第八章纪律最好归并第九章训练中叙述，因为军队训练含义有二：一方面是纪律，他方面是战斗）；第十章叙述湘军人才与军功的选拔；第十一章叙述湘军的战术，如何削平了太平军之乱；第十二章叙述湘军攻下了金陵，曾国藩为什么要力主解散；第十三章叙述湘军制度的影响。

全书内容大致如上所述。湘军虽已成为历史上的陈迹，然而他的历史意义，我们未可忽视。研究军事学的人大都很重视这本书，即使当日湘军的战争不能与今日等量齐观，但湘军的训练和战术的一般原则，还有可供今日参考的地方。比如湘军的基本战术所谓"致人而不制于人"，这一点即是扎营时讲求构筑坚固的工事，拔营时严防敌人的突击，作战时慎重地侦察地形，争取主动的地位，予敌人致命的打击！现今陆军作战，在原则上仍然是这么一套办法。尤其曾国藩平生最服膺的"结硬寨，打死战"这一战术，不就是一九三〇——三三年江西所用的"碉堡政策"吗？

罗尔纲先生在战时提出湘军作重新的估价，必然要引起我们非常的注意。

第一，湘军起初本来是一种"勇"的组织，当时所谓团练，今日则称之为组训民众。现在抗战期中，各省各地有民众抗日自卫军团的组织，这与当时湘军的创立在原则上是无二致的，也可说我们是因袭成法。不过有一点很值得我们研究，就是最初只有一千零八人的湘军，如何发展成为十二万人的大军，成为太平军的劲敌，成为挽救垂危清室的一支生力军呢？目前我们正从事艰苦的抗战建国运动，这一点大可供我们的参考。我们应如何将已发动或未动员的民众通通严密编组起来，成为铁的队伍，驱逐日寇出中国，我想这种力量一定会大过湘军的！

第二，道光末年，清政府吃了几次败仗，赔了很多的款，财政奇绌。但清廷为求自存，不得不千方百计筹措军饷，负担十余万湘军的给养（见王闿运《湘军志筹饷篇》）。现在长期抗战的过程中，中央财政困难，未减清室。但是为争取最后胜利，必须坚持抗战到底！目前的整军建军运动，是抗战致胜最后的一着。这一任务的完成，当然需要大宗的军费（但是我们不希望我们的政府"兴厘金"，"征杂税"，增加人民的负担），在这一方面，清政府为筹军费支撑抗战的努力，却不无可供借镜之处。

第三，任何一种革命运动，总得有群众做它的基础。如果先去了民众的拥护，这一革命是没有成功的可能。中国一九二五——二七的北伐，便是最明显的例子。它的成功，完全由于民众，不论在间接或直接方面的赞助。古语说，"得道者多助"，就是这种道理。湘军出师讨伐太平军时，的确很能得到当日士大夫和一般民众的同情（关于太平天国与湘军的批评，暂保留不谈）。湘军在这方面的成就，应完全归功于有严格的训练和严明的风纪。曾国藩所撰的《爱民歌》中有云："在家皆是做良民，出来当兵也是人"。这两句话全是针对着军人的最大恶习而言。兵爱百姓，百姓才肯帮助兵队的一切，这是一贯的道理。现在我们的抗战，首先必须军民合作，然后才能做到"军爱民，民爱军，军民合作打敌人"（现时的一条抗敌标语）这一地步。因此，这点尤其值得我们学习。

第四，湘军的一般领袖人物的政治道德，也是很值得我们效法的。湘军在本质上是私人军队，然而他们对于公私分辨得非常清楚，绝不以私害公，这种精神，虽"百世之下，犹可以想见"（页四十一）。当时曾国藩很受清廷和同僚的（如塔齐布潛曾国藩破坏绿营制度）的嫉妒和不满，但他那种忠于"君父"的精神终于使人释去猜忌。当塔齐布和曾国藩发生摩擦的时候，曾国藩为了顾全大局，不得不慨叹地对他的幕客说道："时事日亟，臣子既不能弥大乱，何敢以己事渎君父，吾宁避之耳。"（页三十二），若是他的政治修养不够，恐彼此早兵戎相见了。可是到了后世，一般武人政客就不同了。目前举国上下团结御侮，这种大公无私的政治道德尤值得发扬光大。

我们在今天谈《湘军新志》的时候，这四点意思应该是把握着的，不要把他看得太历史的了。

作者在本书中更指出了湘军制度的影响。其中最重的一点是湘军制度流弊所及，演成了民元以后军阀封建割据的形态。本来湘军最大的特色在使"兵为将有"，当湘军解散，淮军代之而起，淮军在兴起的时候，就已成为私人的军队（见曾文正公书札卷二十五复李宫保）。直到李鸿章死后，大权完全落在袁世凯的手中。"武昌起义，袁世凯遂得因势乘便以遂其私。民国初，袁氏盗国，再起革命。及袁氏既死，北平军阀遂演分崩割据之局"（页二四四）。因此在近代史上，如果论北洋军阀势力的兴起和以后循环不息的军阀争雄的混战，当以湘军对绿营制度的改革为罪恶的渊薮。所以作者很慨然的说道：

> 我们论史的人，推源这几十年来的祸乱，实以湘军制度使兵为将有以稳其基，其将帅得据督抚的地位，以行其权势而促成。故祸乱虽不见于湘军盛行，而其祸源则实由于其制度所造成，固昭昭俱在，斑斑可考的（页二四五）。

此外还有一点影响也是值得一提的。今日湖南人在革命历史上的纪录最高，民族战士和革命青年的辈出，不论在某一种革命的场合之中，总少不了湖南人的参加。Nym Wales在《*Lives Of Revolution*》一书中就论到这点，她说湖南人是革命种，这是很对的。在当时三湘人士多乐于从军勇敢善战，胡林翼说这是由于湘军几个将领开的风气。这种尚武精神影响于后世，一直发展到今天，便成为奋勇不挠的革命精神。岂止如胡林翼所说只影响于当日呢？

《湘军新志》用很清晰美丽的语言写成，罗先生在这方面的努力显然可见。他对湘军作很公正的评价，另一方面帮助我们了解太平天国的"庐山面目"。

本期撰者：

谷春帆先生《论中国民族主义》的长文共分四次登出，此次结束了这长文。谷先生说明中国人的民族主义潜在已久，在此次抗战中始得扬眉吐气；他相信中国人的民族主义不特应避免疯狂式的民族主义，而且事实上也一定走上合乎理性的民族主义。这是值得国人深长思一个大问题。

张采人先生服务于昆明某大银行，是一位留心滇省风俗掌故者。

彭泽益先生在中山大学研究历史，他所作书评对于湘军有不少意见。

第二卷第八期（1939年8月13日）

时评

"八一三"二周年

"八一三"是我方以实力打击敌人的开始。"八一三"引起了无数可歌可泣的战绩。"八一三"是胜利萌芽的纪念日，我们最好就以胜利来纪念"八一三"。

自四月起战事一向是我方得利。我们于三月失南昌，但南昌虽失，而敌风不动，未能深入。四月我们反攻，各地俱有斩获，尤以豫东，东江，及湘赣一带为甚。五月敌人图鄂北，欲消灭我某部主力军，我军一度处于危险，但结果则化险为夷，反败为胜，杀敌二万余人，收复失地五百余里，造成绝大胜利，堪与台儿庄媲美。六月敌人多次在晋南横冲直撞，想越中条山以侵陕，但始终不得一逞。七月敌人改在晋东南用兵，想越太行山东犯，结果又是白白牺牲。计两月来敌人死亡于中条太行两山系者，其数殆在万五千至二万之间。最近旬余敌人的注意又移到桐柏山，鏖战正在进行中，我们希望再来一个鄂北大胜，以作"八一三"二周年纪念。（平）

英日谈判展望

英日东京谈判在英国退让之后，于七月二十七日正式开始，但自八月二日起，双方以意见不合，又入于停顿状态。停顿的原因，简言之有三：第一，是日本要求太奢，交出天津租界存银及禁止法币流通二事，牵涉到其他列强在津的利益及中国整个的币制问题，日人要求参与租界警务及治安维持，亦根本影响到英国在租界的地位，张伯伦虽善于妥协，亦决不能贸然允许。第二，是美国在英日正式谈判开始的一天，突然废止美日商约，直接目的虽在对日表示抗议，间接却系对英妥协表示不满，使得英国不得不重加考虑对日态度。第三，是英国舆论异常愤懑，上下两议院中议员屡向张伯伦质问，指斥对日妥协的失当。各国舆论亦多不值张伯伦所为，中国尤引为遗憾。使得这位老奸巨猾的妥协主义者不得不暂销声，再见机而作。

英日谈判的停顿，虽然暴露了英日观点的互异和谈判前途的困难，给予我们些微安慰，但英国保守党当局能根本放弃妥协态度吗？英日谈判将就此不欢而散吗？我们莫敢断言。观张伯伦于八月五日在下院外交辩论会中对于议员质问的总答复，公然谓英在远东之处境有特殊困难，而对移交现银，租界警权及程案四华人等问题，亦未表示据理必争之决心，英国没有放弃妥协主张的觉悟，是很显然的。

反之，就日本方面说，少壮军人及法西斯分子虽已等得不耐烦，一方面加紧反英运动，一方面促使政府加入德意军事同盟，但外交当局及军事上级干部又有所顾虑，不敢过于胁迫英国，张伯伦的委曲妥协态度，更使"得取且取"的暴日不能无动于中。所以今日（八月八日）报载，英日对天津问题，传已商有成议，日内即将继续谈判，大概是很可能的。

不过英国即使让步，终是很有限的，与暴日的企望相差甚远。"东亚新秩序"阴谋和英国在华利益根本没有妥协的余地，天津租界问题不过是暴日尝试胁迫的开端，以后花样更将层出不穷。而况少壮军人和法西斯分子的狂妄叫嚣，日本当局毫无制止的力量，英国的妥协让步徒然白送礼物，反足以增长暴日之贪求，张伯伦的敷衍迁延政策绝不是一个根本办法。（迅）

英法苏谈判快要成功

自英法对欧局变更政策，决定阻止侵略国家再有侵略行动以来，倏已四月有余，英法与苏联间磋商订立互助协定（或其他类似的条约）之事也已经花了四个多月的功夫。英法苏的结合为反侵略成功的必要条件，而谈判乃如此拖延时日，诚令全世界酷爱和平者个个五衷焦急，烦闷万分。但自上月苏联将经过情形公布于世，使大家知道谈判滞延的责任在英方而不在苏方后，形势颇有进步，苏联的行动不啻是讽示英国；如英方再不以加大的诚意与苏方进行谈判，则苏方将不惜采取他种行动。这种讽示自然足使英国有戒心，因为即使苏联不与德国接近，而仅采孤立的态度，也足以使英法冒很大的危险。此外，希特勒之陈兵但泽，美国国会之坚持新中立法案仍须维持禁运军火的条款，以及日本军部之继续对英表示轻视，皆足以使英国甘就苏联之范。美国前些时候大多数人的意见是愿意让英法在现款自运的条款下购买美国军火的，但以英国本身与苏联订结反侵略协定为条件。这个条件无非表示美国人对张伯伦对抗侵略的决心不甚放心。张伯伦既然有此决心，而欧洲局势又不能让他疏苏联而失美人的好感，则他除进一步地与苏联接近外，实在没有他法。

由于上述种种理由，英法苏间的谈判最近乃得一帆风顺。现在关于三国订立反侵略互助协定事，大体上已无问题；三国参谋上的谈话最近即可在莫斯科举行；英国下院中反对党质问之声及诋责政府缺乏诚意之声也已减少；虽则协定的正式成立尚有若干时日。

依常理言，英法苏协定成立后，反侵略集团将拥有绝大的优势，侵略集团应该不敢发动战事。但侵略者俱是疯狂的，不易以常理测度的。希特勒对但泽几乎已有骑虎难下之势，他是否可以屈服于强力之前，而放弃他对于但泽及波兰的野心，殆尚须一两月方能判明。同时，如果东方的疯犬此时竟加入德意军事同盟，则益可证明侵略集团有发疯的趋势，而战事的可能性也益大，德国如不想战，他绝无容让日本加入同盟，以激起英法苏及美国对德意生更大的憎恶及畏惧的道理。因此，最近将来的欧局实在仍十分险恶，战事爆发的可能也未消灭，正在抗日的我国倒不可不对于整个局势时时刻刻加以注视。（端）

调平昆明物价与房租

现在在昆明的生活费比在国内任何其他地方的都高，是一个有数字可证的事实。米在昆明卖三十元一石，在上海最高只二十元，在重庆不过十几元。猪肉一斤在昆明卖一元，猪油一斤一元八角，火柴一盒一角。这些都是从前和现在其他各地所未见的价格。除了少数人有其发横财之道者外，昆明和附近的几十万人大多数是靠劳力或劳心得正规收入,是靠工资和薪水过活的。这种——今天比昨天高,明天比今天不知道要涨多少的——物价飞腾的情形对于低收入的劳动者和中级收入的各界人们所加的生活上的压迫可以说已成了一个严重的社会问题。这种情形的必须改善是很明显的。改善必须由政府来主持,亦很明显的。办法必须彻底,实行必须认真,才能收到效果。中央早已定出平衡物价的方案,调整物价委员会亦已成立,而过去实际上所做到的不能不说是没有多大成功,只有公米这几个月来还能在原定的价准买到,其他生活必需品的价格这几个月来最少涨了一二倍。

七月卅一日云南省政府决议认真调平昆明的物价和房租,规定了具体的办法。房租方面,由昆明市政府把市内房屋价值重估,租金最高不得过房价"月息一分二厘"(亦即月租不得过房价百分之一点二)若超过此数,在此次公布以前的,一律提归公用,在公布以后者,即严令取缔。这个已由省府决议的办法是个彻底和公允的维持民生的办法。市政府在执行这办法的时候,必需有好准备,好制度和好组织,以求其实施的普遍和迅速。更要紧的是对于那些不明大义希图违令或用各种方法来阻碍法令执行的房主,必须有勇气的予以取缔。同时各租客须能有地方可以去查明他们所租住的房屋估价到底是多少,应付房租到底又是多少。

物价方面,省府所决定的办法是:由物价调整委员会召集某商会各同业公会和其他有关机关对人民日用必须品别例依照合理的利润决定其价格,由商家标明出卖,不得随意抬高。在这非常时期,平时的供求调整失去大部作用,引起囤积高抬等等的操纵行为,所以物价必须由政府来调整,对操纵必须加以取缔。在实行现在所决定的办法上,特别须注意到的是对于标明的物价,审核必须认真,物品成本不得任其虚报,商人售货不得任其在度量衡和品质方面取巧欺诈。

我们看见报上所载省府调平房租物价的决议,知道省府这次抱有很大的决心,办法亦定得清楚和适当,负责实行这些办法的市府警局想亦必能认真推动。我们希望昆明的市民不久都能收到政府这些措施所能给予的利益。(佶)

法币汇价问题申论

陈岱孙

我在六月二十五日出版之《今日评论》第二卷第一期《法币汇价问题》一文中,对于六月七日前后汇价变动的情形,有一个很粗浅的分析,并建议几个我以为政府可以考虑的政策。六月七日之后,一直到七月十八日,上海外汇公开市场的汇率盘旋于六便士半左右,没有什么很大的变动。到七月十八日,维持汇币的力量又第二度消失:汇价也便从六便士半继续下跌。汇市的不定,很深刻地反映及于国内经济的状况,造成物价狂涨,金融急迫,人心不安的现象。政府中枢,对此问题,自然是特别关心;国内专家亦多有论列。兹拟就前文余意,加以申论。

在前文中,我主张(一)沦陷区与非沦陷区的外汇应严格完全分立;(二)在沦陷区内,外汇基金应该操纵汇率,以左右沦陷区内的国际收支均衡;(三)在非沦陷区内,政府可以统制进出口贸易以左右外汇的供求。简单的说,便是造成两个独立的外汇市场。沦陷区的汇市(事实上,就是上海的汇市)由沦陷区外汇的供给来维持;非沦陷区的汇市,由非沦陷区外汇的供给和政府的力量来维持。沦陷区的外汇基金可以有,不过沦陷区的汇率应以市面本来供求的相应,以达于一个天然的水准为原则,外汇基金的运用,不但不宜拘泥于维持一个长期的汇率,而应以主动的地位操纵汇率,以减少短期及季候的变动,而终达长期的自给自足为目的。非沦陷区的汇率,既与上海分立,应有一个独立的政策。鼓励出口,限制进口,以贸易统制的方式维持或左右这一个汇市,比较起来,不是顶难的事。而初步鼓励出口的办法,便是放弃已经无足重轻的十四便士的旧法价。

财政部七月二日三日公布两项办法。一项是关于汇价的，另一项是关于贸易的。关于汇价，政府仍留旧法价之名，而完全放弃其实。出口商人，虽然仍须结售外汇于政府银行，而政府银行于购买此项外汇时，除付与出口商以旧法价外，复补足以旧法价与自由市场汇价的差数。进口商人，于向政府银行购买外汇时，也得于旧法价外，加补以法价与自由市场汇价的差数。关于贸易，统制的办法是禁止一部分商品的输入。是项商品大致是（一）非抗战建国及人生日用所切需者；（二）本国内有代替品者；（三）多由敌国产制输入时容易冒牌倾销者。这两项办法与我前文今第（三）项的建议——放弃旧法价，以统制后方进出口贸易的方式左右后方对外的汇率颇为相同。固然禁止的明令，在字面上，是通行全国的，而事实上，沦陷区的海关不能严格执行，则其效果也就等于禁止是项物品输入后方。这总算是对于后方外汇问题，有一个初步的办法。继此的步骤如何似乎我们政府还没有何种具体的决定。

至于沦陷区内汇价维持与否一事，政府没有明文规定。然而从七月二十四日蒋委员长在国府联合纪念周中报告推测，似乎放弃维持政策是政府中枢意旨的倾向。本来，主张维持沦陷区汇率者的主要理由是怕外汇狂跌影响及于国内物价与政府的信用。我在前文今也提过一传统的习惯替汇率造成一个玄妙的地位，汇率的稳定似乎已成为一个国家经济能力的晴雨表……其实，一个国家经济崩溃，信用破产，当然会反映及于货币对外的价值。然而反过来，一个国家对外汇价的跌落，不一定就是经济崩溃，信用破产的征象。简单的说，外汇的涨落与国内经济的盛衰有可能的，而没有必然的关系。关于这一点，吴半农先生在《汇价变动与法币前途》（《云南日报》七月二十五日专论）一文中讲的很透澈。吴先生说："在实行管理通货制的国家，货币的对外和对内价值是建筑在两种不同的基础上，而绝对可以分离的。法币的对外价值直接是指对于外国货币的兑换率而言，间接是指对于外国货物的购买力而言。这个比率归根到底是要靠我国的国际收支平衡来维持的……这个比率的变动对于法币对内的价值，除了心理作用外，不应有其他影响。因为法币的对内价值是指它对于本国货品的购买力而言，而法币对于本国的购买力并不决定于对外汇价，而决定于法币发行额对国内商品的交易量之比率。"在理论上，吴先生的分析当然很对。然而"心理作用"一事也是不能一概抹杀。尽管这个"心理作用"是根本不正确的观念，而其影响还是可以很深刻的。所以如何在不继续无限制的供给沦陷区以外汇，以维持一个固定的高率原则之下，还可以不影响及于法币对内的信用，便是决定处置沦陷区外汇如何维持与否以后的一个主要问题。有人主张就非沦陷区中的措施，稳定法币对内的信用。这一点留待下文再论。此处我们只就沦陷区着眼。过去数月汇价是借外汇平衡基金来维持。外汇基金，我们无妨承认，是英国支持中国法币政策的产物。英国支持中国法币政策内中的理由是什么，我们一时可无容深求。如果英国从今起，果然放弃前此的政策，我们自己恐怕没有这能力，则我们也只可实迫□此整个地放弃沦陷的汇市，而集中力量于非沦陷区的汇市与币价的统制与维持。然若英日谈判之结果并不完全如日人所希望，英国仍愿继续借款维持法币的汇价（日来伦敦来消息颇有证明此举之可能，甚至有英美法联合维持我国汇价的风传），我们对于英国此举是接受呢，还是拒绝呢？在自力更生的原则之下，我们一切事自然要力求诸己。然而与国还是要的。英国如果有这个意思，我以为我们不妨接受。善用之，沦陷区汇市的稳定，对于非沦陷区市场的信用，未尝不可有若干的帮助，而未必一定要消耗巨量的基金。这就是我在前文中所说，在沦陷区内，"外汇基金应该以主动的地位操纵汇率，而不要被动的，为汇率所窘协"，以操纵汇率的方式左右区内的国际收支均衡。这当然也还是一个尝试。有一个雄厚的基金为后盾，以安定资本逃亡者的心；由主动的地位压低汇率以减少贸易入超的吸取；缩少沦陷区法币的流通，限制非贸易所必需的大宗提款以削减敌伪的剽窃。这些办法见效如何，固有待于事实的证明，而未尝不可以一试。

　　至于非沦陷区内的方策，政府更应该有一个全盘计划与齐整的步骤。财政部七月二三两日，对于结售及禁止一部商品的办法，只可算为一个初步。而一切计划的前提似乎仍是把非沦陷区的汇市与沦陷区的汇市完全分立。谷春帆先生在《英日谈判与法币汇价》（《中央日报》八月二日专论）一文中说后方汇率"向来因历史关系，亦随上海进退。以后工作当努力建后方之汇市，使后方贸易及人士之需得外汇者可得充分之供给，有相当稳定之价格……当此上海市价混乱，后方汇价摇动之际似宜宣布后方稳定之汇价，努力维持，使信用昭着"脱离陷区之羁绊。这个意见是很正确。除非沦陷区与后方的汇市完全分开，沦陷区汇市一有变动后方的汇市当然随之涨落。心理一个因素既不容易消除，则汇市的变动一定会影响及法币对内的信用。后方汇市独立后，一方面，避免以后方资力维持沦陷区的汇市，另一方面，不必随着沦陷区汇率变动而涨落。法币在后方，既然有一个新维系的中心，人心当不至因上海汇市变化而骤然紧张。这便是上文所说后方汇市为此后一切政策的前提。

沦陷区与后方汇市分开之后，后方的汇市应该如何维持呢？我们以为可以统制后方贸易为主，以统制后方外汇为辅的方法来办理。就过去一年来后方对国外贸易情形来说，我们一向有一个出超。所以后方出口所得外汇的供给实在超过于进口所需外汇的要求。然而贸易如果没有统制，出超未必一定靠得住。并且如果两区汇市分开的结果，后方的汇率较高于沦陷区的标准，则后方出口货可以先做转口，运往上海，再由上海出口，于是所得之外汇便可在上海以优价出售。而进口商人也可以较有利的价格，在后方购取外汇，以购买名义上为供给后方之外货，而实际上以之转口往上海，以较高之价卖出。如此则后方之汇市又将受沦陷区之侵耗，出入或反不相抵。贸易统制之后，进出口货的种类，手续，结汇都得经主管机关的审核批准。在贸易这一门，我们无须忧虑外汇有供不应求，以致影响及于维持此新汇市的资金，如果后方的生产能在最近期间加强，不必需的外货能严格的减少，我们还可以把节省下来的外汇购买政府所必需的物品。这是在以贸易统制维持汇市以上的希望。

在统制贸易以外，再附以外汇统制，我们可以有一个新的法定或半法定的汇率。这个汇率是稳定的，可是不一定是固定的。或许我们可以参照上海市价的现情定一个后方汇率。这个汇率可以略高于上海现在的汇率。照上文统制贸易的做法，这个汇率，我们应该无问题的可以维持。有这个较高后方汇率的暗示，再加上海沦陷区内外汇基金的后盾（如果我们因为种种关系，还要恢复沦陷区内的外汇基金），沦陷区内的汇率也未尝不可因之而得一个鼓励，而减杀其跌势（两个月上海汇市之突变，虽然入超与敌人套取是两个大原因，而资金之逃避恐怕也是一个极大的力量，后方法币汇价的稳定对于沦陷区法币的信用也可以发生良好的影响。则资金之逃亡也可少杀）。反过来，沦陷区汇率跌风减杀也可使后方新汇率更显其为自然。这种相依为用的利益未必完全是一个空洞的臆想。

此外，我们还要防后方资金的逃避与敌伪及其他投机分子假道上海的套取。后方资金逃避的防御较为容易，凡正当进口贸易以外，其他外汇的请求，都得经主管机关严格的审核。正当的请求自然尽量供给。有逃避嫌疑者，一律不予批准。贸易既经统制，后方的黑市不会发展。资金逃避的途径实在狭窄得很。至于上海方面套取可以有二途。一途便是由上海直接汇款后方，再以之在后方请求外汇。另一途便是利用上海与后方区际贸易的差额。后方对上海区际贸易一面是入超的。这入超的款项便可以以之在后方购买外汇。这个漏洞也就可用贸易统制来堵塞。我们不必审问请求外汇款项的来源是否上海，我们可以审核它的用途。如果所做的进口货不是供给后方，或其用途与后方无干者，可以照章不准。如此则汇兑可以无须限制，而上海与内地区际的套取当可不至发生。

　　最后，为维持一个健全的后方市场，后方的金融机构不得不加以改善与调整。过去期间沪市的维持是寄托于外人银行，而香港是沟通上海与后方的枢纽。现在我们要强调我们统御的力量！我们应该在后方建设成一个健全的外汇机关。后方与沦陷区不同。我们可以无需外人银行的牵制。而后方贸易与汇市管理的集中与统一尤其是主要的条件。最后报载中交各行的总行有自港迁入内地的消息，我们希望这是正确步骤的开端。

英日谈判中的法币问题

吴半农

法币问题是这次英日谈判的中心问题之一。当六月十四日敌军开始封锁天津租界的时候，驻津日军司令曾发出布告，罗列英方五大罪状，其中第二项即为"支持中国法币，妨碍'联合银行'钞券之流通。"七月十五日，东京谈判开始。日本《泰晤士报》揭载日本对于天津地方事件及其"相关事宜"的要求五项，就中除第一，第五两项系要求英方交出"犯人"，及与伪政府合作严格管理一切违反该政府政策之机关，出版及言论外，其余三项均与法币有关，即第二项要求英国与北平伪政府在经济政策上合作，尤其是关于伪钞流通一层，第三项要求交出我政府在英法租界所存的白银，第四项要求英方与伪政府共同管理租界内的银钱业，交换业及商业机关。谈判开始后的第四日（即七月十八日），汇丰银行突然在沪停售外汇，引起我国金融及商业市场空前未有的混乱状态。七月二十四日，英相张伯伦在下院宣读其对日屈膝的《英日初步协定》，在大英帝国的远东外交史上写上了最可耻的一页。同月二十六日，美国国务卿赫尔突然宣告废止美日商约，使世界视听为之一变，进行中的东京谈判亦受到了严重的影响。次日，日方代表在圆桌会议席上提出"中国法币继续在租界内流通，实为造成华北经济状态不安之原因，英国应根据克莱琪有田协定之精神，禁止法币在天津英租界内流通。"英方代表即坚决反对，谓"英政府之政策为支持中国法币，英国承认中国国民政府为中国合法政府，自不能禁止法币在英租界之流通。"最近数日，英日谈判似仍停滞于天津租界存银和法币流通等金融问题的争执上。

最近国际局势千变万化，这些变化固足以影响英国的远东外交政策，而以现实主义为出发点的短视的英国外交政策也足以激起国际局势的新的变化。在这错综复杂的形势中，东京谈判将以何种姿态而结束，法币问题在这谈判中将会得到何种结果，我们实不能预测，也不必预测。我们当前的任务，除了督促英国政府立刻停止在东京谈判外，最重要的应以这次英日初步协定为教训，对于我国今后的金融政策，重新筹划，彻底改变，务须在原则上做到独立自主，不迁就外力，不亏损国力，不为敌伪所利用的地步。我国币制，自民国二十四年改革以来，得力于英国之协助者特多。战争发动后，在华英籍银行、进出口行商及租界当局，对于维持沦陷区法币及打击敌伪钞票，更尽了很大的责任。这些都是事实，但正因为如此，我国的战时货币政策遂于无形中形成了依赖和迁就英国的倾向。

　　拿过去的情形来看，沪战发动后，政府即应立刻统制外汇和进出口贸易。但事实上，财政部到了去年三月十二日才颁布外汇统制的命令，而统制的办法又极不彻底。施行的初期，中央银行每周依照法定汇率供给外汇约达四十余万镑，就中绝大多数固然为英籍银行所获得，而日籍银行居然也列于请求名单之列，而且居然也能分得一部分（根据英文《金融商业报》，去年三月二十四日，日籍银行请求三十万镑，中央银行核准一万五千镑；四月一日，请求三十万镑，核准三万镑）。政府如此迁就，汇丰银行仍认为不满，乃实行废止"绅士协定"，自行买卖外汇，造成上海的外汇暗市。自去年八月中旬以后，暗市汇率稳定于八便士之上。从此上海的暗市变成了法币对外的公开市场，汇丰银行代替了中央银行在这公开市场上无限制地供给外汇。所谓"外汇统制"，所谓"法定汇率"遂成了没有内容的名词。到了今年三月十日，中央汇兑平准基金委员会成立，政府和汇丰银行更进而公开维持上海的"暗市"。今年六月七日，平准基金会虽一度在沪停售外汇，但不久又在六便士半的新的水准上继续作无统制的供给。进口贸易统制亦迟至今年七月一日才开始施行，而统制的项目还不够严密，实施的范围亦只能局限于政府权力所能到达的各国。直至这次英日谈判开始，维持上海"暗市"的政策才被迫放弃。

　　政府以无限制供给外汇的方式维持沦陷区法币的对外汇价，这在国际收支的逆势还不十分严重，敌人在沦陷区的经济侵略还不十分积极，敌伪夺取法币的能力还不十分强大的去年，自然尚能勉强支持。但自今年一月以来，沦陷区的客观形势已经起了本质的变化。今年头五个月，全国贸易入超约达二千三百万镑，上海一埠的入超约达一千万镑。这样巨大的差额实已超出汇兑基金所能维持的范围。造成今年入超的严重情势的主要原因，第一是大量日货的倾销，第二是在华日厂及在敌伪统制下的"国货工厂"所需原料之大量输入，第三是敌伪军所需的一部分军用品之大量消耗。拿上海的情形来说，近数月来，不但江南一带的日厂和敌伪军所需的物质系由上海进口，而且华北各日厂的原料亦渐仰给上海，甚至连日本国内的制造工厂亦有到上海开办洋货运日者。而输出方面，华北的重要出口货物固然已被统制，长江一带的铁砂，棉花等重要产品亦被统制运走。这类的输出不但不能产生外汇，而且使国内的需要反而不得不仰给外洋。目前上海的外棉输入达到了惊人的数量，便是实例。又敌方走私进口的伪货为数亦巨。这个数字还没有列入海关报告中。这是从贸易方面说。其次，自去年五月三日英日海关协定后，沦陷区的巨额关税收入已入敌手；上海，无锡，天津，青岛等地的工厂陆续复工后，敌伪的统税收入又已渐复旧观。其他税收，如监税，印花税等亦均逐渐恢复战前的状况。这些变化实已使敌伪获得法币的力量大为增加。至于敌人发行伪钞和军用票以调换法币，还其余事。就南京伪政府的收入来说，最近每月的关税收入已达一千万元以上，统税收入已达五百万元以上。此外尚有监税，印花税等收入。但伪政府的开支每月仅达三百五十万元。随着敌人获得法币的能力的增加，上海外汇市场的压力亦必加重，这是不言而喻的。在这种形势下，我方仍然在沪无限制供给外汇，不但浪费资金，亏损国力，而且帮助了敌人的经济侵略，替敌人做了内应。蒋委员长在七月二十四日的中枢纪念周上对这问题曾经做过极正确的分析。他说："过去在上海办理外汇的办法，不但于我们中国商人没有利益，而且徒然替敌伪维持其金融生命。这个办法，如不改变，不但减少我们抗战力量，实在无异给敌伪以操纵之柄，来摧毁我们抗战经济的基础。"这几句话是最透彻不过了。

　　蒋委员长是"向来就不主张无底止的供给外汇，以妨碍战时的金融"的。财政当局对于这种政策的不智也并非完全不明了。然而，截至今年七月十八日为止，财政部一直是把在沦陷区无限制供给外汇奉为国策而不以为怪。这到底是什么道理呢？我想，主要的原因就是依赖外力和迁就外力的心理在那里作祟。为找旁证，这里不妨引用财政部孔部长于去年底在"中国经济学社"所说的一段话。他说："去年卢沟桥事变发生时，兄弟这在国外，当时就恐怕战事延长，金融发生变故，想用统制的方式，避免资金逃避。但各私立银行为本身利益计，不赞成此议。后来东南战事突趋紧张，京沪沪杭相继不守，大批资金外流。财政部觉得长此下去，决非办法。于是决心统制外汇。兄弟当时已经回国，就亲到香港，召集关系各方会议，而许多人仍持反对态度，主张与外国银行商订合作办法，维持外汇，终以众议难却，就遵从大多数人的主张，与外国银行商订合作办法。但结果仍是有大量的资金外流，最后乃不得不出于统制一途。财政部在三月十二日遂下令统制。但对于统制办法，大家意见又不一致，兄弟当时所提出的办法，本来比较彻底，但大家认为窒碍太多，不易实行，又集合了英美顾问二三十人商酌的结果，遂决定用现行的办法。到现在又有许多人认为不彻底，有流弊。兄弟也并不否认，实则兄弟早已预料及此，可是自己的办法没有得到大家的同情，未能付诸实施，现在也只好设法补救于事后。"又如关于统制进口货物，财政部发言人于今年七月二日对公布非常时期禁止进口物品办法发表谈话时，也称财政部早就"拟具禁止限额特许之管理进口方案，呈请核定；以种种原因，管理进口方案未能核准实施，当于上年三月实行管理外汇时，复经提出管理进口方案，择定若干种类奢侈品及半奢侈品，拟予分别禁限入口，其为抗战建设及日用切需之品，则准由政府银行照法价售与外汇。复因外界横生疑阻，未能付诸实行。"我国过去的外汇政策之迁就外力，从这两段谈话中，当不难窥见一斑。

经过这次"英日初步协定"的教训后，我们应痛切觉悟过去的政策之非计。我们今后一方面要时刻警惕，英国对我的经济援助（如果目前还没有停止的话）随时有停止的可能。另一方面，我们更应切实认识目前沦陷区外汇问题的真实性质。说句老实话，在目前的形势下，维持沦陷区法币的外汇价值，与其说是为了支持我国的战时金融，无宁说是为了支持第三国对沦陷区的贸易。拿过去维持上海汇市的经验来说，我方所得不过是外交上、政治上和人民心理上的短期间的良好影响而已，而国力的亏损业已不资。我方付出这样高的代价，如果获得实利的是第三国，则至少尚不违背友邦帮助我们维持上海汇市的本意。但实际上，各友邦虽然因此维持了一部分贸易，而得益最多的却还不是英国而正是我们的敌人——日本。政府向外国借款，来找第三国维持对沦陷区的贸易，已属不智；现在事实上还是帮助了敌人对我的军事和经济侵略，则更为不智。这还是华中的情形。至于华北方面，目前所谓"法币问题"则更已失却了原来的性质和意义。"七七"事变以前，华北法币的数量约在三万三千八百万元左右，就中南方地名券约占四千五百万元，北方地名券约占二万九千三百万元。事变发生后，资金南下者颇多。以后经过敌伪的种种高压和排挤（最重要的，如自去年六月十日起禁止南方券流通；自八月八日起对北方券贬价一折；自今年一月三日再在贬价三折；自三月十日起禁止北方券流通，同时并积极统制华北出口外汇），华北法币的价值虽愈压愈高，但其流通数量和范围已经减少到极小的程度了。依据今年四月间的估计，天津租界和北平东交民巷所有的法币已不足五千万元，就中在市面流通的还不及两千五百万元，其余半数则存在中交及外行库中。租界和游华区以外已不见法币流通。最近华北法币流到上海者为数颇巨。故目前天津租界的法币流通额当更已减少。取法币之地位而代之者自然是伪"联银券"。根据去年年底伪"联合准备银行"的营业报告，伪钞的发行额，即已达到一万六千二百万元。天津租界原不许伪钞行使；但经过去年九月敌伪包围租界后，英法租界当局亦已接受敌伪的要求，自去年十二月一日起，允许伪钞在租界内与法币并立行使。故实际上，华北的法币已渐失去"通货"的意义，其主要功用不过是作为商人取得外汇的媒介，以便利第三国对华北的贸易而已。这一客观形势的演变是值得国人深切认识的。因为只有看清了这个演变，才能正确地理解目前英日谈判中的所谓"法币流通问题"。

  还有一点，我们亦应认清，即华北向为贸易入超区域，抗战以来，这一部分的对外负担一向压在上海的汇市身上。自今年三月十日，敌伪统制华北的重要出口贸易后，出口外汇的百分之六十已为敌伪所攫去，因之华北对于上海汇市的压力更趋严重。自今年七月十七日起，敌伪业已实行统制华北的全部出口外汇。此后华北法币对外价值之维持更将成为困难的问题。

  这几天内，英国继续支持法币的声浪甚嚣尘上，中英法币借款谈判似乎亦正在积极进行中。我们欢迎国际援助，而且需要国际援助。但是我们绝不能依赖外助，更不能迁就外助。我们应当看清目前的客观形势，坚持自己的立场，确定主动的金融政策，以争取外援，而绝不能为外力所利用。这是值得政府和国人深切注意的。

欧洲各国的军备及战略

钱端升

欧洲最近期内如发生大战,两方的军力如何,及战略又如何,不特可以决定战后的胜负,而且也可以决定这战争本身的发生与不发生。现在欧洲的国家,有一部分是自称为"无有"而要进而为"有的"这一部分国家当然愿作一战。另一部分国家是被称为"有"的国家,他们为保全其"有"的地位起见,也不惜于一战。但这两种的国家,虽则一愿作战而又一不惜一战,战争的爆发与否与何时爆发,则仍须看"无"的国家方面有否作战胜利的把握。如果没有把握,他们不敢战;他们不发动战争,"有"的国家方面当然不会发动战争。

要估计两方面的军力,我们须遇到种种困难。第一个困难即是两方究将包含多少国家。就现时情形而言,英法方面当有英法波罗希土六国,而德意方面当有德意匈西四国。苏联可以加入英法,但日本等又可加入德意。这尚是日后之事,暂且不说。

如果我们假定战事爆发之始,英法等六国与德意等四国交战,则军力如何呢?

就海陆空三军而言,海军实力的比较最判明,而对于战争初期的影响甚少;空军实力的比较最不明,而对于战争初期的影响最大;陆军的数量与能力的表现缺乏一定的关系,故实力的估计最困难,然而陆军最是重要,因为陆军将为决定下次欧战胜负的主要因素。

就海军的总吨数而言,英约两百零六万吨,法约七十八万吨,其余四国合约十万至二十万吨,六国共约三百万吨。德约五十万吨,意约六十八万吨，西约二十五万吨，四国共约百四十万吨。两方对比为二于一。如就战舰之数而言，则英十五，法八，而意仅有四，两方势力更加宵壤。如依现在造舰程序言，至一九四一年底意可有战舰八，德可有五，法可有十二，英则至一九四二年底可有二十五，德意方面仍难与英法为敌，因为英法方面力量优越，所以英法海军及兼顾欧洲以外的领地和利益后，仍可应付德意而绰绰有余。

在这里，德国的造船政策也值得一说。德国实力既还不如英法，他似应继续从前只造袖诊巡舰及潜艇的政策，而不应虚靡巨资于巨型战舰，如前月开始兴建的"德不兹"一类战舰。袖诊巡舰有速度，与巨数的潜艇联合起来可以防守北海，破坏英法的封锁。然而德国近已决定建造五艘大战舰，揣其意好像德国最近不预备对英作防守战，而希望与英法在日后角逐于大洋四海似的。究竟这种造舰的政策与国策有何关系，我们也不敢肯定的说。就过去而言，德国的海军政策不甚具有深谋远算。或许我们并不必求从现在的海军政策中看出什么线索来。

空军的实数最难知道。欧战后法国首占首位，以后苏联占首位，自去年起，大家多说德国占首位。究竟某一国在某一个时候有多少完好的第一线机，恐怕除了该一个国家的少数当局外，没有一个人能确定。下述的数字殆为最大可能的数字：即德国现有的第一线机四千，预备机（强勉可用而不甚佳者）四千；意大利第一线机二千四百，预备机六百；西班牙第一线机三百，预备机三百；匈牙利第一线机一百，四国共第一线机六千八百，预备机四千九百。英国现有第一线机三千，预备机一千三百；法国第一线机二千六百；波兰第一线机九百，预备机四百；罗土希第一线机一千，预备机两百。六国合计第一线机六千九百，预备机一千九百。换一句话，两方面第一线机相若，但连预备机在内则成四与三之比，德意方面占优势。

飞机的补充力亦应计算在比较之内。就现时的能力而言，德国每月可出一千架、意国三百、西班牙五十；四国方面月共一千三百五十。英国一千，法国二百，波兰五十，六国方面月共一千二百五十。两者相接近。日后则英法方面，一因工业统制的成功，再因美国的协助，出产力当更可增加。

关于数量，许多人对于德国机数有许多传说。去年慕尼黑的时候，依照最大数的传说，德国当时已有第一线及预备机一万，此刻当有万五六千。这个数目我不敢置信。飞机是日新月异的东西。一个国家除非预定于某月日发动战事，所以要在某月日以前制成若干巨数的飞机，他决无尽量制成巨数飞机，坐令过时作废，徒耗材料之理。德国是原料贫乏的国家，他更无虚耗材料以自豪"我有最大数飞机"之理，除非他已定了作战日期。这既不是事实，我们因此敢说德国有多少多少飞机者仅是宣传。而其实际当不过八千。

如果两方面空军的数量不易知，则实际更不易知。德国的飞机员与机之本身半因二十年来德国民航的发达，再因近四五年的悉心训练，是享有极大的盛名的。但据多数专家的意见，英国空军——人及机——的作战能力殆仍在各国之上，而德意法的则相差无多。故就空军的实力而言，两方当无多大差别。

陆军方面，先就第一线军队而言，德有步兵（各国步兵师均有炮工等兵的配置）四十九师，骑兵五师，装甲兵四师；意有步兵四十六师，骑兵三师；西有步兵二十一师，骑兵一师，装甲兵一师；匈有步兵七师，骑兵一师；四国合步兵一二四师，骑兵十师，装甲兵五师，总共一百三十八师。英法等国方面，英有步兵八师，骑兵一师，装甲兵二师；法有步兵四十二师，骑兵四师，装甲兵二师；波兰有步兵三十师，骑兵五师，装甲兵一师；罗国有步兵二十四师，骑兵三师；希有步兵十三师，骑兵一师，土有步兵二十二师，骑兵一师。六国合共步兵一百三十二师，骑兵十七师，装甲兵五师，总共一百五十四师。

更就预备军而言，德有约五十师，意三十五师，西匈约十七师，四国合约一百零二师。英十二师，法四十师，波三十师，罗二十二师，希十二师，土十八师。六国合共一百三十二师。

以上所举各国陆军均以师为单位。师的编制各国互有异同，但为概括计，我们不妨以一万五千人为师的平均人数。故以师为单位，其比较容易，比人数的比较为准确。

至就未经编制，而有军阶的人员而言，则德有约一百五十万人，意有约四百万人，西匈合约两百万人。四国合计约七百五十万人。英有约五十万人，法有五百万人，波有百七十五万人，罗有百五十万人，希有百万人，土有百五十万人。六国合计约有一千一百二十五万人。我们如以一师平均一万五千人计算，则德意四国可执兵及已执兵的总数约一千一百万人，六国方面约一千五百五十四万人。

由上可见德意方面的陆军绝不能在英法等国之上。

就陆军的质量而言，我们似应注重德意法波四国，因为他们是大陆军国。在这四国中，无疑的法国的陆军最优，无论在兵士的战斗，将校的指挥力，或在轻重兵器的配备方面。德国旧日的国防军的质地甚优，但数年前的十万国防军今已扩成百余万的常备军及预备军，将士的经验训练俱不充分，而装甲部队更是未经试验，缺点甚多。意大利及波兰的陆军向不为法德所重视，但波兰骑兵的战斗力是不容轻视的。所以就质而论，德意集团也绝无把握可以胜过英法集团。

以上是两方军力的比较。军力是静止的不是动态的。军力上占优势不一定就能战胜。胜负多半视军力的大小，但有时优良的战略也足以使较弱的一方取得胜利，所以我们更须考虑到两方可能的战略。

在战略方面，德意方面有两个的便宜。第一是德意合起来可以指挥巨数的占优势的陆空军，而英法等方面，则雄于陆军者，弱于空军；空军较强者，陆军又较弱，指挥权不免要相形见分散。英法，英法波及英土间的参谋谈话，其目的在减低分散，增加结合的程度，但至今尚不能如德意结合的严密。第二与第一有关。这即是德意是一个集结的面积，用兵方便，而英法等六国则是分离的许多地域，调度上便增加许多困难。

在大战开始的起先几个月，海军的作用必定不甚大。英法方面的优势只能用于保护英法两帝国的交通路线，并封锁德意的海岸。这样，在若干时候固然可以促成德意的原料食粮缺乏及经济崩溃，但在初期恐难生多少有利于英法的效力。北海方面的形势大概将如欧战时的情形，即德国主力舰队匿居不出用潜艇战略以妨害英法在北海及大西洋靠法西两国一带的海上交通。但英法与德国间海军力量的差别既大于欧战时，则德之不能成功，固无待言。在地中海英法本可在短时期内解决意之海军，但意之海空军必定合作，故英法是否即能解决意之海军尚须视英法空军的力量如何。此外，意的潜艇固然也可以给予英法相当关心，但严重性也不会太大。总结起来，海军在战争的初期对胜负不会发生多大影响。

关于空军的战略，在两三年前，颇有人主张用突击猛击的策略，将敌国要点击毁甚或占据，并将敌国人心扰乱，以达到速攻速胜的目的。但中国及西班牙的战事似乎已证明了这种策略之不足恃。而且空防技术的增进，与两方空军军力的渐趋平等，将更使这种策略无从成功。大概今后空军的效用将仍为掩护战与破坏战，掩护陆海军作战，与破坏敌方城市、要塞、船只及工业中心区等。掩护战固然是扶助战而不是主力战，而破坏也不是主力战。征特英法方面从未具有牺牲大批空军以袭取或消灭敌方某一中心的野心，即德意此后恐怕也不会以巨数飞机（五六百乃至一二千）作孤注之一掷，因为即使拼了巨数飞机，也不见得能达到上述的目的。因此，在下次大战中，空军也不见能发生前些时候大家所想象的那样的大的作用——除非将来两方空军的数量与质量又悬殊起来。

下次大战中，最重要的表演殆仍将属于陆军。

陆军方面，两方的军力既如此悬殊，德意等国自不能不采取攻势。且大战即将由德意掀起，则不取攻势更无意义。德法之间两国各有坚固防线，进攻俱非易事，且绝无速战速决可能，法比与比德之间，法比近亦筑坚固防线，故德也不便做道比荷，且比荷抵御力亦相当之强。法瑞之间不甚设防，但瑞士今年整军修武，如由瑞以入法亦甚困难。德既不易攻法，自宜先攻波兰。波军作战力不大强，且波兰西半被德作圆形的包围，围攻颇易。德如能先破波兰，解除东欧之忧，然后移师南指，则力亦较宏。即上次欧战，德之战略大致上也是如此。德如攻法，因地势关系，骑兵无甚大用。在去年年底德亦仅有骑兵二旅，但今已增至五师。这一个事实也可为德对波将取攻势的一个有力说明。此外德对罗马尼亚，当亦将师上次大战的故智，采取攻势。攻罗时匈当参加若干力量。罗如击败，则布加利亚即南斯拉夫俱可望向德（如果战事开始尚未向德的话），而希土的军队难望发生多大作用。

意法之间有阿尔卑斯山。此山阻意攻法，却不能阻法攻意。法意间此山有五条可通之路，但皆利于法之行军。此所以自中古以来，多法攻意之事，而少意攻法之事。如战事起，法当向意取攻势。在非洲方面，意殆会在立比亚向法之突尼斯进攻。固然意军质量不大佳，但法也不见能于短期内将意大利解决，虽则最后法当能在欧陆及北非俱获胜利。

法西边界，法对之向不甚注意。但西无攻法力量，故西之加入德意集团，仅有牵制法国兵力的力量，而无败法的力量。法西间的卑兰尼斯山亦可为法之天然防卫。大战一起，英法必尽量封锁西班牙，使德意的军火原料等等难以入西，故西班牙殆无足重轻。

但西之陆军，与意之空军潜艇联合起来，颇可威胁英法在地中海的航线。法国本部与北非的航线，英国的直布罗陀，马尔太及西布利斯岛均为海军重镇，而均可被西意联合武力所破坏。不过直布罗陀即使沦陷，主力舰队仍可通过。而且英法既有优越的海军与日增的空军，对意西的军事中心自亦可以反攻。胜败谁属，自难预测。

就上述战略而言，英法方面如能持久，胜利终当属英法。在战事初起时，英法方面的最大危险第一是地中海的据点及航线被敌所破坏，第二是波兰罗马尼亚之被消灭，因而德国可取到广大的资源及持久的可能。关于前者英法无外援可寻，英法须自己努力。关于后者，英法如能取得苏联之助，则危险立可取消。英法之不能不拉拢苏联，其目的即在取得必胜之道，因而使德意不敢轻松一战。德国之所以向苏联频送秋波者，其目的在使苏联不与英法联合，借以保持其胜利的可能，更借以作敲诈张伯伦辈的工具。

年 夜

黄贤俊

一翻过旧年腊月二十，两姐弟眼睁得圆圆的，每天轮着指头算日子。二十，二一，二二……日子仿佛来得特别慢，存心与人为难。每天从学校回家，便一直谈着这个"年"应该如何打发过。两姐弟从落下地时起，过年都一直是在北平。今年来到这个新奇地方，这个"年"也自然应该与往年有点不同。

姐姐珊，弟弟英，年纪都没过十二岁。在北平曾遇着个算命的，说英将来会做个大英雄。如果照现在的说法，便是个师长，军长。英也自命不凡，常常梦到自己要成为一个勇敢军人，醒来便向珊谈起。弟弟的这个前程使姐姐很高兴，但有时却又不免生出一份嫉妒来。

姐姐读初小八册，弟弟六册。在学校中，常常有人问起："你们是哪里人？"

姐姐便说："我们是北京人。"

这句话是离开北平后，爸爸教他们说的。弟弟听人问他们，也一声叫："我们是北京人，北京出过皇帝呀！"一面扬起手来，"那里常常飞雪哩！"

弟弟关心的是雪。他会溜冰，做雪人。这里是不常飞雪的，因此常常提到这。

腊月了，两姐弟兴奋着。在学校里，心常常不在书本上。但明天呢，明天是大年初一，又是星期日。终于盼到了。两个小孩简直感到浑身没放处。

爸爸办公回来，又走出去。妈妈房中，收拾得很美丽，并且摆了许多糖果，点心。两人各有着一个气球、一个橡皮人、一把木剑。弟弟拿着剑，在屋子里舞着，妈妈适才夸奖了他："小乖乖，真像个英雄！"便更得意，几乎忘掉明天是大年初一了。

珊在外面叫："溜冰哩，去溜冰哩！"

便突然放下了剑，但一看，仍然是一片晴空。走到妈妈那里，把头靠在她怀中，叫：

"妈妈，昆明为什么不飞雪呢？"

她抚摸着他的头，一面望着那不服气的眼睛，说："这里是南方，南方比北方热，所以不飞雪。"

不飞雪可真不成。他使起气来，想说：哪一个地方不飞雪，真不讲道理！冬天没有雪，还成什么冬天？

停了一会儿，说："哥哥那里有雪没有？"

妈妈说："哥哥那里有，那里很冷！"

哥哥在西北战场从军，打日本兵去。他和哥哥很要好，姐姐和哥哥也很要好。在北平时，弟弟常常说：

"哥哥，我们三人谁先去打日本人？"

姐姐争着嚷："是我。是我。"弟弟满足地笑了。但这回去的却不是她。

但姐姐说，英的年纪小，他们的年纪都小。等到长大后，一齐去打日本人。

英能记得清日本人是什么样子，在北平他见过许多日本人。他曾在学校里，学着那些大学生们演说的姿势，说："同胞们呀，我们的国都要给日本人灭亡了呀！"

看到适才丢到地上的木剑，他便离开妈妈身边，走过去拿了起来。转过身子叫：

"妈妈，你做日本人好不好？"

剑便向她身上刺去。

妈妈说："我是日本人，你也便是日本人了。"

英忙抱着妈妈，丢下了剑："我不是……不是日本人呀！"妈妈笑了。

英常骂人是日本人，这样，就可以满足他做英雄的欲求了。他的手，足，有时甚至连同口沫，一齐向那人加去，但他并没有认真生气，如果对方还他："你才是日本人！"那可不同了。他小身子的气力全都使用出来，直到对方屈服方休。

日本人是天字第一号的坏蛋，英想。过后，这三字的意义又稍稍有点不同。凡有人骂他，或对不起他，那人就是"日本人"。

哥哥是在汉口时，离开他们去前方的。英和哥哥是"好朋友"，这个好朋友，由北平一直伴送他们出来，走过很多地方。英从没有见过那么许多新奇地方。

哥哥说："英弟弟，喜欢到昆明去不？"

英便说："哥哥，昆明好极了。姐姐去不去。"

"姐姐去，妈妈去，你也去。爸爸去做事。"

这句话意思是不是"我不去？"英说："你也去！"

"好朋友去不成了。"

英努着嘴，预备生气。珊将两手围住哥哥颈项，说："骗人，你敢不去？"哥哥常常是她手下败将，只要一蒙住脸，偷偷抹点口沫在眼角上，然后再抬头叫嚷时，那个大哥就会服服帖帖了。

"我去打日本人。"

英说："我不信。"

姐姐说："问爸爸去，爸爸不说谎。"

他们当真问爸爸。爸爸的话和哥哥一样。两姐弟这时觉得哥哥伟大多了，英装作明理似的说："我不许他去，但打日本人也是好事。"

一家人当真收拾行李，预备动身。好朋友临去那天，两姐弟围着他。

"带个日本人的头转来。"

"带支手枪给我。"

"都有。都有。"

哥哥走后，却不回来了。珊对妈妈说："哥哥明天转来。"英也相信，哥哥一去便不回来，是从没有的事，虽说去打日本人，但爸和妈从不谈到他要回来。两人开始有些着慌。每次走到火车站，英总要鼓圆眼睛喊"哥哥，转来！"

珊生气说："打日本，总要打三月，四月，仅他吧！"

两姐弟期待着，哥哥胜利后归来。

随后他们到昆明去了，英没有料及这是个不飞雪的地方。英常说："北京的雪有三丈高哩！"旁人问他，"三丈高，不把你埋了吗？"

姐姐在窗外吹气球。英身子只顾往妈妈怀里钻。想起北京的雪，不觉出神。

英问："妈妈，回北京去不？"

"北京给日本占了。"

"给日本人灭亡了，是不是？……日本人坏，哥哥打他。……打胜了就回北京……"

想起哥哥来了。这个除夕，没有他在。在北京，每年都有他的。英爱北京。那里有雪，有皇帝住的紫禁城，有许多要好的同伴。还有一匹白色的小木马在那里。姐姐的那枚古钱，他曾几次哭闹着，都没有让给他的，也忘记带走了。

有哥哥去打日本人，英觉得放心。他不归来，英能饶恕他。但他突然记起，今天除夕了。一个该快乐的日子。

珊仍然在吹气球。窗外日头西斜下去，天空一片蔚蓝，微带灰暗。近日头处有几朵美丽的云彩，金黄如仙女的头发。

英忘记一切，觉得今天美丽极了。仰起头，说："妈妈，亲亲嘴！"小嘴就那么给人吻了一下，然后极服贴地在妈怀里坐着，珊的气球尖锐的，快乐的叫着。

他说："姐姐，你一个人玩吗？"

姐姐说："你看，我气球吹得比桌子还要大！"

跳下来，往屋外走去，但却又迟疑着，他问："爸爸几时回来？"

"爸爸晚间回来。乖乖的玩，给你好东西！"

他点着头，然后拿了木剑，橡皮人，气球，往屋外走去了。

屋外是小小的天井，珊跑来跑去，玩弄着气球，独自笑着，或者又独自发呆。英说：

"爸爸要晚间才回来。"

走过姐姐那旁去。这时，晚风从翠湖那边过来，微带凉意。两人玩弄着气球，希望爸爸早些回来。

珊说："夜了呢。"

太阳更偏西，渐渐那些云彩也消失了。天每暗一些，他们心里也就更快乐一些。风从湖上吹来，夹着凉意。里里外外，静悄悄的。

屋里电灯光射出来,夜就更来得快一些。哥哥叫:

"进屋子里来哩!"

他们不做声。过后还是英叫:"哥哥,到外面一齐玩!"

天浓黑了。

"讨厌的爸爸,"珊说,并且又出了一个主意,"嘿,我们埋伏在门两边,等爸爸回来时,便拦住他,把他手里的东西抢过来!"

英说:"我的气力没有爸爸大,要是哥哥在就好了。"

珊也说:"可惜!……"

但他们仍旧计议着,如何拦住爸爸。

把一切布置都商议停当以后,望着手里气球,珊说:"我能吹得像桌子一般大!"

"姐姐,你胡说!"

"你看!!"她果然吹着,但并没有桌子那样大。解嘲似的说:"已不是够大了吗?"

"姐姐,你是个坏蛋,胡说!"

姐姐生了气,"英弟弟,我们比赛,看谁吹得大。"

两人果真鼓着气,用力吹着。英说:

"对了。"

气球拿下来却是姐姐的大。他不服气,仍又继续吹着。忽然,"砰"气球一下破碎了。

英急得跳起来,大声嚷:"坏姐姐,坏姐姐!"姐姐说:"英弟弟,关我什么事?"

英更急,说不出话来,但他找着了一句,"坏姐姐,你是日本人!"

这一下,姐姐当了真。她说:"你才是日本人,妈妈说你是松树林子里捡来的,日本人丢下的。"

英从身边将那把木剑抽出来,突然一下向姐姐臂上打去。

姐姐哭了,突然,英也哭着。

"妈妈,英弟弟不乖,英弟弟不乖!"她喊。

两人哭着,闹着,一声大过一声。

门开了,爸爸走了进来。他手里提着一大包东西。两个孩子更闹得厉害了,爸爸问:

"小乖乖，什么事？"

英说："姐姐说我是日本人！"

"你先说我是日本人，还用剑砍我！"

两个都仿佛受了委屈哭着。"进去！"爸爸一手拉一个，但英却躲开了。爸爸从怀中取出一封信来。

把带回的糖果都打开，英过后也悄悄走近来。但没有望姐姐一眼，还在生气。爸爸看完信，望着两个孩子，说：

"哥哥来信说，你们要和爱。现在全国人民都团结起来了，以前旁人说我们是一片散沙。哥哥在前方很高兴，见到这种情形异常快乐。你们以后还斗嘴吗，打架吗？……"

两人都垂下头来。爸爸把糖果分给他们，拿过去，两姐弟慢慢吃着。

英忽然说："冷，冷！……"

风带着寒意，从浓黑的窗外吹进来，显得是隆冬了。妈妈说："在昆明也冷吗？"

英抬头望着窗外，一片黑，风刮过树枝，"沙沙"作响。屋里生着火炉，灯光照亮一切。他把身子靠近爸爸一些。

他又忽然移动着，怯怯地挨近珊，低声问："妈妈，哥哥冷不冷？"

姐姐不知道。于是爸爸说："他那里是西北，比这里冷得多，而且还没火炉！"

于是两姐弟都关心起来。风卷起落叶，在窗外乱扑着，树枝也被摇得"沙沙"作响。屋子里却静静的。两姐弟依靠在一起，英已忘去了寒冷，两人只是关心着，哥哥在战场上，冷不冷。

本期撰者：

法币问题为抗战现阶级中最严重，也最需要合理而细密解决的问题。本期有两篇文章讨论这个问题。陈岱孙先生申论他七周以前所写的一篇文章。他主张将后方的汇市与沦陷区域内的汇市划分为二，分别办理，对其所主张的办法，并有相当详细的说明。吴半农先生主张自主的法币政策，其所胪举的资料十分充分。关于沦陷区的固定汇率，吴先生主张完全放开，陈先生则主张一种有弹性的维持。表面上两种主张若有出入，但如能真正实行，则两者的步趋仍必一致。这是细续这两篇文章者所应有的结论。

近来国内外杂志讨论欧洲两集团的武力的文章甚多。本期钱端升先生参酌各家言，也有一篇文章讨论这个问题。

黄贤俊先生的《年夜》是半年前的一篇旧作，但以篇幅关系，此刻始能登出。

第二卷第九期（1939年8月20日）

时评

蒋委员长的两种文告

八月十一日蒋委员长发表《再告全国各地士绅及教育界人士书》，"八一三"他又发表《告上海同胞书》。这两个文告，在抗战的现阶级中，均含有极重大的意义。善用之，均能发生极重大的作用。

蒋委员长年来正力倡精神总动员之意。此意本极浅显，即谓我人民务须有奋发图强的决心，与夫身体力行的诚意，然后物质方面的动员真能顺利进行，而抗战的胜利可期。套用一个老调，物质的动员是标，而精神的动员是本，本治然后标治，精神方面动了员，然后物质方面，无论是兵役，工役，财力，智力，均能集中起来为民族效命。

中国"士绅"二字的涵义至广。读书人及以读书为职业的固然是士绅，现任与退职的官吏，办地方自治及慈善事业者，办党务者，有几个钱雍容享受者，从事于较大的商业如银行实业的巨子者，从事所谓文化事业者，在一般人心目中均是士绅。换一句话，除了种田的农，店肆之商，操作之工外，均是士绅，即农工商会的书记也是士绅。教育界人士当然也包括在内。

士绅阶级既是中国的统治阶级领导阶级，依理，他们对于抗战大业也应处于领导地位。然而事实并不完全是如此。士绅中直接参加前方的作战，与后方的必要准备工作者固然也有其人，但居要职而仍是洩洩泄泄，甚或结党营私者有之，拥厚资而但知安居逸乐，甚或投机为富者有之，为知识领袖，而对国事漠不关心，甚或发为不负责任之议论者有之。国家待士绅阶级不薄，社会待士绅阶级且甚厚，而士绅阶级偏未能加意努力，此诚良可痛心之事。蒋委员长一再为文告士绅，其用意全在责勉。深望自今而后，全国的士绅，尤其是拥高位的大官、握巨资的银行家及享盛名的知识领袖，能淬励精神，实事求是，以赴抗战的工作。利禄心要薄弱，而义务心要发达。唯能如此，才可不负蒋委员长敦敦劝勉的苦心。

蒋委员长于"八一三"以下列四事希望上海同胞：即（一）文化舆论界明汉贼不两立的正义；（二）经济界信用国币；（三）青年们工人们知耻有节操能团结；（四）全体人们互助共济。自奸贼汪兆铭等到沪作祟以来，上海予我们最大的伤痛处，就是一小部分教育界报界学生及工人们之被收买，以及一小部分经济界人们的动摇，深望经此番劝告而后，大部分的忠节之士益能忠节，而小部分的动摇者也能悬崖勒马，改善如流。"八一三"是上海史中最光荣的一页，上海的同胞尤须爱惜这一页的光荣史。（平）

但　泽

但泽问题真如密云不雨。全世界人所要急切知道的就是这密云将化为大雨呢，抑将经过一阵大风，而烟消云散，又是向日当空呢？这密云现在正一天比一天地密起来。在最近的一个月内总得有个分晓。

现在我们看得清楚的有两件事：第一，英法苏的团结已无问题，而波兰维持但泽地位的决心也无问题，所以德如抢但泽，便免不了要与英法苏波大战。依常理言，这不应是希特勒所愿见之事。但是，第二，希特勒如不能归并但泽，则将成为希特勒空吓政策的首次的失败，于他的面子实在不好看，怪不得本月十三日德意当局在贝兹加登会谈后所发公告，谓此事与德国的荣誉有关。希特勒最无耻，最不知荣誉为何物，而最爱讲荣誉。他一讲荣誉，事情便不好办，所以但泽问题最后也许仍不免一战。

最近几日贝兹加登正举行意外相与希特勒里宾托浦间的谈话，据一部分观察者推测，德意或将放弃但泽，而在东南欧发动。但国联驻但泽委员布哈特教授（瑞士人祖德）亦于此事奉希特勒之召赴会。此则甚可表示希特勒仍在想法运动但泽以自决的方式归并于德。

依我看来，欲使但泽问题不引起战事，最好立由英法苏波当局发一决不容许但泽地位变更的共同宣言。这样一来，也许希特勒会把他的"荣誉"忘了。然而张伯伦敢出此吗？但泽的危机与整个政局的危机盖即在此。（兴）

省区区划问题

近来内政部，除注重县以下行政机构之调整外，对各省区之区划问题，亦在详密考究中。我们以兹事体大，深望内政部拟有方案，以供国人检讨。

改造省区之议，发端于清季，极盛于民初。国府奠都南京以后，此议会复引起一时注意。我国各省的划分，仍承元明制度的旧贯。流弊所及，一省之大，几同一国，除新疆、西康及四川等大省外，普通省份面积，几达五六十万方里，平均不下九十余万方里。因此历来国内人士，多倡缩省之说，以为倘使省区缩小，地方失所凭借，中央便容易克服推行法令的天然困难。十九年三届四中全会，关于缩省问题，曾有重要的提案。在该届五中全会，内政部对此事亦拟有意见书。我国各省，幅员过于辽阔，固然是事实；但我们今后考究省区区划问题，似不应专注目光于缩省一端。缩省不是此项问题的全貌，却是解决此项问题的一种办法。

我们以为缩小省区，在战时不应冒昧实行，即在战后实行亦须加一番思虑，因为此项办法对于法令的推行，未必有直接的有力帮助，虽然本着其他理由容或有相当根据的。就事实言，缩小省区，把一省分为数省，全国"行政区域"几倍增多，在中央指挥上能否收灵敏之效，仍成疑问。中央之于各省，固须有合理的控制，然实行合理的控制，却未必是单位愈多愈便利。

今后我国省区，非加全盘规划不可。但改造省区所应顾虑之事甚多，倘不周全，反增法令窒滞难行之弊。划省方案固宜从速准备，不过着手实施恐尚待战事结束之后。所以内政部尽可利用充裕时间，对这项整个问题，详加审虑，切莫斤斤于缩省之议。这是我们的一点愿望。（贡）

日本外交的新阴谋

王迅中

当前敌国国策上一个最大的问题，便是如何结束战事，保持占领区域。最理想的办法当然是引诱中国投降，则对国际既可振振有辞，实现侵略野心亦可不费吹灰之力。所以前敌揆近卫于我武汉陷落后，在十一月三日及十二月二十日有"东亚新秩序"即"中日国交调整大纲"的两度诱和声明，但经我蒋委员长痛加驳斥阴谋未遂。第二个办法便是设法与在远东有利害关系的列强妥协，诱使或压迫他们承认日本所制造的现成局面。暴日也深知远东问题是世界问题的缩影，过去将近七十年间大陆政策的所以不能完全达到目的，与其说是由于中国的抵抗，毋宁说是由于列强的阻扰。甲午战后因为俄德法的干涉，使日本不得不将血肉换来的辽东半岛吐还中国。因此深感外交孤立，积极寻找与国，一九〇二年和英国订立同盟，两年后便对俄宣战，而达伸张势力于南满之宿愿。一九一四年趁欧战爆发各国无暇东顾时，借口攻击青岛德军而占领山东，翌年向袁世凯提出"二十一条"，谋沦中国为其保护国。袁氏被迫承认后，暴日唯恐列强异议，再蹈三国干涉的覆辙，乃趁欧战尚未结束，向英俄法意美等国交涉，先后订立日俄远东政治协商（一九一六年七月），五国秘密协商（一九一七年二月闻中国将参加欧战，乃胁迫英俄法意四国先后承认日本得继承德在山东之权利及赤岛以北德属岛屿，为交换条件），及《蓝—辛石井协定》（一九一七年十一月），作外交上种种准备。一九一九年巴黎和会开会，中国代表提出取消二十一条及收回山东权利二要求，竟因此而未得通过。日寇方踌躇满志，一九二一年美国召集华盛顿会议，翌年签订《九国公约》，尊重中国的主权独立与领土完整，维持各国在华商业机会均等与门户开放原则。关于山东问题亦由英美调停解决，青岛归还中国，胶济岛由中国赎回。"二十一条约"无形取消，中国方幸免于暴日之爪牙。现在暴日于武力强占我领土之后，又想在列强方面做外交工作了。

列强在远东有利害关系的是英美俄法德意等国。防俄反共是暴日一贯的侵华借口，而俄国的援华决心也绝非威胁恐吓所能改变其丝毫，张鼓峰事件及最近蒙伪边境冲突早已告诉暴日绝无妥协的余地。德意和日本自签订反共协定后，早已臭味相投，七七事变后德意召回军事顾问，处处助纣为虐。成为问题而须施行外交活动者是英美法三国。美国是华盛顿会议召集者，《九国公约》的主持人，对于远东问题向颇积极，"九一八"后力主制裁暴日，因为英国的不热心合作，未能成为事实，近来一变而成孤立主义者，暴日也趁机极力献媚笼络，所以七七事变后美总统虽也仗义执言，斥责侵略者。对中国也予以援助，但态度较为冷静。法国在远东的利益比较小，一切政策追随英国之后。因此暴日便先从英国下手。张伯伦的现实主义外交及欧局的时弛时紧也是暴日先迫英国的重要原因。

暴日这次胁迫英国的目的，一方面是想压迫英国承认日本所造成的既成事实，强使与日本及伪组织合作，尤其是关于租界治安及停止法币流通等事。一方面想胁使英国根本放弃援华政策，是日本得以赶快结束战事。暴日鉴于过去交涉的经验，也知不易达到目的，所以利用反英运动，采取胁迫的方式。日军反英运动的酝酿是在英美对我借款之后。自去年十月我广州武汉相继沦陷后，十一月三日近卫发表东亚新秩序声明，有田向英美两使要求修正门户开放主义，废弃《九国公约》，十二月二十日近卫又发表中日国交调整大纲，言及将赞助伪组织收回租界，取消治外法权，废除不平等条约，以试探列强态度。英美法为抗拒计，除先后向日抗议外，并加紧对华经济援助，美国对华贷款二千五百万美金，英国除设定五十万镑之交通建设材料借款外，复兴中国共同设定的一千万镑汇兑基金，稳定法币基础。日本为各个击破计，先攻击英国，报纸反英言论激化，谓英不但自身助华反日，且策动美法，鼓动俄国，共同结成联合反日阵线。右倾分子及少壮军等人更推波助澜，谓对华战事实无异于对英战事。在华军人乃指使北平南京两傀儡组织，举行大规模的反英运动，而有上海租界问题的纠葛，鼓浪屿日军登陆，日舰检查扣英商轮等事件发生。六月十四日更借口要求引渡狙击程逆嫌疑犯，封锁天津英租界，伪组织统治下的反英运动愈烈。驻东京英使克莱琪要求谈判，日廷利用军部指使之反英运动，大事要挟，七月十五日谈判开始时，日本即要求先交换意见，决定对华的基本原则，终以英国之让步，成立英日初步协定，二十七日正式开始谈判，日本要求交出天津租界存银，禁止法币流通，允许日人参与租界工部局的治安警务等问题，双方开警务经济等圆桌会议。美国不直英国之妥协退让态度，突于是日宣布废弃美日商约。这种英断的处置使得英国的态度较趋强硬，八月二日起即入于停顿状态。不过根据张伯伦八月六日在下议院外交辩论会中对议员质问的总答复，公然说英国在远东的处境有特殊困难，而对现银处置，引渡程案犯人等问题，也没有必争的表示。据今日（八月十三日）报载，英已允引渡程案嫌疑犯，而关于白银问题也有谣传，这当然很使我们痛心。不过我们相信张伯伦虽善牺牲他国，但未必甘愿放弃本国在远东的利益，对日让步虽然于中国不利，英国本身的权益也受很大影响，英国舆论是否让这位没骨头的首相胡干下去？慑于武力而屈服，大英帝国之威信又安在！而且在远东方面有利益及条约关系的国家并不止于英国，英国如果不得其他列强，尤其美国的谅解，是否会贸然答允日本的重大要求？再说到日本方面，"东亚新秩序"根本系排他独占的阴谋，近卫在中日国交调整大纲中已经招供过，这次交涉不过是这种阴谋的开端，日人所报的目的甚奢，决非英国的让步所能满足的。而况少壮军人及右倾分子等尤为激烈，对于这次谈判根本不完全赞同，惟恐政府软弱，由华北日军派代表参加，右倾分子等复指使暴徒作谋刺稳健派重臣牧野、汤浅、松平及首相平沼的企图。鉴于日军代表对于英国答允交出嫌疑犯的冷淡表示，谓日本对此种小问题并不关心，允从述讨论主要问题云。可见让步适足以长日阀的骄纵，送礼而不能领情，张伯伦可以休矣。

  在反英运动的同时，少壮军人及右倾分子等又积极进行加入德意军事同盟运动。这个运动的发生并不始自现在，动机则在威胁英美等国，自去年十月敌外务大臣宇垣一成以媚英外交被军部压迫辞职后，少壮派及右倾分子等即主张加强德意日轴心，以抵制英国。而德意也想利用日本在远东方面的胁迫牵制，压迫英国对欧洲问题让步，因此便产生三国军事同盟的谈判。驻德大使大乌浩及驻意大使白乌敏夫非常活跃，驻欧使节曾先后会集巴黎，敌国首相也屡次召集五相会议，讨论允否三国防共协定，扩展为三国军事同盟。少壮军人及右倾分子等认为日本和英美等民主国在远东方面很少有妥协的可能，为打破外交的孤立计，只有加紧法西斯集团的联系。并且除俄国外，英国是日本侵华政策上最大障碍，中国所以能够坚强抵抗，完全由于英国在经济上及军火上的赞助，并且还极力怂恿美法两国助华，宇垣外相虽一再迁就谈判，英国毫无大让步的表示，所以激烈军人都认为对华战争实际无异于对英战争。日本只有和德意联合压迫，使英国东西受敌而屈服让步。但稳健派则认为日本若与德意缔结军事同盟，公然与民主国家为敌，恐将促使英美法苏加紧露骨地援助中国，英苏远东阵线的联合更使日本不能无所顾虑。且德意之利益在欧洲，必要时并不能出兵至远东助日，日本反须受同盟之约束，牵入欧洲漩涡，海军方面尤须负重大的义务，日本与其被动地受德意牵制，卷入欧洲漩涡，不如趁机压迫英国等让步。尤其是张伯伦的现实主义外交未尝不可适用于远东。因此他们主张三国同盟应专对付苏俄，而德意二国则坚持亦须对付英美法三国，磋商将近四月，毫无结果。四月末敌五相会议决定：（一）若非各民主国与苏联合作，危及日本在远东的地位，日本避免参加反民主国阵线。（二）为折衷起见，由德意日缔结以对抗苏联为目的之军事同盟。（三）由德意日根据反共协定，交换报告，互供军火。这种办法当然不能使德意满意，因此他们便撇开日本，订立两国军事同盟。少壮军人及右倾分子大为不满，认为政府如此做法，徒然得罪德意，并不能见好英美，所以一面在中国占领区域内掀起大规模的反英运动，一面压迫政府再度讨论加入德意军事同盟问题。于是平沼不得不再度召集五相会议，多次讨论的结果仍认为"日本加入德意同盟，须附相当条件，而以对付苏俄一项尤为重要。"平沼有田却利用军人所指使的反英运动，要挟英国对日让步，初步协定的成立使军人的要求暂时缓和，但自六月二日英日谈判停顿后，少壮军人又积极起来。在他们看来，英日协定的适用范围仅限于天津，已感不满，而英国对现银警务等问题，还不痛快让步，日本又何必敷衍英国？美国于二十七日突然废止商约，也使少壮军人恼怒，认为近数年来日本当局的极力敷衍美国，并不能缓和美国的反日态度，日本只有加入德意军事同盟以抵抗。还有一点值得我们注意的，当平沼以法西斯祖师出而组阁时，少壮军人们原抱不少奢望，不料平沼上台后，鉴于时局的严重，内政外交方面一再迁就元老重臣等稳健派的主张，不愿多所更张，总动员法的不彻底执行，对英美等国的缺乏坚决主张，很使少壮军人不满。尤其当对华战争无法收拾的现在，迁怒到平沼内阁的不能全盘支持军部。少壮军人及右倾分子想利用这机会压迫平沼屈服或下台。现在大岛白鸟等在德意正积极活动,寺内大将亦借赴德参观纽伦堡国社党年会之机,向德有所接洽。白鸟更公开发表谈话,谓日本已决计加入德意军事同盟,原则正在磋商中云。但按照目前情势而论,至少在日本当局及稳健分子看来英国的模棱妥协态度,尚有所获而不便决裂。美国的突废商约虽系对日威胁,但生效在半年以后,现时是否采取进一步的实际制裁,尚不可知,日本是否愿意激怒美国?目前英法俄谈判迟迟不能进展,日本愿意促其速成吗?最近五相会议的不能立刻有所决定,大概还有所待吧。所以除非军人疯狂地推翻内阁,否则在英日谈判没有决裂,美国亦无新举动,英法俄谈判不能顺利进行前,平沼内阁即使不堪军部的压迫而加入德意同盟,亦必是有条件的。如与德意订立局部有条件的同盟,仍以苏俄为主要对象,但德意如与他国发生战争时,日本在原则上按受互助约束,以后等有机会再扩充为实际军事同盟。当然还要看德意是否愿意迁就让步而定。俱就"九一八"后少壮军人势力的日趋深化的趋势看来,日本的外交路线将被逼完全走上德意方面去,似无问题,平沼内阁的命运和德意日军事同盟都不过是时间问题而已。

生产与死产

罗文干

我未读过经济学,今日谈生产,是一件最荒唐的事。但此数年,遍游内地,老农老圃、小工小商,日夕与共,民间疾苦,稍知一二,是篇之作。亦欲代老百姓向当局老实说说,使下情得上达耳。

近来政府当局,每谈到生产,多重技术,故言农则先说甚么改良种子,言矿则先说甚么分化成色。言工则先说甚么机器制造,言商则先说甚么近代组织。据我所闻。较技术更重要之条件尚多,分述如下:

(一)治安。每论从事农工商矿。如无治安,则对人对物,皆无保障。矿产质量虽美,土匪抢了。种树成林,火烧山了。工业出品愈精,则惹祸愈速。经营愈大,则身体更危。年来在内地稍能安居乐业者,恐唯广西一省,故无治安,只可以谈死产。

(二)交通。抗战以后,内地交通,似较便利,然车运统制,船运统制。我新自滇赴越,由越转贵转黔回滇,水陆共行数千里,沿途所见,商民货物,堆积如山,路上官车,时有空载,是则内地之物价日涨,出口日少,又何足怪。交塞如此。产何由生。

(三)金融。遇有外患,币价低落,本寻常事。欧战时之佛郎马克卢布,皆有先例。而在我国,则法币先分黑白市场。寄居香港安南之政府机关,其公务人员所领薪水之汇率为白。不幸而留滞国内从事生产事业,则其汇率为黑。黑之中再分黑黑,老百姓由内地汇法币至上海,每百亦有数十元之汇水。农工商矿,年入几何,所得已尽归银行之所有矣。事实如此,谓为金融,毋宁谓为金滞。

（四）捐税。人民有纳税之义务，尽人所知。然税良产乃方生，税恶产便要死。财部日言废除苛捐杂税，请细查各省变相之厘金，尚有多少，请细问各省之苛难尚有几何。我自越南归，闻商人言皆改业游击。游击者即谓不设商店，办入口则由越亲押运货物入内地，卖完即行。办出口则由内地亲押运货物至越，卖完亦走。如此则只纳一重出入口税，其余一切皆可避免。老百姓岂不爱国，如不爱国，则侨胞何以献金购债。今日竟肯失所流离，游击营业，用心亦良苦矣。

（五）统制。尝闻西洋各国，遇生产过剩，则有统制。譬犹人食饱饮醉，则要服消化药。我之生产尚未萌芽，亦要统制，是犹人不食数日，泄以大黄，谓为合理，毋太勉强。最近财部命令，统制出口已减多种，尚余四种；但闻并未实行，所得外汇差额亦未依法给予出口商人。故名虽曰统制，实则套取黑市场汇率。政府收税之法亦多矣，何必一面禁止黑白之分，一面又从黑中取利。示民以信，民自肯踊跃输将，小智小巧。无所用之也。

以上数者具备，再谈技术，则产自生。反是则产必死。

晚近高谈社会政策者，生产事业，多主国营。独舍取民营国营之先，我国有两事与人特殊者，能学人否，甚愿提出研究。

（一）家族制度，我国家族制度间乎社会制度与个人制度之中，以视社会制度则为小，以视个人制度则为大。家族之鳏寡孤独，生养死葬，在个人制度之下，除依民法扶养刑法遗弃规定外无义务。在社会制度之下，所谓养老疾病，失业保险等等，政府既有收税之权，亦有抚恤之责。而在家族制度之下，试问年年水旱灾疫，政府拨款几何。失业无依，是否家族抚养。即以此两年沦陷区域之难民，何止千数百万，伤亡军士眷属，亦何止千数百万，政府尚能安心抵抗到底，无后顾之忧，是否非家族制度之助。故家族制度之人民，负责如此其重。而国中生利之事业，人民有力可营者而不许民营，是否公允。国营政策是否聚敛，是否与民争利，不可不深长思也。

（二）公务员责任心，理论莫胜于事实。我国自有官营生产事业以来，其成绩如何，一查便晓。广西近年来以模范省闻于国中，而其官营之生产事业，无一获利者。广西人以勤苦著尚如此，其他可知。此回我道经滇桂黔三省公路，即以运输论，沿途见车辆，损坏甚多，汽油浪费不少，客车之时间不准，司机当失事伤人。由平乐至梧州，则闻贸易处员丁伪造秤锤。电船上则无菜可食，无被席可睡，公务员之责任心如此，若谓官营于官有利则可，于国有利则非事实也。

抗战期中固要生产,抗战后建国更要要生产。我早已声明,我非经济专家。我所言者不过是老百姓心中所欲言。当局果能垂听,小民幸甚,国家幸甚。

读二十七年度统一招生报告

潘光旦

最近参加过二十八年度全国统一招生的招考工作；同时，又有机会看到二十七年度统一招生委员会的《报告》。

统一招生，在原则上有许多好处，是不成问题的。它是统一全国大学程度的一个入手方法。一个大学程度的高下不能不看学生程度的高下；学生程度的高下不能不看入学考试的宽严。在分别招生的局面之下，入学试验有极严的，也有极宽的，结果，甲乙两大学之间的程度，可以有很大的差别，并且这差别不是浮面的年限上的差别，而是根本的学生才品上的差别。如今统一以后，因为命题同，取录标准同，不同的也可以用统计的方法酌加调整，这种差别就可以减少。这是好处之一。统一招生也比较经济，统一招生是分区办理的，以区为单位，不以学校为单位，二十七年度有十二区，各区所取录的学生得依其志愿分发到各院校肄业。如此，以前各院校各自分别派人到全国大都市去招生的一番精力与一笔经费是可以省了。同时，因为命题同，各校教授分别拟题的工夫也省了。又因为各地同时招考，而录取的机会只有一次，做应考生的也无须四方八面的张罗，暑假之中，连续投考至三四个大学之多。如今这种青年的时间、精力、金钱也可以不再浪费了。这又是一桩好处。

在实际的办理上，去年教育部的统一招生委员会与各区招生处的招生委员确乎费了一大番的精力，所得的成绩，大体上也是很好。我们要记得，这是第一次试办，又正当抗战最严重的时期，人力物力上有种种的限制，不容放手做去。在这种情形之下，得到如许成绩，真已经是不容易了。陈石珍先生在《报告》的附言里说："此次办理统一招生，以极少之人力，办理极复杂之事务，在录取分发及发榜期间，办事者均漏夜工作，备极辛劳。"在部中的情形如此，在各区的情形也莫不如此。

二十七年度的办理经过中，最美中不足的一点是录取的标准太低。上文说过，统一招生原则上可以划一一年级新生的入学程度，但划一是一事，提高却又是一事，究属能不能提高，不是原则分内的事，而要看办理的时候所定录取的标准如何了。标准而高，则所得为高的划一，低，则为低的划一，低的划一，直不如不划一。很不幸的，二十七年度所得的划一是一种很低的划一。主持的人在《报告》里说：招生委员会"最初拟定较简单之标准，系以平均六十分为及格，原意在提高国立各院校一年级新生之入学程度，迨将最先轮到之考生成绩，以此项标准加以试验后，深觉理想与事实未能吻合：盖试验结果，二千余人中只能录取数十人；如即以此项标准应用，势必至大多数青年不能升学，乃一再降低，反复试验，以符合实际之需要。后乃决定笔试七科目，平均以四十分为及格。投考第一组（文，法，商三院各系及师范学院一部分学系）者，国文英文均须无零分。投考第二组（工学院各系，理学院的数，理，化，天文，气象等系，师范学院数，理，化等系）及第三组（医，农二学院各系，理学院生物，地质，地理等系，师范学院博物系）者，国文数学均须无零分。其他课目，有无零分，则在所不计。但虽如此规定，录取人数仍属不多。故另定其他各项较低之标准，以资救济"。又说："查本届统一招生不得不降低录取标准，并对于零分科目限制较宽者，盖因抗战开始以后，情况变迁甚大，中等学校学生或以学校及家庭之迁移，或以抗战情绪激昂，不能安心求学，最后一学期之程度，自必较差。……此项大量战区青年之有志升学者，政府自应尽量从宽予以取录，以期储为国用。"

我们把《报告》的文字引了一大段，为的是要表示统一招生委员会所以把取录标准特别降低的苦衷。这种苦衷我们是不能不原谅的。不过我们一面原谅，一面不能不提出下列的几点来和部中主持此事的人商榷。

一，二十七年度应考生一一一一九人中，录取的共五四六〇人，百分比为百分之四九点二一，几乎是二人中取一人。这无论如何是取得太宽。在抗战以前，有好几个国立大学，历年来总是十人中录取一人。以投考生的总数和取录定额相较，自然得此比例，初非故自提高身价。统一招生的"原意"既在提高国立各院校一年级新生的入学程度，至少对于这十比一的既成的比例应加以参考；今不但不能做进一步的提高，且从而贬损到二比一的境界，实在不能不教人失望。各大学对统一招生的结果，最啧有烦言的，就是这一点。

二，四十分的总平均也许不算太低，因为入学考试终究和普通入学后的考试不同（初拟的六十分显然是太高一点），不过零分科目的限制实在是太宽了。投考文法商三院各系的但须国文英文无零分，而史地，数学，自然科学皆不妨有零分。考理工两院各学系的但须国文数学无零分，而英文、史地，甚至于自然科学，都不妨有零分！这无论如何是说不过去的。容许任何科目可以有零分，已经是不合；容许英算二科目，在某种情形下，也可以有零分，而在另一种情形下，不妨有最低的分数，更有背乎注重基本与工具科目的精神。考文法学院，而本国史地可以有零分，考理工学院，而自然科学可以有零分，这在稍有常识的人且期期以为不可，何况在了解学有本末，教有先后的人。

三，有了零分的权宜办法不够，《报告》中又提到"另定其它各项较低的标准，以资救济"，这些标准究竟是怎样的，我们不知道，从"其它各项"四个字推测，至少为数必不在少。有这许多降格相从的办法，无怪两人中可以取到一人了。自中国有考试的办法以来，待士之宽，求贤之渴，无疑的要推民国二十七年度的统一招生考试为首屈一指。

四，二十七年度招生标准的降低，报告书上明白地说是有救济的作用的。救济当然是必要的，不过救济青年是一事，为国家养育人才又是一事，决不应混为一谈，即决不应以大学校为救济所。救济之道，除了借大学校的场合发放津贴或贷金而外，难道竟别无途径？因受抗战的影响而成绩低下的高中毕业生，为数甚大，当然成一个问题，但解决之法似乎应当在多设补习班先修班之类，甚至于恢复旧时预科的办法，而不在贬损了大学原有的程度，来迁就容纳他们。若说补习办法不免多费年月，于国家亟于造就人才之旨不合，则事实上目前的办法并不能节省年月。去年入学的一年级学生，因为程度低劣，一大部分纵中途不受淘汰，也须打一个五年或六年计划，方能毕业。这一年来已有的成绩记录已经可以证明这一点。

去年统一招生的办法又附带的恢复了两种旧的升学方法：一是免试保送，二是同等学力也可以应试。这两个方法，我们在原则上也是很可以赞成的，尤其是第二个。从不知哪一年同等学力可以应试的原则被取消以后，青年界所已经发生的悲剧恐怕是无法统计的，造了假文凭以致遭社会唾弃还是悲剧得小的；有进大学的志力，而格于功令，进不了大学，取不到"正途出身"的资格，以致铤而走险，入于过激一途，终于遭受淘汰，便是悲剧得大的了。不过，以同等学力应试入学的是否必为优秀分子，却是又一问题。这又得看入学试验录取的标准了。照去年的标准，说不定一部分以同等学力升学者的"等"实在"等"于初中毕业，而不"等"于高中毕业。免试保送的办法是易滋流弊的。这办法能不能确立，尚待断定。我们不妨将二十七年度保送生与应考取录生的成绩比较一下，要是前者比后者不见得特别高，保送的办法便不见得有多大意义。不过上面说过，在原则上，免试保送之法并非根本不能成立。有一天，全国高中的程度都已达相当高的水准以后，其毕业生的前列的几分之几是很可以用这方法升学的。也许有一天，他们更可以规定只有这几分之几才可以升学，而大学入学试验的一套麻烦手续，除了为少数有同等学力的青年以外，根本可以不必举行了。

二十七年度统一招生的结果里有一点是很值得注意的，就是文科与实科的支配，以及实科中各个门类的支配。《报告》中有一段话说："就本年度录取新生科别与以前各年度比较，则二十五年实类（即实科）新生占百分之五三点三，本年度实类人数占百分之五三点八八。虽所增有限，而意义则甚重大。盖从前各大学招收新生，文实比例，均经部令明定限制，实类比例始由二十一年度之三六点六，逐渐增加至二十五年度之五三点三，而本年度实类之高度百分数则纯为应考学生自动决定之结果。过去历年度所期望而不易得者，今则无意得之，甚且每每超过各校已定之名额。此殆由一年以来，倭寇肆虐，我以新式武器之准备未充，战事迭蒙不利之影响，一般青年激于义愤，均愿学习实科，以为将来效命国家之准备，故投考实类者不期然而激增，而以工学院之航空、土木、电机、机械等系为尤著。此则不能不谓为抗战之收获，而抗战亦即所以建国，明矣。"

这一段话很值得研究。

一，文科实科的分配究竟如何才算适当，是不容易确定的。就普通的原则论，文胜质则史，质胜文则野，文质彬彬，然后君子的折中的旧说，不论为个人生活或为团体生活着想，我想还是成立的。文胜之后应稍稍重质，质胜之后，应稍稍重文，也很对。假如中国民族文化一向失之太文，则近年来教育政策的侧重实科，是很应当的。七八年来，学实科的大学生，从百分之三六点六进到五三点八八,当然是一个很好的现象。不过我们文化的习性究属是否重文轻质,却是一个问题。究属什么是文,什么是质,根本就不容易断定。我们的文化,一向重人事,而忽略形上形下两界。就忽略形上说,我们的弊病在轻文重质,就忽略形下说,我们的弊病又似乎在重文轻质。我们的士大夫阶级一天到晚不动嘴,便动笔,见人讲仁义道德,见物讲云淡风轻,鸢飞鱼跃,固然是犯了"衣锦当纲"的通病,但绝大多数的工农商贾阶级,辛勤了一生,所祈求的是一个温饱,而四民所共认为最大的幸福是富贵、寿考、多男一类的事物,岂不又是质实得可怜可笑?文质的界限既不易分,而中国文化习性究属偏重哪一方面,又不易定,我以为最妥当的政策还是让各种学科平衡发展,一种自作聪明的故为轩轾是大可不必的。

二,我们即使承认目前重质的教育原则是对的,我们以为其所以重之之道还很有问题。所谓实科,本不是一个笼统的东西,它至少可以分做理论与实用两个部分。真正的重质应该使这两部分平均发展,不使有所偏枯,而论起本末先后来,理论方面的努力还应该居实用方面之上。统一招考所示的事实是不是这样呢?按照《报告》的写法,这一点是看不出来的,但根据我们的分析,我们的答复是一个"否"字,下面是《报告》中原有的"录取生科别"统计表的一部分:

拿这四项的和数(二九四三)和所谓文类(文,法,商)的数字(一四二七)相比,重实的倾向是很显然的了。不过我们把《报告》中这一方面的数字另行排列一遍之后,便知道这种倾向实在是不很健全的,尤其要是我们目前所以重实的目的不但在抗战,而且在建国。何以故?因但知重"实"之应用,而轻"实"之理论故。

甲·物理		一九八
子·矿冶	一九八	⎫
丑·航空	九五	⎪
寅·土木	四一六	⎬ 一四三三
卯·电机	三七一	⎪
辰·机械	二六一	⎪
巳·水利	九二	⎭
乙·化学		二六八
子·矿冶	一九八	⎫
丑·医	三六〇	⎬ 八〇四
寅·农业化学	六三	⎪
卯·社学工程	一八三	⎭
丙·生物学		二六八
子·医	三六〇	⎫
丑·畜牧兽医	六二	⎪
寅·森林	九五	⎪
卯·农学	二〇五	⎪
辰·园艺	七七	⎬ 八〇四
巳·农业化学	六三	⎪
午·蚕桑	二四	⎪
未·病虫害	三〇	⎪
申·农业经济	二三	⎭

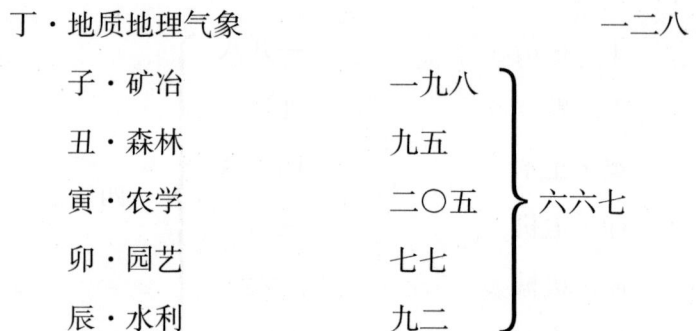
丁·地质地理气象　　　　　　　　一二八
子·矿冶　　一九八
丑·森林　　九五
寅·农学　　二〇五　　六六七
卯·园艺　　七七
辰·水利　　九二

再把上文复见的数学归并，则得下表：

理论实科	人数	应用实科	人数
物理学	一九五	矿冶	一九八
		航空	九五
		土木	四一六
化学	二六八	电机	三七一
		机械	二六二
		水利	九二
		化工	一八三
		农业化学	六三
生物学	九八	农学	二〇五
		园艺	七七
		森林	九五
		蚕桑	二四
		病虫害	三〇
地学	一二八	医学	三六〇
		兽医畜牧	六二
		农业经济	二三
总	六八九	总	二五五五

上列两表，目的在表示学习理论实科（第一表天干）的人太少，而应用实科（第一表地支）的人太多。最奇特的是习生物学的只有九十八人，而习建筑在生物学上的各门应用实科的多至九百三十九人，几乎是一与十之比。其次，习物理学的只得一百九十五人，而习以物理学为基础的各门应用实科的多至一千四百三十八人，为一与七之比。以理论实科的总数六八九和应用实科的总数二五五五相较，亦几乎是一与四之比。

重实科而但重实科的应用，忽略实科的理沦，试问这种重实之道会有多大的效果？它最多会替最近的将来造就一批造诣不会太高深的技术人才，而于民族文化的推进，尤其是在自然科学的基础方面，是不会有许多裨益的。这种重实之道显而易见犯了"不揣其本，而齐其末"的毛病。在一部分的青年，不问自己能力的适宜与否，但知一味迎合潮流，以学习工科为时髦体面之举，以为惟有学习工科才是为个人与国家谋出路之道：这种青年是不揣本而齐末的。在主持教育的人，见学习实科的人之年有增益，而沾沾自喜，置理论与实用的分别于不问，其眼光的短浅正复相同。我们认为这一点也是应该及早纠正的。

日本人同宣传员

严文井

村是一座空村。老百姓这次真机灵，强扶弱，男带女，全村大大小小九十八口人一闪眼就上了山，一个没留在家。稚狗也带上山逃难。村子真是空空的。日本人来了，在村里游荡了半天，鬼毛也没摸着一根。

鬼子人矮心眼坏，空村也得打打主意，那红脸络腮胡子小队长，下了一道命令，十个兵听命令就往村外走，在田里散开，掏出了抢，朝天乱放一气，为的是打草惊蛇！这一来，可就有了新鲜玩意儿瞧了。

田里有几十个草堆，事情真古怪，枪一响，三个草堆就动起来。摇摇摆摆，草一根根往下直掉。不但动，而且还会跑，只是慢吞吞的，跑的不大灵活，像只大乌龟。

"哈哈哈哈！"

"哧哧哧哧！"

日本人笑得真开心，以为得了手，分三路往前追，一个包抄！不一会儿工夫就追上了，抓住往上一掀，轻轻的，草堆就翻了个身。

原来并不是一个草堆，而是一个空心草筐，每一个筐子里面罩一头牛。那牛只听见怪声震耳，看又看不见，正在害怕，不知怎么办，一见阳光，耀眼生花，愣愣地不知是凶是吉，但畜牲也似乎明白日本鬼子人矮心坏，不是朋友，一会儿，迈开腿就往田中冲。啪的一枪，这忠厚老实畜牲就躺下了。

三头牛都躺下了。

队长集合了十个兵，咕噜咕噜商量了一阵。

牛身太沉，马驮不动，且担心游击会来，怎么办？

就这样办！抽出了大和魂用来在战败时切腹的东洋刀，赶好的挑割了一阵，弄下四条牛腿，三头牛一共有十二条腿，马才十一匹，队长马还不管带，归谁多带不用管，总之十一个人有十二条肥牛腿，他们上马的时候嘴还合不拢，好像打了一个大大的胜仗，十分开心。

过一天，九十八个老百姓回了村子。

过两天，一支中国队伍进了村，多少人不清楚。咱们队伍就这样怪，说多就多，说少就少。但这是闲话，可不管他。

当天晚上，村里可热闹哩，各处土墙上写满了红字黑字标语，村公所木搭临时戏台上还树了旗子，摆好桌子，在戏台前老百姓同队伍在一起开了个联欢大会。

一开头，台上就有人讲话，学生样子，老粗样子，洋娘儿们样子，南方口音，北方口音，都是外地口音，指手画脚嚷着叫着，怪好玩，讲完了一个又一个，不喝水，口也不渴，谁也不说等一等，我喝一口水再来！

不知什么时候，话讲完了，一堆人在台上忙，忙了一阵演开了戏，这戏不打锣鼓，也不穿红红绿绿的花衣，还是讲话，还是外地口音。

老百姓瞧着，只发愣，怎么回事呢，抗敌演戏，打东洋鬼子！

怎么老讲不完？一个人讲了变成两个人讲，又变成了五个人讲，出出进进，真怪，有男的讲干嘛又要女的讲？不管他，台上戏就这样演下去。

戏收场的时候，零零落落起了一阵掌声，而且只有半边场子响，还有半边场子静静的，简直没有声音。他们不明白为什么要拍掌。宣传员跳下台一看，那掌声是自己队伍在半闭着眼胡乱发出的，老百姓那边都睡着了，有的把下巴搁在膝盖上，有的索性躺下了。

宣传员着了急。

"这怎么办？这事会发动不起来，怎么办？"

他想去找军官们谈话，商量看，有什么方法来教育教育这里民众，好收军民合作效果。正好几个军官来找他，他们商量了一下，觉得这地方民众太落后，结果情形很不好，都着了急。然而无办法。

"呵！"

九十八个人当中一个老汉打了一个呵欠，叫：

"天亮哩！杏儿！你叫醒人去蒸馍给咱们队伍吃，咱们队伍太辛苦了。"

杏儿翻起身，擦擦眼，大声嚷叫一阵，就有些老百姓起来跟她去了。

老汉同剩下来的人就过来同他们谈话。

"咱们队伍可辛苦了哩，哧哧，吃点馍歇歇吧，没啥意思。"

宣传员心里急一样事，道谢之后就问：

"老乡，咱们演的都看见了吧？"

"看见了。"

"好不好？"

"好，好，好！"

明明是撒谎，宣传员因此有点生气。

"明白不明白？"

"明白。"

"你说说，咱们演了些什么？"

老汉迟疑了半天，不做声，周围老百姓都笑了。

"你们不明白吧？"

老头笑，大家也跟着笑。

宣传员慌了，只得说：

"咱们要挖那汽车路，那到城里去的那条汽车路，挖路是不让日本人过来，挖路要老百姓帮忙，今天一早就得去，你们要知道，日本鬼子坏得很，仅欺负老百姓，杀老百姓，抢老百姓，咱们的戏就说这个，明白了吗？"

大伙儿都不说话，只笑笑。好像说，"都明白呢，可是究竟怎么回事"

突然一声响亮声音喊：

"馍来了！"

宣传员回头一看，可真吓了一跳。

原来他们抬了那么大的三个筐子，圆圆的，每个足够一个小房子那么大。老百姓太好，也太心直了，大约以为城里人食量同庄家人一般好。演讲扮戏累了，一整天，肚子空空的，需要填点食物，所以预备来犒军。

"老乡，太费太费了，用不了这么多！"

"馍不多，筐大哩！"他们放了筐子，笑起来。

"这是咱们前天罩牛的筐子。"老汉解释："你们戏说什么，老实话，不欺瞒先生老总，咱们没看清楚，听你一说可都明白了。日本鬼子欺负老百姓，抢不着娘儿们杀牛泄气。戏上是不是说日本人要牛？"

宣传员听不大懂老汉说的意思，含含糊糊答应了声"是"。

"唉！对嘛！"老百姓们都点着头，就中一个抬箩箩来的村汉，叹了口气："咱们昨夜太困可惜没瞧清楚。先生，我说，干啥日本人只吃牛腿？"

宣传员瞪着眼睛，莫名其妙。那汉子于是笑着，再说一句，"别的不抢，抢了我们十二条牛腿。"

那都不用管，事情结果是意外地好，演了一天的戏，半夜，得不到结果，可是只要说五分钟，把话说明白了，大家知道要怎么办了，都高兴答应下来，九十八个人除了妇女小孩足足去了六十个人挖汽车路。他们那样肯卖力，一天工夫，他们在那条大路上，刨了整整二十五个一丈宽五尺深的大坑，还刨上五个小坑，毁了两座桥。一道山沟隘口，一点也不要宣传员麻烦，指挥部派人来视察时对这段成绩感到十分满意。

这段事发生在山西临汾附近一带乡下，讲给我听的是浮山县的一个村长。

蜀小景

辛 代

古人比蜀道难于上青天，并非全无理由。试想一下这样的一山连一山，一岭接着一岭的路程，整日价翻坡爬着，用脚掌抚摸石头，当一个寂寞的旅人到连一个喘息的小小的段落的时候，若说出两句愤激的话来，描述那道路艰险，对自然加以叹服，我们似乎得承认这是极自然的事情了。

设想你从小生在水边，所熟悉的是橹声，渔火，风帆，水鸟，如今涉足到山国里，举目无处不是重重的峰峦。从前在壁画上看山，只是轻猫淡写之比，毫无雄伟的趣致；此刻立身于万山之中，登高遥瞩，觉得四下山峰起伏像无边的海波，看不见平原的一角，倒颇令人有奇瑰之感了。

山道大都十分狭窄，从古至今，不知有多少脚掌抚摸过它，踏出了极不整齐的石阶。石阶上到处有小小的孔洞，像为一无人有心整成。不要怀疑这些小洞的来历，和背盐巴的人聊起来你就明白了。

来了，背盐巴的人来了，从这道旁竹林里闪出来了。他们是可怜的，每人全有一张饥饿的焦黄枯瘦的脸，一身赤胸露臂的衣服（记住这是冬天），头上裹着一块头巾或者白布，管哪是破布条呢。汗水在他们脸上尽成河，背上的背箩里面盐块堆成一座小山——起始我把盐块当做石头，实在两者太像了——手里拿着一根拐杖样的东西，下端嵌着一枚铁钉。他们默默无声沉重地走着，在陡的山道中上上下下（这里面有孩子也有老人），到累了的时候，最前头的一个"咻！！"的一声停下，把那拐杖放入石头上的小洞里，上端支撑着背上的背箩，这就叫"休息"。小石洞的用处也可以知道了。这"咻！！"的声音挨个传下去，挨个停下来，像军队里传达一个命令那样。

那"咻！！"的一声，该是怎样一种生活的唏嘘啊。

他们只能增加山道的寂寞。

道路是曲折的，当你走在一个凶险的转弯或山峡时，记起昨天夜里店中老板的话，你就得带一分风险计算前面那段路程了。有时远远出现一个背枪人，你不能不走过去，他问问你，看看你，又打发你上路了，于是旅人欢喜了，一场虚惊消散了，然而你弄不清这些好汉的身份。

有时，竹林树木给道路作成深深的覆荫，有一种翁盛青苍的气概。树叶有红黄绿斑各色，一层一层铺在路上，什么人若不注意脚下时，他就有滑倒滚下山去的危险了。

走着走着，正在寂静得难耐的时候，什么地方有两声狗吠，那该使人多么喜悦啊，无形中加紧了脚步。及至转过山湾，看了看，那不过是孤孤的两户人家。也许你此时走得有些口干舌燥了，问那坐在门口干瘪的老妇人："老婆婆，有水吗？"她不说话，把你领到屋里来了。一阵阴森，又黑暗，又潮湿，半天才看清楚这小屋的装设，那里有一个小小的水缸，那里是几张破床上面坐着一个女人或者小孩，在什么地方还供着菩萨之类的神位，墙角里有一些破乱的树枝，水皆由泉中汲取，故喝起来不乏一分清凉。看看有什么可吃的呢，地下放着一堆堆的生地瓜，不是要饱腹，为了消灭或者什么，你用铜板把它们换来，坐在门口石头上慢慢地啃嚼着，一方面就是歇脚。也许你把沉思安排在那多皱纹的老妇人身上：生活该多单调呢？望眼即中，或者她永远没有离开过家门，然而她也在这里打发过去她的青春和人生。倒觉得自己这样奔走不暇有点可怜了……"

问问老太婆："××离这里还有好多路？"（那是今晚你投宿的地方）。

"不远，还有×十里路，翻两个坡。"

站起来拍拍尘土，又上路了。老太婆从不忘记在你身后那么说："发财呀！"或者"慢慢走！"

前面又来了，是什么呢？一个迎亲的行列，前后有骑马背枪人，花轿子，还有喇叭，铜铃，一些简单然而极其鲜明的仪仗，跟着一些穿着新衣的女人，小孩。旅人会分沾到一点热闹，一点喜悦，等到行列只剩下一个尾巴，不久即将消失的时候，分外觉得寂寞了。

还得走路。

不要惊异，当你看见路旁有被匪徒枪倒的死尸的时候，或者是被豺狗吃剩下的夜行的残骸的时候……

又到一个小村落，该是打尖的时候了。放下你的包袱吧，饭是三个铜板一碗，有白菜豆腐汤。菜足饭饱了，喊老板："算账！"一起不到两毛钱。你得照你的毛票铜板吃饭，找零破头可太麻烦了。

一出门时慢慢走，转过山湾就得放开小跑，不只是吃饱了饭有力量，因为你记起店主东那张凶恶的脸神了。

此刻是到了山顶。四望十分清朗，你想起今天早上登上第一个山顶时的情景了：云在你脚下浮动着，白茫茫的遮住一切看不见，仿佛自己果真是在此山云深不知处了。有一点小小的恐怖。

一个粗野的人走过来，仰天吹一支哨呐，那声音为群山折回，显得十分遥远凄凉，加重旅人的心事。

这时，太阳已一步一步向西斜去，不久就挂在远处的山边了，告诉人接近黄昏。山顶在夕照中现出深湛的紫色，且渐渐隐约朦胧不清。晚霞在天上现出五彩。

夜色四合，还看不见灯光，旅人想：日暮途远……

本期撰者：

王迅中先生从英日东京谈判说到日本加入德意同盟的可能性，并指出了日阀外交上的新阴谋，和本刊本卷三期史国纲先生的文章可以互相对照。

罗文干先生近年常到内地旅行，《生产与死产》中所言者可以当作值得政府社会注意的民隐看待。

潘光旦先生的文章，用书后的体裁，讨论几个当今高等教育上的很本问题，我们希望教育当局能与潘先生同样地加以彻底而公正的考虑，并纠正一切偏激的趋势。

严文井先生鄂人，作品多在《文艺》，《文抗战线》等刊物发表。他现在延安鲁迅艺术学院教书。《日本人同宣传员》写山西老百姓与敌我情形，至为动人。

辛代先生的《平原》（本卷第二期）昨与读者相见，《蜀小景》与《平原》的题材均是他专长的。

第二卷第十期（1939年8月27日）

时评

英国的觉悟

英国年来对于中国的各种赞助，如币制的改革，建设事业的推进，尤其是抗战以来在经济及军火方面所给予的种种便利，虽使我们感激非凡，但是最近一月来的行动太使我们失望了。英日初步协定的成立，张伯伦在下院外交辩论会中对于议员质问的畏日答复，程案嫌疑犯的允承引渡，不但暴露了保守党当局的妥协苟安心理，简直无异出卖中国友谊，近于助纣肆虐！

但据近数日来电讯所传，英国当局因为暴日贪得无厌，对日的态度又转趋强硬。日本对于英国的允承引渡程案嫌疑犯不但不知感激，反认为无关重要，进一步提出移交租界白银及禁止法币流通等苛求，而少壮军人指使下中国沦陷区域的反英运动更日趋扩大激烈，由天津而上海，胁迫沪租界当局引渡四行孤军，日军复占领深圳南头沙头角等地，意图封锁香港，威胁英国的远东根据地。英国的退让妥协终有相当的限度，对于暴日这种荒谬狂妄的举动，当然不能再忍辱屈服，所以主张将警务与经济问题分开讨论。英国认为天津存银及币制问题并非地方问题，影响第三国之利益至巨，不能由英日两国讨论，对于第三国之观点，不能不加考虑，故主召集九国公约会议共同商决。日寇认为英国故意延迟，谈判即将决裂。中央社东京二十日合众电称，据接近驻英大使馆人称，英政府已决定，若日本加强在华之反英运动，则英国将宣布废止英日商约。关于引渡程案嫌疑犯事，英国舆论对当局的处置亦颇表不满，伦敦十九日路透电，伦敦高等法院推事卡塞尔斯已决定准就程锡庚案四华人请领人身保护状事，票传外相哈里法克斯等四人申答一节，各报纷纷于显著地位加以揭载，中国大使郭泰祺并接各方来函，咸谓四华人当可不致由政府交与日方云云。这种种消息都证明了英国对于暴日的狼子野心，已有相当的觉悟，远东问题的前途再呈一线曙光。

英国的这次对日觉悟，并不是什么了不得的意外之事，我们自始相信英国的对日妥协不过是暂时的姑息弥缝政策，让步必有一定的限度，以张伯伦之老奸巨猾，决不会不知道，"东亚新秩序"是排外独占的阴谋，天津事件不过是暴日谋遂这种阴谋的开端而已，对日的让步虽对中国不利，英国在远东的利益亦受严重的影响。但张伯伦的错误处是在不了解日寇的希望甚奢，少壮军人及右倾分子的气焰尤高，决非些微的让步所能满足，送礼适足长彼辈的骄纵，事态将更趋恶化，暂求苟安一时是决不可能的。德意在欧洲的行动便是前车之鉴，暴日不过是剽窃效颦而已。张伯伦认为英国在远东有种种困难，不能不有所顾虑。说穿了，英国因为军事整备没有制胜把握，不愿战事发生，而欧局时张时弛，无暇在远东方面以全力应付日本。并且唯恐美国不费力而占了便宜。因为英人一贯地认为日本在太平洋上的膨胀，对于美国的影响较大于英国。但是事实上英国虽不愿与日本在远东方面引起战事，日本又何尝敢于对英挑战，充其量对于英国的在华利益，加以威胁破坏而已。让步就能停止暴日的这种野心吗？美国已于七月二十六日宣布废止美日商约，而且平心而论，最近抗议日本东亚新秩序声明及对华贷款等事，都是美国居先领导，英国不是正可采取平行行动，与美国彻底合作吗？苏俄的一再坚持反侵略谈判包括远东在内，英国为何迟迟不决呢？

根据过去张伯伦及保守党当局在欧洲的种种妥协退让行为以及去年对日的上海关税协定，英国这次的觉悟还不能使我们过分乐观，我们更希望英国舆论界督促当局采取进一步的坚决行动，立即停止英日谈判；废弃英日商约，与美国切实合作；宣布取消英日初步协定，撤回引渡程案嫌疑犯之计划；并与苏法速订有效的协定，制裁所有的强盗国家。（迅）

敌人在沪抬高米价

最近上海粮价狂涨，每石米的售价已涨至法币四十元，并有继续增高趋势，市民恐慌万状，杂粮交易所且因市价过于紊乱，自本月十九日起宣告停拍。

上海为全国最大的谷米消费及转口市场，长江流域的米粮多集中于此，最近半年芜沪之间的航运无阻，照理谷米的来源应无断绝之虞。现在上海粮市发生供不应需的空前严重形势，可以说完全由于敌伪垄断操纵，故事扰乱所致。

查敌军自今年一二月间起即已在京沪，沪杭沿线及长江沿岸各沦陷城市实施运销统制。凡重要货物运至各沦陷城市须先出售与日人，日人付以军用票，国人不能自由出售。粮食的运销当然亦在统制之列。这种统制机构的建立，在一方面固然可以达到敌人掠夺资源，"以战养战"的目的，而另一方面又可以作为威胁第三国利益，并与英美法等国作政治斗争的手段。

最近英日谈判陷于停顿，敌人在华中华南一带必对英美法等国的利益作进一步的威胁，以图逼英屈服。故敌人这次在沪任意抬高米价，与其说是经济问题，无宁说是政治问题。它是和敌人要求沪租界引渡孤军，嗾使沪伪警枪击英警官，以及侵占深圳，威胁香港等事件密切联系着的。（农）

孔诞节与教师节

孔子诞节历代相传是旧历八月廿七日，旧历废除以后，教育当局硬把它改定为阳历八月二十七日，就是今天。最近教育当局又把这日子规定为教师节。把"万世师表"的孔子的诞节指定作一般教师的纪念节，是再自然再合理没有的。不过这里面有一个困难，就是八月二十七日是在暑假中间，教师们正在家休息，学生们也散在各处，彼此不容易见面，甚至于不通闻问；在这时候讲求纪念，事实上只能有一种心存日想的纪念，连纪念的形式都说不上，这未免是太落寞了。把孔子诞日硬改为阳历的八月二十七日以来，"大成至圣先师"的纪念，本来早就有名无实。这在孔子大概不会计较。但时代是不同了，就个人论，三代以下，未有不好名的人，自古已然，于今为烈；就一种职业或一个阶级论，近代的人也喜欢别人捧场，做教师的又何能例外呢？在三八妇女节、四四儿童节、五一劳工节、五四青年节几度热闹之后，做教师的更不免相形见绌，难乎为情。

要补救这一点，我们提出下列两三个办法，请教育当局择优采纳，重新规定一个教师节。

一，假定孔子诞日确乎是旧历八月二十七日的话，不妨请历法专家推算一下，在孔子生日的那一年的八月二十七日究竟相当于阳历的那一月那一天。照我们近代的经验，似乎阴阳历计日的差别大概在四十天上下；要是二千五百年前的光景与此相仿，那末，孔子的生日应当落在阳历九十月之间，教师节也就可以跟着规定，不怕没有人庆祝了。

二，径采董作宾先生的考定（见本期董先生专论），定阳历十月九日为孔诞兼教师节。这一个日子与国庆日相连，这一个办法可使教师得到一个实在的假日，而学校的工作却不会因而产生新的间断。

三，仍旧沿用阴历八月二十七日。无论这日子相当于阳历的哪一天，各级学校在这时候也是不成问题的已经开学了的。

不论教师节规定在哪一天，这一天总是富有意义的。就学生，家长与一般社会论，这是特别要感激与尊敬老师的一天；就老师自己论，这是特别要自省与自重的一天。记得清朝有一位年大将军，他有一次为儿子聘请老师的时候，和老师立下一个十六字的契约，叫"不敬先生，天诛地灭。误人子弟，男盗女娼"，年大将军自己虽是跋扈的武人，但是十六字的约章所再三致意的戒惧心理，是颠扑不破的。目前学生，家长，社会，教育当局，以至于教师自己所特别缺乏的，就是这种戒惧的心理，与此种心理所唤起的努力。（艮）

沦陷区的农村经济

张培刚

抗战发动后，因沿海及华北、华中等重要农业生产区域之相继沦陷，向未获解决之我国农村经济问题遂更趋严重；而在沦陷区（游击区），则以农业资源之被敌人掠夺及农业生产机构之被敌人破坏，此一问题之严重性尤过于后方。因战事之影响，沦陷区之农业经济情形大为变迁，其最显著者为：（1）耕地之破坏与荒芜，及无主土地之增加；（2）因壮丁之流亡及被敌人杀害与征用，影响到农业劳工之减少；（3）耕牛及农业生产工具，农场设备等因受损失与破坏而感觉缺乏；（4）田间工作之停顿及农业生产之退化；（5）农业价格之低落及生产收获之减少，使农民生活更趋于贫困；（6）农产品之被敌人掠夺与征用及农产运销之被敌人统制。

这些变迁必然的要影响到现时及将来农业经济机构的整个变革。关于战后的革新与建设，本文不想去讨论它，现只就当前的实际问题及其应采行的对策来论述一番。对于沦陷区的情形，我人因未作亲自调查，辗转所得的见闻。自难语于切实详密；不过根据前方通讯及报章的零星记载，我们亦可窥出沦陷区内农村经济之演变现况及其所遭遇的种种困难之一斑。现在分别观察于后。

一、首须注意者为敌人沦陷区域征用农产物及破坏农业生产的种种政策与行为

关于农产物之征用方面，最重要者第一种是食粮。在华中一带，据报

载某敌军官之通信，其军粮十之七系取自中国，十之三来自其本国。在华北各地，敌军粮现均改为就地征给，在天津、北平、石家庄、济南、张家口等地，分设军用经理部，大批收集食粮，致华北各地粮价大涨。在华东江浙一带，这是我国所谓的"鱼米之乡"，敌军除尽量征用外，且禁其出口。据上海《新闻报》（本年二月十七日）载称："日方最近以粮食供给国民政府为词，竟压迫本市商民不准贩运出境，且不但不准运输出口，甚至由内地运至上海之米粮，亦在严禁之列，并由伪组织接受日方之命，通知各内地米行商停止贩运。"此其结果，一方面将使沪市民食发生恐慌，一方面则使内地食粮价格趋于跌落。在华南沦陷区域，则以粤省向感米粮不足，故敌军除用和平手段征用外，更用武力实行强盗式的掠夺。据最近报载盘据广州之敌军，近因粮食异常缺乏，遂每晨派出大批汽艇分赴西江各处河道，拦河抢劫。以上虽属零星记述，但亦足见敌军因食粮缺乏，在我沦陷区征取掠夺之一般。第二种为原料品之棉花。自战事起后，我国产棉丰富之区，大部沦失，敌在占领区内，对于棉花严加统制，并尽量搜括，运回本国充作工业与军火原料，以致去年我国棉花出口激增，占全国土货之第一位。总计我国去年棉花出口为一三五六〇〇公担，值国币一〇一〇〇三二〇〇元，输日者计九六三八〇公担，值国币七一〇七九七〇〇元，约占全数百分之九十，尤以华北各省，棉田之扩张为期虽暂，而棉产则增加甚速，今其利竟完全为敌人所享受，殊足痛心。此外如华北之食用油类（花生油，豆油）及江、浙之丝，茧亦莫不为敌人所垄断与囊括。关于敌人破坏农业生产方面，则种种暴行，更不一而足，如征用田间壮丁，供其役使；搜掠耕牛，以充肉食；任意毁坏农舍与农场设备等是。有时敌人甚且直接干涉农田之耕作，如今春敌在华北一带，因惧我游击队袭击，曾下令农民将未成熟小麦，一律割去；复下令在距铁路五百公尺，距公路机场与市镇三百公尺内之处，不得种植高粱。凡此都表示沦陷区内，农业生产机构之横遭破坏。

二、沦陷区农业资源之未能妥为移运后方

已经沦陷的区域，大都是我国农产品富庶的地方。如华北的棉、麦，扬子江下游的米谷，江，浙，皖的丝，茶，均向居我国农产之重要地位。可是每当一地沦失时，多因为交通工具的不良，经济机构的不健全及主管机关应

付的不当，致对于当地资源，常不能事先妥为撤退，其被迫而资敌者为数甚巨。就主要食粮的米，麦言，如前年在江苏各市镇陷落时，存在江苏省农民银行及其他公私机构的小麦有四百万石，当时因无法运输，只得忍痛抛弃；芜湖陷落时曾焚米八十万石；九江失守时又曾遗弃米粮百余万担；而民间存粮之损失尚不在内。他如棉花、丝茧等亦都未能作妥善的移运。凡此固表示运输机构之迟滞，但主管者处置失宜，军民未能密切合作，亦其要因。

三、战区军粮民食仍常患不足

据前方通讯，我军在各地作战时，常因军粮缺乏而由军士自己刈稻，有时则令人民赴敌人占领区内偷运。有某记者于去秋在南浔前线黄老门一带，看到前线将士因为粮食接济困难，已经三四天没有饭吃，从师长到士兵只吃一点稀饭和干粮的情景，不禁有"遍地禾稻熟，军民闹饥荒"之叹。最近晋南抗战，中条山一带，以大军云集，致沿山千余里之安邑，闻喜，解县，永济，虞乡，芮城，平陆，垣曲等县，食粮大感恐慌，人民嗷嗷待哺者数在十万以上。他如浙江鄞属各地及广东南海，番禺，顺德，三水等沦陷区之乡村，亦都先后闹过严重的粮食恐慌。此中原因一方面固由于当地食粮生产之不足，另方面则由于粮食供应的缺乏调节。所谓缺乏调节第一便是后方对前线的供应不迅速，使战区军粮常感缺乏；第二便是军粮与民食未能打成一片，以致一城市失陷时，常遗弃或毁坏大宗食粮，而当地难民却餐霜饮露，难求一饱。

四、农业资之本缺乏

农业资本包括现款，种子，肥料，耕畜，农具，农场设备等项。在我国农业生产要素中农业资本向居极轻微的地位，换言之，向来就感缺乏。战事发生后，沦陷区的农业资本，几被破坏殆尽，特别是耕牛，农场设备等项。如苏北东台县，畜产完全没落，不但猪，羊，鸡，鸭全部告尽，就是必要的耕牛，一村也难得一二头。考其原因：（1）直接沦为战区之农村，牲畜全被军队宰杀或作为拖重之用；（2）靠近城市及沿公路线的乡村，牲畜大都为敌兵搜索净尽；（3）距离城市较偏僻的乡村，也唯恐敌兵来搜索，故早就杀个干净。又如江苏宜兴的情形，每当敌人被我游击队袭击吃亏之后，便将被袭击所在地之民房，统统烧掉，以为报复。因此沦陷区内的农民房屋、农具以及家用什物，随时有被敌焚毁的可能。又农民的耕牛，因为被敌兵掠夺过多，致耕牛价格极昂，甚至无牛可买。农业资本之缺乏自影响到农业生产之难以继续维持。

五、从事田间工作之困难

炮火的威胁，恐慌的心理，壮丁的缺乏，生产工具的不足，使田间工作遭遇着重大的困难。在敌人防线以内的田地，根本不能耕种。在敌人防线附近的地区，农民白天不能耕种，入晚始得在田间种些大豆、绿豆等需要人工较少的作物。在离防线较远的地区，亦以农业资本之缺乏及战事之威胁，农田经营显著地表示了退化。

六、农产价格之低落

近年以来，我国农产商品化的程度已渐见提高，如丝，茶，米，麦，棉花，桐油等已成了重要的"商品作物"，因此农业生产便和市场发生了密切的关联，使得市场价格直接影响着农家经济。战争起后，农产商品较高的区域都已先后沦陷，由于销场的破坏及运输的阻滞，农产价格均大跌而特跌（自然有些地方的有些农产也表示着涨高的现象），如无锡，宜兴一带，在沦陷前谷价每担三元，沦陷后跌至每担一元六角，尚无人问津。湖南洞庭湖产米区，因战事影响，谷价曾跌至每担五角。我们也常在报章见到，在战区可用国币一元买米一石。这些毛病，一部分当然是由于主管机构未能于事前尽量收买以运送后方所致，但敌人的操纵，及故意压低农产价格以便于收购，亦为一原因。如本年三月上海新闻报载称：上海豆油市场，自大连豆油倾销以来，已整个为其所控制，行情遂亦为日商洋行所操纵。近来日商洋行更图向外发展，直接装运大连豆油五佰桶至无锡等处倾销，致内地油价骤落。此点自间接影响到花生、豆类等农产品价格之降低。

从上所述，我人知道沦陷区农村经济机构的活动，显然的已经遭遇着重大的困难。为要展开沦陷区的经济争夺战并支持敌人后方的游击战起见，对于沦陷区的农村政策，我人实应予以重大的注意与缜密的考虑。

在决定此项政策时，我人对于我国农村经济之特性及其在现时所表现的有利于持久战与游击战之优长，不能不先于认识。此种特长，综言之，有：（1）地方自给自足的优越性——因我国农村经济具有此种特点，所以直到今日，虽重要农作物区多沦陷敌手，而食粮之给养，除少数地区外，却仍未感巨额的缺乏。此较之大战时的欧洲各国，诚胜过许多。在沦陷区而特别是在后方的大城市，虽粮价有时呈现不合理的上涨，但此则主要的由于农产运销机构之不健全及当地行政机关之未能善其事，初不足断定为食粮生产不足，我人试观城市粮价与乡村粮价相差之巨可知。（2）自耕农制度的优越性——据前线所得经验，在自耕农较多的地方，民众动员较易，因为自耕农保乡保家的观念较浓之故；但在佃农成分较多及农民生活过于穷苦的地方，民众动员就比较困难。一般言之，我国自耕农所占比例较高，因而易于利用农民保卫乡土之观念，以激动其抗战情绪。（3）小农经营的优越性——小农经营以经营面积之狭小，耕作工具之简单，劳力集约的程度高于资本及农田工作之轻易与富于伸缩性为其特性，在战区内，此诸种特性充分的表示其优长。现时沦陷区之农业生产，虽在资本缺乏，耕畜损失，农场设备破坏等困难环境下，而仍能勉力维持者，实由于此种经营上的诸种特性故。（4）沦陷区内土地问题之部分解决——因战事之影响，沦陷区内地主相率离村撤土者颇多，因而无主之土地增加不少。此类田地自可分配于无地农民耕种，既可维持其家庭生活，复可增进其守土卫国之热诚，其利于抗战者实多。此种土地之再分配在山西已见诸实行。此外在江、浙诸省，闻已有数县采行减租、减息等办法。有很多地方，在自然情势中，地主不收租，佃农亦无须还租。凡此虽不能语于土地问题之整个的解决，但实可认为解决新问题之试行的先声。

沦陷区农村经济政策之决定，诚是一桩困难的事端，因为一方面我们缺乏详密的材料以资依据，另方面沦陷区域极为广大，各地环境不同极难以一策而贯绳一切。不过无论如何，下面所述的几个基本原则是应该采行的。

1. 军农应打成一片。在军农不合作的情形下，沦陷区之农业生产与农产运销均不能继续维持，此在上面已经述过。盖唯有活动性与圆滑性的农业经济机构，始能配合机动性的游击战争。在沦陷区内，以环境之困难与特殊，自非做到军农合一不可，换言之，应做到民即是兵，兵即是民。一边乘时袭击敌人或抵抗敌人之侵入，一边从事田间生产。即使军农不能完全合而为一。双方亦应密切合作，由军队负起战斗及保障地方安全的责任，由农民担任军用给养的生产与供应工作，对于军粮民食尤应加强其联系性。

2．加强地方自给自足性。此种特性在战时的优长，前已述过。在第二期抗战中，我们更应尽量地发挥此种优点，使一村一乡亦能做到自给自足，独立的维持最低限度的经济生活，而作为游击的支持单位。

3．如属可能，应做到土地公有或"耕者有其田"。抗战发生后，战区地主逃亡或内迁者甚多，无主土地增加甚巨，此实为试行土地改革之一良机，故可借政治力量，重作公平的分配，使贫农有田可耕。自然，我人亦要因地制宜避免造成战区地方秩序之紊乱，破坏人民的团结力量。

4．扩大减租减息运动。沦陷区农业耕作之进行既非常困难，每单位收获量亦比较减低，此时佃农对于不劳而获之地主，自不应再有不堪负担之责任。凡地主能自动减租者，当然予以奖励；否则亦应以政治力量，斟酌当地情形，施行减租政策。减息办法亦应同时实行。

5．改行农作制度。为适应游击战之需要，沦陷区内农家种植作物，应以合乎当地之迫切需要，及易于耕作且生长期较短者为选择标准。战区中最急需者为食粮，各项食粮中，杂粮之种植远较水稻为省时省工，故沦陷区之农业生产，无论华北，华中或华南，均应以杂粮为主。至棉花一项，费时费工过于水稻，且其需要远在食粮之下，为免于为敌人所掠夺利用计，应尽量减缩其种植面积（据报载北平本年二月合众社电讯，河北省南部各县，因奉我国游击队之命令，不准种植棉花，故去年度冀南棉产，较之以往已大为减少）。

6．改善农产储藏办法。为免农产品之被敌搜索起见，沦陷区之农产品储藏政策，应一面求储藏场所之分散，一面提倡农产的简易加工，以求农产之轻便而易于储藏与移运。

以上所述，不过示其原则大要；同时沦陷区农村经济政策之施行，要和整个的经济政策配合起来，才能发生充分的效力。关于这些，还待我们作进一步的讨论。

上海工业之现状与将来

兼 言

上海之工业，素居全国之冠。战前（二十六年六月）据沪市社会局的调查，上海工厂，共有五千五百二十五家。厂址以设在南市者为最多，计二千二百九十五家；设在公共租界内者次之，计一千三百七十九家，设在关北者又次之，计一千一百八十二家；设在法租界与沪乡区者仅三百四十三及三百二十六家。卢沟桥事变发生后，在南市闸北，浦东，乡区，以及在公共租界内东北二区（即虹口）之厂，大多设法迁移至公共租界内之西区与法租界内；一小部分的厂，则设法迁移至内地；在京沪附近等地之厂，亦有一小部分迁至租界内安全区者。目前沪市的工厂的总数尚无确实完备的统计可稽。但据工部局去年底之调查，仅在租界东，北（即虹口），中，西及越界铁路等区内者，即已有四千七百厂（详细情形见下表）。法租界在战前已有三百余厂，连新迁往者，据吾人之估计，至少在一千厂以上；南市，闸北，浦东开工工厂，恐亦连百余厂。故仅以厂数而言，上海现共有六千厂左右，战后不但未减，且略有增加。此六千余厂之资本、规模及所用工人数，均已较战前为小。但以营业而论，各厂廿七年度无一不在日夜开工，其产品咸有供不应求之势。故其所获盈利之巨大，实为欧战以后所仅见，获利数百万元与分红数十个月者，在沪已为司空见惯之事。如某纱厂其租界内未毁厂廿七年度所获盈利且足以弥补吴淞及杨树浦已毁各厂之千余万元损失而有余。又如某纱厂廿七年度之营业不但可将其历年积欠四百余万还清，且尚盈余数百万元之巨。今年以来各厂营业已渐不如去岁，但与战前相比较，仍极顺利。故直至目前止，上海的工业，仍在畸形的繁荣中。

公共租界内开工工厂数

	木工业	家具制造	五金业	机器及五金制造	海陆空运输用具	砖瓦玻璃业	自来水煤气及电气业	化学物品及类似制造业	纺织（线棉毛麻）业	衣服业	皮革及橡皮业	食品饮品及烟酒业	纸料装订印刷及摄影业	科学器械业器金银宝石业	其他制造业	厂名与种类不明	总计
公共租界东北区（曾受战祸）	一〇	三	八	六六	三	三	五	一二	一九一	二〇	四	二六	一四	二	四	四五九	八三〇
公共租界北、中西区（未受战祸）	六九	三一	一一〇	八七一	一二	六二		二四一	二七二	二七九	三三	一三六	五六二	四四	二一七		二九三九
越界铁路区	七		六〇	一二〇	六	四七		四五	四四〇	五九	八六	一五	二	一	五二		九四〇
总计	八六	三四	一七八	一〇五七	二一	一一二	五	二九八	九〇三	三五八	一二三	一七七	五七八	四七	二七三	四五九	四七〇九

吾人兹分析在虹口南市等战区开工工厂。据工部局的调查，在虹口开工者共有八百家，但能知其种类及厂名者，仅三七一厂。此三百余厂中，以纺织业为最多，计一九一厂；五金及机器制造业次之，计七四厂；其他各类则均较少。工部局此项调查，遗漏者自甚多；顷据某机关之调查，南市，闸北，虹口，浦东等地开工之厂，实达一千厂以上；其中以纺织厂为最多，约占百分之三十以上（内中以织绸厂最多，染织针织厂稍次）；五金机器业次之，约占百分之十余；化学，印刷等业又次之。敌方对于各厂之态度及统制之方式，并不一律；大致视工厂规模之大小，与日方关系之疏密，及该业对于日方需要之缓急而定。规模较大之厂，日方较为注意，常假借种种名义强迫与彼合作，或竟强占为己有。规模较小者，敌方限制较宽，或可照常开工。与敌素有联络，或与敌有债务关系之厂，常可借敌方势力，设法开工。若以工业种种而言，上海棉纺业，过去不但为在华日纱厂抑且为在日纱厂之劲敌，故此次日方限制特严，除规定各厂必须与日方合作外，所得盈余，且

须以百分之五十一给予日方。在如此条件下，现与敌合作开工之纱厂，寥寥可数，仅某某二厂而已。余如永安一、申新三、五、六、恒丰、伟通、鼎鑫等厂，则均被敌强占开工。织绸、染织、针织等业，敌方限制须采用敌产人造丝及纱布，每台织机敌另需征税。此外染厂方面，如能将织品交敌厂精炼，则于制品输至租界内时，可省去派司费之支出。抗战后，一方面因沪上本国原料缺乏（到沪之内地生丝激减，华厂所产之纱亦少数运销于后方），另方面则因绸布价格之高涨，各厂以迫于环境且群视有利可图，于是竞用敌原料开工。故现沪市租界内外开工之织绸、染织及针织等厂，并不少于战前。敌方对于五金机器等业，限制亦甚宽；闻仅规定五金制成品之运出量（至租界内）不得超过原料之运入量。日方此意，一方面系为防止各厂私将机械搬去，另方面则压迫各厂将其制品售于日方或直接为日方服务。现有敌厂闻竟专为日方熔化我方铜银币及自战区掠劫得之各种铜铁；亦有专为日方修配各种军用器具者。烟酒一项，日人现视为专实事业之一，绝对禁止华厂复工；故现开工之纸烟厂，均为获得华北专卖权之东洋与东亚卷烟会社所属之各厂（机器等均夺自华厂）；现幸存而开工者仅为第三国之英美烟公司，即另一雪茄烟厂而已。

兹再讨论工厂集中上海之原因及迁移内地之困难。据厂方意见，迁厂内地之重要困难有五：（一）最大之阻碍，系由于交通问题。当"八一三"沪战起后，迁厂委员会虽已租得数轮，以备各厂迁移机器之，但试行未久，即被军用。各厂机械因乏交通工具而被弃置于在江北者，屈指难计。此外，当各厂将机械迁出时，虽持有军委会之护照，但仍有不少困难，故事实上将全部机器安全运至后方，而可开工者，寥寥可数。未迁各厂，睹此情形，遂益裹足不前。及武汉广州失陷后，后方交通仅恃公路及滇越铁路，运输能力及载重限度较前更减，迁厂之事，较前益感困难（现各厂机器，堆积于香港及海防无法运入者，比比皆是）。运费一项因外汇之下跌，较前益昂。据调查，仅上海至海防，每吨机器运费即须港币四十元，自海防至昆明由平常慢车（滇越铁路）输运每吨另须越币一百一十元。故在今年六月七日外汇尚未暴跌前，每吨机器自沪至滇运费即须国币三百以上，尚较新机器之价格为昂。在如此情形下，各厂自不敢且亦无法迁移至内地。（二）畏敌机轰炸，亦为各厂不能踊跃迁至内地之一因。盖后方设厂地点，多择交通便利之地，而交通便利之处，亦常为敌机轰炸之目标。厂商以在沪既不能获得相当之安全，又不能迁至内地，冒此轰炸之危险，财部昔对于运输货物之流动兵险，已令中央信托局承办，独对于此项固定兵险，迄今犹迟迟不能举办。设此问题能早日解决，则迁移至内地之厂，或不止现在此数也。（三）战事之久暂，现殊难预测。如战事延长（八年或十年）则敌方必将加紧封锁沿海口岸，沦陷区内之工业产品恐不易如前之巨量输至后方，在此情形下，后方工业将日趋繁荣，迁移时之一切损失，必即可取回，内迁之厂将因之更多。设战事能于短时内了结（三年或四年）则已迁而未开工各厂，势必将机器等重行运沪，多负一次来回运费之损失。已开工各厂，则因种种原因（如原料困难，销畅狭窄等）恐难与沪厂竞争，将来势必处于不利地位，故政府为去除各厂之顾虑，似应另予后方工厂以特殊之保障（如地域独占，豁免某种捐税或加征沪产品川滇之转口税），否则恐不易鼓动各厂多迁后方也。（四）关联各厂问题，现各类工厂各互有关联甚难离群而独存。吾人可以制牙膏工厂为例：如牙膏厂迁入内地，则同时软管、硫酸及其他化学制造亦须随之同往，否则仍无法开工。故政府如无通盘计划，而任各厂自由迁移，则一部分之厂因受相关工厂的牵制，势将无法单独迁往。（五）西南各省工业原料（如棉煤等）颇感缺乏；熟练与技术工人尤感不敷。故后方各厂或须用较高代价向国外购买原料，或须津贴路费在沪招雇工人，还不如在沪之便利而经济。以上五点实为阻碍各厂迁移内地之主因。反之，各厂如不迁移，而在沪复工，则可利用沪市广大销场（按沪市人口已由三百万增至五百万），就近销于当地；兼之沪市现购买外汇较便，原料之取给现亦较易，其他如轰炸等问题均不存在。故在如此情形下，各厂仍多集中于上海，迄至现在止，上海仍不失为全国工业之中心也。

  吾人兹由原料及销路方面推测沪市工业之将来。（一）原料问题恐将为沪市工业发展之最大障碍，盖在战区内各厂，处敌人武力压迫下，均已与敌方发生关系。在租界内各厂，敌现正虎视眈眈，将来恐必由原料之统制，压迫各厂就范。按敌方在华中一带，现对于棉花，小麦，生丝，废铜铁等原料，已开始分别由"棉花同业组会""中国产业合作社""华中丝茧公司"及大桥，福冈，大康等洋行，一一加以统制。现因施行未久，罅隙尚多；故不时仍有漏入租界内者。将来统制愈严，范围愈广，国产原料，恐尽将入彼掌握中。至该时除非购买外国原料外，各厂为取得原料之供给，不免均将加入敌伪所组之"组合"。吾人兹再由外汇方面，观察将来沪市外国原料之取给。按华北一带，敌伪已实行出口外汇统制。华中之出口外汇统制，闻伪华兴银行现正筹划中，恐不久亦将实行。而我中央方面，将来对于沪黑市外汇之限制，亦将愈越严峻。因之沪市外汇之来源，将日见减少；外汇之取得将益见困难；外国原料之购买，亦将随之愈感不易。故将来沪市各厂，一方面因国产原料被敌统制，另方面则因外国原料难以购买，势必与华北及战区内各厂同其命运，被迫的与敌伪合作。（二）沪市工业产品之销路，将来亦未容乐观。敌方将来势必加紧封锁我海口，沪市与后方之交通，将益感困难，沪市与后方之经济关系，将日益疏远，沪工业产品在后方之销路，亦将随之日减。故将来沪工业产品之出路，除销于租界内以外，祇另有二途：或代敌伪增加外汇，在国外觅市场；或与敌伪作进一步之妥协，大批销于沦陷区。

根据上述种种，可知在沪战区内工厂，现已均与日人有关系；在沪租界内各厂，将来亦不免渐入敌伪怀抱；各厂与后方之联系，亦将日渐疏远。在如此状态下，我政府对于上海工业之措置（如外汇供给，后方销售等问题），果不应有所变更乎？

孔子诞辰之考定兼论改为国历问题

董作宾

读《今日评论》一卷二十五期冯友兰先生的《论教师节》，引起了孔子诞辰的问题。以孔诞为教师节，我现在虽已改行，不是教师，但也要举起双手来表示赞成。不过，论到孔诞，论到改用国历，问题却并不简单，不像冯先生那样，只要"传统"的八月二十七日，请历法专家核算，推定一个阳历的日子，就算完事了。好像以前政府曾有这样的功令，是改用国历的八月二十七日，作为孔子的诞辰。偶然翻出一张民国二十五年八月二十九日的河南日报，在本省新闻栏内，第一个标题就是"省会各界前日举行的孔子诞辰纪念会"，由此证实了我的记忆。以阴历的八月二十七日为孔子诞辰，已经是沿袭着"传统"的谬误了，再把孔诞硬派到阳历的八月二十七日，那更是大错而特错了。山村夏夜，楼外虫声聒耳，榻上种种小动物扰人不得安眠，于是把借来一本《先生生卒年月日考察》，翻阅一遍，手中又有几种历谱，核算阴阳也还容易，索性破费点工夫，把这问题解决一下。

一、孔诞异说及其考定

《先圣生卒年月日考察》一书，是孔子第七十世孙孔广牧所作，书中分生卒为二卷。关于孔子生年月日的一部分，据他所举的计一百一十九家，连他自己之说，共有一百二十家。分析起来，大致不外下列的五种：

  1. 鲁襄公二十一年十月庚子说   三十九家

2. 鲁襄公二十二年十月庚子说　　　六十五家
3. 鲁襄公二十一年十一月庚子说　　四家
4. 鲁襄公二十三年说　　　　　　　二家
5. 未定确定者　　　　　　　　　　十家

这五类之中，除了第五类未能确定者及第三（据《公羊传》的衍文）第四（据左氏注的译本）两类，有明显的错误者外，其实只有第一第二两大派，这两派可以说是始终相互对峙的。

第一派，以鲁襄公二十一年十月庚子，为孔子生日说。这一派的根据是春秋的《公羊传》同《穀梁传》，原文是：

经文（鲁襄公）

二十有一年。

九月庚戌朔日有食之。

冬十月庚辰朔，日有食之。曹伯来朝。工会晋侯、齐侯、宋公、衡侯、邹伯、曹伯、莒子、邾子于商任。

《公羊传》十有一月庚子孔子生
《穀梁传》庚子孔子生

公羊穀梁二家，传授不同，对于孔子的生日，所记同为庚子；生年所记同为襄公二十一年；仅月份有异。《穀梁传》以庚子繁于冬十月之下，《公羊传》则别书"十有一月"。据经文，九月庚戌朔，十月庚辰朔，庚子应在十月，十一月绝不会再有庚子，这是《公羊传》很明显的错误。这个错误陆德明已经证实过了。在经典译文的公羊音义"二十一年""庚子孔子生"句下，陆氏注云：

传文上有"十月庚辰"，此亦十月也。一本作"十一月，庚子"。
一本无此句。

可见今所之流行《公羊传》，乃是唐代有"十一月"句的一本，而在唐代尚有一种无"十一月"句之本，今已失传。陆氏注释："此亦十月"。即指明"一本"之"十一月"为衍文了。《公羊》本无"十有一月"之句，当是后人妄注，抄书者误为正文。况十一月根本不容有庚子日。这两重根据已证出《公羊传》的原本无"十一月"之句，同时也可知公羊穀梁两家所记载的孔子生年月日，是完全相同的。

鲁襄公二十一年的十月庚子，即周正十月二十一日，夏正八月二十一日，以此为孔子诞辰，本来是最可靠的信史。只因第二说之被采用，千余年来，时常有些经史学家，极力为之辩证。如刘恕的《通鉴外记》，胡安国的《春秋传》，洪兴祖的阙里谣系宋濂《学士集》，崔述的《洙泗考信录》，江永的《孔子年谱》，钱大昕的《十架斋养新录》，孔广森的《公羊通义》，段玉裁的《经韵楼集》等三十余家，皆主张从公穀所记载的年月日为孔子诞辰。但终于拗不过"传统"的势力，结果是公穀，二十一年之说，仍被摒弃。

第二派，以鲁襄公二十二年十月庚子为孔子生日说。这一派的根据是以《史记》，《史记·孔子世家》云：

鲁襄公二十二年而孔子生。

在《史记》中，鲁周公世家，十二诸侯年表，亦皆以孔子为鲁襄公二十二年生。但记生年，不载月日。因为《史记》著录，后于公穀二传，于是此派又请出世本来，据现行之辑佚世本，则记有："鲁襄公二十二年冬十月庚子孔子生"之语。于是此派便推定庚子为周正十月二十七日，夏正则为八月二十七日，就成了近世流行的传统的孔子诞辰。这问题如果加以思考，便觉不安。《史记》既是采自世本，何以不著月日？恐怕是世本也是只记生年，原无月日之故。今佚书中所有者或为后人据《穀梁传》补入的。不然，世本既著月日，与公穀全同，而年又差一，就发生了来源各异的问题。如果是世本与公穀的来源不同，一说为二十二年，一说为二十一年，年既不同，日月又焉能完全相合。世本来历不明，原是摘抄之书，既载有孔子生辰，至早亦不过与公穀同时，世本即不是抄自公穀，而误二十一年为二十二（陆德熙春秋左氏音义注"本或作鲁襄二十三年生"，是又误二十一为二十三。郭延年《史通详释》即沿比误）。而公穀所记则确是传自孔门，师弟授受之先圣生辰，绝不是抄自他书，也更不会是抄自世本而误二十二年为二十一的。此派学者，也知今辑世本之不尽可靠，于是对于周十月夏八月二十七日之孔诞解说，乃有"年历史记，月从穀梁，日从公羊穀梁"的妙语（梁玉纯 广牧，均有此说）。《公羊》之"十一月"既是衍文，真本《公羊》所记孔诞之年月日，自完全同于《穀梁》，是公穀二家，只有一说。既不信公穀二十一年而信《史记》之二十二年，又因《史记》无月日，乃又取公穀之十月庚子而信之，考定一个古人的生日，而任意取舍，随便杂凑，也未免太滑稽了。崔述《洙泗考信录》，对此会加以辩驳云：

> 以穀梁为不信乎？则十月庚子之文，不必采矣。以穀梁为可信乎？则固谓二十一年也。何得又从世家改为二十二年乎？以世之年，冠穀梁之月，未知其为何说也。

本来公穀所记，孔子生年月日，是有来历的，是一致的，是可靠的，正如宋濂《学士集》所释：

> 公羊穀梁二氏，传经之家也。传经之家，当有讲师，以次相授。且去孔子时，又为甚近，其言必有据。

我们现在就以上一、二，两派之说，重新加以考订，当然可以毫不迟疑下一个断语说：第一派的主张是应该成立的。

然而事实上第二派又何以占了优势，而成为"传统"的孔诞，第一派反遭摈弃？这却有三种重要的原因：

一是权威的史家所著录。司马迁是中国权威的史家，在他的《史记》中著录了孔子生年是鲁襄公二十二年，无论其来源如何，或者竟是二十一年的误一为二，但是一登龙门，便成为定论，《孔子世家》一篇，早被认为孔家一部信史了。后世史家，只有笃信，哪敢怀疑？甚至不知此外尚有公穀二十一年的异说。乃辗转抄袭，以至前后有六十五家之多。沿《史记》二十二年之说者，如《通鉴记事本末》、《通志》、《路史》、《通鉴纲目前编》等，多为流行最普遍之书，都不免使记之者有先入为主之弊。

二是圣人的后裔所采用。曲阜孔府，采用二十二年说，而以夏历八月二十七日为其祖先享祀之期，如孔传之《东家杂记》、孔元措之《孔氏祖先广记》、孔衍植之《重传阙里志》、孔广牧之《先圣生卒年月日考》，皆是如此主张。彭大翼《山堂肆考》释："余昔游金陵邂逅孔子六十代孙乘先者，持所诔孔子像授余，内释至圣先师生于鲁襄公二十二年庚戌之岁，十月庚子，即今之八月二十七日也。余以为先师生卒月日时，出自其子孙相传者，当得其真"。可见孔府采用之影响。虽孔氏后裔亦有觉其不妥而改从第一说者，如庚继汾《阙里文献考》，孔广森之《公羊通义》，孔宪璜《重修孔氏大宗谱》等，结果仅有此项理论而已，并不能变更已成事实的第二说。

三是专制皇帝所钦定。在前清时代经过了皇帝钦定之书，是不敢更有异议的。如钦定历代纪事年表，钦定春秋传说巢纂，对于孔子生辰，皆主第二说，在传统的势力之上，再来一个"钦定"，八月二十七日的贤诞节，更是根深蒂固了。又加朱熹的《论语集注》，经皇帝指定为官板正字，真是人手一编之书，在《论语集注》《序子》里，完全引用孔子世家的材料而专门替《史记》二十二年之说作宣传。有这样的关系，所以直到现在，没有一个人能纠正过这种以讹传讹的孔诞日辰来。

第一说被摒弃的事实是如彼，第二说被沿用的情形是如此。我们此刻又何必更承袭前人的谬误，而不毅然决然改革这传统的、钦定的、杂凑的、孔子诞辰，而反本穷源，扶持起真实可靠的孔子诞辰呢？

此刻我们应该主张改从公羊穀梁之说，就鲁襄公二十一年的十月庚子，推演周正夏正的月日，核算公元前太阳历的日月，而定为永久的国历的孔诞。

庚子为十月几日？据汪曰桢《长术辑要》，鲁襄公二十一年周正十月己卯朔，二十二日庚子，即夏正八月二十二日。这是错的，因为汪氏所据以推算者，是汉代流传六历中所谓周术，此历上推至春秋已先天一日，杜预长历，则襄公二十一年十月庚子，是极易推算的。春秋经文记九月庚戌期，十月庚辰朔，庚子自然是周正十月二十一日，夏正二十一日了，本段考定的结果是：

孔子生于鲁襄公二十一年，即周云王二十年，己酉。

周正的十月二十一日，即夏正八月二十一日庚子。

二、孔诞改为国历问题

春秋时代的年历，有阴阳历可资对照推算的，一为黄伯禄氏之《中西年历对照表》，法文本，出版于一九一〇年。一为日人新城新藏氏之《春秋长历》，有中文译本，作于一九二八年。黄氏年历表，中历方面，根据汪曰桢《长术辑要》，故先天一日，不与春秋合。新城氏中历据春秋月日干支推算，尚与春秋相合。西历方面，公元前之年月日，新城氏自释："太阳历系案今日通行之格列高里历所逆算"，而实则完全抄袭黄氏。兹将两书中阴阳历可以对照者，核算如次；

黄氏中西年历对照表	新城氏春秋长历
周云王二十年己酉，十月一日己卯（16）为公元前五五二年九月十二日。	鲁襄公二十一年，正月朔乙酉（22）年，为公元前五五三年十一月二十二日
十月庚子，为中历周正十月二十二日，西历十月三日。	十月庚子，为中历十月二十一日，西历公元前五五二年十月三日，儒略周日第一五二〇〇八七日。

据两历谱推算，则鲁襄公二十一年十月庚子，皆为公元前五五二年十月三日，据新城所列之儒略周日，可推得庚子为一五二〇〇八七日（儒略周日，乃自公元前四七一三年一月一日起始连续不断至某一时，之日数），新城氏所列的儒略周日是对的（一五二〇〇八七，以六〇除之，余数减一〇，为三七，即庚子日），西历的日数却错了。以卢景贵氏求儒略周日积日表，推求公元前五五二年十月三日，实为儒略周日第一五二〇〇八一日，少于新城氏所算者六日，即准确之对照当为：

公元前五五二年十月三日，等于儒略周日一五二〇〇八一，儒略周日一五二〇〇八七，则等于公元前五五二年十月九日。

新城氏以十月三日对照儒略日一五二〇〇八七，故有六日之差。推算史日，普通皆用儒略周法，即儒略历年（自公元前四七一三年起算）及儒略周日，儒略历与中国之古四分法之岁完全同，周日则可以总和日矩，参证干支，皆为考证古代年历之重要工具。如新城氏所列之西历月日，与儒略周日不合，即知其月日必有误算。

对于阴阳历之最好标准，当推奥泊兰子氏的《蚀经》。由春秋日食近距之材料，鲁襄公二十一年九月庚戌朔之日食对照中西历，则是日为公元前五五二年八月二十日，相当于儒略周日第一五二〇〇三七。再由九月二日起算，至十月十一日庚子，共为五十。八月二十日加五十日，为十月九日，即儒略周日第一五二〇〇八七日。故详细的中西阴阳历日关系：

孔子的生年、月、日为：

民国纪元前二千四百六十三年，周云王二十年，鲁襄公二十一年，己酉：周正十月，夏正八月，二十一日，庚子。相当于儒略历第四千一百六十二年，公元前五百五十二年，十月，九日，即儒略周第一五二〇〇八七日。

也就是现行的国历十月九日。

若以传统的孔诞计算，则鲁襄公的二十二年周正十月庚子，为二十七日，即夏正八月二十七日，后于二十一年的十月庚子，共三百六十日。

相当于儒略历第四一六三年，公元前五五一年之十月四日，儒略周日第一五二〇四四七。事实上，在年历每年的孔诞为十月四日，此十月九日提早了五日，而孔子的年寿，却因而短少了一岁。

若还将传统的孔诞，改为国历的八月二十七日，则其谬更甚。因为公元前五百五十一年之八月二十七日，相当于周云王二十一年、鲁襄公二十二年，周正九月、夏正七月的十八日，壬，戌。

这样的孔诞，既不合于第一说，也不合于第二说，月非"冬十"，日非"庚子"，凭空的又加派一个无微不信的孔子诞辰，岂不更为荒唐？

总而言之，第二说不足为据，是应该改正的，所以国历是十月四日，不必用。以国历八月二十七日为孔诞更不可通。所以只有用第一说，周十月，夏八月的二十一日庚子，相当于每年的国历十月九日（双十节前一日），为孔子诞辰。

三、附记本年的孔诞

据以上的考订，真确的孔诞，应在夏历的八月二十一日，传统的孔诞，即在八月二十七日。二四九〇年以前的周正十月夏正八月二十一日庚子，相当于西历的十月九日，二四八九年以前的周正十月夏正八月二十七日庚子，相当于西历的十月四日。

本年是中华民国二十八年，公元一九三九年，国历的十月九日，既是真确的孔诞，这一天正当旧历（夏历）的八月二十七日己卯，又合于传统的孔诞。这一天是儒略历的第六六五二年十月九日，儒略周日的第二四二九五四六日。从孔子诞生的那一天算起，地球绕着太阳公转了二四九〇个大圈子，月亮绕着地球转了三〇七九七七个小圈子，地球自己翻了九〇九四五九次转身，又到了诞生孔子在轨道上曾经驻足的那一点（事实上也许要多翻四个转身）。这一天，可以说是比较准确的第二四九〇次生日了。从本年十月九日改起，举行孔诞纪念，主第一说者，自无问题；即是不信公穀而服从第二说者，也可以认为是对照本年的阴阳历，而从本年的阴历，改为以后的国历，还真是再好没有了。

核算阴阳历的错不错，我负全责。是不是以孔诞为教师节，在教师先生们的自决。愿不愿从本年把孔诞改为国历而采用十月九日之说法，则权在政府。这里不过是一个提议罢了。

民国二十八年，公元一九三九年，七月十日，夏历己卯五月二十四日戊申，第二四九〇次孔子诞辰的前十一日，夜十一时，为记。

一个美国人所见的沦陷区及日本（通讯）

这二三个月来在中国后方，上海，平津，东北和日本旅行，途中没有机会亦不便写信叙述我行程中所得的观感。现在我快要到美国了，我可以细谈。

先说关于上海。苏州河以南的公共租界境内和法租界里面，街市拥挤，商业发达。却是在河的北岸，则情况萧条，商店门窗莫不紧闭，只有那些德国难民所居住的区内，有几家他们所开的咖啡店和点心铺。上海近来最瞩目的发展是西区和越界路工厂的兴盛。那里有各种新盖的建筑，差不多没有一块空闲的土地。所设立的工厂有纺织厂，毛纶厂，制革厂，化学厂，造纸厂，卷烟厂，针织厂，织丝厂，机器厂和许多其他工具。上海电力公司的电力销售据报告已恢复战前的高水准。这种发展引起了不少问题——多数工厂的建筑是不坚固的，住宅区域被工业侵入和拥挤，火险加大。但是一般人和上海工商局都觉得在目前的情况之下，这样的发展是必需的。有许多工厂是由从前在闸北无锡或其他城市办厂的人在经营。不少的机器是由闸北或长江上流搬来的，其他的机器是新的机器。特别可加注意的是这些新的机器许多是中国自造的——多半是西区里机器厂的出品。这八九年来中国的工业实在大有进步。除了橡胶鞋厂之外，所有的工厂工作都很忙，有许多工厂一部分的市场是在内地。

在公共租界里的日本人愈见横暴。英国如仍示弱，怕在不久时间内，日人会加强在沪的统制。一九三二年外商袒日的态度现在已经完全消除，他们表面上敷衍日人，心里莫不怨恨。日人所说的话，没人肯相信。

在天津，日人反英举动非常强烈。所有非日人都受搜查，对英人大施侮辱。标语、广播、暴动等都在鼓励反英。不幸有些英商还保持着一九三二年上海英商的态度，主张接受日人的要求。

海河沿岸有些新工厂，都是日人所建筑的棉纱厂，毛织厂，化学厂，造纸厂等等。这种发展不过表现日本工业家要逃避本国内的限制和怕国内通货膨胀，而把资本投在房地产执照上。天津租界里流通的有伪准备钞票和注有天津记号的中国法币。货币情形非常紊乱，货物价钱有伪钞又有法币的标价。伪钞的发行对日本是没有利益的。因为它既与日圆联系，伪钞的跌值不免把在外日圆的价值亦连着拖跌下去。日本在华北销货是不产生外汇的。因此，日本对输往华北的贸易加以限制，在北平商店里现在所能见到的日货比一九三七年时少。日本商人请求政府放松对华北的棉布输出，但是日政府仍主张把棉布送到那些可以得到外汇的市场里去销。

北平情况目前已大非旧日了。城内到处是日本人，兵士特别多，在街上乱开军车，不顾一切。六国饭店里住的多半是日人，餐厅里有一部分卖日本菜，由日本女招待伺候。

日人在华北没得到多少棉花和羊毛。自从实行专卖之后，日人给价甚低，因伪钞付款，所以中国人民不愿把羊毛卖出，而把它反运回内地贮藏起来。棉花不大有人去种。据说目前棉花和羊毛的产量少于战前的，同时天时不好，缺乏雨量，小麦收成不佳。日人不许中国农民在铁道或公路两旁一百公尺内种植高粱玉米等高秆作物，因此增加农民的困苦。外商都觉得在华北现在没有多少生意可做，输出贸易和外汇全受限制。中国还需要加强在华北的游击队的工作，继续有效地破坏交通线，才能够免去东北情形在华北的重演。

东北新兴工业的确不少，都受官方的统制，或由官方经营，资本和贸易亦是如此。一切待遇，日人居先。百分之九十九的事业是由日人所办的。"政府"各机关都由关东军统制，经济发展完全由于日人支配。农村方面，农民被迫住村内，由日人加以严密监视。山东和华北其他地方人民近来又有大批前往东北的，到日人工矿里去工作，而不是像从前那样去从事农业的。他们进了东北之后，时时刻刻受日人监视。

东北中国农民出卖土地，只准其卖给"政府"。抽出土地捐税都用在为日人购买土地；不久，中国农民都要变成日人的农奴。城市里的中国人只有农民工人和小商人。有才干的中国人在东北是没有机会的，受教育的中国人除了供日人使用做些不关紧要的事情之外，亦是没有机会的。中国人在东北只有当日人统制下的农人工人而已。

日人一定要把在东北所用的办法和组织照样地施用在他们所统制的中国本部。所谓中日合作，只是日人统制而已。他们所说的中日一家，实际上是日本人做家长，把中国人当奴隶。在东北所发生的一切是中国政府和领袖所必需特别认识清楚的。若是中国人不愿做奴隶，中国目前唯一的出路是继续抵抗，实在没有一条中庸调和之道的。目前稍与调和，则只是给日人一个稳固其地位的机会，让他们准备新侵略而已。

日本国内还没有经济立刻要崩溃的表现，而有经济愈加困难的趋向。人民消费受统制，汽油消费受限制，纯棉和纯毛的织品是不准在国内出卖，必需掺以人造纤维。人民很难得到进口货和外汇，亦不得到国外旅行。外汇情况大概不佳，关于金准备和金输出问题的情形严守秘密，但是一般的印象是：日本目前没有多少黄金在国内了。政府不久想要强迫人民把所有的金子都交给政府，不过，所能得到的数量大概不会很大。他们竭力减少输入，制造家必需由卖出布疋所得的外汇来付棉花的入口。对日圆集团以外的输出贸易继续跌落，足证抵制日货的有效。

军需工业非常活跃，劳工需求增加。农村人民一部分被编入军队，一部分被工业吸引。农作物价格提高，农村负债减少。只有那些"和平工业"困难较大，原料难觅，日本政府设法把它们转变为军需工业，工资没有上升，物价受强烈统制。工人组织完全被解散，捐税增加百分之三十。

日本国内表面上看不见战争的样子。伤兵都被送到远处去了。警察监督加强；没有人敢发表任何意见；官方宣传日兵对中国如何仁爱。思想比较自由的人都被迫令重新改写他们的著作。内债在大量的增加。可建筑的战时工业战后会成为无用，回国的兵士亦会引起严重的失业问题。一切事情都在军部统制之下，少壮军人尤为努力高涨，因此，要想推测这战事的一个理性的结束是非常困难的。总而言之，没有立刻要崩溃的情状，而有不少方面可以看出严重性的经济困难在将来几个月内要出现的。有些心已经觉出这困难的来到。他们对于在华军事进展的受阻和中国抗战的继续，很感失望。战争继续对日只有损害。所以如战事不停止，很有可能，有个第三国——英国或苏俄会被拖入，以图掩盖日军在华的失败。还有一种可能是：日本不会在华进展，而止在肃清占区。中国方面必不可放松军事的进行，使日人没法稳固他们在占区内的地位。

所有这些可能指出一条路给中国，那就是——继续抵抗——正面战场抵抗，旁面要加强游击活动。中国如继续抵抗，有百利可收而无一损。如中国屈服，则只有变为东北一样，这是不可思想的。中国可以希望西方国家对华增加借款，对日增加经济压力。不过最要紧的因子还是中国自己的努力。我想中国能够得到胜利。

本期撰者：

张培刚与兼言两先生俱服务于中央研究院社会科学研究所。对于中国农工业状况各有专长，此次本其研究所得，观察所及，分论沦陷区的农业及上海的工业，应为后方人士所极端注意。

董作宾先生为甲骨文专家，更通古代历法，此次考定孔子诞辰，可解决自来对此问题的不少纷争。董先生现服务于中央研究院历史语定研究所。

本期所载通信系从一位美国教授寄给本刊某编者的一封信节译而得。这位教授学博而闻见广。其最后一段可勉励我同志，也可羞死一段所谓主"和"者。